ज्ञान गरिमा के
68 वर्ष

भारतीय
ज्ञानपीठ

णाणं
पयासयं
वीर नि.सं. 2470
ई.सन् 1944
भारतीय ज्ञानपीठ

जम्मू जो कभी शहर था

(उपन्यास)

जम्मू जो कभी शहर था

पद्मा सचदेव

भारतीय ज्ञानपीठ

लोकोदय ग्रन्थमाला : ग्रन्थांक 719
ग्रन्थमाला सम्पादक
रवीन्द्र कालिया
सह-सम्पादक
गुलाबचन्द्र जैन

जम्मू जो कभी शहर था
(हिन्दी उपन्यास)
पद्मा सचदेव

तीसरा संस्करण : 2012
मूल्य : 200 रुपये

ISBN 978-81-263-4087-3

प्रकाशक : **भारतीय ज्ञानपीठ**
18, इन्स्टीट्यूशनल एरिया, लोदी रोड, नयी दिल्ली-110 003

मुद्रक : विकास कम्प्यूटर ऐंड प्रिंटर्स, शाहदरा, दिल्ली-110 032

आवरण : अशोक भौमिक
आवरण-सज्जा : ज्ञानपीठ कला प्रभाग

JAMMU JO KABHI SHAHAR THA
(Hindi Novel)
by Padma Sachdev

Published by : **Bharatiya Jnanpith**
18, Institutional Area, Lodi Road, New Delhi-110 003

e-mail : jnanpith@satyam.net.in, sales@jnanpith.net
website : www.jnanpith.net

Third Edition : 2012
Price : Rs. 200

समर्पण

कमलेश्वर भाई साहेब के लिए

दो शब्द

जब बचपन में बातें करनी शुरू कीं तो पिताजी ने संस्कृत के श्लोक रटवा दिये। ढाई-तीन बरस की उम्र में जिन्होंने पद्मा और उनके भाई आशुतोष के मुँह से श्लोक सुने हैं वो आज भी याद करते हैं। संस्कृत भाषा की लयात्मकता, उसके विलक्षण शब्दों का जुड़ाव, उसकी उत्कृष्ट संगीतमय ध्वनि पद्मा की रूह में पैठ गयी। जब बँटवारे के समय पिता न रहे, उस ख़ला को इसी ध्वनि ने भरा। अपने गाँव पुरमण्डल में लोकगीतों की डोर थामकर डोगरी की जो गीत-कविताएँ रचीं, उनमें संस्कृत की लयात्मकता और लोकगीतों की अद्भुत बुनावट का मिश्रण था। कविता लिखना जैसे पूर्ण होने की तरफ एक और क़दम।

1979 में मुम्बई में डॉ. धर्मवीर भारती के प्रोत्साहन से गद्य लिखना शुरू किया। गद्य का एक-एक शब्द डॉ. भारती का सदक़ा है।

पद्मा जी का यह चौथा उपन्यास है—'जम्मू जो कभी शहर था'। अपना शहर जब एकदम बदल जाता है तो पुराने शहर की स्मृतियाँ बरबस आकर घेरे रहती हैं। मीर के इस शेर ने भी उकसाया। शेर यूँ है :

> ''दिल्ली जो एक शहर था आलम में इन्तिख़ाब
> हम रहने वाले हैं उसी उजड़े दयार के''

तो साहेब 'जम्मू जो एक शहर था' पेश है। वो जम्मू जो मुझे याद आता रहता है। आज तो जम्मू कूड़ाखाना हो गया है। भीख माँगनेवाले भी बाहर से आ गये हैं। वैसे तो सारा भारत एक घर है, पर जब शेख अब्दुल्ला की सलाह पर महाराजा हरिसिंह ने रियासत में किसी भी बाहर के आदमी को आकर बसने में रोक लगायी तब यही मंशा रही होगी कि भीड़ न हो जाय, कहीं भीड़ न हो जाय। इसमें बेटियाँ चपेट में आ गयीं। जो लड़की बाहर शादी करे वो यहाँ की शहरी नहीं है पर लड़कों

को रियायत दी गयी, वो चाहे फारुख अब्दुल्ला हों या कोई और। उनकी पत्नियाँ बिना रियासत में पैदा हुए, बिना भाषा जाने यहाँ की शहरी हो गयीं। पर पद्मा सचदेव की तरह और कितनी ही लड़कियाँ यहाँ दो ग़ज ज़मीन भी नहीं ले सकतीं। कुछ इस दर्द ने, कुछ सुग्गी नाइन ने, कुछ पुराने शहर ने यह उपन्यास लिखवा दिया। हो सकता है यह उपन्यास पढ़कर आपको भी अपना पुराना शहर याद आ जाय।

—पद्मा सचदेव

बात उन दिनों की है जब शहर की नब्ज़ नाइनों के हाथ में रहती थी। कुएँ-बावड़ियों से बहँगियों में भरकर पानी लाते थे नाई। उनके हाथों-पाँवों में मेहँदी लगी रहती थी। तवी नदी के पास वाले कुएँ का पानी जितना मीठा था, उतनी ही चढ़ाई थी तवी की ढक्की की। इस ढक्की पर एक कन्धे से दूसरे कन्धे पर बहँगियाँ रखते ये नाई कई बख्तावर घरों में पानी पहुँचाते थे। आम आदमी तो नलके का, तालाब का या शहर के बीच किसी कुएँ का पानी पी लेता था, पर तवी नदी वाले कुएँ का पानी तो अमृत था।

खूब चौड़े पाट पर बहती तवी का पानी बीचोबीच गुल्लू के बाड़े को छोड़कर दो पाटों में बहता था। खूब भरा-भरा मस्त और जम्मू की पहाड़ियों की परछाइयों का बाँकपन समोये हुए। मुँह अँधेरे तवी की ढक्की उतरकर नहा आती थीं डोगरी औरतें। हाथ में पानी से भरा लोटा लेकर शिवजी को जल चढ़ाती थीं औरतें। ढक्की चढ़ते समय फूलती साँस से बिसनपते (विष्णुपद) गाती थीं औरतें। धीरे-धीरे, जैसे ऊँ-ऊँ करती मधुमक्खियाँ अपने छत्ते में शहद इकट्ठा कर रही हों! जम्मू उस वक्त शहद के छत्ते की ही तरह था। बिसनपते गाते, मन्दिरों में परिक्रमा करके आते हुए औरतों का दिन चढ़ जाता था। उसी वक्त जग जाता था शहर। शहर के ऊपर से बिसनपतों की आवाज़ें हवा की तरह बह जाती थीं।

धीरे-धीरे आँख मलते हुए उठने का यत्न करते शहर को तारों की रोशनी में आसमान के खुलने का आभास होता। कहीं सूरज निकलने से पहले गालों पर अबीर मले खुली पहाड़ी के पीछे खुले मैदान में अबीर को गाढ़ा करती, आसमान पर फैलती सुबह चैतन्य हो उठती, एकदम उठकर खड़ी हो जाती और तवी में जाकर दो-तीन डुबकियाँ लगाती। उसी वक्त उसे देखने शैतान सूरज रजाई में से अपना थोड़ा-सा मुँह निकाले मासूम बालक-सा उसे रोककर कहता— क्या मैं आ जाऊँ?

सुबह का उत्तर होता— मेरे मना करने पर क्या तुम नहीं आओगे?

दोनों खिलखिलाकर हँस पड़ते और दिन निकलकर खड़ा हो जाता— एक और

दिन। मन्दिरों की घण्टियों के स्वर मुखर हो उठते। हाथों में शिव की पिण्डी पर ढाले जानेवाले जल का लोटा; फल-फूल, धूप-बाती, नैवेद्य आदि से सजी काश्मीरी टोकरियाँ और अपनी गिद्दी (लपेटा हुआ वस्त्र) या धोती को सँभालती हुई आँखें मन्दिरों की शोभा दुगुनी करने पहुँच जातीं। उन दिनों तवी नदी में नहानेवाली औरतों और मर्दों की कमी न थी। मुँह अँधेरे ही ढक्की उतरकर औरतें तवी के निर्मल जल में नहाकर नदी के पास बने कुएँ में से एक बटलोई पानी ले आतीं। पवित्तर पानी। पानी नलकों में भी आता था, लेकिन यह तो पवित्तर जल था। अपने शहर में बहती तवी के किनारे पर बने अपने कुएँ का।

शहर के नामी पण्डित देवदत्त की पत्नी सोमा ने गोबर लिपी रसोई में जाकर तवी वाले कुएँ से लाये पानी में मूँग की हरी दाल देगची में चढ़ा दी। छोटी-छोटी सूखी टहनियाँ भक्ख करके जलीं तो पूरी रसोई उजली हो गयी। सोमा ने अपने हाथ आग की लपटों में सेंकने शुरू किये तो धीरे-धीरे दुबली-पतली लकड़ियाँ खूब उजलाकर धीमी हो गयीं। पण्डिताइन ने सोचा— बड़ी लकड़ी आग पकड़ चुकी है, दाल तो इसी में हो जाएगी।

ठाकुरद्वारे से पण्डित देवदत्त की आवाज भी अन्तिम श्लोकों पर आ गयी थी। पण्डिताइन ने चूल्हे के आगे अंगारों पर छोटी कड़ाही रखकर पूरे हाथ से गाय का संदली-सा घी डाल दिया। घी के बुलबुलों के बैठते ही आधा चम्मच सोंठ और दर्जन-भर रात के भीगे बादाम छिलका उतारकर डाल दिये। खुशबू से आँगन महक उठा। दूध से कड़ाही भर गयी। ऊपर घी तैरने लगा तो पण्डिताइन ने भिगोकर रखा केसर भी डाल दिया। दूध धीरे-धीरे उबाल खाने लगा। पण्डित देवदत्त के ठाकुरद्वारे में महक पहुँची तो उन्होंने जलहरी में थोड़ा और पानी डालकर पार्थिव शिव पर चढ़ाये गये बेलपत्र सीधे किये फिर जल को आँखों पर लगाकर शीश झुकाया। उठकर चौके में आये तो पत्नी को रोज की तरह मुस्कराकर देखा।

सोमा ने आसन आगे करके काँसे के बड़े कटोरे में दूध डालकर पति के आगे रख दिया। पति ने समय पर उसकी पकड़ को सराहते हुए उसे निहारा और फिर कहा, "क्यूँ पण्डिताइन, आज तो ठण्ड और भी बढ़ गयी लगती है।"

"पन्त जी, ठण्ड तो अभी और बढ़ेगी।" सोमा पति को हमेशा पन्त जी ही कहती थी। फिर उसने चूल्हे में जलती मोटी लकड़ी को चूल्हे की दीवार से झकझोरा और कहने लगी, "ठण्ड तो तवी की ढक्की पर भी बहुत थी, पर तवी का पानी गुनगुना था। नहाकर निकलते ही देह गर्म हो गयी। ढक्की चढ़ने पर तो शॉल की जरूरत पड़ती ही है।"

खूब औटाया हुआ दूध तृप्ति से पीते हुए पण्डित जी ने कहा, "आज तुम्हें नहाकर आने में कुछ देर नहीं हो गयी?"

"हाँ, पन्त जी, आज बड़ा कौतुक हो गया। मैं और सुग्गी ढक्की उतर रहे

थे तो बिजली की रोशनी में हमने देखा, ढक्की के मोड़ पर साँप का एक जोड़ा खेलने में मस्त था। अब जब तक वो न जाए, हम तो आगे बढ़ नहीं सकती थीं। वो तो भला हो सुग्गी का, कुछ देर तो वो खड़ी होकर तमाशा देखती रही। फिर आँखें मूँदकर हाथ जोड़कर उसने कहा, 'हे नाग देवता, समय पर नाथी को अगर नाश्ता न मिला तो आपको पता ही है, वो फिर अपनी शादी करवाने पर जोर देगा। आप तो जानते हैं, गहनों के बिना घर में बहू नहीं आ सकती और जो गहने मेरे पास थे वो तो इसका बाप बेच-बाँटकर खा गया। अब शादी के लिए पैसे भी कहाँ हैं। इसके बाप के पास तो कानी कौड़ी भी न थी।' इसके पहले कि सुग्गी का पति-पुराण पूरे जोबन पर आता, साँप का जोड़ा पता नहीं कब गायब हो गया। उस जगह पर पहले मेरी ही नजर पड़ी तो मैंने कहा—'भई, जिन्हें कहानी सुना रही हो, वो तो चले गये'।"

पण्डित जी जी खोलकर हँसे। सोमा ने भी हँसते-हँसते कहा, "अपनी बात करते समय सुग्गी किसी और की बात नहीं सुनती।"

पण्डित जी ने हाथ धोकर कहा, "पण्डिताइन, हमारी थैली दे देना। आज भुवनेश्वरी के यहाँ गरुड़ का पाठ करना है। कुछ समय भी लग सकता है।"

सोमा ने सामान देते हुए सोचा— आज एक गडवी और आ जाएगी। भीतर वाली कोठरी की दीवारें तो ऊपर तक गडवियों से चिनी हुई हैं। बाज़ार में कहीं बिकवाने भी भेजूँ तो पन्त जी का नाम खराब होता है। पन्त जी तो अब दिन ढलने पर ही आएँगे। देसी चाय धीरे-धीरे उबलती रहे, वही अच्छा है।

उनके जाते ही उसने खमीरी रोटियों के लिए परात निकाली। उसमें आटा डालकर उसने बीचोबीच गोल जगह बनायी। फिर उसमें पहले दिन का रखा ख़मीर घोल दिया। अब दाल हो जाये तब तक आटा भी ख़मीरा हो जाएगा। सर्दियों में जब तक गुँधे हुए आटे पर कोई गर्म कपड़ा न डालो, ख़मीर आसानी से नहीं उठता।

बुझ गयी लकड़ियों को उसने झाड़ा तो भक्क से आग जल उठी। दाल गलने में समय लगता ही है। दालान में आकर सोमा ने सुत्थन पहनी। टाँगें एकदम गर्म हो उठीं। सुबह सुत्थन पहन लो तो सारा दिन आराम रहता है। उसने डोगरी खिलका कुर्ता पहनकर ऊपर शॉल लिया ही था कि ड्योढ़ी से कामे की आवाज़ आयी—

"पण्डिताइन जी, घास का गट्ठर लाया हूँ।" सोमा ने बाहर निकलकर कहा, "परसू, आजकल घास कहाँ से लाते हो? भैंस तो दूध ठीक दे रही है पर गायों ने एकदम कम कर दिया है। तुम्हें पता है, पन्त जी सुबह सिर्फ गाय के दूध का काढ़ा ही पीते हैं।"

परसू ने सिर खुजाते हुए कहा, "पण्डिताइन, अपनी छोटी गाय तो लगता है फिर नयी हो गयी है। दूध तो अब कम ही होता जाएगा। मैं तो घास हमेशा तवी के जंगल से ही लाता हूँ।"

पण्डिताइन थोड़ी हैरान हुई। गाय नयी हो गयी, मुझे पता ही न चला। कभी जाती है तो नयी होने में कौन समय लगता है। उसने परसू से कहा, "चलो, ठीक है। इसका समय भी है। अब मैं गायों को थोड़ी खली ज्यादा देनी शुरू कर दूँगी। परसू, मैंने तेरी कम्मो के लिए एक सुत्थन कुरता भी निकालकर रखा है। जाती बार ले जाना।"

परसू ने खुश होकर कहा, "पण्डिताइन, आप सबका ख़याल रखती हैं। उसने तो कपड़ों के लिए मेरा नाक में दम कर दिया है। इस बार ठण्ड भी ज्यादा पड़ रही है। माता के पहाड़ों पर कल रात भी बर्फ गिरी लगती है। भला हो आपका, पण्डित जी का दोहरा पायजामा पहनकर मेरी टाँगें तो गर्म ही रहती हैं। कोई पुराना शॉल हो तो कम्मो के लिए हो जाये। अन्दर-बाहर जाने के लिए उसके पास कोई शॉल नहीं है।"

"परसू, देख दूँगी। देखो, आँगन में जो लकड़ी का मोटा तना पड़ा है, कुल्हाड़ी लेकर उसके टुकड़े कर जाओ, पर पिछवाड़े में करना। वहाँ भी सारा दिन धूप पड़ती है। शाम को भीतर रखवा दूँगी।"

परसू ने कहा, "पण्डिताइन, देसी चाय तो आपने बनायी ही होगी, न हो तो दो। खमीरे भी साथ कर देना। खाली पेट तो कुल्हाड़ी भी कहाँ उठायी जाती है!"

पण्डिताइन उठकर जाने लगी तो परसू ने जोड़ा, "पण्डिताइन, गलगल के अचार की फाँक भी ऊपर रख देना। दोपहर तक का काम हो जाएगा।"

सोमा ने मन ही मन सोचा— परसू बातें बनाना खूब जानता है, पर किसी काम को भी मना नहीं करता। हम भी तो सारे शहर का दान खाते हैं। थोड़ा दान-पुण्य ही सही। भूखे को खिलाने से बड़ा पुण्य कोई नहीं है।

सोमा ने छाबड़ी (रोटियों की टोकरी) में से तीन ख़मीरे निकाले। उन पर गलगल का अचार रखा और चाय का अड्डीवाला गिलास भरकर उसके बर्तन में जाकर उड़ेल दी। परसू खुश हो गया। तीन ख़मीरों से तो उसका कुछ नहीं बनने वाला, पर पेट को हौसला तो ही हो जाएगा। उसने खा-पीकर पिछवाड़े में लकड़ी काटनी शुरू कर दी।

पण्डिताइन दालान में बैठकर सुत्थन की चूड़ियाँ सीधी करने लगी। उसे लगा, सुत्थन तंग हो गयी है। शायद मोटी हो रही हूँ। खिलके कुर्ते के भीतर उसने पण्डित जी की गर्म बनियान पहनी। बदन गर्म हो गया। उसने बालों में कंघी करके शीशे में देखकर सोचा— अखरोट की रंगीन दातुन कुछ ज्यादा ही तीखी है। होंठ एकदम उन्नाबी हो गये हैं। आज दाल के बघार में कुटी हुई मिर्च कम डालूँगी, नहीं तो खाना मुश्किल हो जाएगा।

बाहर से खनखनाती हुई आवाज आयी, "ऐ सोमा, कहाँ हो भई!"

पण्डिताइन मुस्करायी। उसे सोमा सिर्फ सुग्गी ही कहती है। आज आवाज़

में काफ़ी तीखापन है। जरूर कोई फड़कती हुई खबर होगी। सुग्गी दालान में आकर खड़ी हो चुकी थी। उसने अँगीठी में बुझते जाते कोयलों पर हाथ ऐसे रखे जैसे कोई रोटी सेंकता है। पण्डिताइन ने कहा, "सुग्गी, सब्र तुममें कभी भी न था। हाथ जल जाएँगे, थोड़ा दूर रखो।"

सुग्गी ने कहा, "ठीक है, ठीक है। जल्दी से देसी चाय ले आ। फिर तुझे देखना, क्या खबर सुनाती हूँ।"

सोमा ने कहा, "अच्छा, ये देसी चाय क्या खबर सुनाने की मजदूरी है?"

सुग्गी अब उकड़ूँ की हालत से पसरकर अच्छी तरह कम्बल पर बैठ गयी थी। उसने इत्मीनान से कहा, "जाओ, पहले चाय लाओ। मठरी तो पड़ी होगी? अचार भी ले आना।"

पण्डिताइन मुस्कराती हुई रसोई में चली गयी।

सुग्गी ने एक मठरी का चूरा किया और चाय में डाल दिया। फिर चाय सुड़ककर कहने लगी, "अरी सोमा, खबर सुनोगी तो फड़क उठोगी।"

पण्डिताइन ने कहा, "चाय पीने का शऊर तो तुम्हें है नहीं, खबरें इकट्ठी करने में ही लगी रहती हो।"

सुग्गी ने मठरी ख़त्म करते हुए कहा, "मुझे शऊर मत सिखाओ। वजीरों-अहलकारों के साथ उठती-बैठती हूँ। तुम्हें क्या पता, बाहर क्या हो रहा है। तुम चाय बनाओ, यही तुम अच्छी बनाती हो। मजा आ गया। नमक और चीनी की घुलाहट से आत्मा तृप्त हो गयी। अब सुनो खबर।"

पण्डिताइन उसे टुकुर-टुकुर देखने लगी।

"अरी सोमा, जगतराम को तो जानती हो न! अरे वही जिसकी कनकमण्डी में गेहूँ-दालों की बड़ी दुकान है। अरे, ऐसे क्या मूर्खों की तरह देख रही हो? वही पूरो का घरवाला।"

सोमा ने कहा, "मालूम है, बात तो बताओ। उसे क्या हुआ?"

"उसे क्या होना है! ऐसे मर्द मुए को क्या होगा! एक नम्बर का लम्पटबाज है। पर वो जाने दे, खबर सुन। तुम्हें तो पता ही है, वो जगता कप्फन औरतों की गोरी एड़ियों का शौकीन है। उसने खुश होकर घड़े का मुँह खुलवा दिया।"

सोमा को अपनी तरफ टुकुर-टुकुर देखते सुग्गी ने कहा, "फिटे मुँह, तुझे ये भी नहीं पता, घड़े का मुँह कैसे खुलवाते हैं! अरे तवी वाले कुएँ से झीवर घड़ा भरकर लाते हैं और महालक्ष्मी मन्दिर के थड़े पर रख देते हैं। उन पर मलमल का कपड़ा बँधा होता है। जो भी घड़े का मुँह खुलवाता है, उसे चवन्नी देनी पड़ती है और फिर उसके संगी-साथी और दूसरे भी पानी पीते हैं। मर चुड़ैल, तू तो एकदम मूरख है। सुग्गी, तेरी मित्तरी भी किसके साथ है! तू तो घर बैठकर अपने पण्डित का रस्ता देखती रहा कर। तुझे क्या पता, दुनिया कहाँ से कहाँ पहुँच गयी है।

"हाँ, तो मैं जगते की बात कर रही थी। अरी सोमा, इस करमजले डोम की नज़र मुझ पर भी थी। जब मेरा नाई मरा तो एक दिन कहने लगा (नकल करते हुए)— सुग्गी, चिन्ता नहीं करना। किसी चीज़ की जरूरत हो तो कहना। दुकान की दीवारों पर अनाज की बोरियाँ चिनी रहती हैं। जब कहे पहुँचवा दूँ। मैंने भी कह दिया— मेरी इतनी चिन्ता क्यूँ है तुझे, मैं क्या तेरी भाभी लगती हूँ? इतनी चिन्ता अगर तुमने अपनी बीवी की की होती तो वो दो बार ज़हर खाने की कोशिश न करती।"

सुग्गी ने एक और मठरी का चूरा चाय में डाला और चाय सुड़ककर कहने लगी, "मजा आ गया चाय में। असल में तुम चीनी और नमक इस क़दर नाप-तोलकर डालती हो जैसे सोने में थोड़ी-सी पीतल! और भई, तुम्हें पता है, अगर पीतल न डालो तो गहना नहीं बन सकता। भगवान ने भी देखो, क्या-क्या रंग रचाये हैं!"

सोमा बोली, "भगवान ने नहीं, सुनार ने। खोट तो वही मिलाता है। तेरा पेट भर गया है, अब मुँह से कुछ और तो बोल।"

"हाँ, अब तुझे भी स्वाद आने लगा है। तो सुनो, वो जगता है न, तो आज सुबह जब औरतें पक्का डंगा के महालक्ष्मी मन्दिर से घर जा रही थीं तो इसने देखा कि ढाई गज दुपट्टे में लिपटी एक औरत की एड़ियाँ अपनी उन्नाबी सुत्थन से जैसे फूट-फूटकर निकल रही हैं। एड़ियों के सिवाय मुआ क्या देखता? पूरा घूँघट निकाले औरत पूरी ढँकी हुई थी, सिर्फ एड़ियाँ, गोरी-गोरी एड़ियाँ ही दिखाई दे रही थीं।"

"ऐ...पूरो ने कब ज़हर खाया?" सोमा ने हैरान होकर पूछा।

"मर चुड़ैल, तुझे तो कुछ भी पता नहीं होता। तू तो ये भी नहीं जानती होगी कि इस शहर में एक उड़दू बाज़ार है जहाँ कंजरियाँ रहती हैं और ये मुआ वहाँ भी जाता है। अरे वही उड़दू बाजार जहाँ वो सदामे की माँ दिन में संतरे बेचती है।" 'दिन' पर सुग्गी ने ज़ोर दिया, "अरे मेरी बुद्धू, जहाँ की वो मलका भी है— क्या तो नाम है— पुखराज। नाम नगीने का और काम शैतानी का। ओहो, वही मलका पुखराज जो महाराजा हरिसिंह को रोज शाम बाजा-पेटी लेकर गाना सुनाने जाती थी। महाराजा को शराब भी पिलाती थी, जिसने उनके प्याले में जहर डाल दिया था और महाराजा के ए.डी.सी. ने उन्हें मना करते हुए कहा था— म्हाराज, ए पेयाला तुसे नी पीना। फिर बात यहाँ खत्म होती है कि ये मलका महाराजा के पैरों में ढेर हो गयी और उन्होंने उसे देस-निकाला दे दिया। अब पाकिस्तान में शादी करवाकर रह रही है।...पर छोड़ो, तुम्हें इन बातों से क्या लेना-देना! चल जगते की बात पर। वैसे भी सियासी बातों की तुम्हें क्या समझ है!...

"तो जी, जब सब में पानी पीने की होड़ लग गयी तो जगता उस औरत के पीछे-पीछे हो लिया। वो औरत उन्हीं की गली में मुड़ी तो उसने सोचा, मेरी कर्कशा बीवी से शिकायत करने तो नहीं जा रही। देखो भगवान की करनी, वो उसी

के घर में घुस गयी। अब जगता को काटो तो खून नहीं। डरता-डरता भीतर गया तो बीवी ने कहा—'अब तक कहाँ थे? दुकान पर एक गाहक तीन चक्कर काट गया है। कोई बपारी आया होगा। पर चलो, आये हो तो घर की चाय पी लो।' फिर उसने आवाज लगाई—'ऐ लाड़ी (बहू), जरा अन्दर से मठरी ले आ अपने ससुर के लिए।'

"बहू घूँघट काढ़े आयी। मठरी देकर जाने लगी तो पता है, जगता ने क्या देखा? अरी कुछ तो बोल मरी!"

पण्डिताइन उसे टुकुर-टुकुर देख रही थी।

"तो सुनो, बहू जब मुड़ी तो वही गोरी एड़ियाँ, उन्नाबी रंग की सुत्थन और वही शकुन्तला चेन पाँवों में। देखा, अब आया ऊँट पहाड़ तले। मुआ सबकी बहू-बेटियों पर नज़र रखता है। इस हरामी का कभी भला न होगा।"

"गाली क्यूँ देती है? वहाँ और भी कई मर्द होंगे या अकेला वही था?"

"चुप कर सोमा, बड़ी पण्डिताइन बनी फिरती है! जिस बात का पता न हो, उसके बारे में बात नहीं करनी चाहिए।"

"पर तू तो बता रही थी, पूरो ने दो बार ज़हर खा लिया।"

"ज़हर न खाती तो क्या करती? वहाँ उड़दू बाज़ार में किसी के साथ इसका आँख-मटक्का हो गया था। पूरो को उसके सगे मामा ने आकर बता दिया। उसे पहली बार पता चला कि वो भी गाना सुनने जाता है।"

फिर सुग्गी गाने लगी—

"पल-भर बैई जाना बैई जाना हो
जिन्दे राती रैई जाना रैई जाना हो।"

[पल-भर के लिए बैठ जाना मेरी जान, रात-भर रह जाना।]

सोमा ने हैरान होकर कहा, "हे राम, सुग्गी, ये इतना बेशर्म गीत तुमने कहाँ से सुना?"

"मेरी बात छोड़, ये मलका पुखराज गाती थी। अब गीत में शर्म क्या और बेशर्मी क्या! पर सोमा, तुम्हें बात घुमाने की बड़ी आदत है। देखो, मुझे बीच में टोका मत करो।"

"तू पूरो की बात बता रही थी।"

"पर तुम बताने दो, तब न। हुआ ये कि मामा के जाते ही पूरो ने मोहरा (ज़हर) खाया और ज़मीन पर लेट गयी। पर राँड को इतनी उलटियाँ हुईं कि बच गयी। दूसरी बार तो ये मुआ घर पर ही था। जब वो ज़हर खाने लगी तो इसने हाथ से गिरा दिया। नहीं तो ये सरकारी साँड रँडुवा होकर घूम रहा होता। किसी ने एक कलुछी दाल भी न देनी थी हरामी को।"

सोमा ने कहा, "ऐ सुग्गी, तेरे मन में कितने किस्से-कहानियाँ जमा हैं! तुम्हें दर्द नहीं होता?"

"तुम्हें सुना दिया, अब नहीं होगा। पर मैं नाई की बेटी हूँ। हमें सब सुनकर पेट के कुएँ में डाल देना होता है। घर-घर का गुबार रहता है हमारे पेट में। भेद खुल जाये तो कइयों के मुँह काले हो जाएँ। तू तो यहाँ जीजा के घर पर मौज कर रही है। बाहिर स्याही हो या सफेदी, तुम्हें क्या लेना-देना! बहू आएगी तो तुम्हें सीधा करेगी। चलो, अब मैं चली। तुमसे बातें कर-करके तो मेरा दिमाग घूम गया है।"

सोमा ने कहा, "जा, मर। पर ये तो बताती जा कि बहू मुझे क्यूँ सीधा करेगी? एक ही बहू आनी है। मैं तो उसे बड़े प्यार से रखूँगी।"

सुग्गी ने हाथ नचाते हुए कहा, "अरे ऐसी भी क्या बहू जो सास को सीधा न करे और ऐसी भी क्या सास जो बहू से झगड़ा न करे! डोगरी में तो कहावत है—

बरैंकड़ गिल्ली बी बलै
ते सस्स गरीबनी बी लड़ै।

[एक झाड़ी होती है, बरैंकड़ नाम है। कहते हैं, वह गीली भी जलती है और सास ग़रीब हो तो भी लड़ती है।]

"तो जब ग़रीब सास भी लड़ती है तब तू क्यूँ न लड़ेगी? ऐसी भी क्या सास जो बहू से तू-तू, मैं-मैं न करे! पर तेरा क्या पता भई, तू तो बचपन में हमसे भी न लड़ती थी। जब हम तेरे ही घर के जामुन दरख्त पर चढ़कर चुरा ले जाते थे तब भी तू अपना हिस्सा लेकर खामोश रहती थी। तू किसी काम की नहीं है। सास भी ऐसी ही मिट्टी की माधो बनी रहोगी, मुझे पूरा यकीन है। चलो, मुझे ही कुछ करना पड़ेगा।"

सोमा हँसने लगी तो सुग्गी ने भी पूरे मन से उसका साथ दिया। फिर अपनी फूल-अर्घ्यवाली टोकरी और काँसे का लोटा लेकर चल दी।

उसके जाने के बाद सोमा ने सोचा— पण्डित जी की बैठक झाड़-पोंछ दूँ। फिर दरवाजा बन्द कर दूँगी। अन्दर धूल-मिट्टी हो तो पन्त जी खाँसते रहते हैं। पण्डित जी की अलमारी झाड़ते-झाड़ते उसने सोचा— बचपन के भी क्या दिन थे! बापू जी भी पण्डित थे। रोज यजमानों के घर पैदल ही सात-आठ कोस जाते थे। आज ये गाँव, कल वो गाँव। बुलौवे आते रहते थे। कभी श्राद्ध, कभी भोज, कभी ब्याह, कभी जनेऊ, कभी मुण्डन— सब लगा ही रहता। जब घर लौटते तो सोमा गली में चबूतरे पर या किसी लड़की के घर-आँगन में खेल रही होती। तब सारे द्वार खुले ही रहते थे! कुण्डे-ताले कोई न जानता था। बापू जी को दूर से आते ही सोमा देख

लेती। फिर भागकर माँ को सुनाने चल देती, 'माँ, माँ, बापू आ गये।'

माँ का चेहरा खिल उठता। वह पूछती, 'सोमी, तुमने बापू को आते देखा क्या?'

'हाँ, माँ, तभी तो भागी-भागी आयी हूँ। हम सब लड़कियाँ तारो के आँगन में रस्सी फाँद रहे थे। भूख लग रही है। बापू मीठे पुए और खीर तो लाये ही होंगे। खूब भरे-भरे थैले हैं।'

तभी बापू की आवाज़ ड्योढ़ी से सुनाई देती, 'अरी सोमा, बड़ी लालची हो तुम। खीर का बड़ा शौक है। खीर, खमीरे, खट्टे आलू— सब कुछ लाया हूँ।'

जब तक माँ बापू के हाथ से सामान लेती, सोमी आँगन में एक तरफ रखी पानी की बाल्टी से बापू के हाथ-पैर धुलवा देती। बापू फिर आँगन में बिछी हुई चारपाई पर बैठ जाते। माँ भीतर से गुड़ की डली और पानी भरा लोटा लाकर रख देती। पण्डितजी कहते—'सोमा की माँ, मैं पिछवाड़े जाकर कुएँ से दो बाल्टियाँ पानी की बदन पर डाल लेता हूँ। फिर गुड़ खाकर पानी पिऊँगा। रास्ते में कहीं कुत्ते ने गन्दा किया होता है, कहीं बेशऊर औरतें बर्तन साफ करके अनाज मिला पानी गली में बहा देती हैं। राम-राम! अन्दर से धुली धोती और गमछा देना, मैं अभी नहाकर आया।'

सोमा की आँखों के सामने नहाकर आये बापू के गेहुएँ बदन पर चिपकी पानी की बूँदें तैर गयीं। उसने अपनी आँखों के आँसू पोंछे। फिर दालान में आकर अँगीठी की गर्म राख काँगड़ी में डालने लगी। राख कोयलों से भी ज्यादा गर्म रहती है। श्रीनगर से एक बार पन्त जी का कोई चेला बोरी-भर चिनार की सूखी पत्तियाँ ले आया था। वो काँगड़ी में दो-दो दिन तक गर्म रहती थीं। सोमा की काँगड़ी में से धुआँ उठा। उसकी आँखें फिर बरसने लगीं। उसने सोचा— बापू की चौबरसी भी आ रही है। चार बरस हो गये। चौबरसी पर तो मैके जाऊँगी ही। पन्त जी भी चलेंगे। सबसे बड़ी पटड़ी[1] तो दामाद ही को मिलती है। माँ तो अब चलने-फिरने से भी रह गयी है। सारे घर में भाभी के ही धमाधम चलने की आवाज़ सुनाई देती है। चलो, सुखी रहे। माँ की सेवा तो वही कर रही है। मेरे घर का तो पानी भी माँ नहीं पीती। पन्त जी ने कहा भी था, जम्मू चलकर दुअन्नी वाले हकीम को दिखा देंगे। कई लोगों को फर्क पड़ गया है। पर माँ ने कहा, अब मरने से पहले बेटी के घर का पानी पीकर क्यूँ मरूँ? जब मौत आनी होगी तब कोई भी रोक नहीं पाएगा।

सोमा ने लम्बी साँस लेकर सोचा— कभी उस घर में अपना राज होता था। भाई छोटा था। एक ही भाई होने पर भी ज्यादा लाड़ सोमा के ही होते थे। माँ-बाप की लाड़ली सोमा छूने से मैली होती थी। पन्त जी की माँ ने उसे पुरमण्डल

---

1. एक अंगोछे में अपनी हैसियत के अनुसार पैसे, कोई कपड़ा, गिलास या लोटा बँधा रहता है। इसे ही पटड़ी कहते हैं।

में चैत्र चतुर्दशी के मेले में देखा था और माँ से माँग लिया था। पहली बार बापू उन्हें पुरमण्डल मेले में लेकर गये थे। बापू तो पुरमण्डल के बड़े मन्दिर के हो रहे यज्ञ में हिस्सा ले रहे थे और वह अपनी माँ के साथ पुरमण्डल गाँव के बीचोबीच बहती गुप्तगंगा देविका के चौड़े पाट पर लगे मेले में घूम रही थी। देविका की धारा एक ओर बह रही थी— पतली, बारीक, मासूम-सी एक-दो इंच भर जल की धारा। रेत के नीचे वह छल-छल करती है। जहाँ भी चाहो, खोदो। पानी निकल आता है। पानी निकले हुए सोतों में नहाने का बड़ा माहात्म्य है। वहीं से नहाकर आयी सोमा ने जल्दी-जल्दी कपड़े पहने थे और माँ के पीछे लग गयी थी। तभी पन्त जी की माँ ने उसे देखा और माँ से माँग लिया। तब उसे कहाँ पता था कि बेटी को कैसे माँगते हैं। पन्त जी की माँ ने सोमा की माँ से कहा था—

'पनतैनी (पण्डिताइन), आज से ये लड़की मेरी हुई। मेरे बेटे का यश तो महाराज भी गाते हैं। जैसी अप्सरा-सी सुन्दर तेरी बेटी, वैसा इन्द्र जैसा मेरा पुत्तर। बाईस तोले के गोखरू मुँह-दिखाई में दूँगी। महारानी ने दिये थे। दोनों गोखरूओं के आगे बने अजगर की आँखों में लाल जड़े हैं।' फिर हँसकर पन्त जी की माँ ने कहा था—'लालच दे रही हूँ, हैं। अब ये लड़की मेरी है।'

सोमा की माँ की आँखें भर आयी थीं। उसने पन्त जी की माँ के दोनों हाथों को अपने माथे से छुआकर कहा था—

'मैंने कहाँ सोचा था कि मेरी सोमी के इतने ऊँचे भाग होंगे। हे शिवजी महाराज, हे देविका माई, तुम साक्षी हो, आज से मैंने सोमी को इनकी गोद में डाला।'

सोमा भाग गयी थी।

सोमा ने मुस्कराकर अपने हाथों को देखा। तब ये कितने छोटे थे! अजगर के मुँहवाले गोखरू हाथों से गिर-गिर जाते थे। भारी भी थे। काम करते वक्त आड़े आते। कितने बरस तो डाले रही, फिर जब सास न रही और बेटे का जनेऊ हो गया तब उतारकर ये दो-दो किंगनियाँ (चूड़ियाँ) डाल लीं। इतने बड़े, इतने नामी पण्डित की पत्नी खाली हाथ कैसे रहती! गोखरू उसने वहीं रख दिये, जहाँ बाकी के गहने दबाकर रखे थे। जब सास थीं तब गहने दबानेवाली जगह हर दिवाली को बदल देती थीं। बाल्टी जितना गड्ढा वह खुद ही खोदतीं। सोमा को बाहर पहरेदारी पर रखतीं। फिर उसे भरकर ऊपर मिट्टी-गोबर लीप देतीं। वहीं पीढ़ी रखकर कई दिन तक चरखा काततीं। कई गीत गाती थीं मेरी सास। धीरे-धीरे सोमा गुनगुनाने लगी—

'उप्पर धारा गोरी पक्खरू पालेया
बड्डा होग उड्डुरी जाना
पैंछिए दी नेई हुंदी रोहल चन्दरी।'

[पहाड़ के ऊपर गोरी ने एक पक्षी पाला है। बड़ा होगा तो निश्चय ही उड़ जाएगा। पक्षियों का संग अच्छा नहीं है।]

सोमा की सोच हिलोरें लेने लगी। आज सास होतीं तो देखती, बैंक में गहने रखने का रिवाज चल पड़ा है, नहीं तो सब गहने दबाकर ही रखते थे। कहीं से ससुर जी को चाँदी का बहुत बड़ा बर्तन मिला था। उसका मुँह काफी खुला था। सासु जी, रुई में गहने लपेट-लपेटकर उसमें रखतीं। सबसे नीचे सबसे भारी गहना, फिर हलके गहने। सबसे ऊपर बालियाँ, झुमके/झुमकियाँ भी कितनी...सब्जे वाली, लाल मोतियों वाली, मूँग वाली, सिर्फ सोने की सफेद मोतियों वाली। सोमा को वह नित नई झुमकी-काँटे-बालियाँ पहनातीं। फिर देख-देखकर निहाल होतीं। ऐसी सास क्या हर किसी के भाग्य में होती है? चाँदी के बर्तन में पानी पन्त जी के पलंग के नीचे रहता है। सुबह ही सारा पी जाते हैं। फिर तो गुसलखाने के फेरे। आ और जा। सोमा हँसी। अपने बड़े-से आँगन में उसने कटी हुई लकड़ियों पर नज़र मारी, फिर सोचा, अब इन्हें कल ही लकड़ियों वाली कोठरी में रखवाऊँगी। आसमान तो साफ है।

सास के समय तो कोठरी सूखी लकड़ियों से भरी रहती थी। मजाल है एक भी मोटा लक्कड़ हो! छोटी-छोटी लकड़ियों के भी ढेर लगे रहते थे। गूजरियाँ आके बेचती थीं। पक्का डंगा, धौंथली बाजार, परानी मण्डी भरी रहती थी। अब तो कम ही दिखाई देती है।

ससुर भी तो कितने नामी पण्डित थे! रामनगर के राजा के पास थे। भविष्य बताने में उनकी बराबरी कोई न कर सकता था। महाराजा प्रतापसिंह ने ही उन्हें रामनगर से जम्मू बुला लिया था। इतना नाम था उनका। बापू जी ने महाराजा को देखते ही कहा था—'महाराज, जिस दिशा से आप जा रहे हैं, उधर मत जाइए। दूसरी दिशा से जाकर आप सफल होंगे।' फिर जब उनकी भविष्यवाणी सच हुई तभी महाराजा ने उन्हें रामनगर से जम्मू बुला लिया था। ये सभी बातें उसे सास बताती रहती थीं।

उसे याद आया, उस दिन वह सास के सिर में घी की मालिश कर रही थी। तब सास ने सुख का अनुभव करते हुए बड़े प्यार से बताया था—'सोमा, लाड़ी, तुझे शादी में रामनगर ले गयी थी न? वहाँ तुमने वो किला देखा था संगमरमर-जैसा सफेद। उसकी अपनी अलग कहानी है। लाड़ी, हाथ जरा धीरे चलाओ, मेरी चमड़ी उधड़ जाएगी।'

सोमा को जैसे सास की आवाज सुनाई दी। उसकी हँसी छूट गयी। इतनी अच्छी थीं माँ जी, पर आज भी उनकी आवाज़ सुनकर काँप उठती हूँ। ठीक कहती है सुग्गी।

सास ने मगन होकर कहा था—'रामनगर में मैंने तुम्हें वो सुन्दर किला दिखाया था न, सफेद जैसे संगमरमर होता है, उसी की कहानी सुनाती हूँ तुम्हें। कहते हैं,

पंजाब के महाराजा रणजीत सिंह ने एक शाम लाहौर से दूरबीन लगाकर चारों तरफ देखा तो उनकी नज़र दूर पहाड़ी पर बने एक सफेद महल पर पड़ी। उन्होंने अहलकारों को पूछा— भई, ये ताजमहल किसका है ? उत्तर मिला— आपका ही है महाराज ! महाराजा रणजीत सिंह ने अपनी इकलौती आँख से जी भरकर उसे देखा। ढलती साँझ में सुनहरी होते उस महल पर महाराजा का दिल आ गया। वहीं दूर एक डोगरा सिपाही भी था। कुछ सोचकर घोड़े पर सवार होकर वो रात ही रात में रामनगर आ पहुँचा और वहाँ के राजा को ये समाचार दिया। तब महाराजा ने तुम्हारे बापू जी को बुलाकर पूछा था— पण्डित जी, क्या करें, रामनगर तो गया ही समझो।

'तुम्हारे बापू जी की अक्ल के क्या कहने ! उन्होंने रातोंरात लोगों के घरों से गोबर इकट्ठा करवाया और मज़दूर लगाकर उस सफेद संगमरमरी किले पर पुतवा दिया। रामनगर की तेज़ और ताजा हवाओं से गोबर घड़ी-भर में ही सूख गया।

'अगले दिन जब महाराजा रणजीत सिंह ने दूरबीन लगाकर देखा तो सफेद संगमरमरी महल कहीं न था तो इनकी सूझबूझ से बच गया रामनगर। नहीं तो उस महल में रहने की इच्छा तो गंदर्भों की भी होती होगी। ऐसे ससुर की बहू हो तुम। अब हो गया। जाओ, हाथ धोकर कुएँ से पानी खींच लाओ। इस शहर में कुछ घरों में ही कुएँ हैं। सबकी हैसियत कुआँ खुदवाने की नहीं होती। नयी-नवेली बहुएँ इसीलिए यहाँ कुआँ पूजने आती हैं।'

सोमा उठकर पिछवाड़े गयी। कुएँ में झाँका तो अपना चेहरा देखा। अभी भी उसकी सुन्दरता की टक्कर इस शहर में नहीं है। उन दिनों तो एक मुहल्ला एक घर ही होता था। कोई भी औरत अखरोट की दातुन करते हुए पिछवाड़े जाकर नहा आती थी। सुख-दुख सब साँझे होते थे। कोई औरत विधवा होती तो मुहल्ले के सात-आठ घरों से गेयास्सन (दो रोटी-दाल की सहायता) लग जाता। बड़े आदर से अपनी बड़ी थाली या परात लेकर वह औरत आती और हर घर से गेयास्सन लेकर चली जाती। यह औरत भी उस घर का जैसे एक सदस्य ही होती। सात-आठ घरों से गेयास्सन मिलते-मिलते उसका परिवार बड़ा हो जाता। इसमें हर जाति की साझेदारी होती। किसी में कोई अन्तर न होता। उसे याद आया— गेयास्सन लेनेवाली आ रही होगी। ओह, मैं तो भूल ही गयी। सोमा ने सोचा।

सोमा ने रसोईघर में जाकर पहले छाछ बिलोयी। मक्खन निकालने के लिए कई बार ठण्डे पानी के छींटे दिये। आखिर मक्खन निकल गया तो भी कई फुनगियाँ छाछ पर पड़ी रहीं। तैरती हुई फुनगियों को उसने तैरने दिया। फिर एक मिट्टी के बर्तन में भरकर रखा। सोचा, चाची जी को दूँगी। गेयास्सन लेनेवाली उसके पति की दूर की चाची भी थी। सोमा उसके पाँव भी छूती थी। पण्डित जी के, अपने और अपने बेटे काकू के पुराने कपड़े भी उसे देती रहती थी। चाची अपने सुख-दुख की सारी बात सोमा से करती थी। उसे हमेशा यह कहना न भूलती कि लाड़ी,

तुम्हारे चाचा को तो तुम्हारी सास अपना बेटा ही मानती थी। जब मेरी शादी हुई तो उसने मुझे मुँह-दिखाई में सोने की अँगूठी दी थी। जब तुम्हारे चाचा को निक्का ताप (टी.बी.) हुआ तो बाकी गहनों के साथ-साथ वो भी बिक गयी। अब निक्कू की शादी होगी, तभी गहनों की जरूरत पड़ेगी।

खमीरा चूल्हे के आगे पड़े कोयलों पर फूल गया था। छाबड़ी ख़मीरों से भर गयी थी। उसने आटे से हाथ खींच लिया।

सोमा का बेटा काशी में पढ़ रहा है। बाप-दादा, परदादा सब वहीं पढ़कर तो इतने नामी पण्डित हुए। पिछली बार आया था तो कैसे पन्त जी के साथ संस्कृत में बात करता था! सोमा देख-देखकर रीझती रहती थी। उसने सोचा, मेरा छोटा-सा काकू अब कितनी बड़ी-बड़ी बातें करता है!

छोटा था तो हर बात माँ से पूछता था। कैसे सुन्दर घुँघराले काले बाल थे, जैसे मस्त होकर भँवरे एक-दूसरे से खेल रहे हों! कितनी मुश्किल से कंघी करवाता था! कभी बर्फी खिलाती रहती, कभी मीठे पुए बना देती। कैसा सुन्दर है मेरा लाल!

मुण्डन के वक्त जब नाई ने उस्तरा फेरना शुरू किया तब गोद में रखी शगुनों वाली चादर में बाल इस तरह गिरते थे जैसे काले भँवरे कुश्ती कर रहे हों! एक-दूसरे से लिपटकर चित-पट्ट की होड़ में हों। पण्डिताइन ने वह बाल रेशमी रूमाल में बाँधकर रखे हुए हैं। कभी-कभी रूमाल खोलकर उन्हें प्यार कर लेती है। हमेशा ही रूमाल खुलता है और साथ-साथ वह दृश्य भी खुलता चला जाता है। उसकी सास ने चाँदी के पाँच रुपये पोते के सिर से न्यौछावर करके नाई को दिये थे। सुग्गी का ससुर अमरचन्द नाऊ तब खुद ही आया था। उसका महाराजा के अन्त:पुर में भी आना-जाना रहता था। रानियाँ उससे पर्दा नहीं करती थीं। नाऊ अपने खास अन्दाज़ में सारे शहर की बातें रानियों को बता आता था। रानी हो या गोली, बतरस तो हर किसी को होता है।

शायद सासू माँ ने ही बताया था— पक्का डंगा में बड़ी मशहूर दुकान थी मनियारी की। जब भी नयी चूड़ियाँ, अमृतसरी परान्दे, काजल, सिन्दूर, टिकुली, सित्था या गजरे बाज़ार में आते तब वह इसी नाई को ढूँढ़कर बता देता। फिर रात को बाज़ार बन्द होने पर चद्दरों से ढँगे ताँगे बाज़ार में आते, बुर्का पहने हुए ढँकी-छिपी रानियाँ उसमें से निकलतीं और अपनी पसन्द की चीज़ें खरीद लेतीं। तब बालों में सित्था लगाकर फुलचिड़ियाँ बनायी जातीं, जो सुबह से शाम तक वहीं जमी रहतीं। हरिसिंह महाराजा की रानी तारादेवी खूब बढ़िया फुलचिड़ियाँ बनाती थीं। उनके गोरे गन्दर्भ चेहरे पर वह कितनी सुन्दर लगती थीं, जैसे सचमुच की चिड़ियाँ बैठी हों और सित्थे की वजह से हिल न रही हों!

आज वे दिन कहाँ हैं! वीरवार को भाइयों की रक्षा के लिए सिर न धोया जाता था। औरतें कहतीं— शुक्र की एक आँख होती है, इसलिए एक बेटे की माँ

उस दिन सिर नहीं धोती। जब कोई बाहर जाता तब भी सिर नहीं धोते थे। एक बार महाराजा प्रताप सिंह दिल्ली जा रहे थे। एक रानी ने सिर पर दही लगाया हुआ था कि महाराजा को जाने से पहले देनेवाली तोपों की सलामी की आवाज़ें आनी शुरू हो गयीं। रानी किसी टहलिन को आवाज़ देती रही कि जल्दी से सिर पर पानी डाल दे। पर जब तक टहलिन आती, तोपों की आवाजें आनी बन्द हो गयीं। फिर चार दिन तक सिर में दही लगा रहा। महाराजा वापस आये तभी सिर धुला।

सोमा की हँसी छूट गयी। आज अगर वह देख पातीं कि क्या हो रहा है तो बेहोश हो जातीं। अब तो लड़कियाँ दो-दो चोटियाँ करती हैं। सुग्गी तो कहती है, दो चोटियाँ करने से ही मुलक के दो हिस्से हो गये। सुग्गी का वेद अलग ही है। तभी बाहर से आवाज़ आयी, "लाड़ी, घर पर हो?"

सोमा दुनिया में लौटी। यह तो गेयास्सन लेनेवाली चाची है। उसने चाची के पाँव छुए और बैठने के लिए पीढ़ी बिछा दी। चाची के मुँह से आशीर्वाद झरने लगे—

"बुड्ड सुहागिन हो
सत्तपुत्तरी हो
सुखी रौह।"

सोमा ने हँसकर कहा, "चाची जी, एक बेटा है। अब और तो नहीं हो सकता। भगवान ने एक दे दिया। बहुत शुक्र है।"

चाची बोली, "लाड़ी, मेरा काकू तो एक ही सात के बराबर है। तुम देखना, एक के ही सहस्त्र होंगे। अपने दादा का नाम रौशन करेगा। अभी से कैसे संस्कृत में बात करता है! विद्वान तो होगा ही। वैसे लाड़ी, तुमने तो सुना ही होगा। इनको एक साधु ने कहा था कि कुल में एक ही पुत्र होगा, पर खूब नामी होगा।"

सोमा ने गद्गद होकर कहा, "चाची जी, सब बड़ों का आशीर्वाद है। मैंने आपके लिए पहली छाछ की डूँगड़ी (मिट्टी का बर्तन) भरकर रखी है। न हो तो परसू दे आएगा।"

"नहीं लाड़ी, मैं ही ले जाती हूँ। तुम्हारा देवर शाह की दुकान पर लस्सी पीकर जाएगा। ये तो अमृत है।"

"चाची जी, खमीरे अभी ताज़ा-ताज़ा बनाये हैं। मक्खन के साथ खाकर लस्सी पी लें।"

"नहीं लाड़ी, इतनी ठण्ड में लस्सी तो ये लड़के ही हज़म कर सकते हैं। मुझे तो तुम देसी चाय दे दो। पूजा तो मैं कर आयी हूँ, पर अभी मुँह में अन्न न डालूँगी। मन्दिर जाना रह गया है।"

सोमा ने कहा, "चाची जी, आप तो बहुत कठिन व्रत करती हैं। मैं तो सोच भी नहीं सकती। पूर्णमासी, एकादशी और सोमवार तो माँ जी ही लगा गयी थीं।

बस, इतना ही करती हूँ। सोमवार तो माँ जी ने आते ही लगवा दिया था। उस छोटी उम्र में एक समय भूखा रहना बड़ा कठिन था। एक बार मैंने शाम को चोरी से खमीरे खा लिये तो दाँत में अचार का छिलका लगा रह गया। माँ जी ने देखा तो डाँटने लगीं। ससुर जी आ गये तो उन्होंने कहा कि ये तो अभी बच्चा है। इसे व्रत रखने की कोई जरूरत नहीं है। उसके बाद सास ने व्रत वाले दिन शाम को कटोरा-भर दूध में गुड़ डालकर देना शुरू कर दिया। खाली पेट में जाकर दूध बोलता घूँ ऽ ऽ घूँ...''

दोनों हँस पड़ीं।

''पर फिर मैंने चोरी से कभी कुछ नहीं खाया।''

चाची कहने लगी, ''अरे मैंने तो करवा चौथ वाले दिन आपके पिछवाड़े के कुएँ पर आकर नहाते-नहाते कितना ही पानी पी लिया था। सासु जी मेरा खिला हुआ चेहरा देखकर ताड़ गयीं। कुएँ पर पड़े कपड़े धोनेवाले डण्डे से इतना मारा कि नील पड़ गये। मैं महीना-भर इसी कुएँ पर आकर नहाती रही। अगर तवी नहाने जाती तो सबको नील देखकर पता चल जाता। हमारी सास तो उतनी बुरी न थी, पर तब ऐसी सासें होती थीं कि मारते वक्त साँस भी न लेती थीं। हमारे पड़ोस में जो सिपाही की बीवी है न, उसको तो उसकी सास ने गरम चिमटे से मारा था। वो तो उसी वक्त उसका पति छुट्टी पर आ गया तो बचाव हो गया। फिर वो जितने रहा, रोज बड़े हस्पताल जाकर पत्नी के हाथ की पट्टी करवाता रहा, पर माँ के आगे बोलने की हिम्मत न हुई। ऐसी सासें थीं हमारी।''

सोमा की आँखें भर आयीं। उसने कहा, ''बस, एक बार ही माँ जी ने डाँटा था। फिर कभी कुछ नहीं कहा। सच बात तो यह है कि मेरी सास देवी थीं। मैं छोटी थी तो बेटी की तरह अपने साथ ही सुलाती थीं। एक बार सोते-सोते मेरे हाथ से गोखरू गिर गया। नीचे बुझी हुई काँगड़ी पड़ी थी, वहीं राख में छुप-सा गया। रसोई में माँ जी ने मेरी सूनी कलाई देखी तो उन्होंने पूछा। मैं डर गयी और रोने लगी। वो खुद जाकर सोनेवाले कमरे से गोखरू ढूँढ़कर ले आयीं। फिर उसी दिन सुनार को बुलाकर गोखरू तंग करवा दिये। उनकी कितनी ही बातें याद आती हैं। उनका स्वर्ग में निवास हो। ऐसी सास बड़े भाग्य से मिलती है।''

चाची ने भी अपनी चद्दर से आँसू पोंछे। अपनी परात उठायी और चल दी। सोमा ने पैर छुए तो उसे असीस दी, ''बहू, जैसी तू बहू हुई, वैसी ही तेरी बहू आये।''

सोमा का उस दिन सोमवार का व्रत था। वह एक समय खाना खाती थी। कहती, शाम को पन्त जी के आने के बाद उन्हें खिलाकर ही खाऊँगी। तब तक थोड़ा दूध पी लूँगी। केले भी पड़े हुए हैं। केला ऐसी चीज है कि पूरा पेट भर जाता है। पिछवाड़े केले का पेड़ भी लगा है, पर केले कभी-कभी आते हैं।

पहाड़ी पर जम्मू शहर यूँ बसा हुआ है, जैसे अँगूठी में उभरता हुआ पुखराज। ज्यूँ ही बारिश होती है, सारे का सारा शहर धुलकर चाँद की तरह चमकने लगता है। बारिश होने पर सभी तालाब भर जाते हैं। रानी के तालाब में तो औरतें सुबह नहाकर मन्दिर जाती हैं। सामने ही तो मन्दिर है। पानी से भरे बर्तन लेकर नंगे पाँव जाती औरतें मानो शिव के जहर को थोड़ा-थोड़ा शान्त करने का यत्न करती हों। मन्दिर तो राधाकृष्ण का है, पर शिव की पिण्डी तो जम्मू में हर मन्दिर में है। परेड के नीचे चुट्ट शिवजी का मन्दिर भव्य है। उसकी पिण्डी तो इन्सान से भी कितनी ऊँची है। तभी तो उन्हें चुट्ट शिवजी याने मोटे शिवजी का मन्दिर कहा जाता है।

रानी तालाबवाला मन्दिर मुख्यतः राधाकृष्ण का मन्दिर है। रोज नये श्रृंगार से सजता है। जन्माष्टमी पर तो राधाकृष्ण का श्रृंगार देखने गाँव-गाँव से लोग चले आते हैं। क्या रौनक होती है उस दिन! मन्दिर से ही इतना प्रसाद मिल जाता है कि पेट भर जाता है। इस मन्दिर के पुजारी भी बहुत अच्छे हैं। शहर में हर किसी को जानते हैं। किसकी बहू मैके गयी है, किसकी बेटी मैके आयी है, उन्हें पूरा ध्यान रहता है। कल ही तो शाहों की लड़की को पूछ रहे थे।

"पुच्छो धिए, तू कब आयी उधमपुर से? तुम्हारी सास तो सुना, बड़ी लड़ाका है।"

पुच्छो कब चुप रहनेवाली। थोड़ा-सा शरमाकर बोली, "चाचू जी, मेरी सास सुबह जब तक मंगू की बावड़ी से नहाकर मन्दिरों में पूजा करके नहीं आतीं तब तक मुँह नहीं जुठरातीं।"

पुजारी ने कहा, "और जो गुड़ खाकर पानी पीती है!"

पुच्छो घबराकर बोली, "गुड़! गुड़ कहाँ खाती है मेरी सास?"

पण्डित जी को हँसता देखकर पुच्छो समझ गयी कि चाचू छेड़ रहे हैं। जब छोटी थी तब भी ठण्डा-ठण्डा पानी पाँवों पर डालकर कहते थे— देवी पूज रहा हूँ।

पुच्छो ने कहा, "चाचू जी, चन्दो कब आएगी?"

पुजारी जी ने कहा, "पुत्तरा, उसका बेटा जब तक साल-भर का न हो जाएगा, उसकी सास उसे कहीं नहीं जाने देगी।"

"पुजारी चाचू, पहले क्यूँ नहीं बताया कि चन्दो के बेटा हुआ है? मैं जाकर मिल आती।"

"अरे पुच्छो, कई दिन तक तो उसकी सास कहती रही कि लड़की हुई है, लड़की हुई है। फिर जब इक्कीस दिन होने पर सूत्तरा (नये बच्चे को कपड़े आदि पहनाने का मंगल कार्य) होना था, तब हमें खबर भेजी। उस दिन तो हमारे घर का धागा और कपड़ा पहनना था न। फिर तेरी मौसी ने जल्दी-जल्दी सब इकट्ठा किया और रुलदू के हाथों भेज दिया। असल में स्त्रियों का ये जो पाँचवाँ वेद है

न, उसके बारे में हम पण्डित लोग नहीं जानते। ये वेद स्त्री ने खुद ही रचा है।''

पुच्छो मुस्कराकर वापस होती। मन्दिर की सीढ़ियाँ उतरते समय सोचने लगी— आज मैं कैसे तो ये सीढ़ियाँ सँभल-सँभलकर उतर रही हूँ! कभी मैं और चन्दो हवा में उड़ते थे इन सीढ़ियों पर। कभी देखते भी न पीछे फिर कर। हफ़्ता-दस दिन और रहना होता तो अपने छोटे भाई को लेकर उससे मिल आती। उसका बेटा भी देख आती। पर सास को भी कहाँ पूछा है। फिर वह मन-ही-मन जैसे चन्दो से बातें करने लगी। चन्दो उसके वजूद पर छा गयी— चन्दो अब चिड़ियों का चम्बा नहीं है। अब हम धरती में बोयी हुई बेले हैं, जो वृक्षों से लिपटी हुई हैं। इधर-उधर नहीं जा सकतीं। हमारे पैर धरती ने जकड़ रखे हैं। हम सिर्फ टहनियाँ की तरह बाँहें फैला सकती हैं। आओ, मेरी बाँहों में आ जाओ चन्दो! पल-भर ही सही, मिल तो लें।

तभी उसके कान में आवाज़ पड़ी, ''कुड़ी पुच्छो, कब आयी?''

गोसाइयों की ताई खड़ी होकर पूछ रही थी। उसके साथ पुच्छो को बहुत मोह तो न था, पर चन्दो की याद में भीगे इन लम्हों में वह ताई के साथ लिपटकर थोड़ी हल्की होना चाहती थी। गले लगते ही उसकी हिचकियाँ बँध गयीं।

ताई एक नम्बर की खुर्राट थी। वह सकते में आ गयी। फिर पूछा, ''कुड़ी, सुनने में आया है, तेरी सास तो बड़ी अच्छी है!''

पुच्छो सावधान हुई। अगर अभी इसकी शंका का निवारण नहीं किया तो कहीं शाम तक सारे मुहल्ले में यही न फैल जाए कि पुच्छो की सास उसे तंग करती है।

पुच्छो ने आँख के आँसू पोंछते हुए नर्म लहजे में कहा, ''ताई, मेरी सास तो देवी है, पर क्या सास अच्छी हो तो मैके की याद नहीं आती?''

ताई भी झट से बोली, ''हाँ, कुड़ी, क्यूँ नहीं आती, पर असल में मैं कभी स्कूल में नहीं गयी न, इसीलिए ये सब बातें क्या जानूँ! हमारे जमाने में घर-घर स्कूल की माई घूमती थी तो भी कोई अपनी लड़की को स्कूल न भेजता। सब कहते— हमने कौन-सी इनसे नौकरी करवानी है। अब बता, मेरे घर कब आएगी?'' ताई ने प्यार जताते हुए पूछा, ''भई, पुच्छो, आँगन में जो किम्ब का पेड़ लगा है, उस पर खूब किम्ब आये हैं। पक भी गये हैं। आना, तुम्हारी भाभी तुम्हें किम्ब बना देगी।''

''आऊँगी ताई, पर किम्ब खाने का मज़ा तो सर्दियों की धूप में बैठकर ही आता है। भाभी से कहना, किम्ब में धूनी लगाने की तैयारी रखे। धूनी लगाने से किम्ब का स्वाद दुगुना हो जाता है।''

ताई खुश होकर बोली, ''किम्ब खाने आओगी तो दोपहर का भात भी वहीं खा लेना।''

निम्मो ने कहा, ''ताई, आज रहने दो। आज तो चबूतरेवाली मौसी आकर घ्यूर

बनाएगी।''

ताई खुश होकर बोली, ''तो आज घ्यूरों से पेट भरोगी! तुम्हारी माँ ने बड़ा कुण्डा भरकर दही जमाया होगा। तुम्हारी भैंस भी तो कई सेर दूध देती है।''

''घ्यूर के साथ दही तो होता ही है। तुम भी आ जाओ न ताई। घ्यूर तो तुम्हें भी अच्छे लगते हैं।''

''पुच्छो, अब घ्यूर कहाँ पचते हैं! वो दिन तो जैसे कभी थे ही नहीं। अब तुम लोग हमारे हिस्से के भी खाओ। ऐ कुड़ी, गोद में लड़का ही है न?''

''हाँ, ताई!''

''भई, अब तो सुख से तीन-चार बरस का हो गया होगा। तुमने और कोई खबर नहीं दी!''

पुच्छो शरमा गयी। ताई का बोलना जारी रहा, ''तेरा आदमी ठहरा दफतरिया। पता नहीं क्या-क्या होता है दफ़्तर में आजकल! बच्चे भी कंजूसी से पैदा हो रहे हैं। जानती हो, मेरी सास के तेईस बच्चे हुए, जिनमें से सात मर गये और नौ अधबने ही चले गये। नहीं तो ये बचे हुए जो लंका-काण्ड कर रहे हैं, वो भी रहते तो वानरसेना हो जाती। मेरी बहू को देखो, एक बेटा हो गया तो मैंने कहा— जोड़ी जरूर मिलानी है। बस, एक लड़की पैदा कर दी। उसके बाद तो पता नहीं किसकी नज़र लगी, बहू के पैर ही भारी नहीं हुए। इस जगह डायनें भी तो कम नहीं हैं। किसी को फलता-फूलता नहीं देख सकतीं।''

पुच्छो ने कहा, ''ताई, कुछ भगवान भी तो करता है न।''

''हाँ, भगवान भी आजकल तुम लोगों को उलटी मति दे रहा है। वो कैसा घर-आँगन जहाँ हर साल बच्चा न खेले!''

''ताई, इस तरह तो बच्चे ही बच्चे हो जाएँगे!''

''भई, कल को जंग लगेगी तो लड़ने के लिए यही जवान होकर जाएँगे न!''

''तो ताई, घ्यूर खाने आ जाना। मुझे देर हो रही है।''

ताई ने पेट बजाकर कहा, "देख लो, शिवजी के डमरू की तरह बज रहा है। ज़रा दो-चार डकार आ जाएँ तो ठीक हो जाऊँगी। फिर शायद आ ही जाऊँ। भई, चबूतरे वाली जैसे घ्यूर कौन बना सकता है! देखो पुच्छो, ससुराल जाओगी तो चार-पाँच किम्ब जरूर ले जाना। तुम्हें अच्छे लगते हैं न!''

''हाँ, ताई, जरूर ले जाऊँगी। अब चलती हूँ।''

''हाँ, मुझे भी चलना चाहिए। पता नहीं बहू ने दाल चढ़ायी है या नहीं चढ़ायी! गाय का दूध भी दुहना था।''

पुच्छो को ताई की बातों पर हँसी आ गयी। उसने सोचा, बहू तो दाल को छौंक भी लगा चुकी होगी, पर ताई को अपने बखान करके बड़ा सुख मिलता है। खट्टी भिण्डी तो ऐसे खाती है जैसे मुर्गी खानेवाले मुर्गे की टाँग खींचते हैं।

पुच्छो ने सोचा— माँ को जाते ही कहूँगी कि अपनी भैंस की नजर उतरवा लो। ताई से ज्यादा नज़र किसी की भी खराब नहीं है इस गाँव में।

जब पुच्छो और चन्दो छोटी थीं तो इसी ताई ने बड़ा ज्ञान बघारते हुए बताया था, "जब महाराजा प्रतापसिंह थे तब उनको गली-मुहल्ले के सब लोगों के नाम याद रहते थे। तब पाकिस्तान न बना था। शहर में सब अपने थे। वो भेस भी बदलकर शहर का हाल-चाल जानने के लिए निकलते थे।

एक बार पुरानी मण्डी में जा रहे थे तो एक औरत को रोककर कहा— "भाभी, तुम्हारी बेटी ससुराल गयी या नहीं।' औरत ने कहा—'महाराज, इसका बाप तो लाम पर (मोर्चे पर) गया है। कन्या-दान तो उसके बग़ैर नहीं हो सकता। पता नहीं लड़के वाले भी कब तक बैठे रहेंगे! सब के घर में काम-काज करने के लिए मनुक्ख तो चाहिए न। मुझे तो गिनती करते-करते रात भर नींद भी नहीं आती।' कहते हैं, महाराजा ने वजीर को हुक्म दिया कि इस लड़की के बाप को लाम पर से बुलवा लिया जाये। फिर शादी में खुद जाकर दो रेशम के थान और एक सौ एक रुपया दे आये।"

पुच्छो ने गर्व महसूस किया। सामने ही उसकी घर की ड्योढ़ी पर उसकी माँ अपने नवासे को चुप कराते-कराते बोली, "वो देखो चन्ना, तुम्हारी माँ आ गयी।" माँ को देखते ही बेटा आकर उसकी आगोश में समा गया। दिन चल निकला।

तवी से नहाकर सुग्गी आयी तो रास्ते-भर सोचती रही, भला चाय में डालने के लिए छोटी इलायची मैंने कहाँ छुपायी है! कल चन्दो से माँग ली थी पर आज तो ढूँढ़नी पड़ेगी। अहाते वाले कौन से मेरे यजमान हैं जो मुझे उनसे इलायची माँगने में शर्म न आये। उसने सिर के ऊपर रखी तवी वाले कुएँ से भरी बटलोई सिर से उतारकर कमर में रखी और सोचा, अब तो मुड़ते ही घर आ जाएगा। सिर भी खोखला हो गया है। अब सिर में थोड़ा घी डलवाऊँगी तभी कुछ होश आएगा।

सुग्गी घर के पास पहुँची तो उसने पानी की बटलोई उतारकर हाथों में ले ली। इतनी लम्बी ऊँची ढक्की तो आसानी से चढ़ ली। घर को देखते ही बटलोई बोझ हो गयी। गाय का घी पड़ा है, थोड़ा सिर में मलवाऊँगी तो जान आएगी।

अपनी गली में मुड़ते ही सुग्गी नाइन ने देखा, अहाते में कुछ शोर हो रहा है और सामान इधर-उधर खिसकाने की आवाज आ रही है। सुग्गी ने सोचा, क्या हो गया? कहीं फिर तो पाकिस्तान नहीं बनने लगा? अभी तो कल ही बना था। मर जाएँगे मुए लड़-लड़के। उसने ड्योढ़ी की दोनों तरफ बनी बन्नियों को देखा और एक पर बटलोई रख दी और साँस लेने लगी। अभी उसने अहाते की तरफ न देखा था। उसने सोचा, यहाँ रमजान धोबी का कितना बड़ा परिवार रहता था!

कितने चाव से उसने इस अहाते में हौज बनाया! इतनी कुठरियाँ बनायीं पर यहाँ रहना न मिला। राम और रहीम में कोई फर्क नहीं है। दोनों ही इन्सान का दर्द नहीं समझते। अरे मेरे राम, ज़रा मनुक्खी चोला पहनो तभी समझ सकोगे हमारी पीड़ा। रोज तवी से बटलोई भर पानी लाना पड़े तो सारी प्रभुताई भूल जाओगे। भला हो रमजान धोबी का, इतनी कुठरियाँ बनवाकर चला गया। जैसे उसने हम लोगों ही के लिए बनवायी थीं! सरकार का भी भला, दो कुठरियाँ मुझे भी रहने को मिल गयी, नहीं तो नाथी की दादी के साथ ही रहना पड़ता।

अहाते में किसी ने सुग्गी को देख लिया, "आ गयी मौसी। ओह, मौसी, भीतर आकर देख, प्रलय आ गयी है।"

"मुए, मुझे प्रलय कहता है!" सुग्गी के मुँह से निकला पर भीतर नज़र पड़ते ही उसका मुँह खुला का खुला रह गया। सुग्गी हकबकाई-सी अहाते में गयी तो उसने देखा, उसके घर का सारा सामान आँगन में पड़ा है। उसके नाऊ का डिब्बा और लोहे का ट्रंक दो मजदूर बाहर ला रहे थे। ट्रंक में ताला भी न लगा था। अगर खुल जाता तो ऊपर ही रखे चौरासी रुपये आँगन में बिखर जाते। हे भगवान्, ये क्या हुआ! सुग्गी का मुँह दुःख के मारे खुल गया और हैरानी से आँखें फटी की फटी रह गयीं। वह इधर-उधर देखने लगी। थोड़ी देर में उसे जब समझ आयी तो उसने पानी की बटलोई उसके स्थान पर रखकर पीटना शुरू कर दिया। दो-चार दुहत्थड़ मुँह पर मारे तो आँगन में किसी ने उसके हाथ पकड़ लिये।

सुग्गी ने बिफरी शेरनी की तरह चिल्लाकर कहा, "ऐ सुलतान के सालो, ये क्या तुम्हारी माँ का घर है जिसे खाली कर रहे हो? बेड़ा गर्क जाये, कुछ न रहे तुम लोगों का, सात पुश्तें नर्क में पड़ें! असल बाप का है तो लगा किसी चीज़ को हाथ! तेरे हाथ न तोड़ दूँ तो सुग्गी नहीं!"

सुग्गी ने भागकर हौज के पास कपड़े धोती औरत के हाथ से डण्डा लिया पर सुलतान के साले के सिर में जूँ तक नहीं रेंगी। वहाँ आँगन में एक तरफ खड़े सिपाहियों में से एक ने कहा, "माई, ये सरकारी हुक्म है। शहर में जिसका अपना घर होगा, उसे कस्टोडियन का घर नहीं मिल सकता।"

सुग्गी गरजकर बोली, "ये तुम्हारे कौन से बाप का हुक्म है? मैं जाती हूँ बक्शी के पास। मेरा नाम सुग्गी है, कान खोलकर सुन लो। अगर मेरे किसी भी सामान को मेरे आने तक देखा भी तो तुम्हें नौकरी से अगर नहीं निकलवाया तो समझ लो, अपने बाप की नहीं। यहीं थम के खड़ा रह मुए, मेरी कोठरी में मत जाना। मैं बक्शी के पास जा रही हूँ। जो भी लुच्चा-लफंगा है, शहर में आ घुसा है।"

सुग्गी गली में से छाती पीटती हुई जा रही थी। अचानक उसे महाराज हरिसिंह की याद हो आयी।

"ओ महाराजा, कहाँ बम्बई में जाकर बैठ गये! यहाँ आपकी परजा का बुरा

हाल है। किसी दुश्मन बैरी को भी ये दिन देखने को न मिले।''

हाथों को जोर से बजाती सिर पर दुहत्थड़ मारती सुग्गी रेजिडैंसी रोड की तरफ भाग रही थी। क्या पक्का डंगा, क्या कच्ची छावनी, क्या कनकमण्डी; सारे रास्ते में सुग्गी का चिल्लाना लोग सुन-सुनकर इकट्ठे हो गये थे।

''लोगो, बक्शी मर गया।

बक्शी को कीड़े पड़ गये।

ये मुआ मरकर भी मरे।

अरे तुझे कब्र में भी जगह न मिले हरामी। ऐसों को तो ऊपरवाला भी नहीं उठाता।

लोगो, इससे अच्छा तो मेरा नाई था। दो दिन उल्टियाँ हुईं और तीसरे दिन भगवान ने उसे उठा लिया।

हा बक्शी, तेरा कुछ न रहे! तू अर्श से फर्श पर गिरे!

ये नाइन की बद्दुआ है, लगकर रहेगी। हाय, बक्शी मर गया! इसका क्रिया-कर्म करने को कोई न बचे।''

एक मनचला बोला, ''सुग्गी मौसी, मुसलमानों का क्रियाकर्म नहीं होता।''

''तो तू मर जा मुए, तेरा तो होगा ही।'' लड़के को भागते रास्ता न मिला।

सुग्गी जब रेजिडैंसी रोड बक्शी की कोठी के सामने पहुँची, तब उसने छाती पीटना शुरू किया। लम्बे सुर में रोकर गाने लगी।

पहले तो सन्तरी तमाशा समझकर देखते रहे। सुरक्षा उन दिनों नाममात्र की थी। सुग्गी को गुस्सा आया, कोई हलचल नहीं हो रही। उसने जोर से कहा—

''मुँह फाड़े क्या देख रहे हो? जाओ, अपने बाप को बुला लाओ।'' फिर उसने चिल्लाकर कहा, ''जाओ, अपने बापू को जाकर कहो। जम्मू की सुग्गी नाइन आयी है।

ओ बक्शी, साहेब बना फिरता है। बाप का बेटा है तो बाहर आ! आ मुए, मैं भी देखूँ तुझे कितनी जवानी चढ़ी है! तुझे शर्म नहीं आती, तेरे भड़वे मुझ बुढ़िया राँड का घर उजाड़ रहे हैं।

हाय, बक्शी मर गया!

हाय, हाय!

हाय, हाय!''

सुरक्षा कर्मचारी उसे चुप कराने दौड़े तो उसने कहा, ''जाओ, जाओ, मैं नौकरों के मुँह नहीं लगती। बुलाओ अपने बाप को।''

तब तक बक्शी साहेब अपनी चाय की प्याली पकड़े नाइट गाउन पहनकर आ गये। आते ही उन्होंने सुग्गी को कहा, ''माई, क्या हुआ?''

रियासत के प्रधानमन्त्री को सामने खड़ा देखकर सुग्गी का सुर बदल गया।

उसे विश्वास ही न हुआ, सामने बक्शी साहेब खड़े हैं। उन्हें देखते ही हाथ जोड़कर बोली, ''बक्शी साहेब, भगवान आपका भला करे, आपका इकबाल बुलन्द हो। आपके सिपाहियों ने मेरा सारा घर उजाड़ के रख दिया। सारा सामान बाहर आहते में पड़ा है।

मैं राँड बेवा औरत कहाँ जाऊँगी? आपका बड़ा यशगान सुना है। आप रहमदिल हैं। मेरे सिर का सांई तो भगवान ने छीन लिया, आप मेरे सिर से छत न छीनिए।

दुहाई है बक्शी साहेब!''

बक्शी साहब मुस्करा रहे थे। सुग्गी को देखते हुए कहने लगे, ''माई, अभी तो तुम मुझे खूब कोस रही थीं। कोई गाली–वाली दो न! एकदम ही तुमने हाथ जोड़ दिये!''

सुग्गी खिसियाया–सा सुर ज़रा ऊपर ले जाकर कहने लगी, ''तो हाँ, नहीं कोसूँगी क्या? माँ की गालियाँ घी की नालियाँ होती हैं। अब जल्दी चलिए, चलकर मेरा घर बचा लीजिए।''

बक्शी साहेब की जीप बाहर खड़ी थी। उन्होंने ड्राइवर की सीट सँभाली और सुग्गी को अगली सीट पर ही बिठा लिया। सुग्गी फूलकर कुप्पा हो गयी। जीप हवा से बातें कर रही थी। उन दिनों शहर में उतनी भीड़ न थी। बात की बात में बक्शी साहेब पंजतीर्थी मुहल्ले में आ पहुँचे। उन्होंने सुग्गी से राह पूछी और रमजान अहाते के बाहर आकर जीप रोक दी।

जीप के रुकते ही सरकारी कर्मचारी बाहर आ गये। बक्शी साहेब को देखते ही उनके औसान खता हो गये। बक्शी साहेब अहाते में आकर खड़े हुए। सुग्गी स्कूल से भागी एक छोटी बच्ची की तरह उनके पीछे खड़ी हो गयी। बक्शी साहेब ने हुक्म सुनाया, ''माई का सामान भीतर रख दो। कहाँ है इसके कमरे? और जिसने भी इसका घर खाली करवाने का ऑर्डर दिया है, उसे कहना, जब तक ये माई जिन्दा है, ये घर इसी का है।''

सुग्गी को होश आ गया। उसने बक्शी साहेब के आगे हाथ जोड़कर रिरियाते हुए कहा, ''ये जुल्म मत करो बक्शी साहेब, मेरा नाई तो मर गया है। हमारा कोई कसूर नहीं था। उसकी माँ ने हमें घर से निकाल दिया। ये मेरा बेटा, मेरा नाथी, मेरे मरने के बाद कहाँ जाकर रहेगा? इस घर की पक्की रसीद बना दो। मेरे बाद ये घर मेरे बेटे का होगा। आपको ऊपर वाला इज्जत देगा। आप गरीब का ध्यान रखते हो, आपको परमात्मा सुख देगा बक्शी साहेब!''

बक्शी साहेब ने कहा, ''क्या तुम्हारी सास तुमसे ज्यादा लड़ाका थी?''

सुग्गी आज़िजी से बोली, ''हजूर, मैं किस खेत की मूली हूँ! जब मैं ब्याहकर आयी थी तो मेरे मुँह में जबान न थी। मेरा मुँह तो मेरी सास ने ही खुलवाया है। कहते हैं न—'संगति तर जाइए, कुसंगति में डूब जाइए।' अब उसकी सजा मेरे बेटे

को न दीजिए सरकार! लम्बी उम्र हो सरकार!''

बक्शी भी सिचुएशन का मजा ले रहे थे। बड़े गम्भीर होकर बोले, ''तुम तो कह रही थीं, बक्शी का मुर्दा निकले!''

''देखिए सरकार, मेरी गाली तो दुआ है, जैसा फकीर, वैसी मैं। ये तो दुआएँ हैं महाराज!''

''सुग्गी, मैं महाराज नहीं हूँ। मैं तो प्राइममिनिस्टर हूँ।''

''क्या मनिश्टर! मैं तो महलों में अपनी सास के साथ जाती थी न, सो महाराज कहने की आदत हो गयी है। क्या करूँ! अब मसखरी छोड़िए और पक्का कागद लिख दीजिए।''

बक्शी साहेब ने कहा, ''जाओ माई, इस अहाते के दो कमरे, रसोई, बरामदा तुम्हारा हुआ। पूरे अहाते पर हक मत जताना।''

''नहीं सरकार, मैं इतने बड़े अहाते का क्या करूँगी! एक ही बेटा है। बेटी तो ऊपर वाले की दया से अपनी ससुराल में खुश है।''

बक्शी साहेब अपनी सुब्ह में एक नेक काम करके चलने लगे तो सुग्गी ने कहा, ''बक्शी साहेब, एक प्याला देसी चाय पीकर जाइए। मन खुश हो जाएगा।''

''देखो माई, घर में तो तुमने प्याला मेरे हाथ से छुड़वा दिया। अब तो नाश्ता करके ही चाय पियूँगा। तुम अपना घर सँभालो। कभी इधर से निकलूँगा तो फुरसत में आकर चाय पिऊँगा।''

बक्शी साहेब की जीप अहाते के बाहर खड़ी थी, अब तक वहाँ कितने ही लोग इकट्ठा हो गये थे। एक मनचला गा रहा था—

'भले भले गी सिद्धा करदा
ए बक्शी दा डण्डा।'

बक्शी साहेब ने जीप में बैठने से पहले सबको हाथ हिलाया और जीप स्टार्ट करके चले गये। अब सारा हजूम सुग्गी के अहाते की तरफ आ गया। सुग्गी खुशी के मारे हल्की हो गयी थी, जैसे रूई की तरह उड़ रही थी। रोते-रोते हँस रही थी। सुग्गी सबकी तरफ इस तरह देखती जैसे दंगल में जीता हुआ कोई खिलाड़ी लोगों को देखता है। अब यह खबर जैसे सब जगह फैल गयी थी।

उसके गाँव की बचपन की सहेली परषोत्तमा ये खबर सुनते ही आ गयी थी। उसके गले लगकर सुग्गी दहाड़ें मारकर रोने लगी। उसने परषोत्तमा को कहा, ''अरी पोशी, तूने कहाँ से मेरे तमाशे की बात इतनी जल्दी सुन ली! वैसे तो ढक्की चढ़ते-उतरते तेरी टाँगें टूटती हैं पर आज मेरा तमाशा देखने आ गयी!''

परषोत्तमा ने हँसते हुए कहा, ''मर राँड, ऐसे मौकों पर भी तू नहीं चूकी! अरे रात में जो सिपाही बक्शी के घर के पास पहरा देता है, उसका बेटा ही आकर

सारा किस्सा सुना गया। नहा तो मैं चुकी थी पर अभी मन्दिर न गयी थी। जलीजानी चाय न पियो तो हाड़ नहीं चलते। फिर रास्ते में गदाधर के मन्दिर में मत्था टेककर आ रही हूँ। तेरी मुझे फिक्र हो रही थी। न तेरी कर्कशा सास तुझे घर से निकालती न तुझे आज बक्शी की जीप में बैठकर इस अहाते में आना पड़ता। ले-दे के दो ही कमरे हैं न। दो कमरे तो मैं भी तुझे दे देती।''

सुग्गी अब तक चुप करके सुन रही थी फिर उसे ताव आ गया। वह बोली, ''देख परषोत्तमा चुड़ैल, अब आ गयी है तो बकड़बाद मत बोल। जहाँ मेरा नाई मुझे बिठा गया है, उस जगह की रक्षा तो मुझे करनी ही थी न। बक्शी के साथ जीप में बैठने का क्या ताना है, मरी! मेरा नाई होता तो किसकी हिम्मत थी जो मेरा सामान बाहर फेंकता?''

''देख सुग्गी, तेरा नाई भी कम न था। तेरी सास कहती है, जरा-सी बात पर ही पत्नी को उठाया और चल दिया।''

''जरा-सी बात न थी परषोत्तमा! पर चल, हमने माँ-बेटे की लड़ाई से क्या लेना-देना है! अब सामान अन्दर रखने की बात सोचते हैं।''

''चल, मैं तेरा सामान रखवाने ही तो आयी हूँ। ये तो घड़ी-भर का काम है। हम दोनों लग जाएँगी तो क्या देर होगी!''

सुग्गी ने घर के आगे बिखरे सामान को देखा और कहा, ''पता नहीं, किस-किसका हाथ सामान को लगा है!''

उसने आँगन में हौज के पास कपड़े धोती एक बहू को कहा, ''चलो बहू, अपने कपड़े बाद में धोना। पहले मेरी कोठरियों में गोबर लीप दे। गाय वाली की गाय का गोबर पड़ा है, उसमें से तो अभी धुआँ भी नहीं बैठा है। ये गोबर सबसे पवित्तर होता है। चल उठ, शाबाश! मैं तो खुद ही गोबर लीप लेती पर जो सुबह से हो रहा है, मेरे रोम-रोम से फूँक निकल गयी है।''

बहू हाथ धो चुकी थी। उसने कपड़े खंगालकर नलके पर टाँग दिये और गोबर लीपने चल दी।

परषोत्तमा ने कहा, ''कमरे तो पवित्तर हो जाएँगे पर सामान को भी उनके हाथ लगे हैं।''

सुग्गी ने कहा, ''परषोत्तमा, तुझे रत्ती-भर अक्ल नहीं है। सामान पोंछ-पाछकर उस पर गंगाजल छिड़क देंगे। इसी बहू की सास छह महीने से गंगाजल की लुटिया सिरहाने रखकर बैठी है। हम कटोरी भर गंगाजल में पानी मिलाकर सामान पर छिड़क देंगे। इसके काम तो पता नहीं कब आएगा।''

''हे सुग्गी, भई तुझे शर्म भी नहीं आती! एक तो उसकी बहू से पूरे घर में गोबर लिपवाएगी फिर उसी की सास का बुरा चेतेगी!''

सुग्गी ने आँख दबाकर कहा, ''बहू सुनती तो खुश ही होती। सास ने मरना

पता नहीं कब है पर रोज बहू को बिठाकर हिदायत देती रहती है।''

परषोत्तमा ने कहा, ''अरी सुग्गी वैतरणी, तुझे मैं क्या आज से जानती हूँ! तू तो शुरू से ऐसी ही है। धन्य हो तुम सुग्गी। अब ये बता, इस मुए बक्शी को कैसे बुला लायी?''

सुग्गी तमतमाकर बोली, ''चल गश्ती कहीं की! अब बक्शी साहेब को गाली तो मत दे। उसी ने मेरी इज्जत रखी है, नहीं तो मैं गली में सामान रखकर ट्रंक के ऊपर बैठी होती। अपनी जीप की अगली सीट पर बिठाकर ले आया। जीप पर झण्डी भी नहीं लगी थी फिर भी लोग तो पहचान ही लेते हैं न। सुबह तो सड़कों पर वैसे भी लोग कम होते हैं। घोड़ी की तरह जीप दौड़ा दी बक्शी ने।''

परषोत्तमा ने हैरान होकर ठोड़ी पर हाथ रखा और कहा, ''ऐ मुई सुग्गी, तुझे डर नहीं लगता?''

''डर? मुझे कलेजे में आग लगी हुई थी, डर किसे लगता!''

''शाबाश सुग्गी, तुमने हमारे गाँव की नाक रख ली। भई जो भी सुनेगा, दाँतों तले उँगली दबा लेगा। धन्न हो भई सुग्गी!''

''छोड़ परषोत्तमा, धन्न-वन्न मत कर। जिसके आग लगती है, उसे बचने के अलावा और कुछ नहीं सूझता। चल, सामनेवाली पनाहगीरनी के घर से चाय पीते हैं। कब से इलायचियों की मुश्क आ रही है। जान में जान आएगी।''

''भई सुग्गी, मान गयी तुम्हें। तुम तो पनाहगीरों के घर से भी चाय पी लेती हो।''

''अरे काहे के पनाहगीर! मीरपुर की बड़े रसते-बसते घर की बहू है। आदमी कमेरा है। खाली हाथ आये थे, अब घर में सब कुछ है। लकड़ी तो जलाती ही है, घर में बूरे वाला चूल्हा भी है। किस चीज की कमी है। चलो, उठो।''

''हे सुग्गी, तुझे तो हर बात की खबर रहती है। तेरी तो घर-घर में ससुराल है।''

''हाँ, ज्यादा बड़-बड़ मत कर। नहीं पीनी चाय तो बात कर।''

''चलो भई सुग्गी, अब तेरे घर आयी हूँ तो तू चाय पिये बगैर नहीं जाने देगी, ये जानती हूँ।''

मीरपुर वाले बड़े मलापड़े लोग। इन दोनों को देखते ही बहू खिल उठी। आसन देकर बिठाया फिर सुग्गी को कहा, ''मासी जी, आप तो बड़ी बहादुर हैं। मुझे बड़ी खुशी हुई, आज हमारे अहाते में प्रधानमन्त्री खुद आ गये। मैंने उनको कभी देखा न था। आपकी बदौलत दर्शन हो गये। लीजिए, चाय डाल रही हूँ। थोड़ी बर्फी और नमकीन बूँदी भी है। कहें तो पराँठे उतार दूँ!''

सुग्गी ने कहा, ''नहीं बहू, चाय न मिलने पर ही कलेजा धुआँ-धुआँ हो रहा है। बर्फी की टुकड़ी बेशक दे दो। परषोत्तमा को बड़ी अच्छी लगती है।''

"हाँ, तुझे तो जैसे बिक्ख लगती है! मेले में हलवाई की दूकान से बर्फी किसने चुरायी थी? वो तो मैं तेरे हाथ से लेकर भाग गयी, नहीं तो हलवाई ने तेरा फूँककर फक्फा न छोड़ना था।"

सुग्गी ने हँसते हुए कहा, "तू कौन-सी कम हरामी थी। बर्फी मैंने चुरायी और खा तू गयी।"

दोनों हँसने लगीं।

चाय के घूँट जैसे सुग्गी के कलेजे पर मरहम रख रहे थे। परषोत्तमा ने अपनी बर्फी खत्म करके कहा, "अरी सुग्गी, ये तो बता, तू बक्शी को कैसे बुला लायी?"

सुग्गी ने चाय का घूँट भरकर गिलास उलटा कर दिया फिर बोली, "वैसे ही जैसे तू बक्शी के लिए वोट माँगने जाती थी तो जुलूस निकालने के लिए औरतों को बुला लाती थी।" सुग्गी ने परषोत्तमा की नकल करते हुए कहा—

"चलो आगे होवो।

ऐ कुड़े, आगे हो।

नैशले कान्फेंस जिन्दाबाद!

अरी, तब तो बक्शी साब, बक्शी साब करती थी, अब वो मेरे नाम घर कर गया तो तुझे आग लग गयी। हरामखोर कहीं की!"

परषोत्तमा ने बर्फी की एक और टुकड़ी उठायी फिर खाकर बोली—

"इतनी देर से तो आवाज न फूट रही थी, अब पेट में पटरोल पड़ा तो पटापट बोलने लगी है। बड़ी आयी बक्शी की अम्मा! मैं तो इसके पोतड़ों की वाकिफ हूँ। शेख को उतारकर खुद जम्मू कश्मीर की गद्दी सँभाल ली।"

सुग्गी ने मीरपुरनी बहू को कहा, "ले, थोड़ी चाय और दे, इसको मैं तारीख समझाऊँ। क ख तो आया नहीं, अब बक्शी की बात करती है। पता कुछ होता नहीं है। शेख ने महाराजा हरिसिंह को बम्बई भेज दिया। शेख को बक्शी ने तख्त से उतार दिया। हिसाब बराबर। ये सियासत है। अब तू क्या जाने सियासत क्या होती है!"

"अरी सुग्गी, ये सियासत पता नहीं किसकी बीवी है पर ये मैं जानती हूँ कि महाराजा हरिसिंह नेहरू से नाराज होकर बम्बई गये थे। नेहरू को महाराजा हरिसिंह ने रियासत में घुसने नहीं दिया था, बस वही खुन्नस नेहरू ने गद्दी पर बैठकर निकाल ली।"

"हाँ भई, वजीरों, दीवानों के घर में मैं उठती-बैठती हूँ और खबर सब तेरे से सुन रही हूँ—

भलें भलें गी सिद्धा करदा
ए बशकी दा डण्डा।"

[बक्शी के हाथ का डण्डा अच्छे अच्छों को सीधा कर देता है।]

परषोत्तमा ने कहा, "देख सुग्गी, जो भी सिंहासन पर बैठता है उस पर कवित्त तो बनते ही हैं। कवित्त गाँठनेवालों ने शेख को ही कौन सा छोड़ दिया था। तुमने नहीं सुना—

शेख अब्दुल्लेया तेरियाँ जौर बहादरिया।

हमारे महाराजा पर क्या कम गीत बने हैं। पर जो काम बक्शी ने किया वो किसी ने नहीं किया। पिछले साल जब जम्मू-कश्मीर की सड़क पर पहाड़ी से पस्सियाँ गिर गयी थीं तब बक्शी साहेब किसी भी खतरे की परवाह न करके खुद धड़धड़ करते पहाड़ी उतर गये और एक मजदूर के हाथ से बेलचा लेकर मिट्टी उठाने लगे। भई हुक्मरान हो तो ऐसा।"

"ये तो मैं भी मानती हूँ परषोत्तमा!"

"क्यूँ नहीं मानेगी सुग्गी, तेरे नाम तो वो घर ही कर गया है। अब तो तेरे लिए उससे अच्छा कोई नहीं। ये तेरी बचपन की आदत है। जिस पर मेहरबान उस पर मेहरबान जिस पर कहरबान उस पर कहरबान। तेरी बात तो ब्रह्मा भी मानता है।"

"चल मरी पोतो! यही तुम्हें कहते थे न हम, अब ब्रह्मा को मत घसीट इस गोरखधन्धे में। हमारा कुछ नहीं लगता।"

"हाँ, क्यूँ नहीं, तू कौमनिस्ट है क्या? ब्रह्मा सबका कुछ न कुछ लगता ही है। सुग्गी की बच्ची, उसी की मर्जी से बक्शी आया, तेरे कहने से थोड़े आता।"

सुग्गी ने एक तृप्ति की डकार ली और कहा, "चल, तेरी बातें कभी खत्म नहीं होतीं। गोबर तो कब का सूख गया होगा। सामान पर गंगाजल छिड़ककर अन्दर रखते हैं।"

"चलो, चलो, तुम्हारी पेट-पूजा तो हो गयी। गर्म-गर्म चाय के साथ बर्फी अन्दर पिघल गयी होगी। चल उठ।"

सुग्गी ने सामान पर गंगाजल छिड़कते हुए सिरीराम-सिरीराम कहा फिर एक ट्रंक पर बैठती हुई बोली, "जरा धूप सेंक ले। सुबह की धूप बड़ी मीठी होती है।"

परषोत्तमा ने बैठते हुए कहा, "हाड़ तो तुमसे कभी लगता ही न था।"

"चुप कर पोतो! तुझे सुनाऊँ, परसों मैं नये महलोंवाले तवी के सिरे पर गयी थी। वहाँ घोड़ों के तबेले के सामने एक कोठरी में रह रहे कोई दस कश्मीरी कहवा पी रहे थे और बक्शी साहेब, बक्शी साहेब, कह रहे थे। मुझे देखकर एक बोला—'माई, कहवा पियोगी?'

"मैंने कहा—'नहीं, मैं मन्दिर जा रही हूँ पर तुम बक्शी-बक्शी क्यूँ कर रहे हो?' वो बोला—'माई, बक्शी तो हमारा बाप है।'

"मैंने हैरत से कहा—'तुम्हारा बाप या बेटा?'

'नहीं, वो बाप ही है।'

''देख परषोत्तमा, बक्शी साहेब का कितना मान-सम्मान है!''

''हाँ भई सुग्गी, जो तू कहे वो सच है। पर ये तू रेडियो की इमारत को हमेशा तबेला क्यूँ कहती है?''

''अरी मेरी पोतो, ये पहले महाराजा हरिसिंह के घोड़ों का तबेला था। महाराजा को घोड़ों का पोलो खेलने का बड़ा शौक है। बम्बई में भी सुना है, वो पोलो खेलते हैं। पहले ये रेडियो श्री रणबीर हाई स्कूल के एक कमरे में था। तुमने किशन समैलपुरी को वहाँ खबरें पढ़ते नहीं सुना? बड़ा आनन्द आता था, वो खबर पढ़ते-पढ़ते कहता—'थोड़ा रुकिए, मैं ज़रा थूक आऊँ।' फिर आकर खबरें पढ़ता था।''

''पर सुग्गी, तू क्या उसी किशनू की बात कर रही है जो गीत लिखता है?''

''हाँ भई, रेडियो पर नौकरी भी कर रहा है। पेट की खातिर तो सबको कुछ न कुछ करना ही पड़ता है। पेट सारे ताल नचाता है। बक्शी ने इसे जमीन भी कहीं दी है।''

''बस, बक्शी के ही गुन गाये जा। जब से उसने जीप पर घुमाया है तब से तेरे मुँह पर और कोई नाम ही नहीं आता।''

''तू क्यों जल रही है पोतो! पिछले साल तो वो एक बुढ़िया को जीप में ही उसके घर पहुँचा आया था।''

''हाँ भई सुग्गी, तेरी तो जवानी फटी पड़ रही है। सदके जाऊँ!''

''तुमसे बात करना सौ का घाटा है। चल, सामान अन्दर रखें। अब तो गोबर सौ बार सूख गया होगा।''

''देख सुग्गी, तेरा घर इसी बहाने पवित्तर भी हो गया है न।''

''चल राक्शसनी, मैं धर्म-कर्म वाली औरत, रोज मन्दिर जानेवाली, मेरा घर क्यूँ अपवित्तर होने लगा?''

दोनों सामान उठाने लगीं।

सुग्गी के गाँव की उसके बचपन की सहेली है पण्डिताइन सोमा। सुग्गी उसके घर न जाये तो उसे रोटी हजम नहीं होती। सोमा भी जरूर उसके लिए चौके में उसका हिस्सा रखती है। यह बात मुहल्ले में सब जानते हैं।

दोपहरी अपने जोबन पर है। सोमा ने सोचा, सुग्गी पता नहीं क्यूँ नहीं आयी। थोड़ा चरखा ही कात लेती हूँ। उसने चरखे को लिटाया तो चाँदी की घुँघरियाँ रोज की तरह बज उठीं। जब सोमा ससुराल आयी थी तब ये चरखा भी उसके साथ आया था। सिर पर खूब मोटा कपड़ा बाँधकर कामे ने चरखा उस पर बिठा दिया था। वह डोली के साथ-साथ चल रहा था। जब कामे की चाल तेजी होती तब चाँदी

की घुँघरियों की आवाज भी काफी मुखर हो उठती। सोमा अपनी पालकी में झूलती-सी चरखे की रौनक महसूस कर रही थी। चरखे में कहीं-कहीं माँ ने सूखा नारियल भी लगा दिया था। उसके कान में जैसे माँ की आवाज गूँजी—

'सोमी पुत्तरा, अगर भूख लगे तो हाथों में पहने कलीरों के नारियल नहीं खाना। कामा चाचू तेरी पालकी के साथ-साथ ही चलेगा, उसे कहकर चरखे में लगा रखा नारियल खा लेना। प्यास लगे तो भी कामे चाचू को ही कहना। ये नाइन बहुत बातें करनेवाली है। सबको बता देगी, बहू भूखी आयी है।'

गाँव या शहर में जब डोली दाखिल होती थी तब बहू को ससुराल की देहरी पर लाने से पहले मुहूर्त के अनुसार पास ही के एक घर में उतारा जाता था। उसे लोआ वाला घर कहते थे। वहाँ बहू हाथ-मुँह धोकर सुस्ता लेती थी। सोमा ने वहाँ खूब पानी पी लिया था। इसलिए अब ससुराल जाने पर निश्चिन्त हो गयी थी। सबने कहा था, जाते ही ससुराल में खाने-पीने को न माँगना। सोमा यह सोचकर पुलकित हो उठी कि जब उसकी डोली ससुराल के द्वार पर रुकी तो बहू के लिए गायी जानेवाली गालियों में यह गाली गायी जा रही थी—

'लोको गड्डा खंदी ऐ भठोरे
छप्पड़ पीन्दी दाल।'

[लोगो, बहू गड्ढा भरकर रोटियाँ खाती है और तलैया जितनी दाल।]

सोमा को हँसी आ गयी थी। उसकी माँ हमेशा कहती थी, तेरा खाना तो चिड़िया का चूरा है। तेरा जिस्म कभी नहीं भरेगा। सोमा चरखे की लय पर गाने लगी—

'लाडली नीं रक्ख बावला
तेरी लाडली दे दिन थोड़े
लाडली में ईयाँ रखी ऐ
जिया कागदे बिच्च ऐ सुन्ना।'

[बाबुल, बेटी को लाडली नहीं रखना, तुम्हारी लाडली के दिन बहुत थोड़े हैं। बाबुल कहता है, मैंने बेटी को इस तरह लाडली रखा है जैसे कागज में सोना सँभालकर रखते हैं।]

सोमा की आँखें भर आयीं। गला अवरुद्ध हो गया। रोज ही दिन में एक लम्हा तो जरूर ऐसा होता है जब उसे माँ की बहुत याद आती है। उसने एक आह भरकर मुँह पोंछ लिया। पूनी को ऊपर ले जाकर छोड़ा तो बाहर का दरवाजा जोर से पटकने की आवाज आयी। सोमा ने सोचा, ड्योढ़ी का दरवाजा ठेलकर कोई गाय आयी होगी। पन्त जी के आने में अभी बहुत देर है। और वह कभी भी दरवाजा इस तरह नहीं पटकते। वह उठने लगती तो उसके कानों में धम-धम पैर पटकने

की आवाज़ आयी। सोमा हैरान हुई तभी सुग्गी की आवाज भी काफी तमतमाती हुई गूँजी, ''ऐसी भी क्या पण्डिताई, तुमसे बहुत दूर तो नहीं रहती हूँ। मेरे ऊपर प्रलय होकर निकल गयी और तुम यहाँ चरखा कातकर सुहाग मना रही हो! वाह, ये कोई तरीका है! कहते भी हैं न कि दोस्ती अपने बराबर वालों के साथ होनी चाहिए। मैं ही सौदाइन हूँ कि बचपन के दिन नहीं भूली। क्यूँ री सोमा, ऐसा क्या देख रही है, क्या तुमने कुछ नहीं सुना?''

सोमा ने घबराकर कहा, ''क्या हुआ सुग्गी? तू तो अच्छी-भली दिखाई दे रही है!''

सुग्गी ने उसी सप्तम सुर में लहराते हुए कहा, ''तो क्या मरने के बाद तुम्हारे पास आती?''

सोमा अब संयत हो चुकी थी। उसने कहा, ''तुम्हारा कोई पता नहीं, आ भी सकती हो। आसन लो और आराम से बताओ, क्या हुआ।''

सुग्गी ने अपने सिर पर दोहत्थड़ मारकर कहा, ''ऐ परमेस्सरा, अगर ये पण्डिताइन मेरे गाँव की लड़की न होती तो मैं यहाँ सिर फोड़ने क्यूँ आती! समय बड़ा बलवान है! तू पण्डित की बेटी और मैं नाई की। तुझे भगवान ने सब कुछ दिया है पर अक्ल मुझे दी।''

पण्डिताइन सोमा ने सोचा, आज कोई खास ही बात है जो यह इतनी उछल रही है। वह सुग्गी की तरफ टकटकी लगाकर देखती रही।

सुग्गी ने अचानक विस्फोट करते हुए कहा, ''अरी ओ मेरी मिट्टी की माधो, कुछ सुना तुमने? आज मुझे बक्शी अपनी जीप में बिठाकर घर लाया। सारे शहर में चर्चा है। टुकुर-टुकुर न देखो। किसी मुए अफसर ने मेरा घर खाली करवाने के लिए आदमी भेजे थे। सामान सारा बाहर पड़ा था। मैं तवी से नहाकर आयी तो ये नजारा देखकर स्तब्ध रह गयी। भागती हुई गयी बक्शी के पास। अपनी जीप में बिठाकर लाया वो नेक आदमी तब जाकर उन पुलिस वालों की माँ मरी। उन्होंने समझा होगा, ये बेवा औरत कुछ न करेगी।''

सोमा फिर भी उसे टुकुर-टुकुर ताक रही थी।

सुग्गी ने कहा, ''वाह री मेरी मिट्टी की माधो! तेरा ये पण्डित अगर सारा दिन घर में ही रहता तो मैं देखती कैसे तेरा निबाह होता। तेरे जैसी मूरख औरत मैंने दूसरी नहीं देखी। धन्न हो पण्डित देवदत्त जो ऐसी लक्कड़ के साथ निभा रहे हो।''

सोमा मुस्कराती रही फिर उसका बोल फूटा, ''जा-जा, सुग्गी की बच्ची! तुझे शर्म नहीं आती? अभी नाऊ की चौबरसी हुई है और तू बक्शी के साथ जीप में घूमने भी लगी! मर जा राँड!''

सुग्गी उसे देख रही थी। बोली, ''हाँ, अब तेरा बोल फूटा है। बोलने में तो

तू बचपन से ही कंजूस है। राँड तो तू मुझे तब भी कहती थी जब मैं राँड न थी। अरे तब मेरी शादी ही कहाँ हुई थी तब तो मैं सुहागिन भी न थी। बाकी रही बात घुमाने और लटकाने की बात, वो तो तेरी पुरानी आदत है।''

सोमा ने पूछा, ''अब बता भी दो, क्या हुआ जो इतनी शेरनी की तरह गुर्रा रही है! अब कुछ बोलो तो सही, क्या हुआ है भई!''

''अरे मुझे उस अहाते की दो कोठरियों से बेदखल करने भेजा था किसी मुए अफसर ने, उसका बेड़ा गर्क जाये। मैं भी उसके बाप को ले आयी। भला हो बक्शी का। भला हो परषोत्तमा का। वो पक्की ढक्की से खबर सुनकर आ गयी और तू यहाँ मिट्टी की माधो बनी चरखा कात रही है। अरे तेरे घर आते समय रास्ते में किच्छू कचालूवाला मिल गया। कचालुओं का पत्ता चाटते ही पेट में गुड़-गुड़ शुरू हुई तो ध्यान आया, एक चाय की प्याली की कसम नहीं खाती और पेट में कुछ नहीं गया। न हो दाल-सब्जी, तो खमीरों पर आज का निकला मक्खन ही रख दे थोड़ा। अचार ले आ, पेट में तो चूहे दौड़ रहे हैं। उठ-उठ, जल्दी कर। फिर जीजा आ गया तो पण्डिताई झाड़ेगा।'' उसकी नकल करते हुए, ''अरे सुमुखि जी, आप क्या पण्डिताइन के दहेज में आयी हैं? मुँह तो हमेशा यही जुठराती हैं। भई साली जी, कम से कम गप तो हमारे साथ भी मार लिया करो।''

सोमा ने कहा, ''तेरे साथ ही बात करते हैं सुग्गी और किसी को तो मुँह भी नहीं लगाते। लो, खमीरे तवे पर ही रखे थे। अभी कोसे-कोसे हैं, ठीक से पकड़ो, नहीं तो मक्खन पिघल जाएगा। जिमीकन्द का अचार वजीरनी ने भेजा था। ले खा, मर।''

सुग्गी ने जल्दी-जल्दी खाते हुए कहा, ''ये नहीं सोचना, तू ही हर भाँति के खाने खाती है। पहले सब मुझे खिलाते हैं फिर इधर-उधर भेजते हैं। ला पानी, ला लोटा भर के, नहीं तो कौर अटक जाएगा। फिर तेरी ही नज़र कौन-सी बड़ी अच्छी है!''

''पर सुग्गी, अब सब ठीक-ठाक हो गया है न?'' सोमा ने पूछा।

''ठीक करके ही आयी हूँ। तुझसे तो कोई उम्मीद रखना बेकार है। तुझसे तो परषोत्तमा अच्छी, इतनी दूर से आ तो गयी। मैंने कहा था, भूखी मत जा, सोमा के घर चलते हैं पर उसने कहा, चने और माश की दाल चढ़ाकर आयी हूँ। अब तो कोयले भी बुझ गये होंगे। अनारदाने की चटनी सुबह ही पीस ली थी। तू भी चल, दोपहर को खा-पीकर आ जाना। पर मैं नहीं मानी। मैंने कहा, सोमा की आदत बिगड़ जाएगी।''

दोनों सखियाँ जोर से हँसीं। बाहर से पण्डित देवदत्त की आवाज़ आयी, ''लगता है, सुमुखि जी आयी हैं। नहीं तो इस तरह फुलझड़ियों की आवाज मेरे आँगन में कहाँ गूँजती है!''

सुग्गी ने धीरे से सोमा को कहा, "शुक्र है, चलो खाना तो खत्म हो गया। नहीं तो खाते हुए देखकर न जाने ये पण्डत क्या-क्या कहता!"

तब तक पण्डित लदे-फदे भीतर आ चुके थे। उन्होंने कहा, "सोमा, बाहर मुहाली (ऊँचा स्थान) पर लोटे में पानी पड़ा था। पाँव-हाथ धो लिये हैं। गड़बी खीर से भरी हुई है। सुमुखि को खीर पसन्द है। चाहे पूरी गड़बी ही दे दो।"

सुग्गी तमतमाकर बोली, "वाह जीजा, मैं क्या तुम्हें भैंस लगती हूँ जो सारी खीर खा जाऊँगी? तुम्हारी मशकरी का भी कोई सिर-पैर नहीं होता। भई सारा दिन कठोपनिषद पढ़ते हो। सूक्ष्म बात क्या जानो!"

"सूक्ष्म बात कहें क्या?"

पण्डित जी ने कहा तो सुग्गी शरमा गयी। खिसियाते हुए बोली, "मेरा सूखा तन देखो, मैं कितना खाती हूँ, ये पता चल जाएगा। सोमा जिद करती है तो खमीरा खा लेती हूँ।"

पण्डितजी ने चुहल की, "सुग्गी, तन तुम्हारा भले ही सूखा हो पर मन हरा है, तभी तो हरी-हरी जीपों में घूमती हो।"

सुग्गी शरमाकर बोली, "तो खबर तुम तक पहुँच गयी! भई करो मज़ाक, तुम्हारा तो हक है। सारे शहर को पता है पर ये तुम्हारी मिट्टी की माधो पण्डिताइन कुछ जानती ही नहीं।"

फिर सुग्गी ने पैंतरा बदलते हुए सोमा को कहा, "ऐ सोमा, पति घर आया है। रोटी-पानी पूछ, मैं तो चली। न हो तो थोड़ी खीर लोटे में डाल दे, तेरे भांजे को भी बड़ी पसन्द है।"

पण्डित देवदत्त दिल खोलकर हँसे। उन्होंने सोचा, सुबह से संस्कृत पढ़ते-पढ़ाते पूरे चोले में भक्तिभाव आ गया था। भला हो सुग्गी का जो दुनिया में खींच लायी है।

पण्डित देवदत्त फिर जी खोलकर हँसे। उन्होंने कहा, "भई सुमुखि, इतना उबटन लोगों के लिए बनाती हो, कभी हमें भी तो आकर मलो।"

सुग्गी भी खुश होकर बोली, "हाँ-हाँ, क्यूँ नहीं मलूँगी। कुछ देर ठहर जा, काकू की शादी में तो तुम्हें उबटन में डुबो दूँगी।"

"सुमुखि, भई इतनी देर हम इन्तजार नहीं कर सकते।"

"जा, तब तक सूखता रह जीजा। सुग्गी किसी की बात में नहीं आती।"

इतनी देर रसोई में पति के लिए थाल लगाती सोमा मुस्करा उठी। उसने सोचा, सुग्गी न हो तो पन्त और किसके साथ हँसें-बोलें। पत्नी तो है ही पर साली भी होनी चाहिए। सुग्गी भी कहाँ छोड़ती है, मुकाबले के जवाब देती है। न हो सुग्गी बाँकी नार, पर मर्द को तो लाजवाब कर ही देती है। मर्द को तो औरत के पुतले से मोह होता है। सुग्गी की जबान कैंची की तरह चलती है। कोई इसके जान-

बूझकर मुँह नहीं लगता।

ढँकी हुई थाली सोमा आँगन में से ले जाती हुई सुग्गी से मिली तो उसने खीर का बर्तन देते हुए कहा, "ले भई सुग्गी, नाथी को खिला देना। मुझे पता है, उसे खीर बड़ी अच्छी लगती है।"

सुग्गी ने खीर की लुटिया अपनी धोती के आँचल से ढँककर ऊपर शॉल ओढ़ लिया। फिर सोमा को कहने लगी, "जा-जा, मर्द घर आया है, उसकी टहल सेवा कर। जीजा आसन पर बैठ चुका होगा।"

"हाँ सुग्गी, पन्त होर बाहर कुछ नहीं खाते। कल जरूर आना, पकौड़ोंवाली कढ़ीं बनाऊँगी। लस्सी बाहर खट्टी होने के लिए रख दी है।"

"हाँ, कढ़ी तो तू मुझे बचपन से ही खिलाती है।" यह कहकर सुग्गी ड्योढ़ी लाँघ गयी।

सुग्गी वहाँ से निकली तो मुनशेयानी मिल गयी। उसने पूछा, "अरे सुग्गी, लड़के की शादी कब कर रही हो?"

"कौन-से लड़के की शादी की बात कर रही हो? मैं तो कई लड़कों की शादियाँ करवाती हूँ।" सुग्गी ने कहा।

मुनशेयानी को गुस्सा आ गया, वह बोली, "मुझे लोगों की शादी से क्या लेना-देना! मैं तो तेरे लड़के के लिए पूछ रही थी।"

"नाथी की बात कर रही हो! मुनशेयानी, वो तो अभी शादी के लायक नहीं हुआ। पर तुमने क्या उसके लिए कोई लड़की देखी है?"

मुनशेयानी गली के मोड़ पर खड़ी थी। मुड़ते हुए कहने लगी, "भई माफ करो सुग्गी, गलती हो गयी।"

सुग्गी बड़बड़ाती हुई जाने लगी—

अरे मेरा बेटा पता नहीं क्यूँ सबकी आँख में चुभता है! अभी तो बरसात में सत्रह का होगा। उस मुए को तो वैसे ही शादी करने की लुमक (लालच) लगी हुई है। पीछे पड़ा था, घड़ी ले दो, घड़ी ले दो। मुझसे ही गलती हो गयी। मैंने कहा, तेरी शादी करूँगी तो घड़ी भी मिल जाएगी। क्यूँ ऐसे फजूल के पैसे फूँकें। बस, तभी से पीछे पड़ गया है नाऊ की औलाद (नकल लगाते हुए)— सब की शादियाँ करवाती फिरती है। एक मेरी ही नहीं करवाती।

सुग्गी को हँसी आ गयी— मुए को ब्याह की लुमक लगी है।

सुग्गी ने देखा, पुरोहितों के घर मोतिया कैसे मोटा-मोटा फूला है! जरूर दोहरा मोतिया होगा। उसने खीर की लुटिया दीवार पर रखी और फूल तोड़ने लगी।

मोटे-मोटे फूल आँचल में छिपाकर सोचा, इस वक्त भगवान के आगे रख दूँगी और शाम को इनकी गुच्छियाँ पिरोकर सामनेवाली की बहू को दे दूँगी। तभी उसे पैरों की आहट सुनाई दी। उसने देखा, सामने से संसारो आ रही थी। उसकी

आँखें सूजी हुई थी। सुग्गी ने सोचा, आज इसकी बुआ सास ने फिर कोई उपद्रव किया होगा। उसने फूलों के ऊपर शॉल ओढ़ लिया फिर लुटिया थामकर बोली—

"क्या बात है संसारो, आज फिर तुम्हारी दादूबुआ ने कुछ किया है क्या?"

संसारो तो भरी हुई ही थी। उसने कहा, "क्या बताऊँ मौसी, तुम तो जानती हो, हमारी और रमालो की छत मिलती है। पहले तो दादूबुआ अपनी ही छत गन्दी करती थी, आज रमालो की छत पर चली गयी। रमालो ने मेरे अगले-पिछले सब किनारे लगा दिये।"

सुग्गी ने हाथ की लुटिया पास ही एक पत्थर पर रख दी और खुद भी वहाँ उकड़ूँ होकर बैठ गयी। फिर बोली, "हे भगवान, ये दादूबुआ भी तो। मैं कहती हूँ, तेरे ससुर ने इसे यहाँ लाकर अच्छा नहीं किया। मैंने तो सुना है, इसके देवर के लड़के अदालत में जाने को तैयार खड़े हैं।"

संसारो भी इत्मीनान से वहाँ खड़ी हो गयी फिर बोली, "तो जाते क्यूँ नहीं, जाएँ न अदालत में! उनका कौन-सा बाप खड़ा है! वो इस देहरी की लड़की है। हम तो उन्हें वहाँ नर्क से निकाल कर लाये हैं। हम कैसे छोड़ सकते हैं?"

"तुम्हारी बात तो सोलह आने ठीक है संसारो! औरत के तो दो ही घर होते हैं— मैका या ससुराल। अब वहाँ गुजर नहीं हुई तो यहाँ नहीं आती तो कहाँ जाती? भगवान की मरजी देखो। अपने पेट का जाया होता तो ये नौबत न आती।"

संसारो आह भरकर बोली, "ये तो प्रारब्ध की बात है मौसी। मेरी सास तो स्वर्ग में चली गयी। अब तो मेरी ही जिम्मेदारी है न। लोग तो मेरी ही निन्दा करेंगे।"

सुग्गी ने ज़रा आराम से बैठते हुए कहा, "देखो संसारो, बुरा नहीं मानना, इसीं दादूबुआ का तीसेक तोले का हार पहनकर तुम्हीं तो शादी-ब्याह में हुस्न के साथ बैठती हो न!"

संसारो को सुग्गी की यह बात सुनकर आग लग गयी। उसने मुँह बिचकाकर कहा, "मौसी, मुझे वो हार नहीं चाहिए। वो मेरी सास का हो या दादूबुआ का। हार के लिए मैं अपने माँ-बाप को गाली नहीं दिवा सकती। सच्ची बात तो ये है कि वो ये सब कौन-सा अपने होश में करती हैं। हमारी छत तो इनके मारे इतनी गँधाती है कि मैं तो अपने कपड़े सुखाने भी छत पर नहीं जाती। बच्चों को भी सुबह बाहर नाली में बिठा देती हूँ। अपनी ड्योढ़ी के बाहर खिड़कियों पर मैंने रस्सी बाँधी है, वहाँ कपड़े सुखाने जाती हूँ। आँगन में तो डालती ही हूँ।"

सुग्गी बड़े ध्यान से सुन रही थी, अचानक बोली, "संसारो, दादूबुआ के कपड़े भी तो तुम ही धोती होवोगी न।"

"और कौन धोएगा मौसी!"

"हाँ भई संसारो, सँभाला भी तो तुमने ही है न।"

"सँभालने की बड़ी जलन है लोगों को। सँभाला है, जरूर सँभाला है। हम

कब इनकारी हैं, दादूबुआ को भी हम सँभाल रहे हैं।''

सुग्गी अपनी कंजी आँखों से उसे देखते हुए बोली, ''रमालो की छत भी तो अब तुम्हीं को साफ करनी पड़ेगी।'' यह कहकर सुग्गी लुटिया पकड़कर चल दी।

संसारो ने मन ही मन कहा, सबसे ज्यादा आग तो इसी को लगती है। हमारी किस्मत में ये पता नहीं कहाँ से लिखी हुई थी! खसमाखानी रंड!

सुग्गी भी कुछ ऐसा ही सोच रही थी, भई पैसे वाली बहन थी, इसका ससुर घर ले आया। बाकी खाली तो आयी न थी। दादूबुआ की सास अन्त:पुर में जाती थी। महारानी चाड़की की, कहते हैं, खास थी। इसको गहना भी सेरों डाला था। क्या तो मोटा चक्क था, फूल थे, शिंगार पही थी (सिर के गहने), वो तो कभी नहीं देखे पर हार तो यही संसारो लटकाये फिरती है। मीरजादी कहीं की! अब आसपास की छतें गँधाती हैं तो हम क्या करें! हे परमेस्सरा, अपना पता नहीं क्या हाल होगा पर चलो, अभी तो काफी टैम है। इतनी जल्दी मरने की मेरी कोई सलाह नहीं है। उँह, न हो तो एक दिन बक्शी साहेब को कहकर थोड़ी जमीन कहीं ले लूँगी। उनके लिए क्या बड़ी बात है! अभी उसी दिन सुना था, डोगरी कवता लिखनेवाले किशन समैलपुरी को तवी पार जो नयी जमीन है, वहाँ जमीन दी। थोड़ी जमीन मुझे दें तो मैं धीरे-धीरे पैसे चुका दूँगी। दो कमरे तो नाथी खुद ही कभी डाल लेगा। और मुझे ही क्या तकलीफ़ है! शादी-ब्याह के दिनों में तो मेरे पास नोट गिनने की फुरसत नहीं होती है।

हे भगवान, उसने सिर पर हाथ मारकर कहा, ऐ सुग्गी राँड, आज तो वजीरनी के घर उबटन बनाकर देना है। पता नहीं सुराखों वाला घड़ा कहाँ पड़ा है! चूहा कुम्हार कितने नखरों के साथ तो घड़ा बनाता है।

घर जाकर सुग्गी ने अपने हाथों से बनायी मिट्टी की अँगीठी मे कोयले डाले और एक चौड़े मुँह वाला पतीला लाकर उसके ऊपर रखा। उसमें पानी भरकर कई जड़ी-बूटियाँ उसमें डालीं। कुछ जड़ियाँ नाथी साँकलो वाले पुल के पास वाले जंगल से ले आया। इस पतीले को भरकर उसमें मोरियों वाला घड़ा रखा। घड़े में गेहूँ, जौ, चने की दाल और न जाने क्या-क्या डाला! यह देखा कि पानी घड़े तक न आये। घड़े के ऊपर ढक्कन रखकर उसे मले हुए आटे से बन्द कर दिया। थोड़ी देर में जब पानी उबला तब घड़े के सुराखों में से कुछ खुशबुएँ बाहर निकलकर सबके घरों को महमह कर गयीं।

रक्खो बड़े ध्यान से सब देख रही थी। जब घड़ा फिट हो गया और हल्की आँच में दहकते पानी की सारी खुशबूदार महक उसमें रमने लगी तब आश्चर्य के साथ रक्खो ने सुग्गी को पूछा—

''मौसी, ये इतना बड़ा अचरज तुमने कहाँ से सीखा?''

सुग्गी घमण्ड से मुस्करायी फिर कोयलों पर सिंके अपने हाथों को नचाती हुई

बोली, "अरी रक्खो, तुम्हें क्या पता! तुझे यहाँ ब्याह कर आये तो अभी साल भर भी नहीं हुआ। जब शादियों का जोर होता है तब ये उबटन मुझे कई बार बनाना पड़ता है। अब देखो वजीरनी की रानो जो नेपाल में ब्याही है, वो आयी हुई है। उन्हीं की फरमैश पर उबटन तैयार हो रहा है। अब नेपाल में ऐसा उबटन बनाने का शऊर किसमें है भला! रानो जी बाजार से बरफ मँगवाकर एक डिब्बे जैसे में रख लेंगी तो पन्द्रह दिन भी चल सकता है। वैसे भी आजकल की सर्दियों में ये खराब नहीं होता।"

रक्खो ने बड़ी हलीमगी से कहा, "मौसी, मुझे दिखाओगी? मैंने आज तक ऐसे उबटन के बारे में सुना भी नहीं है। मेरी शादी में तो हमारी नाइन ने मुझे इतनी हल्दी लगायी कि मेरा सारा मुँह पीला हो गया। फिर मेरी भाभी ने घी-सने आटे को मल-मलकर हल्दी निकाली। हाय राम, कैसी पीली-पीली बत्तियाँ-सी बट-बटकर मुँह से उतर रही थीं!"

सुग्गी ने पतीले के नीचे आँच हल्की करते हुए कहा, "अरे पहाड़ पर उबटन का क्या शऊर! ये तो रानियाँ-वजीरनियाँ ही लगाती हैं और ये सोच ले कि बनाती है सुग्गी। ऐसा उबटन और कोई नहीं बना सकता। ये आज रात भर मीठी-मीठी आग में दहकता रहेगा। मेरी चारपाई यहीं लगेगी। सारी रात बीच-बीच में उठकर देखना पड़ता है। रात-भर ये खुशबुएँ ऊपरवाले घड़े में रखी सामग्री में बसती चली जाएँगी। न हो तो तुम्हीं सुबह चक्की में पीस देना। मैं तुम्हें कटोरी भरके उबटन दे दूँगी। और देखो, किसी से कहना नहीं। जो पतीले में गूदा बच जाएगा न, वो भी बड़ा काबिल होता है। वो भी तुझे दूँगी। देखना, कैसे रंग निखर आता है तुम्हारा! अपनी तो कोई बहू-बेटी है नहीं, मेरे लाड़ तो सब पर हैं।"

रक्खो रुआँसी होकर बोली, "क्यूँ मौसी, मैं आपकी बेटी नहीं हूँ?"

"क्यूँ नहीं रक्खो, तू ही तो है मेरी बेटी! देर-सबेर तुम्हें ही तो पुकारती हूँ। मेरे इतने काम तो तू ही करती है, नहीं तो वो तेरी अकड़ी हुई सास, मेरे आँगन की तरफ देखती भी नहीं है।"

"मौसी, वो तो कहीं भी जाती नहीं है।"

सुग्गी तमककर बोली, "जा, ज्यादा पर्दे न डाल, जाती कैसे नहीं! आज ही तो मैंने उसे मीरपुरनी की कोठरी से निकलते देखा है। जहाँ मन हो, वहाँ तो जाती ही है।"

"मौसी, तुमने नहीं सुना क्या?"

"हैं, क्या हुआ, कोई मर तो नहीं गया?"

रक्खो ने द्रवित होकर कहा, "नहीं मौसी, कोई मरा नहीं, पर कोई जी गया है। भगवान की करनी देखो, मीरपुरनी का ससुर जिसे सबने समझा था, भगवान को प्यारा हो गया है, वो कल वापस आ गया।"

सुग्गी की आँखें आश्चर्य से फैल गयीं और मुँह खुले का खुला ही रह गया। उसके मुँह से निकला, ''ऐ रक्खो, क्या कह रही है!''

''इसमें अचरज की क्या बात है मौसी! इतनी देर किसी रहमदिल मुसलमान के घर में था। उसके भी अपने बाल-बच्चे थे। इस पर रहम आ गया तो इसे खुद आकर चौकी पर छोड़ गया।''

सुग्गी ने कहा, ''हैं, इतने दिन मुसलमानों के घर में ही खाता-पीता रहा होगा! चलो, कभी इनके घर में चाय का घूँट पी लेती थी, वो भी गया समझो।''

''क्यूँ मौसी, बक्शी भी तो मुसलमान है।''

सुग्गी चमककर बोली, ''चुप कर, अब ये नहीं कहना कि उसके साथ जीप में बैठकर आयी हूँ। जीप में बैठने पर कोई दोष नहीं लगता। लोग तो मुए मुझे देखकर इसलिए जलते हैं कि राँड बेवा होकर भी कितनी तरक्की कर रही है!''

सुग्गी ने इधर-उधर देखा। कोई न था। फिर कहा, ''ए मुई सुग्गी, अपने मुँह से तारीफ अच्छी नहीं लगती। किसी से कहना नहीं रक्खो!''

''नहीं मौसी, इस अहाते में मेरा आपके सिवा कौन ऐसा हितू है!''

''ये बात तो सच है रक्खो। वैसे जैसी तेरी सास है, उसे तो सारा अहाता जानता है। इस अहाते में तो बन-बन की लकड़ी आकर इकट्ठी हुई है। भला हो कस्टोडियन का! बक्शी साहब ने कहा और घर मेरे नाम हो गया। रक्खो, तेरी सास तो दस मन्दिर घूमकर आएगी। न हो तो यहीं से अंगार लेकर मेरा चूल्हा सुलगा दे। चल, देसी चाय बनाकर पीते हैं। मीठी मट्ठियाँ चाँदी के वर्क वाली छिक्के में लपेटकर रखी हैं। समधियों ने तो पाँच सेर से कम मठरी न भेजी होगी, पर मुझे तो उस लंका की जमादारिन ने तीन ही दीं। मैंने सोचा, ठीक है, वैसे ही एक बार आकर चाय पियूँगी तो मठरी खा लूँगी।''

रक्खो ने हँसकर कहा, ''मौसी, तुम भी क्या बात करती हो! तब तक क्या मठरी धरी रहेगी?''

''अरी रक्खो, तुझे नहीं पता, ये अमृतसरी मठरी हमारे कले (डोगरों की बहुत बड़ी नमकीन मठरी) जितनी तो होगी ही। पूरा टोकरा ऊपर तक भरा था। क्या खुशबुएँ मिठाई की भी थीं पर मुझे नहीं दी। किसी को हवा तक नहीं लगवायी। बड़ी कंजूस है बुढ़िया। तुमने तो सुना ही होगा, हफ्ते में दो दिन बहू को बेटे के कमरे में भेजती थी। सोम और शुक्र को। कुछ महीने तो बेटा चुप रहा फिर उसने माँ से कहा—'माँ, मेरी उधमपुर तब्दीली हो सकती है। अपनी बहू को मेरे साथ भेज देना। शादी हो जाने के बाद मैं रंडुओं की तरह नहीं रह सकता।' अरे तब तो बुढ़िया को समझ आयी। उसने बहू का सामान बेटे की कोठरी में भेज दिया। फिर न हुई बेटे की तब्दीली। पता नहीं कैसी सास होती है!

''ओह, रक्खो, चाय में इलायची-दालचीनी डाली कि नहीं? दालचीनी वैसे

ही गल जाएगी। इलायची पीसकर डालना। तेरी सास, शुक्र है, घर पर नहीं है। गिलास भरकर दूध ले आ अपनी रसोई से। हाँ, मलाई डालकर लाना, अच्छी तगड़ी चाय पिएँगे। ऊपर छत से टँगी है मट्ठी वाली टोकरी। उतार के बरामदे में रख दे, कहीं चींटी न लग गयी हो।''

रक्खो हँसकर बोली, ''मौसी, चींटीवाली मठरी मैं न खाऊँगी।''

सुग्गी ने जोड़ा, ''मत खाना भई, तेरी सास ने तो उस दिन साग में चुहिया राँध दी थी। मैंने ही तो हाँडी बाहर फिंकवायी थी।''

रक्खो बोली, ''मौसी, उन्हें शाम को कम दिखाई देता है। मुझे उन्होंने मुण्डनों वाले घर शगुन देने भेज दिया था। नहीं तो मैं ही बनाती हूँ खाना। दिन में ठीक दिखाई देता है। शाम को रतौंधी होती है।''

''जा, अब दूध ले आ। मान लेती हूँ, तेरी सास दिव्य ज्योत है। मलाई दिल खोल के डालना।''

''पर मौसी, माँ जी को पता चल गया तो क्या होगा?''

''शाम को कहाँ दिखाई देता है उसे। कहीं राह में गिर न गयी हो।''

''नहीं, साथ वाली संग ही है।''

दोनों वरकवाली मीठी मट्ठी चाय के साथ रखकर खा रही थीं। सुग्गी ने इत्मीनान से रक्खो को पूछा, ''अब बता, मीरपुरनी का ससुर कैसे आ गया भई?''

उसी मौके पर रक्खो की सास आ गयी। रक्खो उठने लगी तो उसने कहा, ''बैठी रह, ये बहू ड्योढ़ी तक छोड़ गयी है। मैं टोकरी रखकर आती हूँ। मुझे भी चाय गिलास में डाल दो। बड़ी तलब लगी है।''

सुग्गी ने रक्खो को कहा, ''अरी रक्खो, मैंने सोचा था, एक गिलास चाय और पी लूँगी फिर चाहे रात को खाना न मिले, पर देख तो तेरी सास मेरी पक्की दुश्मन है। न हो तो थोड़ा पानी डाल दो। ऐसी मलाई देखकर तो वो सूँघ लेगी, उसी के घर की मलाई है।''

सुग्गी यह कहकर हँस पड़ी तो रक्खो ने कहा, ''मौसी, वो यहीं आ रही है। अब जो भी कहना होगा, वो तुम ही कह लेना।''

सुग्गी ने पीढ़ी आगे करते हुए कहा, ''आओ-आओ सुलक्खनी, वो तो लोटा भरकर मलाई वाला दूध दे दिया पीपलवाली ने नाथी के लिए। थोड़ा रखकर मैंने चाय बनवा ली। अब देखो, तेरा नाम भी इस पर लिखा था।''

सुलक्खनी ने हाथों में गिलास थामते हुए घूँट भरा फिर तृप्त होकर बोली, ''सुग्गी, तेरे तो मजे हैं। शहर में ऐसी कौन-सी विशेष वस्तु है जो तुझे नहीं मिलती! भई बूरा (चीनी) भी दिल खोलकर डाला है। मलाई वाला दूध लगता है।''

सुग्गी ने दिल फेंकते हुए रक्खो को कहा, ''रक्खो, अपनी सास को अमृतसरी मठरी दे दे, आधी तो पड़ी होगी।''

रक्खो पहले ही मलाई को लेकर डरी हुई थी, उसने कहा, ''मौसी, मठरी तो पूरी ही पड़ी है। बरक भी लगा है। माँ जी बाहर से आयी हैं, भूख भी लग आयी होगी।''

सुग्गी ने रक्खो को घूरते हुए देखा, फिर कहा, ''क्यूँ नहीं, क्यूँ नहीं, पूरी ही दे दे। कभी चाय के लिए दूध कम पड़ता है तो मैं भी तुम्हारे ही घर आती हूँ।''

सुग्गी अपनी मट्ठी खाते-खाते सोचने लगी, बुढ़िया को क्या पता, ये दूध-मलाई इसी के चौके का है।

सुलक्खनी का मुँह मठरी से भरा था। उसने बोलना चाहा, मठरी साँस की नली में जाते जाते बची। सुलक्खनी खाँसने लगी तो सुग्गी से न रहा गया। उसने गिलास उलटा मारकर कहा, ''सुलक्खनी, मट्ठी अपनी न सही, पेट तो तेरा अपना है। धीरे-धीरे खा।''

सुलक्खनी की साँस आ चुकी थी। उसने कहा, ''सुग्गी, तू तो ऐसे बोल रही है, जैसे मठरी बेटे की ससुराल से आयी हो!''

''बेटे की ससुराल से आएगी तो भी तुझे खिलाये बगैर न खाऊँगी। तेरी तरह नहीं, तेरे समधियाने से क्या नहीं आता, गुच्छियाँ, कलाड़ियाँ, किम्ब, सेब— तूने तो आज तक नहीं कहा, ले सुग्गी, तू भी खा ले।''

''सुग्गी, इतनी अच्छी चाय पीकर चोला तृप्त हो गया है। तुमने नहीं सुना, मीरपुरनी का ससुर मनोहर लाल कैसे हत्यारों के हाथों से बचकर आ गया है?''

सुग्गी ने मन में सोचा, कितनी खुर्राट बुढ़िया है! बात कैसे पलटी है! पर वह अनजान बनकर बोली, ''अरे ये कब आया तुझे तो पता है, मैं ज्यादा यजमानों के घरों में ही आती-जाती हूँ। सभी खबरें तो मुझ तक पहुँचती हैं, पर ये अपने अहाते की खबर ही मैंने न सुनी।''

''हाँ भई सुग्गी, अब तेरी दाल-रोटी तो वहीं से चलती है न। पकी-पकायी मिल जाती है, वो भी मलाई के साथ।''

सुग्गी ने अपनी कंजी आँखों से सुलक्खनी को घूरकर देखा फिर बोली, ''चल, मठरी खत्म कर और बता, ये मीरपुरनी का ससुर कैसे जिन्दा वापिस आ गया!''

''अरे हाँ, सुग्गी, पर क्या तुम्हें कुछ नहीं मालूम? आज तो सारे शहर में यही चर्चा है। जब से ये मीरपुरिये पनाहगीर बनकर जम्मू में आये हैं, ऐसी खबर तो नहीं सुनी भई, सिरीराम-सिरीराम! चलो बेचारा अपने घर तो आ गया न! भगवान सबको पार लगाये।''

''सुल्क्खनी, ये क्या मुसलमान हो गया था? अब क्या यहाँ अहाते में मुसलमानों के संग रहना पड़ेगा?''

सुलक्खनी ने धीरे से कहा, ''सुग्गी, होश कर, ये अहाता जिसमें तू बैठकर मलाईवाली चाय पी रही है, रमजाने धोबी का ही तो है। सात भाई थे वो। रमजाने

ने इस अहाते में दस परिवारों की जगह बनायी थी। जो दो-दो कुठरियाँ हमारे पास हैं, ये तो उसी के पैरों की खैरात हैं। वो तो हमारे लिए छोड़ गया। खुद पता नहीं, कहाँ होगा! पाकिस्तान जाने की बड़ी हुड़क लगी थी। उसने तो यहाँ अपना राज बसाया हुआ था। महाराजा प्रतापसिंह इसी के धुले कपड़े पहनते थे। फिर हरिसिंह भी यहीं धुलवाते हैं। पर सुग्गी, मैंने तो सुना है, महाराजा हरिसिंह के कपड़े लाहौर से धुलकर आते थे। राम जाने क्या बात है! आँगन में जो इतना बड़ा हौज देखती हो, ये तुम्हारे लिए नहीं है। ये तो कपड़े धोने के लिए बनवाया था रमजान धोबी ने। कैसे-कैसे लोग थे!''

सुग्गी ने अपनी शंका का निवारण किया, ''भई सुलक्खनी, मैंने तो सुना है, कपड़े तवी में धुलते थे! वहीं धोबी जाते थे!''

''सुग्गी, वहाँ आम आदमी का कपड़ा धुलता था। परजा का। समझीं? यहाँ एहलकारों की सफाई होती थी।''

सुग्गी ने आँखें फाड़कर सुलक्खनी को देखा, ''अरी सुलक्खनी, तू कैसे इतनी बातें जानती है? मुझे तो ये सब नहीं पता था।''

''देखो सुग्गी, मैं इसी शहर में पैदा हुई हूँ। तुम्हारी तरह कंडी इलाके की सौगात नहीं हूँ। वहाँ तो पानी लाने के लिए भी मीलों जाना पड़ता है।''

सुग्गी ने बड़े धैर्य के साथ कहा, ''यहाँ की रहनेवाली हो तभी तो कस्टोडियन के घरों में रह रही हो।''

सुलक्खनी ने खिसियाते हुए कहा, ''हाँ भई, सुग्गी, तूने मीरपुरनी के ससुर का किस्सा सुनना है या नहीं?''

''अरे हाँ, वही तो, वही तो!''

''तो जबान पर लगाम देकर बैठ मेरी सुग्गी!''

''बैठी तो हुई हूँ। अपने हिस्से की मलाईदार चाय भी तुझे ही पिला दी। चलो, बोलो।''

रक्खो की सास चाय की बात न बढ़ाना चाहती थी। उसने कानों को हाथ लगाकर कहा, ''सिरीराम-सिरीराम, भई ऐसा किसी के साथ न हो। मीरपुरनी के ससुर का नाम पता नहीं क्या है, पर सब उसको मास्टर जी ही कहते हैं। पढ़ा-लिखा मास्टर है। जब घर आया तो दोनों पोतों को गले लगाकर रो पड़ा। धन्न सिरीराम। कितनी देर तो उसे यकीन ही नहीं आया कि वो अपने पोतों को देख रहा है। अपने जीते रहने का यकीन भी उसे यहीं आकर हुआ।''

यह कहकर सुलक्खनी रो पड़ी। हैरानी और दुःख के मारे उसके मुँह के बोल न फूट रहा था। सुग्गी उसे देखती रही।

सुलक्खनी ने कहा, ''ऐसे मत देख, मीरपुर के राजे थे ये लोग। कैसे-कैसे विपदा पड़ती है इस जीवन में! तुमने तो खैर मीरपुर का नाम भी न सुना होगा।''

सुग्गी को आग लग गयी। उसने सुलक्खनी को कहा, ''ये झूठमूठ के टसुवे तो मत बहा। मेरा नाई एक शादी में मीरपुर भी गया था। कहता था, वहाँ एक लम्बा बाजार है। एक खड्ड है, एक ढक्की है और बड़े मिठबोलड़े लोग हैं। मीरपुरी में बात करते हैं। कुछ और नहीं पूछना है तो आगे चल।''

''ओहो, आगे चल तो ऐसे कह रही है जैसे तेरा नाई विलायत हो आया है! भई, ऐसा मर्द मानुष और कहाँ होगा! मेरा नाई, मेरा नाई करती रहती है। नाई न हुआ, तहसीलदार हो गया!''

सुग्गी की हँसी निकल गयी। उसने कहा, ''चल-चल, तुमने तो आज तक गुमट बाजार नहीं देखा। तुम्हें क्या पता, मीरपुर, भिम्बर, रजौरी और पुंछ क्या है! तेरी उम्र तो इसी अहाते में ही निकल जाएगी!''

रक्खो की सास भी कम न थी। उसने कहा, ''देख सुग्गी, मैं तेरी तरह मुश्टंडी नहीं हूँ। सुबह होते ही नहा-धोकर लोग मन्दिर जाते हैं, पूजा-पाठ करते हैं और तू बिल्ली की तरह घर-घर झाँकती फिरती है।''

सुग्गी भी गरजी, ''अच्छा, मुझे मुश्टंडी कहती है! ज्यादा जबान न चला। मैं तेरी तरह टुंडी नही हूँ, खुद जाकर पूछ लूँगी। तेरे मुँह कौन लगे!''

सुलक्खनी ने कहा, ''जा, जा, तुझे मर्दों से बात करने में कौन-सी शर्म आती है! जिस-तिसके मुँह तो लगती ही रहती है।''

''हाँ, नाई के घर पैदा हुई हूँ, बात करनी आती है मुझे। सुनेयारी कहीं की! लोगों का सोना खानेवाली। मैं तो अपनी पोरों की कमाई खाती हूँ। तू तो लोगों की जूठन खाती है।'' यह कहकर सुग्गी उठी पर अभी उसकी आग ठण्डी न हुई थी, कहने लगी, ''सुग्गी नाइन के बगैर ये शहर नहीं चल सकता। तेरे जैसी कई सुनेयारियाँ अधेले में छ: मिल जाती हैं। मैं तेरे मुँह नहीं लगती। सिरीराम, सिरीराम!''

इस तरह बैठक बरखास्त हुई। सुग्गी ने सोचा, अगर इस वक्त बाहर गयी तो लोग इस अहाते की बात पूछेंगे। अब सुबह ही नहाने जाऊँगी। मन्दिर से आते ही मीरपुरनी के घर मुँह जुठराऊँगी।

तवी से नहाकर मुँह अँधेरे ही सुग्गी मन्दिरों से हो आयी। बिसनपते पढ़ते हुए अहाते में दाखिल हुई तो उसने सोचा, सुत्थन कुर्ता पहन लेती हूँ। सोमा ने गर्म बण्डी दी थी, कुर्ते के अन्दर पहन लेगी तो ठण्ड न लगेगी। उसने चूल्हे में आग कुरेदकर उपला तोड़कर रखा। धुआँ उठा तो उसे याद आया, सुबह तवी में नहाते हुए पुरोहिताइन अपनी पड़ोसिन से कह रही थी—

''अरी लच्छो, कुछ सुना तुमने, साथ वाली हलवाई की पत्नी बड़ी होशियार बनती थी। अपनी बहू को हफ्ते में दो बार अपने बेटे के पास जाने देती थी।

बेटे ने उधमपुर तब्दीली करवा ली और पत्नी को साथ ले गया।''

''हे राम, अब पति-पत्नी के मिलने पर भी राशन लगने लगा!'' लच्छो ने कहा फिर धीरे से बोली, ''चुप कर, सुबह-सुबह क्या बात कर रही है! मुझे तो लगता है, सुग्गी न हो, अगर हुई तो दोपहर चढ़ने से पहले सारे शहर को ये खबर पता चल जाएगी।''

सुग्गी को हँसी आ गयी। उपले पर हाथ सेंकते हुए उसने सोचा, हुक्के में दो उपले डालकर दो सूटे खींच लेती हूँ। दोपहर को तो हुक्का बुझ ही गया था, तम्बाकू तो उसमें पड़ा ही होगा। नाथी तो तब तक नहीं उठता जब तक सूरज सिर पर न आ जाए।

पूरे अहाते के ऊपर सूरज ने जब अपनी पगड़ी फैलायी तब तक सब जग गये थे। नाथी के सिर पर सूरज ने अपनी धूप फहरायी तब नाथी ने मोटी रजाई में मुँह छिपा लिया। बरामदे से गुजरकर धूप दालान में झाँकने लगी थी। सुग्गी ने मोटा शॉल सिर-मुँह पर लपेटा और मीरपुरनी के बरामदे में जाकर मुँह निकाला। उस घर में आज उजाला कुछ अधिक उजला लग रहा था।

बरामदे में सुग्गी की आवाज गूँजी, ''अरी बहू, सुना है, तेरे ससुर आये हैं। मैंने सोचा, मैं भी मुबारक दे आऊँ।''

बहू ने ससुर के अदब में छोटा-सा घूँघट निकाला हुआ था। चावलों का माँड चिलमची में निकाल रही थी। उने संडासी से चावलों की देगची पकड़ रखी थी, उस पर मलमल का कपड़ा बाँधा हुआ था। उसने चिलमची पर चिमटा रखकर देगची उस पर उलट दी ताकि सारी माँड निकल जाये।

सुग्गी ने पूछा, ''क्यूँ बहू, इतनी सुबह चावल बना लिये! क्या कहीं जाना है?''

बहू धीरे से बोली, ''नहीं मौसी, पिताजी हमेशा सुबह माँड पीते हैं। माँड में एक चम्मच घी और एक कड़छी चावलों की डाल देती हूँ। बस, वही नाश्ता है पिताजी का। अब इतने दिन बाद लौटे हैं तो कहने लगे—'रामकलि, आज मुझे वही माँड बना दो जो अपने मीरपुर में खाया करते थे।' ''

सुग्गी ने कहा, ''हे राम, हम तो बड़े मूर्ख हैं। माँड या तो हम फेंक देते हैं या गाय-भैंस को पिला देते हैं, पर तुम्हारा बखान सुनकर तो लगता है, ये बड़ी स्वाद होती होगी!''

बहू धीरे से बोली, ''मौसी, सारी ताकत इसी माँड में ही होती है। अभी इसमें घी और चावल मिला देती हूँ। थोड़ी चखकर देख लो न।''

सुग्गी ने मन ही मन सोचा, इस जगत में कितने पदारथ हैं खाने के लिए! ये तो माँड खाकर ही फूले जा रहे हैं।

मास्टर जी नहा-धोकर आये तो सुग्गी ने देखा, पण्डित से भी अच्छे श्लोक

पढ़ रहा है मास्टर। इतनी ठण्ड में गीला गमछा लपेटे जनेऊ को फिराते हुए मास्टर जी ने पूजा की तो सुग्गी ने सोचा, बड़ा पण्डित आदमी लगता है। मास्टर ने एक आले में पड़ी भगवान की मूर्ति को हाथ जोड़े, फिर कुर्ता पहनते हुए बोला, "रामकलि, माँड हो गयी हो तो दे जाओ। मीरपुर से आने के बाद आज पहली बार माँड पियूँगा। बड़ा शुक्र है भगवान का!"

सुग्गी देख रही थी, उसने कहा, "मास्टर जी, धन्य हो! ऐसे श्लोक तो हमारा रत्तो पन्त भी नहीं पढ़ता।"

मास्टर ने उसे देखकर हाथ जोड़ दिये तो सुग्गी ने कहा, "मैं हूँ सुग्गी नाइन। इसी अहाते में रहती हूँ। जब सुना कि आप आये हैं तो सोचा, मिल आऊँ। पड़ोसियों को एक दूसरे के सुख-दुख में साथ तो रहना ही चाहिए।"

मास्टर जी ने कहा, "आप ठीक कहती हो बहन! रामकलि, थोड़ी माँड कटोरी में बहन को भी दे दो। तेरे हाथ की माँड मेरे भाग्य में थी तो अकेला क्यूँ खाऊँ!"

सुग्गी ने माँड सुड़कनी शुरू की तो एक ही साँस में पी गयी। उसे गर्म चाय पीने की आदत थी, वैसे ही उसे जल्दी काम करने की आदत है। कटोरा रखकर उसने कहा, "मास्टर जी, इससे बढ़िया नाश्ता और क्या हो सकता है! मैं कहाँ जानती थी, माँड में इतना स्वाद हो सकता है!"

"क्या बताएँ सुग्गी बहन, दूध-पराँठों का नाश्ता करते-करते भूख मर गयी है। रोज माँड याद आती थी, बस आज मिल गयी।"

सुग्गी ने कहा, "आपने भी बड़ा हौसला रखा। चले आये।"

"जब मीरपुर ही छोड़ना पड़ा तो वहाँ तो रहें जहाँ अपना परिवार हो। घर वहीं होता है जहाँ बच्चे हों। इनको लेकर मैं सड़क पर भी बैठ जाऊँ तो वो भी घर है। चलो, भगवान ने घर का मुँह दिखा दिया।"

रामकलि की सास चारपाई पर बैठी माला फेर रही थी। मास्टर ने कहा, "अब इनकी माला ने ही हमें भी लौटा दिया। घर का मुँह दिखा दिया। लगता है, कई युगों बाद माँड पी है। रामकलि, थोड़ी अपनी सास को भी दे देना। आज माँड पीकर तृप्त हो गया हूँ।"

सुग्गी ने खुश होकर कहा, "मेरा नाई भी यही करता था। जब अपना पेट भर जाता था, तब कहता— सुग्गी, तू भी खा ले।"

सब हँसने लगे।

रामकलि की सास को सब सौदागर की माँ कहते थे। वह काम-धाम ज्यादा न करती थी, बस घर की रखवाली और पेट-पूजा। उसने माला खत्म करके कहा, "बहू, तेरे ससुर को तो माँड पसन्द है, भले ही मैं भी चख लूँगी पर मुझे तू हलवा बना दे। घी जरा दिल खोलकर डालना, तुम्हारे ससुर भी चख लेंगे।"

मास्टर जी हँसमुख आदमी थे। कहने लगे, "हमारा तो सूँघने से ही पेट भर

जाएगा सदागर की माँ, तुम खाओ और भई, क्यूँ न खाओ, तुम्हारे बेटे की कमाई है।''

सुग्गी ने कहा, ''ये बात भली चलायी मास्टरजी! औरत का हक तो मर्द की कमाई पर ही होता है। बेटे सुख से कमाएँ-खाएँ, पर उनकी कमाइयाँ उनकी बीवियों की। मेरा नाथी, मुझे आज तक नहीं पता, दुकान पर क्या कमाता है। घर आकर पहले एक-दो बार मुझे पैसे दिये पर मैंने गोलक लगा दी, अब उसी में डालता है। उसकी रोटी का ठेका तो मैंने ही लिया है न। यजमानी तो सारी मैं ही सँभालती हूँ। एक ही है मास्टर जी, जीता रहे। एक-दो और होते तो मैंने फौज में भेज देने थे। मुझसे नहीं रोटियाँ बनतीं। ला बहू, चाय की क्या खाली खुशबू सुँघाओगी! मेरा तो अमल नहीं छूटता, चाय के बगैर दिन कहाँ चढ़ता है!''

सौदागर की माँ ने कहा, ''बहू, भैन जी को मलाई डालकर चाय दे। ये मुबारक देने आयी हैं, नहीं तो मेरे घर में कहाँ झाँकती हैं। सांई रखे, एक ही बेटा है। माँएँ तो बच्चों के लिए ही जीती हैं न!''

सुग्गी चाय का गिलास पाकर मस्त हो गयी थी। घूँट भरकर बोली, ''सौदागर की माँ, तेरी बातें सुनकर कलेजे में ठण्ड पड़ जाती है। कितनी मिट्ठबोलड़ी हो तुम!''

सौदागर की माँ शरमा गयी तो मास्टर जी कहने लगे, ''सुग्गी बहन, तुम्हें मिलकर अब मुझे सौदागर की माँ की चिन्ता नहीं रही। मैं तो अब काम-काज ढूँढूँगा, तुम्हारे होते इस अहाते में कोई उदास नहीं हो सकता।''

सुग्गी ने कहा, ''अब आप आ गये हो मास्टर जी, अब ये क्यूँ उदास होगी। ख़ैर से भगवान ने तुम्हें लौटा दिया।''

''क्या बताएँ सुग्गी बहन! अपने मीरपुर में तो हम राजा थे। घर का अपना इतना काम था तो भी मैंने चौदह पास की और मास्टर लग गया।''

सुग्गी ने हैरत से कहा, ''चौदह पास की! मतलब, एक बीसी से छः कम?'' अच्छा, इतना पढ़े हो, पर लगते तो नहीं हो!''

मास्टर जी हँस पड़े फिर बोले, ''जब बी.ए. पास की तो दादा जी ने कहा, अपनी दुकान पर बैठो। मैंने कहा, दादा जी, मास्टर लग गया हूँ। तब कहने लगे, भई मास्टर, कितनी तनख्वाह होगी तुम्हारी? मैंने सिर झुकाकर कहा, दादाजी, साठ रुपये। अच्छा भई, साठ रुपये हैं। इतने तो हम अपनी दुकान में मुलाजिमों को दे देते हैं। तूने फिर क्या कमाई की? हमारे मुलाजिम हमारा माल कराँची, गुज्जर खाँ, जेहलम, रावलपिण्डी से लाकर यहाँ तक बेचते हैं। वो इधर-उधर करते हैं, हमें मालूम है पर हम कुछ नहीं कर सकते, अगर तुम ये काम करो तो घर का माल घर में ही रहेगा।''

सुग्गी ने कहा, ''बात तो उनकी ठीक ही थी।''

मास्टर जी बोले, ''पर बहन जी, मैं तो बच्चों को पढ़ाना चाहता था। स्कूल

के बाद तो मैं दुकान बन्द होने तक दुकान में ही बैठने लगा तो दादा जी खुश हो गये। ईद, दिवाली और दूसरे त्यौहारों पर हमें इतनी आमदनी हो जाती थी कि सारा साल बैठकर खाओ पर हम तो सारा साल ही काम करते थे। हमारी दुकान पर ज्यादा खरीदार मुसलमान ही होते। आपस में बड़ा प्यार था पर जब भगदड़ मची तब कोई न दिखाई दिया। भूले-भटके कोई दिखाई भी दे जाता तो नजरें चुरा लेता। दुनिया के रंग निराले हैं।''

''मास्टर जी, मारनेवाला, लूटनेवाला इन्सान नहीं होता। पाकिस्तान जब बना तब यहाँ भी हिन्दुओं में कोई कमी नहीं थी। निरीह गूजरों को खड़े करके तलवार के घाट उतार दिया। सत्यानाश हो इस पाकिस्तान का! अब देखो, इस अहाते को रमजाना धोबी ने बनवाया था, रह हम सब रहे हैं। जब उसने यहाँ इतने कमरे बनवा लिये तो एक दिन महाराजा प्रतापसिंह जी ने भी सुना और पूछा—

'' 'भई रमजान, यहाँ क्या रमजानाबाद बनवाना चाहते हो?'

''तब उसने सलाम करके कहा—'महाराज, आपकी ही मेहरबानी से ये जमीन मिली तो मैंने सोचा, सारा परिवार यहीं रहकर आपकी और आपके एहलकारों की खिदमत करेंगे। अगर हजूर की इजाजत हो तो इसका नाम मैं हजूर के नाम पर रख दूँ।'

''महाराजा प्रतापसिंह ने कहा—'हैं भई, ऐसा! क्या नाम रखोगे?' रमजान ने गर्दन झुका ली महाराजा के सामने, उनका नाम कैसे लेता। तभी से ये अहाता प्रतापसिंह कहलाता है। क्या बताएँ मास्टर जी, तब रियाया और राजा में कैसे रिश्ते थे! हिन्दू-मुसलमान एक-दूसरे के घर खाते तो न थे पर दूध-मेवा का परहेज न था। शादी-ब्याह में अलग रसोई पकती थी। ये तो बुजुर्ग बताते हैं, बेटी-बहुओं का कितना आदर था। हे भगवान, देखते-देखते क्या हो गया!''

मास्टर जी भी सोच में डूबे थे। कहने लगे, ''मारकाट के वक्त कोई इन्सान नहीं रहता। इन्सान का सिर देखते-देखते घूम गया। हम तो बरबाद हुए ही, वो भी आबाद न हो पाये।''

''पर भाई, आप तो मीरपुर से सब इकट्ठे ही चले थे न, फिर अलग कैसे-कैसे हो गये?''

मास्टर जी ने एक साँस जोर से ली, जैसे रोये हों। फिर कहने लगे, ''हाँ, सुग्गी बहन, भागे तो सब साथ ही थे। उसके पहले सबने हिन्दोस्तान की आजादी का जश्न इकट्ठे ही मनाया था। क्या हिन्दू, क्या मुसलमान— सब इकट्ठे ही थे फिर न जाने कब हमारे मुसलमान भाई पठानों की पट्टी पढ़कर उनके साथ जा मिले। आदमी कुछ सोचता है, भगवान कुछ करता है।''

सुग्गी मन में सोचने लगी, ये नहीं बता रहा कि अपने परिवार से अलग कैसे हुआ और फिर कहाँ रहा। पढ़े-लिखे लोगों में यही खराबी है, बात लटकाकर

करते हैं।

मास्टरजी कहीं शून्य में ताक रहे थे। नजर नीची थी और माज़ी अपने घोड़े को धीरे-धीरे बढ़ाता चला आ रहा था। सुग्गी की तरफ देखे बगैर उन्होंने जैसे शून्य में ही कहना शुरू किया—

"जब हमने मीरपुर छोड़ा, हम समझते थे कि अगर चले भी गये तो आठ-दस दिन बाद वापस लौट आएँगे। इधर-उधर से भयानक खबरें आ रही थीं। हमने मीरपुर में ही हिन्दुओं के मुहल्ले में घर भी ले लिया था। आज भी याद है। मकान-मालकिन ने कहा था, क्या बात करते हैं, अपनों से भी कोई किराया लेता है! ये समझिए कि आप ही का घर है। हम तो वहाँ आराम से बैठे हुए थे, तब दो चार लोगो ने आकर कहा— आप लोग क्या कर रहे हैं? सारा मीरपुर खाली हो गया। आपको नहीं मालूम? हम वहाँ से निकलकर बाजार में आये। कहीं कोई न था। पता चला, सभी लोग तहसील हैडक्वार्टर में गये हैं। कहीं-कहीं से गोली की आवाज भी आ रही थी। हमारे दादा जी बीमार थे।"

मास्टर जी एक पल के लिए रुके, फिर उसाँस लेकर कहने लगे, "बहन, तब हमारे पिता ने हमें घबराकर कहा, आप हमें न देखो, अपनी जान बचाकर निकलो। बच्चों और औरतों को साथ ले लो। तब हमने अपने रुपये और गहने पिछवाड़े में एक दरख्त के नीचे दबाये। उसके ऊपर सिल रख दी और कचहरी की तरफ चल दिये। दादा जी को एक चारपाई पर लिटाकर दो लोग चारपाई उठाकर चल रहे थे। हम आगे जा रहे थे। सब घबराए हुए थे। तभी पता नहीं कब ये लोग पीछे रह गये, इन्हें कबाइलियों ने पकड़ लिया। हमें क्या पता, पीछे क्या हुआ है। हम छोटी-छोटी पोटलियाँ लेकर भाग रहे थे। बदहवासी का आलम था। पीछे कौन देखता। हमारे साथ औरतें भी थीं। औरतों ने बच्चों को उठाया हुआ था। बच्चे डर के मारे माँ से चिपके हुए थे। क्या बताएँ, कैसी मुश्किल घड़ी थी! भगवान, ऐसी घड़ी किसी पर न आये। भागते-भागते लोग झंगड़ की तरफ जा रहे थे। रास्ते में कहीं खाली घर देखते, तो वहाँ जो मिलता, खा लेते। खाना बनाने का समय न था। पानी में आटा घोला, पी लिया। दोनों काम हो गये। हम इतने ज्यादा थे कि कहीं मुसलमान होते भी तो इतना बड़ा काफिला देखकर इधर-उधर छिप जाते। सुग्गी बहन, इससे बड़ी मुश्किल घड़ी कहाँ हो सकती है! इन्सान इन्सान से छुप रहा था।"

सुग्गी का बोल फूटा। उसने कहा, "देखो, भगवान भी कैसा मस्त हो गया है— न अल्ला के नाम से सुनता है, न राम के नाम से।"

"हाँ बहन, पर उसी की मेहर है जो आज हम परिवार में बैठे हैं।"

"हाँ मास्टरजी, वो दोनों रंग दिखाता है पर मुझे तो इस भगवान की समझ नहीं आयी। मेरा नाई जब तक किसी काम का न था, घर में लड़ाई-झगड़े करता था, तब खूब हट्टा-कट्टा था। पर जब यहाँ आये तो सही हो गया। अब बच्चा सत्रह

का हो गया, जब इसका बाप न रहा तब वो दस–ग्यारह साल का था। वही वक्त होता है जब बाप की सबसे ज्यादा जरूरत होती है। पर उसकी मरजी सबसे ऊपर है।''

सुग्गी का गला भर आया पर उसने आँख से आँसू न बहने दिया। दूसरे के दु:ख के सामने अपना दु:ख एकदम याद आता है, फिर बोली, ''भाई मास्टर जी, आप इनके संग आ गये, फिर बिछड़े कैसे?''

''सुग्गी बहन, जब मैंने देखा, हमारा परिवार, औरतें, बच्चे— सब सलामती के साथ झंगड़ पहुँच गये हैं तब मुझे अपने बाप और दादा जी की चिन्ता होने लगी। रात को जब सब थकावट के मारे सो रहे थे तब मैंने अपने आपसे कहा— लानत है मास्टर, पिता और दादा कहाँ होंगे! तू कैसा बेटा, कैसा पोता है! मैं धीरे से उठा, बाहर आया। वहाँ चूल्हे के पास जली हुई रोटियाँ पड़ी थीं। मैंने झोले में डाल लीं, पानी पिया और घर के बाहर निकल आया। शाम को जो खच्चर वहाँ घास खा रही थी, उसे पुचकारकर उस पर बैठ गया। खच्चर शायद रास्ता पहचानती थी, भगाकर वहीं कहीं रास्ते में ले आयी। सुबह का धुँधलका उजलने को था। मैंने एक जगह कच्चे कोठे के आगे एक चारपाई पड़ी देखी। लगा, ये दादा जी वाली चारपाई है। कच्चे कोठे से कोई निकला। देखा, बापू थे। मैं उनकी तरफ बढ़ा। बापू दीवार के साथ खड़े हुए और बेहोश होकर गिर गये। अन्दर गया तो वहाँ दादा की लाश पड़ी थी।'' यह कहकर मास्टर चुप लगा गये। कमरे में सभी चुप थे।

मास्टर जी जैसे दीवार को देखते–देखते दीवार ही हो गये थे। फिर जैसे होश में आकर कहने लगे, ''मैंने बापू को उठाया, भीतर ले जाकर कहा— दादा तो गये, मैं सबको हिफाजत में छोड़कर यहाँ भागा चला आया। उठो बापू, दादाजी का संस्कार तो करना ही होगा न। बापू को कोई होश न था, दिन निकल रहा था और हम खतरे में घिरे थे। मैंने मन ही मन कहा, मुश्किल में सब जायज है। हिन्दुओं में भी तो साधुओं को दफना ही देते हैं न। अगर हमने लकड़ियाँ इकट्ठी करके चिता जलाई तब तो कबाइली कूदकर आ जाएँगे। कोठरी के बाहर जो पीपल था, वहाँ मैंने पीपल की ओट में रहकर गड्ढा खोदा और दादा के शव को घड़े में से पानी निकालकर नहला दिया। फिर गीली चद्दर में लिपटे ही उन्हें दफना दिया। अच्छी तरह ऊपर मिट्टी डालकर पानी छिड़क दिया।''

सुग्गी जो तन्मय होकर सुन रही थी, अचानक पूछ बैठी, ''मास्टर जी, आपको गड्ढा खोदने के लिए तो कुछ भी न मिला होगा?''

''एक करछुल थी लोहे की, उसके साथ व हाथों के साथ गड्ढा खोद लिया। नाखूनों के अन्दर मिट्टी धँस कर दर्द करने लगी पर हम खोदते रहे। बापू अर्द्ध–बेहोशी में भी जैसे–तैसे करछुल से खोद रहा था और मिट्टी बाहर डाल रहा था। बापू ने दादा की समाधि पर वो चद्दर डाल दी जो उसने पहले ही चारपाई से उठाकर

रख ली थी। फिर मैंने उस पर दो ईंटें रख दीं। अब ये समाधि अच्छी खासी कब्र लगने लगी। बापू को अभी भी पूरा होश न था। मैंने एक तरफ टूटी बाल्टी में पड़े पानी से बापू को पूरा नहला दिया, खुद भी नहाया। चूल्हा जो एकदम बुझा-सा था, उसमें ही एक चिनगारी ढूँढ़कर आग जलायी और कपड़े सुखा लिये। वहीं बापू को घड़े का पानी निकालकर पिलाया और जली हुई दो रोटियाँ प्याज के साथ खिला दीं। पिछवाड़े में किसी बहन ने प्याज लगाये होंगे। हमने खाकर पानी पिया और बाहर निकले तो सामने दो कबाइली खड़े थे।''

यह कहकर मास्टर जी चुप होकर शून्य में ताकने लगे। कमरे में सभी चुप थे। बच्चे भी खाली-खाली आँखों से अपने दादा को देख रहे थे। यूँ लग रहा था, जैसे कबाइली यहीं आकर खड़े हो गये हों। अचानक मास्टर की वाणी फूटी, ''कौन हो तुम? इधर क्या करता है? हिन्दू है या मुसलमान? हम चुप रहे। उन्होंने गोली चलायी। बापू ने आगे होकर मेरी जान बचायी। हम दोनों ही गिर गये। वो कबाइली घोड़ा दौड़ाते हुए भाग लिये। बापू के प्राण पखेरू उड़ गये थे। मैं वहाँ अकेला हतप्रभ-सा खड़ा था। क्या करूँ, सूरज निकलने वाला था। पूरब की ओर रोशनी ने अपना दुपट्टा उतार फेंका था। मैं हर तरफ से घिरा था। क्या करूँ भगवान, दादा को तो मिट्टी में समाधि दे दी, अपने बापू की मिट्टी का क्या करूँ? इस छोटे से घर के पिछवाड़े में गया। पिछवाड़े में दरख्तों से घिरा एक कुआँ था। एक तरफ औरतों के नहाने के लिए फटे टाट से परदा किया हुआ था। कुएँ में से पानी निकालने के लिए एक लोहे के डोल के साथ रस्सी बँधी हुई थी। मैंने बापू का शव लाकर उसे नहलाया। सारा खून साफ हो गया तो कपड़ों को मिट्टी से ही धोकर उन्हें पहना दिया, फिर उसी कुएँ में जलसमाधि दे दी।

''डोल मैंने पानी से भरकर रखा था। पास ही में जानवरों को पानी पिलाने के लिए ही शायद एक चहबच्चा-सा बना था। उसमें से पानी लेकर नहाया फिर थोड़ा डोल का पानी ऊपर डाला। कपड़े वहाँ फटे टाट पर डाले और इतनी ठण्ड में वहीं पर सो गया या बेहोश हुआ, पता नहीं। मैं जब जगा तब सूरज सिर पर था। जगने पर सब याद आ गया। घबराकर उठा, कुएँ में झाँका। उसमें अपनी सूरत देखी तो लगा, ये मैं नहीं हूँ। कपड़े पहनकर डोल का सारा पानी पी गया। कहीं कोई आहट न पाकर कोठरी तक आया। दादा की समाधि के पास दो-तीन लोग नमाज पढ़ रहे थे। मन में थोड़ी शान्ति-सी महसूस की। मैं कोठरी में चला गया, पर नमाजियों ने मुझे देख लिया था। उन्होंने पूछा— हिन्दू हो? मैंने कहा, हाँ। वो मुझे धकेलते हुए बाहर ले आये जहाँ पन्द्रह-बीस हिन्दू खड़े थे। इनमें से कइयों को मैं पहचानता था।

''पता नहीं, कौन-कौन-से रास्तों से वो हमें एक नहर के किनारे ले आये और हम सबको एक लाइन में खड़ा कर दिया। सबके आखिर में मैं खड़ा था। वो

सबको तलवार के घाट उतारते गये। मैं यह सब देख रहा था। जब चार-पाँच आदमी रह गये तब मैंने दौड़कर नहर में छलाँग लगा दी और कितनी देर पानी में ही तैरता रहा। इसका मुझे अभ्यास था। मीरपुर में हम बहुत तैरते थे। वही काम आ गया। मैंने किनारे पर झाड़ियों में साँस लेकर इधर-उधर देखा, मैं काफी दूर निकल आया था। आसपास कोई न था।''

सुग्गी के मुँह से निकला, ''हे परमेस्सरा!'' फिर उसने कहा, ''पर मास्टर जी, अभी तो आप उन्हीं के इलाके में थे न!''

''हाँ बहन, फिर पता नहीं, मैं कितनी देर तैरता रहा। थकावट के मारे जब बेहोशी छाने लगी तो नहर के किनारे आकर देखा, सामने एक-दो घर हैं। मैं वहीं बेहोश होकर गिर गया। अब और नहीं लड़ सकता था। सारी हिम्मत आँखों में से निकल गयी। सारी रात बेहोश ही रहा।

''इत्तिफाक से सुबह हकीम साहब, वहाँ से सैर करते निकले तो मुझे देखकर उन्होंने पहचान लिया, फिर मेरे ऊपर झुककर साँस देखी तो उनके मुँह से निकला— 'अल्लाह रहम, ये जिन्दा है! ये तो शाहों का मास्टर है। ये कहाँ से आ गया? ये तो चाँदी के बरतनों में खाने-पीने वालों शाहों का बेटा है।' हकीम ने मुझे सहारा दिया। सामने ही घर था, वहाँ लाकर बैठक के पीछे वाले कमरे में बिछे पलंग पर मुझे लिटाया और घर में आवाज दी—'अरे साजिदा, थोड़ा गर्म दूध भेजो। हमारी पहचान में है। अकरम पार के मास्टरों का बेटा है। कुछ बीमार मालूम पड़ता है। दूध गुनगुना हो। दहशतजदा लगता है। थोड़ी दवा खाकर सो लेगा तो दोपहर के खाने तक होश में आ जाएगा।'

''हकीम साहेब की दवा से मैं उस दिन शाम ढलने तक सोया रहा। तब तक हकीम साहेब कहानी बनाकर सबके मन में मेरे लिए रहम पैदा कर चुके थे। उनके मुताबिक, मेरे घर के सभी लोगों को हिन्दुओं ने मार दिया था और मैं किसी तरह बचकर आ गया।''

मास्टर जी फिर चुप लगा गये।

सुग्गी का बोल फूटा, ''हे मास्टर जी, जैसे आप बच गये वैसे भगवान सबको बचाये! हे मेरे परमेस्सरा, ए रामकलि, मास्टर जी को पानी दे। लगता है, गला सूख गया है। हम तो खाली सुन रहे हैं, इन्होंने तो भुगता ही है।''

पानी पीकर मास्टर जी बोले, ''सुग्गी बहन, इन्सान रहमदिल हो जाये तो भगवान भी मेहरबान हो जाता है।''

सुग्गी कहने लगी, ''ठीक कह रहे हो मास्टर जी, इस तरह की बात तो पढ़ा-लिखा आदमी ही कर सकता है। मैं अनपढ़ औरत, ये फलासफी क्या जानूँ!''

किसी कोने से मास्टर जी की पत्नी की आवाज आयी, ''सुग्गी बहन, अभी तो तुम फलासफी नहीं जानती हो, तब ये हाल है, अगर जानती होती तो राजाओं,

रानियों को उँगली पर नचाती। फिर तो नेहरू तुम्हें जम्मू में नहीं रहने देता।''

''अच्छा मास्टरनी, तुमने सुग्गी को क्या समझा है! नेहरू की क्या मजाल जो मुझे जम्मू शहर से निकालकर ले जाये! वो हमारे महाराजा हरिसिंह जी ने नेहरू को माधोपुर से आगे रियासत तक न आने दिया न, इसीलिए नेहरू ने महाराजा को बम्बई भेज दिया।''

मास्टर जी कहने लगे, ''सुग्गी बहन, वो कोई अच्छा काम न हुआ।''

सुग्गी ने बात झाड़ते हुए कहा, ''अब आपको क्या बताऊँ मास्टर जी, राजा लोग तो राजा ही थे। समझते तो लीडर भी अपने आपको राजा ही हैं पर खानदानी कहाँ से लाएँ! पर मास्टर जी, इतने दिन आप मुसलमानों के घर पर खाते-पीते रहे। चलो मजबूरी में आदमी कुछ भी करता है, पर आपने शुद्धि करवायी या नहीं?''

''सुग्गी बहन, जब जिन्दगी लटक रही हो तब शुद्धि का खयाल किसी को नहीं आता। जैसे मैं इन सबको देखकर दोबारा जी उठा हूँ, वैसे ही ये मुझे देखकर खुश हो गये हैं। हाँ, आप अब जैसे चाहो, मेरी शुद्धि करवा दो।''

''मास्टर जी, यहीं अहाते में एक बुढ़िया के पास सीधा गंगोत्तरी का गंगाजल है। दो घूँट पीकर बदन पर छिड़क लेना, बस हो गयी शुद्धि।''

''ठीक है, सुग्गी बहन, आप ही गंगाजल ला देना। जैसे कहोगी, कर लूँगा।''

सुग्गी खुश हो गयी। वातावरण भी हल्का हो गया था। तभी सुग्गी ने कहा, ''अब मास्टर जी, कहानी खतम करो। मैं भी काम पर निकलूँ। पूरी बात न सुनी तो मन यहीं अटका रहेगा। हमारे वजीरों की लड़की नेपाल में ब्याही है, उनके लिए उबटन लेकर जाना है, और भी कई काम हैं। सुग्गी को कहाँ फुरसत है! तो फिर मास्टर जी, यहाँ तक कैसे पहुँचे?''

मास्टर जी के चेहरे पर खुशी चहक उठी। कहने लगे, ''सुग्गी बहन, उसी रहमदिल इन्सान ने यहाँ पहुँचने में भी मदद की। क्या-क्या बताऊँ! एक पूरी दुनिया देख ली। हकीम साहब ने मुझे कुल्ला पहनाया और खेतों पर ले गये। फिर मैं खेतों पर अकेला ही जाने लगा। धीरे-धीरे मैं उनके सारे कामों की देखभाल करने लगा। वो खुश थे, घर में सब खुदा का शुक्र मना रहे थे। सारा दिन तो मैं काम में लगा रहता पर रात को अकेले होते ही घर की याद आने लगती। मेरा अलग कमरा था। हकीम जी को शक तो था ही कि मैं यहाँ खुश नहीं हूँ। एक दिन रात को उन्होंने मेरे कमरे में झाँका। मैं हिचकियाँ लेते हुए रो रहा था। वो पानी का एक गिलास ले आये। मैंने पी लिया तो उन्होंने कहा—'मैं तो सोचता था, तुम्हें न बताऊँ पर तुम्हारे आँसुओं से हार गया हूँ। रैड क्रॉस वालों को पता नहीं कैसे मालूम हो गया है कि तुम यहाँ हो। एक चिट्ठी उन्होंने लिखी है। मैं अपने फायदे या मतलब के लिए तुम्हें यहाँ न रखूँगा बेटा, अल्लाह का यही हुक्म है। मैं कल तुम्हें वाघा के पास

अटारी बार्डर पर छोड़ आऊँगा। हाँ, ये मेरा वादा है। अब तुम सो जाओ।' ''

मास्टर जी की आँखें भर आयीं। उन्होंने दोनों हाथों से अपनी आँखें पोंछी फिर निगाहें धरती पर जमाते हुए कहने लगे, ''ये कहकर वो खुदा दोस्त आदमी चला गया। इतने दिन मैं घरवालों को याद करके रोता था। अब मैं उनको मिलने की खुशी में रोने लगा। नींद किसे आती। ये तो परसों ही की बात है। अभी तक आँखों में घूम रही है।

''बार्डर पर हकीम साहेब ने मुझे छोड़ा तो जेब से हिन्दोस्तानी रुपयों की एक गड्डी मेरे हाथ पर रखी। मैं उनके दोनों हाथ पकड़कर रोने लगा। उन्होंने मुझे गले लगा लिया। मैंने कहा—'हकीम साहब, पैसे मैं न लूँगा। मैं नौकर नहीं था, मैं घर का एक शख्स था और हमेशा रहूँगा।'

''सुग्गी बहन, अगले जुम्मे को वो मुझसे मिलने बार्डर पर आएँगे। मैं भी वहाँ जाकर खड़ा रहूँगा।''

मास्टर की आँखों से आँसू बेआवाज बहने लगे। वहीं उनका छोटा पोता बैठा था, वह जाकर मास्टर जी की गोद में बैठ गया। फिर कहने लगा—

''दादा जी, आप नहीं रोवो। मैं कबाइली को मार डालूँगा।''

मास्टर ने उसे अपने सीने से लगा लिया।

सुग्गी ने अपनी आँखें पोंछते हुए कहा, ''मास्टर जी, यही मोह-ममता बाँध-कर रखती है। इसी के लिए आप चले आये। पर मास्टर जी, आपने अपना घर कैसे ढूँढ़ा?''

''मैंने नहीं ढूँढ़ा। घर ने मुझे ढूँढ़ लिया। जब मैं बस से उतरकर गुमट की सीढ़ियाँ चढ़ रहा था तब मैंने देखा, मेरा एक भाई हैरान होकर मुझे देख रहा है। वो लोग गुमट के ऊपर ही दुकान लगाकर बैठते थे। मुझे देखकर वो मेरी तरफ नहीं आया। पीछे जाकर उसने दूसरे भाई को आवाज दी—'अरे भाई बलवन्त, मास्टर जी आ गये!' मैंने सुना तो मेरे कदम वहीं रुक गये। फिर वो दोनों भाई आकर मुझसे लिपट गये। मुझे पता ही नहीं चला। हम तीनों एक होकर हिचकियाँ ले-लेकर रो रहे थे। उस पल का बयान करना मुश्किल है। फिर वहीं से हम तीनों पहले माँ को मिलने गये फिर यहाँ अहाते में आये। मेरे छोटे भाई की पत्नी आठवीं पास है, वो प्राइमरी स्कूल में पढ़ाती है। माँ उसके छोटे बच्चे के लिए ज्यादा वहीं रहती है।

''क्या बताऊँ सुग्गी बहन, दादा जी और पिता जी के बारे में उनको कैसे बताया। मेरे आने की खुशी में सब भूल गये। पिता और दादा की मौत जैसे मेरे आते ही हो गयी। माँ और दादी तो जैसे उसी वक्त उजड़ गयीं। फिर कहीं शाम को मैं यहाँ आया। ऐसे हालात में शुद्धि का खयाल किसे रहता है!''

सुग्गी ने कहा, ''मास्टर जी, मैं ही गंगाजल लाकर आपको शुद्ध कर देती हूँ। इस अहाते के लोग भी कम नहीं हैं। आपको शुद्ध करके अब मैं जाकर लौटूँगी।

आप भी आराम करो। मेरा कलेजा तो डूब-उतरा रहा है। आपका क्या हाल होगा! मैं अभी गंगाजल लेकर आयी।''

सुग्गी के जाने के बाद मास्टर ने अपनी पत्नी को कहा, ''खाना खाकर तुम भी माता के पास चलना। उनके लिए तो आज ही पिता स्वर्गवास हुए हैं।''

सुग्गी जब सुबह की सोयी-सोयी उठी तब दिन का दीया पूरी तरह जल रहा था। सुग्गी हैरानी से बड़बड़ायी—

'लो मैया, आज मुझे क्या हो गया! जैसे मास्टर की कहानी न सुनी, दुःख की भाँग पी ली हो! हे भगवान, पर दूसरे का दुःख अपना करके जानना ही इन्सानियत है। उठ सुग्गी राँड, नाइन के घर पैदा होकर रानियों की तरह सुस्ती मारकर न लेटी रह।' दूसरे ही पल वह चौंककर खड़ी हो गयी।

'हे भगवान्, रक्खो तो उबटन पीसकर रख गयी होगी। चक्की की आवाज़ तो सोये-सोये आयी थी। आज ही वजीरों के घर उबटन लेकर जाना था। चलो, वही जाकर इसे दूध में भिगो लूँगी। उबटन तो एकदम मलाई हो जाएगा। क्या पता रानो जी क्या-क्या कह रही होंगी! कई गालियाँ देकर खाना-वाना खाकर गुस्से में बैठी होंगी। अब राजा के घर किस चीज का अकाल! मैं भी वहीं जाकर खा लूँगी। कौन पहली बार खाऊँगी।' फिर उसे बेटे का खयाल आया। उबटन इकट्ठा करके परात में रखते-रखते बड़बड़ाने लगी—

'ये मुआ नाथी न जाने किसकी मैयत में गया है! आ जाता तो मैं भी समय पर जग जाती। खिचड़ी बनाने में कौन-सी देर लगती है! पर कहाँ, जब-तब माँ को तंग न कर ले, इसे जवानी चढ़ती ही नहीं। है तो अपने बाप ही की औलाद, वो भी कहाँ टैम पर खाना खाने आता था!'

उबटन की परात सिर पर रखे-रखे जब सुग्गी डरते-डरते वजीरों के घर गयी तो वहाँ कुहराम मचा हुआ था। सुग्गी ने सोचा, पता नहीं क्या हुआ है! अब यहाँ तो खाने-पीने का कोई जुगाड़ नहीं बैठ सकता। इतनी मेहनत करके बनाया गया उबटन क्या अकारथ ही जाएगा? वह मुँह बाये खड़ी थी। वहाँ से बड़ी वजीरनी निकली तो उसने सुग्गी को देखकर कहा—

''अरे सुग्गी, यहाँ तो अनर्थ हो गया।'' सुग्गी का मुँह और खुल गया तो वजीरनी बोली, ''ये नेपालवाली रानो जी ने अपने कान के, हाथ के हीरे पता नहीं कहाँ रख दिये! मिल ही नहीं रहे हैं। हे राम, अब क्या होगा! लाखों के हीरे हैं।''

अब सुग्गी ने शुक्र किया कि सब लोग ठीक हैं और उबटन की किसी को याद नहीं है। अब उसका बोल फूटा, ''वजीरनी जी, कल तो रानो जी के हाथ-कान में हीरे जगमग-जगमग कर रहे थे। मैंने कहा भी था कि उबटन लगवाने से

पहले हीरे खोल लेना। अन्दर चला गया तो मुश्किल से साफ होंगे। मैंने ये भी कहा था, वजीरनी जी को दे देना, वो अलमारी में रख देंगी।''

''अरे वही तो नहीं किया सुग्गी! मेरा तो सिर घूम गया है। रानो जी ने तो यही समझा कि मुझे दे दिये हैं। क्या करूँ सुग्गी, कुछ समझ में नहीं आता। असल में नेपाल से जी साहेब (रानो जी का पति) आनेवाले हैं। उनकी भी तैयारी करनी है। घबराहट के मारे कुछ भी तो नहीं हो रहा। लाखों के हीरे हैं सुग्गी! हे भगवान, नहीं मिले तो भरने पड़ेंगे। रानो जी नंगे कानों-हाथों से ससुराल थोड़े ही जाएँगी। वैसे हीरे जम्मू में मिलेंगे भी कहाँ! रानियों के पहनने लायक हीरे हैं।''

सुग्गी ने सिर से परात उतारकर इत्मीनान से मेज पर रखी, फिर बड़ी दानगी से बोली, ''वजीरनी जी, रानो जी कहीं बाहर तो नहीं गयीं?''

''बाहर सुबह सुनार के पास तो गयी थीं। कुछ झुमकियाँ बनवानी थीं। अरे कोई जाओ, नेपालवालियों को बुलाओ।''

रानो जी आयीं तो उन्हें पहचानना मुश्किल था। रो-रोकर आँख-नाक सूजे हुए थे। मुँह पर हवाइयाँ उड़ रही थीं।

सुग्गी ने पूछा, ''रानो जी, कौन-से सुनार के पास गयी थीं?''

''अरे वही जो पक्की ढक्की के ऊपर बैठता है।''

''रानो जी, वहाँ तो नहीं रख आयीं?''

नेपालवाली सुग्गी के गले लगकर रोने लगी। उसने कहा, ''हाँ, वहीं उतारे थे। याद आ गया। सुग्गी, तू बहुत अच्छी है।''

सुग्गी ने दिलासा देते हुए कहा, ''फिर कोई फिक्र नही है। नैन्तो सुनार गहने देखते ही आपको दे जाएगा।''

रानो जी ने चिन्तित होकर कहा, ''पर इतना समय तो हो गया! अगर उसे मिले होते तो अब तक कब का पहुँच गया होता!''

सुग्गी ने ढाँढ़स बँधाते हुए कहा, ''चिन्ता मत करो। रानो जी, समय निकलते ही आ जाएगा।''

वजीरनी ने नौकर को आवाज लगाकर कहा, ''ओ किरपुआ, जरा नैन्तो सुनार की दुकान पर चला जा। वहीं जहाँ सुबह रानो जी को लेकर गया था।''

किरपू ने कहा, ''महाराज, वो तो ड्योढ़ी में आकर बैठा है। नेपालवाली बू जी से मिलना चाहता है।''

''हे मेरी माँ, माता रानी, माँ वैष्णो, मेरी रानो के हीरे मिले जाएँ! ग्यारह कन्याएँ पूजूँगी माँ!''

यह कह वजीरनी ने हाथ जोड़ दिये। तभी नैन्तो सुनार ने आकर सबको जै देवा कहा, फिर बोला, ''शाबाश रानो जी, इतने कीमती हीरे वहाँ छोड़ आयीं और मुझे कहा भी नहीं। वो तो भला हो मेरे मित्तर साझी का। वो आकर बैठा तो उसकी

नजर पड़ी। उसने कहा—'नैन्तो, ये क्या भई, ये तो हीरे लगते हैं।'

"मैंने देखते ही समझ लिया, ये रानो जी के हैं। वही हीरे साफ करने की बात कर रही थीं। इतने बड़े हीरे रानियों के सिवा और किसके पास हो सकते हैं! इनके जाने के बाद दुकान पर बड़ी भीड़ हो गयी पर न जाने क्यूँ हीरों पर किसी की नज़र न पड़ी। मैंने हीरे उठाकर अपनी जपगुथली में रख लिये और जपगुथली अपने अन्दरवाली जेब में रख ली। थोड़ी-थोड़ी देर में जेब टोहता रहा। हे भगवान, मैके आयी बेटी की कोई चीज गुम हो जाये तो कितनी शर्म की बात है! लो बुआ रानी, सँभालो अपनी अमानत और नैन्तो सुनार को बरी करो। सुग्गी भी यहीं बैठी है! अब तो यह खबर सारे शहर में नश्र होने में कोई देर न लगेगी। क्यूँ सुग्गी?"

सुग्गी को ताव आ गया, वह बोली, "हाँ, नैन्ते. शाह, ये बात तुम नहीं कहोगे, तो कौन कहेगा! तुम्हारे घर का भेद मैंने सीने से लगाकर रखा हुआ है। अगर नश्र कर देती तो अब तक..."

नैन्तो सुनार ने उसकी बात काटी, "बस-बस, सुग्गी, माफ करो। मुझे पता होता, तुम भी यहाँ पर हो, तो थोड़ी देर में आता।"

सुग्गी ने हँसकर कहा, "जाने दो नैन्तो शाह, मैंने कौन-से गहने गढ़वाने हैं तुमसे। नाथी की शादी के लिए हो ही जाएँगे।"

नैन्तो ने भी हँसकर कहा, "हाँ भई सुग्गी, तेरी सास तो कहती-कहती मर गयी कि घर का सारा गहना सुग्गी ही ले गयी है।"

"नैन्तो शाह, क्या मेरे नाथी की बहू उस घर की बहू न होगी? मैं तो उसे सरेआम वो गहने पहनाऊँगी। देखती हूँ, कोई क्या कर लेता है!"

नैन्तो ने हँसकर वजीरनी को कहा, "वजीरनी जी, आपके घर में तो मैंने रौनक लगवा ही दी न, अब मुझे आज्ञा दीजिए। जब हुक्म होगा, फिर हाजिर हो जाऊँगा।"

वजीरनी के इशारे पर नौकर एक कश्मीरी शॉल ले आया। वजीरनी ने वह शॉल नैन्तो को देते हुए कहा, "लो नैन्तो शाह, जैसे तुमने हमारी इज्जत रख ली वैसे ही ये शॉल तुम्हें ठण्ड से बचाएगा।"

नैन्तो के जाने के बाद अपनी आँखें विस्फारित करते हुए सुग्गी बोल पड़ी, "ये नैन्तो भी मुआ कैसे-कैसे डरामे करता है! पर वजीरनी जी, आपने भी आव न देखा ताव और ऐसी भारी शॉल उसे दे दी। मेरे हिसाब से तो ये वो धुस्सा है जो बख्तावर कश्मीरी पण्डित सर्दियों में ओढ़ते हैं। ये तो सबके पास कहाँ होता है!"

वजीरनी जी मुस्कराकर बोलीं, "भई सुग्गी, मानना पड़ेगा कि तेरी आँख बड़ी तेज है।"

"क्यूँ न हो वजीरनी जी, आपने परसाल मुझे भी तो ऐसा ही धुस्सा दिया

था पर इस धुस्से का रंग ज्यादा अच्छा लग रहा था।''

नेपालवाली रानो जी हीरे पहनकर आयीं तो वे सुग्गी की बात सुनकर हँस पड़ीं, बोली, ''सुग्गी भई, तुम्हें दूसरों की थाली में भात हमेशा ज्यादा ही लगता है।''

सुग्गी खिसियानी-सी मुस्करायी, ''अब लीजिए रानो जी, मेरी इसी गोद में बड़ी हुई हैं आप। जब मैं नयी-नयी ब्याही आयी थी तब मेरी सास मुझे यहाँ अपने साथ लाती थी। वो आपकी दादी के सिर में तेल लगाकर सित्था लगाकर कंघी-चोटी करती, कभी उनके हाथों-पैरों मेहँदी लगाती या दबाती तो मैं आपको खिलाती रहती। आप मुझे तब चूगी कहती थीं। याद है, हम छत पर बैठे थे और आपका किनारी वाला दुपट्टा बन्दर ले गये थे? तब किसने दुपट्टा छुड़ाकर दिया था? मैं जल्दी से आपको उठाकर नीचे ले गयी और रसोई से खमीरे लाकर बन्दरों को दिये। बन्दर दुपट्टा वहीं छोड़कर खमीरों की तरफ लपके। मैं दुपट्टा उठाकर नीचे भागी। आप रो रही थीं। दुपट्टा देखकर खुश हो गयीं।''

रानो जी बोलीं, ''भई सुग्गी, तब तुम्हारी नयी-नयी शादी हुई थी। किनारी वाले रंग-बिरंगे दुपट्टे ओढ़ती थी, मुझे बड़ी अच्छी लगती थी। होशियार तो तुम तब भी बहुत थीं। मेरे शादी में जो तुमने मेरे ससुरालवालों को गालियाँ दी थीं, वो अब तक याद करते हैं। तुमने तो उनकी जात ही छोटी कर दी थी। मेरी चाची भी तो साबा की हैं, वो हँस-हँसकर सबको गालियों के अर्थ बता रही थीं।''

सुग्गी तुरन्त ताली बजाकर गाने लगी—

''जे तुसे आन्दियाँ पित्तल पराताँ
अग्गे ते स्हाड़ियाँ उच्चियाँ जाताँ
जात बटाने पई
वे लज्जेओ लज्ज तुसेंगी नेई।''

[अगर आप पीतल की परातों में गहना लाये हो, ऊपर से हमारी जात ऊँची है। हमें जात बदलनी पड़ेगी। आपको लाज शर्म नहीं है।]

वजीरनी ने कहा, ''अब तो छोटे वजीर जी की रानो का ब्याह है, अब खूब गालियाँ देना।''

सुग्गी चौंकी, ''वजीरनी जी, मुझे तो कानोंकान खबर नहीं है। आखिर मैं आपकी नाइन हूँ। मुझे तो पता होना चाहिए न।''

''अरे सुग्गी, दो दिन पहले ही तो हाँ हुई है। तुम्हारे बगैर ब्याह थोड़ा हो सकता है। तुम ढोलकी तैयार रखो, हमने अपने गाँव से भाक्खा* गानेवालियाँ भी

* भाक्खा डोगरी गीतों की एक ऐसी विधा है जो भारत में अन्यत्र नहीं है। चार-पाँच गानेवालों की टोली कानों पर हाथ रखकर विभिन्न सुरों में गाते हैं। होंठों के चलने से बोल पकड़ते हैं। गायन अद्‌भुत है।

बुला ली हैं।''

सुग्गी ने सूत्र पकड़ते हुए कहा, ''वजीरनी जी, मेरी शानो भी भाक्खा बहुत अच्छी गाती है। अगर आप उसकी ससुराल में न्यौता भिजवाएँ तो उसका मान बढ़ेगा और आपके घर में रौनक भी लगा जाएगी।''

फिर सुग्गी ने निश्चिन्त होकर कहा, ''वजीरनी जी, अब उबटन कहीं रखवा दीजिए। डिब्बे में, जिसमें आप बर्फ रखवाती हैं, उसमें खराब न होगा। पर अभी तो ठण्ड भी है, कई दिन वैसे ही ठीक रहेगा। रानो जी कहें तो अभी लगा ही जाती हूँ।''

''हाँ, क्यूँ नहीं!''

''पर थोड़ी देर उबटन भीगने पर पड़ा रहना चाहिए। थोड़ा दूध-केसर, पिसा जायफल भी इसमें मिले तो और अच्छा होगा। जब भी मलना हो, ये सबमें थोड़ा भिगोकर रखें। वैसे तो मैंने इस पर अपना गीला दुपट्टा रख दिया है।''

''सुग्गी, महारानी तारामती तो तुम्हारा बनाया उबटन बड़ा खुश होकर लगवाती थीं।''

''वजीरनी जी, उन्हें मेरा बनाया उबटन इतना पसन्द थी कि कभी-कभी महाराजा साहेब के गुसलखाने में भी रखवा देती थीं। अब जुगरानी साहेबा पता नहीं उबटन लगवाती हैं या नहीं!''

''सुग्गी, दुनिया बदल गयी हैं। अब ऐसे-ऐसे साबुन विलायत से आते हैं कि घंटों देह महकती है। महारानी तारादेवी थीं तो रोज ढोलक लेकर भजन गातीं। सब औरतों को इकट्ठा करतीं, उनकी आवाज़ भी बड़ी अच्छी है। जब युवराज साहेब छोटे थे तब वो भी अपनी माँ जी के साथ गाते थे। सब बड़े घरों की औरतें महारानी साहेबा के बुलाने पर आती थीं। वो भी क्या दिन थे! हम लोग बुर्के पहनकर टाँगों को भी चद्दरों से ढँककर दरबार में जाते थे। आज तो लगता है, जैसे वो दिन कभी थे ही नहीं!''

सुग्गी ने नाराज होकर कहा, ''जब से पनाहगीर आये हैं, हम भी पनाहगीर ही हो गये हैं।''

वजीरनी ने कहा, ''सुग्गी, ये लोग अपने घोंसले टूट जाने पर दूसरे बना रहे हैं। रियासत के ही लोग हैं और कहाँ जाते!''

''वजीरनी जी, ये सब नेहरू का किया धरा है। हमारे महाराज को बम्बई भेज दिया। हमारी महारानी काँगड़ा में कहीं अलहिलाल में हैं।''

''सुग्गी, भई तेरी खबरें भी पाताल से आती हैं। ये अलहिलाल क्या है?''

''वजीरनी जी, ये अलहिलाल किसी नवाब का घर था। हमारी महारानी तो पहले कसौली में रहीं फिर उन्होंने नवाब से ये हवेली खरीद ली। वहाँ अलहिलाल

के नवाब ने मस्जिद बनायी हुई थी। वहीं महारानी साहेबा ने भगवान की मूर्तियाँ स्थापित कीं और रोज शाम को सुना है, वहाँ कीर्तन करती हैं। कहते हैं, मिलिटरी के गार्ड, उनकी पत्नियाँ, फौजी, उनकी पत्नियाँ— सब कीर्तन करते हैं। अब मस्जिद हो या मन्दिर, लेना तो भगवान का ही नाम है न!''

''सुग्गी, धन्य हो! भई इतनी जानकारी तो हमारे वजीर साहेब को भी नहीं होगी।''

''हाँ, मैं तो फिर नाइन हूँ न। मेरी सास कहती थी, जब महाराजा हरिसिंह जी की ताजपोशी हुई, तब हाथी पर चढ़कर मुबारिक मण्डी का चक्कर लगाया था। उस समय का वर्णन कौन कर सकता है! कहाँ-कहाँ से राजे-महाराजे, नवाब-सुलतान आये थे। ओ मेरे हरिसिंह जी, आपको मैं अब कैसे देखूँ! बम्बई में कौन जा सकता है!''

वजीरनी की आँखों में आँसू आ गये। छोटे कद की दुबली-पतली बेहद हसीन हैं वजीरनी। सब की प्यारी भी हैं।

सुग्गी ने बात बदली, ''वजीरनी जी, हमारी जुगरानी भी बहुत नर्म दिल की हैं। आपने सुना, जुगरानी रोज पनाहगीरों के कैम्पों में जाती थीं। एक दिन रात को सोने लगीं तो कम्बल न लिया। जुगराज साहेब ने पूछा तो कहने लगीं, कैम्पों में कम्बल नहीं हैं। लोग ठिठुरते रहते हैं। जब तक वहाँ कम्बल न जाएँगे, मैं कम्बल न लूँगी।

''तेरह-चौदह बरस की फूल-सी जुगरानी। हमारे जुगराज भी ठहरे खानदानी। उन्होंने कहा, हम कल ही कम्बल-रजाइयाँ भिजवा देंगे। तब जुगरानी ने कम्बल लिया। अगले ही दिन जुगराज साहेब ने कम्बल, रजाइयाँ सब बँटवा दिये।''

''सुग्गी, ये बात मुझे वजीर साहेब ने भी बतलायी थी।''

सुग्गी अपने शातिराना अन्दाज में बोली, ''पर आपको ये खबर तो न होगी कि महाराजा हरिसिंह ने जो हीरे की पायजेबें जुगरानी को दी थीं, उनमें से एक किसी कैम्प मे गिर गयी। जुगरानी को महल में आकर पता चला। उन्होंने किसी से कुछ न कहा, पर मन ही मन डरती रहीं। दूसरे दिन कैम्पों में गयीं तो वहाँ किसी ने आकर उन्हें वो हीरे की पायजेब लाकर दी। एक औरत ने पहनाते हुए कहा, आप तो हमारे दु:ख में ये भी भूल गयीं कि पायजेब यहाँ गिर गयी है।''

वजीरनी जी हैरानी से उसे सुन रही थीं। कहने लगीं, ''सुग्गी, ये ख़बर तो कहीं से भी नहीं सुनी। बड़े लोगों के बड़े दिल। खुद तो अभी भी छोटी-सी हैं युवरानी, पर सबका दु:ख पहचानती हैं।''

''वजीरनी जी, किसी तरह से इन्तजाम करो न, मैं जुगरानी को उबटन बनाकर दूँ।''

''हाँ, सुग्गी, कभी बात करूँगी। पर तुम तो बातों में सब भुला ही देती हो।

तुम्हारा निकाला हुआ उबटन तभी भिगो दिया था किरपू ने। अब जाकर रानो जी को लगा आओ।''

सुग्गी इस सारे गोरखधन्धे में भी अपनी सहेली सोमा को न भूली थी। यहाँ खाने-पीने का कोई जुगाड़ न देखकर वह सीधे सोमा के घर गयी। दोपहर ढल आयी थी। सुग्गी के पेट में चूहे दौड़ रहे थे। हे भगवान, कब वो माँड पी थी, पर सहारा उसने अच्छा किया। सोमा के घर का द्वार ठेलकर भीतर जाते ही उसने कहा, ''सोमा, भई पहले मुझे कुछ खाने को दे। इतनी देर तो मैं कभी भी भूखी न रही।''

सोमा ने कहा—

''घर घर मेरे स्हौरिऐ
मशटंडी मेरा ना''

[मेरी ससुराल घर-घर में है, मेरा नाम है मुश्टंडी]

''सुबह से कढ़ी बनाकर बैठी हूँ। तेरे हिस्से की पड़ी है। मैंने तो थाली भी लगा दी थी। चावल अभी भी देगची में गर्म ही होंगे, चूल्हे का यही तो फ़ायदा है। उसके ऊपर रखा खाना कभी भी ठण्डा नहीं होता। जा, जाकर ले ले, मैं तो चरखे से न उठूँगी।''

सुग्गी आधा कढ़ी-भात तो सोमा के पास पहुँचते-पहुँचते ही खा चुकी थी। फिर उसने पानी पीकर साँस ली, ''भई सोमा, तेरे जैसा कढ़ी कोई नहीं बना सकता। तुमने भी मक्खन निकाले बगैर दही डाला है। कहते भी हैं न, 'घी सँवारे रोटियाँ बड़ा बहू का नाम'!''

पण्डिताइन मुस्करायी। उसकी पूनी का धागा बारीक सधा हुआ आसमान छू रहा था। उसने कुछ न कहा। वैसे तो बचपन से ही सुग्गी के मुँह न लगती थी। कौन भिड़ों के छत्ते में हाथ डाले!

सुग्गी का भात ख़त्म होने पर आया तो उसने पूछा, ''पूछोगी नहीं, आज क्या हुआ ?''

सोमा ने कहा, ''क्या जरूरत है! जब तुम्हारा पेट भर जाएगा तब खुद ही बता दोगी।''

''लो, भर गया पेट, ज़रा थाली राख से माँज लूँ और कुल्ला कर लूँ फिर तुझे गर्मा-गर्म खबर सुनाती हूँ। घरघुस्सू कहीं की!''

सोमा ने नई पूनी लगायी और धीरे-धीरे गाने लगी—

''उड्डेयाँ उड्डेयाँ तू मेरे तिलियर काले
लम्मी लेया डोआरी

आखें जाई आक्खेयाँ मेरी अंबड़ रानी
धी मना की बसारी।''

[मेरे काले पक्षी, लम्बी उड़ान भरो और मेरी माँ को जाकर पूछो, बेटी को मन से क्यूँ बिसार दिया!]

सुग्गी ने हाथ पोंछते हुए आकर कहा, ''अरे उसने तुम्हें कहाँ बिसारा है, पण्डित देवदत्त से शादी करके तुमने ही सबको बिसार दिया। पिछली बार मैं मैके गयी थी तो आँखों में आँसू भरकर कह रही थी तुम्हारी माँ—'ऐ सुग्गी, मेरी सोमू को भी साथ ले आती, मुझमें हिम्मत हो तो जाकर उसे मिल आऊँ। लड़की का मुँह देखे हुए कितने ही दिन हो गए हैं।' ''

सोमा ने आँसू पोंछते हुए कहा, ''क्या करूँ, देख तो रही हो, तुम्हारे जीजा के जंजाल से कहाँ मुक्ति है! ये तो किसी के हाथ का बना खाते ही नहीं। मन तो माँ में ही अटका है। कभी काशी जाएँगे तो गेयास्सन वाली चाची को घर पर छोड़कर माँ को मिल आऊँगी। अब चल, हो जा शुरू।''

सुग्गी ने मीरपुरनी के ससुर से लेकर वजीरों की रानो जी के हीरों तक की कथा सुना डाली, फिर अपनी राय देते हुए बड़ी संजीदगी से कहने लगी, ''देखो सोमा, इन वज़ीरों ने ही कौन-से अच्छे कर्म किये हैं! इनके कारिन्दे जगह-जगह पहाड़ों में जाते और गाँव से छोटी लड़कियाँ ले आते। कई शहीद सिपाहियों की पत्नियाँ होतीं, फिर अन्त:पुर में ये सारा जीवन गुज़ार देतीं। घरवालों को थोड़े पैसे दे दिये जाते। फिर कभी कोई मैके से भाई या बाप मिलने आता तो ड्योढ़ी अफ़सर सारा-सारा दिन उन्हें बिठाये रखते। फिर दो-चार मिनट के लिए लड़की को बुला देते। सिरीराम, बड़े जुलम किये हैं इन्होंने। कई लड़कियों की तो गोदी में ही शादी हो गयी होती थी। अरे पुण्य तो तब था जब ये उनकी शादियाँ करवाते। हे परमेस्सर! दुनिया में बड़ा ही पाप है।''

पण्डिताइन कहने लगी, ''देखो सुग्गी, औरत के लिए हर तरह से मुसीबत है। अगर ये लड़कियाँ अपने घरों में जवान होतीं तब भी इनकी शादी तो कोई नहीं करवाता। कम से कम अन्त:पुर में ये सुरक्षित तो हैं। विधवा के लिए जिन्दगी बितानी बड़ी मुश्किल है। महारानी तारामती तो उनका बड़ा ख्याल रखती थीं, न खाने की फिक्र, न पहनने की। बस, महारानी साहेबा के साथ कीर्तन करते-करते जिन्दगी बीत गयी।''

''काहे की जिन्दगी! सोमा, ज़्यादा ज्ञान न बघार। पैदा होकर घर-संसार न देखा तो पैदा ही क्यूँ हुए? तू भी पण्डत के साथ रहकर परवचन देने लगी है। सिरीराम-सिरीराम!''

तभी पण्डित देवदत्त ने अन्दर आते हुए कहा, ''सुमुखि जी, किसका श्रीराम

कर रही हो?''

सुग्गी ने कहा, ''जाओ जीजा, हाथ-पैर धोकर भीतर अपनी हूर के पास जाओ। मैं तो जा रही हूँ, नहीं तो मशकरियाँ करोगे।''

पण्डित जी हँसने लगे।

सुग्गी ने कहा, ''चलती हूँ सोमा, अगर नाथी आ गया हुआ तो फूँककर फक्का न रहने देगा।''

सोमा ने मन में सोचा, बेचारा इसके डर के मारे तो परसराम के ढाबे पर खाना खाता है। कितने ही लोग बताते हैं।

सुग्गी चली गयी तो पण्डित जी ने कहा, ''गौतम पण्डित आये थे सोमा! वही जो रघुनाथ पाठशाला में पढ़ाते हैं।''

सोमा ने याद करते हुए कहा, ''वही जिसकी बारात में आप कठुआ गये थे? बड़ी देर की बात है।''

''बारह-तेरह बरस तो हो ही चुके हैं सोमा! उनकी बेटी यहाँ सनातन धर्म स्कूल में पढ़ती है। पाँचवीं पास कर गयी है इस साल। ग्यारह-बारह बरस की तो होगी ही। आज पण्डित आया था तो काकू के लिए पूछ रहा था। मैंने कहा, पण्डिताइन से पूछकर बताऊँगा।''

सोमा खुश हो गयी। पुलक से उसके शरीर में रोमांच हो आया। उसने सोचा, मेरा काकू आज इतना बड़ा हो गया कि लोग रिश्ते की बात करने लगे। उसने संयत होकर कहा, ''लड़की मैंने किसी की शादी में देखी ज़रूर है। माँ तो उसकी बड़ी रूपवाली है। लोग उसके स्वभाव की भी बड़ी तारीफ़ करते हैं। माँ अच्छी है तो बेटी भी अच्छी ही होगी।''

''तुम जानो सोमा! एक ही बेटा है हमारा। शादी तो अभी हमने करवानी नहीं है पर बात लगाने में क्या हर्ज है! अच्छा ही है, तुम भी बहू के ख्वाब देखने शुरू कर दोगी। न हो तो सुमुखि जी से पूछ लेना, वो तो गौतम पण्डित के परदादा तक का पूरा हिसाब-किताब ले आएँगी।''

''पन्त जी, अभी बात बाहर क्या निकालनी है, पर सुग्गी को तो कहना ही होगा। शहर में उसकी साख इस वजह से भी है कि वो एक का भेद दूसरे को नहीं बताती।''

''ठीक है, कल आएगी तो एक बार पूछ लेना। अभी शादी कौन-सी आज ही होनी है!''

''पन्त जी, सुना आपने, मीरपुरनी रामकलि का ससुर इतने दिनों बाद वापस आ गया।''

''हाँ, मुझे पता है। बड़ा लायक आदमी है मास्टर। उसकी तो स्कूल में नौकरी भी लग गयी है। महीने के अस्सी रुपये तो बहुत होते हैं।''

"इतनी जल्दी नौकरी लग गयी!" सोमा ने कहा।

पण्डित बोले, "सोमा, एक तो पनाहगीर, ऊपर से बी.ए. पास!"

सोमा ने कहा, "अच्छा है, घर-गृहस्थी आराम से चलेगी। मीरपुर के लोग बड़े मेहनती हैं।"

पण्डित जी ने कहा, "बोलते भी बड़ा मीठा हैं। अपना घर-बार छोड़कर रहना कितना मुश्किल है! वहाँ पता नहीं, कितने बड़े-बड़े कमरों में रहते होंगे पर यहाँ तो एक ही कमरे में सन्तोष के साथ रहते हैं। भगवान की यही इच्छा होगी।"

"पन्त जी, खाना लाऊँ?"

"नहीं सोमा, यजमान ने खूब कढ़ा हुआ दूध अड्डी वाले गिलास में भरकर दिया। दूध देखकर ही मैं चुप हो गया फिर जब पीने लगा तो उसके नीचे जलेबियाँ थीं। चलना कठिन हो गया। अब थोड़ा आराम करूँगा।"

शहर के स्कूलों में, मन्दिरों में, खाली घरों में— सब जगहें शरणार्थियों से भरी पड़ी थीं। काम मिलने पर कई वहाँ से निकल भी रहे थे। तब जम्मू में घरों की क्या कमी थी! थोड़ी जगह में ही ये लोग गुज़ारा कर लेते। सब अपना-अपना घोंसला बनाने के लिए मेहनत कर रहे थे। उजड़ी हुई शर्मनाक कहानियाँ जम्मू शहर के गलियों-बाज़ारों में भरी पड़ी थीं।

सुग्गी जब शहर की खाक छानकर अहाते में आयी तो घर के भीतर कदम रखने से पहले ही उसे मालूम हो गया, मास्टर जी की नौकरी लग गयी है। उसके मुँह से निकला, इतनी जल्दी! भई, मानना पड़ेगा, मास्टर है नसीब वाला।" अपने घर में घुसना अब फ़िजूल था, वह सीधी मीरपुरनी के घर गयी।

"मास्टर जी, मुबारक़ हो! ये क्या वहीं से तय करके चले थे? भई, मैं तो सच बताऊँ, खुशी के मारे अपने घर भी नहीं गयी।"

मास्टर जी ने कहा, "सुग्गी बहन, ये भी तो आपका ही घर है। चलो रामकलि, बहन को चाय पिलाओ। चाय पर इनका बड़ा लोभ है।"

"न मास्टर जी, आज तो मैं बर्फी खाऊँगी। चाय से फिर कभी टरका देना।"

सब हँसने लगे तो रामकलि ने गोंदवाली बर्फी का डिब्बा लाकर सुग्गी के आगे रख दिया। सुग्गी हैरान होकर बोली, "भई, तुम्हारा काम तो दफ़्तर से भी तेज है!"

सुग्गी ने बर्फी मुँह में रखकर ऊपर से गर्म-गर्म चाय का घूँट भरा तो जीभ जल गयी।

रामकलि की सास ने कहा, "सुग्गी, तुझमें सब्र नहीं है। धीरे पी, चाय बहुत गर्म है।"

''हाँ, मास्टरनी, तेरा बोल भी मास्टर के आने के बाद ही फूटा है। मास्टर के आने के बाद तेरे चेहरे पर भी रौनक आ गयी हैं। चलो, भगवान का शुक्र है।''

मास्टर जी कहने लगे, ''सुग्गी बहन, ये बिछोह सबसे बड़ी बीमारी होती है। मैं भी इसी की याद में वापस आ गया, नहीं तो हकीम साहेब ने तो मुझे कुल्ला पहना ही दिया था। वो तो अपनी भतीजी सलमा से मेरा निकाह भी करवा देते। बस, कलमा पढ़ने की देर थी।''

मास्टरनी प्यार से बोली, ''फिर क्यूँ नहीं करवाया! मैं तो अपने बेटों-बहुओं, पोते-पोतियों के साथ भरी गोद लिये बैठी रहती।''

''मैं भी तो तुम्हारे पोते-पोतियों के बग़ैर नहीं रह सका। अगर रात को एक दिन भी आराम से सोया हूँ तो हराम है।''

सुग्गी ने चाय का आख़िरी घूँट भरते हुए कहा, ''मास्टर जी, भाषा तो उन्हीं की बोलने लगे हो।''

''रंग तो चढ़ता ही है बहन। हाँ भई, मेरे मामे का लड़का तीस बरस का बूढ़ा हो गया था। पहले तो कहीं हिन्दोस्तान में नौकरी करता रहा फिर खूब पैसे हो गये तो घर लौटा। अब उसे कोई लड़की न दे। शादी तो श्मशान में ही होती पर पाकिस्तान बनने का उसे फायदा हो गया। पाकिस्तान जानेवाले एक काफ़ले से कोई लड़की बिछड़ गयी। बस इसने घर में बिठा ली। कहता तो ये था कि मन्दिर के पण्डत ने उसकी शुद्धि करके फेरे भी लगवा दिये थे पर हमने नहीं देखा। पर चलो, दो वक्त की पकी-पकायी तो खा रहा था। पर सेवा समिति वालों के पेट में हजम नहीं हुआ, उसे पाकिस्तान भिजवा दिया। अब बताओ, कोई आदमी है जो वहाँ उसके साथ शादी करके दूसरे का बच्चा पालेगा? भरे पूरे दिन थे बिचारी को।''

''भई मास्टर जी, ये हिम्मत तो सिर्फ औरत में होती है जो दूसरी का बच्चा पाल लेती है। मर्द ऐसा नहीं कर सकता।''

मास्टर जी ने सुग्गी को छेड़ा, ''बहन, सौतेली माँ तो बदनाम भी बड़ी होती है और कई बार तो सौत के बच्चों पर ज़ुलम भी करती है।''

''देखो मास्टर जी, ये तो साफ़-साफ आदमी का कसूर है। औरत को वो जितनी ढील देगा, औरत उससे दुगुनी ढील माँगेगी।''

मास्टर जी ने जोड़ा, ''तो इसका मतलब ये हुआ कि औरत को कण्ट्रोल में रखना चाहिए!''

सुग्गी को ताव में आते देर न लगती थी, उसने कहा, ''मास्टर जी, औरत क्या राशन है जो उस पर कण्ट्रोल देना चाहिए?''

''ये बात नहीं है बहन, जब दूसरे स्थान पर औरत ब्याहकर जाती है तो उसे पता ही होता है कि बच्चे भी हैं और वो पत्नी के साथ माँ भी बनेगी।''

सुग्गी कहने लगी, "हम डोगरों में तो दूसरी जगह जाने वाली औरत के गले में एक मुहरा डाल देते हैं जिसे 'सोक्कन मोहरा' कहते हैं। याने सौत की स्मृति लोगों को भी पता रहता है, ये दूसरी जगह है और औरत भी नहीं भूलती। बाक़ी आप तो जानते ही हैं, सास-ससुर वाले भरे-पूरे घर में कोई नयी माँ बच्चों को कुछ नहीं कह सकती। मजाल है!"

मास्टर जी ने कहा, "सुग्गी बहन, आप खाना हमारे साथ खाओ, आलुओं की छिट्ट बनायी है और बड़ियों वाला भात।"

रामकलि ने कहा, "मौसी, नाथी भाई तो आ गये हैं। मैं अभी हौज़ से पानी लाने गयी थी तो देखा, वो घड़े से पानी उड़ेल कर पी रहे थे।"

सुग्गी जल्दी से यह कहते उठ गयी, "अरी सुग्गी राँड, उठो, जहाँ बैठती हो बैठ ही जाती हो।"

उसके जाते ही सब हँसने लगे। मास्टर जी का पोता पूछने लगा, "दादा जी, ये सुग्गी दादी अपने आपको क्यूँ गाली देती है?"

"पता नहीं बेटा!" मास्टर जी ने कहा।

"पर दादाजी, ये रोज़-रोज़ हमारे घर में चाय पीने क्यूँ आती है?"

"बुरी बात, ऐसे नहीं कहते। तुम्हें क्या पता, मीरपुर में कितने लोग रोज़ हमारे घर खाना खाते थे, चाय पीते थे। लस्सियाँ, शरबत, शरदाइयाँ, चाय सब चलता था। अब तो हम पनाहगीर हो गये।"

"दादा जी, पनाहगीर क्या होता है?"

"बेटा, जिनका घर छूट जाता है वो पनाहगीर होता है।"

"हमारा घर छूट गया है क्या?"

"हाँ बेटा, अब यही हमारा घर है। तुम्हारा छोटा भाई तो पैदा भी यहीं हुआ है बेटा।"

"हम क्या हमेशा सुग्गी दादी के पास रहेंगे?"

"नहीं, भगवान चाहेगा तो हम जल्दी ही अपना घर लेंगे। तुम्हारे लिए हम बड़ा सुन्दर घर बनाएँगे। तुम्हारे चाचा-चाची, उनके बच्चे सब एक जगह रहेंगे।"

"दादा जी, सुग्गी दादी भी क्या हमारे साथ ही रहेगी?"

"उम्मीद तो नहीं है।"

यह कहकर मास्टर जी ने रामकलि को कहा, "बहू, मैं ज़रा मण्डी के दो चक्कर लगाकर आता हूँ। थोड़ा बदन खुल जाएगा।"

सुग्गी का चूल्हा तो गर्म ही था। उसने लकड़ियाँ जोड़कर रखीं तो भक्क से जल उठा। गुलगुले तो पलक झपकते ही बन गये, अब चावलों की देर थी। सुग्गी ने

देखा, नाथी खर्राटे भर रहा है। उसे डर लगा, कहीं बाप की तरह घूँट मारकर तो नहीं आ गया? उसने धीरे से जाकर सूँघने की कोशिश की तो नाथी ने सोये-सोये ही पूछा, "क्या बात है माऊ?"

"बात क्या होनी है, उठकर खाना खा लो। कितनी बार तुझे कहा है, शाम पड़ने पर सोते नहीं हैं।"

"माऊ, अब तो रात हो रही है।"

सुग्गी ने कहा, "पर अभी सोने जैसी रात नहीं हुई। जा, मुँह पर छट्टे मार आ। कुछ कमाई भी की या सारा दिन मटरगश्ती ही करता रहा?"

"माऊ, तू भी मुझे निकम्मा ही समझती है। देख, गोलक में कितने पैसे भर गये हैं! देख माऊ, मैं मुँह-धोकर आता हूँ। भात दे दे।"

जब सुग्गी ससुराल से अहाते में आयी तब ये दो-अढ़ाई बरस का था। दादी कहती—'जा, माऊ को दे आ' तो वो सुग्गी को माऊ ही कहता था।

नाथी ने आकर कहा, "माऊ, मेरी तम्बी (पायजामा) से दो का नोट निकाल लेना।"

"अच्छा, तो बाकी पैसे क्या हुए? सवा दो रुपये कमाये हैं तुमने। सुग्गी को मूरख बनाता है!"

"माऊ, गुलगुले बड़े स्वाद बने हैं। और देखो, ये चार-चार आने का हिसाब मत पूछा करो। अभी तो चवन्नी ही उड़ायी है, मेरी शादी करवा दोगी तो आधे पैसे उसे दूँगा और आधे तुम्हें।"

"हाँ, क्यूँ नहीं! वो तो बाप के घर से पैसे खर्च करती ही आएगी न।"

"माऊ, सारे शहर की शादियाँ करवाती फिरती हो, क्या मेरे टैम पर अच्छी पैसों वाली ससुराल न देखोगी?"

"हाँ-हाँ, क्यूँ नहीं! मनिश्टर की बेटी से शादी होगी तेरी। ज़ात का नाई और ख्वाब नवाबों के!"

"माऊ, जब नाई का बेटा हूँ तो नाई का ही रहूँगा न। अब याद रखना, तुम्हारे यजमानों के घर शादी-वादी में मुझे जाना पड़े तो मैं अपने गाहकों को पहले ही बताकर रखूँ।"

"हाँ, तेरा तो जैसे सारा शहर गाहक है!"

"माऊ, कोई खमीरा है, भात तो बड़ी जल्दी हजम हो जाता है।"

"हाँ, तेरी सास ने भेजे हैं खमीरे।"

"माऊ, कहाँ है वो, मुझे मिले तो मैं उसको पूछूँ, अपनी बेटी को कब भेजेगी?"

"जा-जा, हौज़ पर जाकर कुल्ला कर। सोना ढेर पर और स्वप्न शीशमहल के!"

हौज पर रक्खो बर्तन मल रही थी। उसने माँ-बेटे का हल्ला सुना था, तो वह मुस्करायी। उसने आधे चेहरे तक घूँघट निकाला हुआ था। वह सूखी घास से एक ही जगह पर पतीला रगड़ रही थी।

"क्यूँ, आज बड़ी फ़ुरसत में हो? भाई कहीं गये हैं क्या?"

रक्खो ने कहा, "अक्ल न हो तो भी बात ढंग से करनी चाहिए। मौसी तो मुझे अपनी बेटी कहती है। तुम्हारा ये हाल है कि डूमकी कुड़ी माऊ ने झाँग्गियाँ (डोम की बेटी-माँ से मज़ाक)!"

नाथी बोला, "अब अहाते में तुम्हीं बाकी थीं, माऊ ने तुम्हें भी बेटी बना लिया। हमने कहीं मज़ाक, छेड़ करनी हो तो कोई जगह ही नहीं रहने दी!"

रक्खो ने हँसकर कहा, "और जो रोज़ लड़कियों के स्कूल में छुट्टी होने के वक्त कचालूवाले के पास खड़े रहते हो!"

नाथी ने कहा, "ऐ रक्खो, माफ़ कर। माऊ को मत बताना मेरी माँ!"

"जा-जा, अब वो कश्मीरी पण्डिताइन आ रही है हौज़ पर बर्तन माँजने।"

"जा रहा हूँ रक्खो, पर ये मानना पड़ेगा, तेरी सास अगर सेर है तो तू सवा सेर।"

पण्डिताइन ने जूठे बर्तनों की टोकरी नीचे रखी तो उसके डजहरू कानों से लटककर टोकरी छूने लगे। जूठे बर्तनों से भी सौंधी सुगन्ध आ रही थी।

पण्डिताइन ने कहा, "क्यूँ रक्खो जी, कैसी हैं? ठीक हैं न?"

रक्खो ने कहा, "तुम ठीक हो बहन? आज दोपहर को आपके घर से खूब खुशबुएँ उड़ रही थीं!"

"हाँ, रक्खो जी, अब तो दरबार मूव भी होना है न! इनके दफ़्तर से कुछ लोग खाना खाने आए थे। फिर बाद में कहवा तो होता ही है न!"

"तभी आज बर्तन भी ज्यादा हैं। आप तो खाना बूरे वाले चूल्हे पर बनाती हैं न?"

"हाँ, रक्खो जी, ये आसान रहता है। नीचे से ढक्कन बन्द कर देते हैं तो आग कम हो जाती है। फिर भी बच जाये तो दाल चढ़ा देते हैं। इसे पैक करके सिरीनगर भी ले जाते हैं। वहाँ तो लकड़ी ही जलती है।"

"बूरेवाले चूल्हे का बड़ा सुख है। एक बार जलाओ और सारा खाना बना लो। चूल्हे में तो फूँक मार-मारकर धुएँ से आँखें जल जाती हैं फिर कितनी सड़ांध नाक-मुँह में घुसती है!"

पण्डिताइन ने कहा, "रात ढल आयी है पर बर्तन तो करने ही हैं। आपके घर से आज भी बहुत धुआँ आ रहा था।"

रक्खो ने कहा, "जब एक ही अहाते में रहना हो तो ये सब तो होता ही है।"

"वो तो है, पर आप चली जाएँगी तो आपके कोनेवाला हिस्सा सूना हो

जाएगा।''

''हम तो घर बन्द करके जाएँगे पर ये तो आते रहेंगे। इनका यहाँ सरकारी काम रहता है न। सिरीनगर में हमारे टाठा जी स्कूल में हैडमास्टर थे, अब पेंशनी हो गये हैं। हमारे अपने शाली के खेत हैं। चावल तो वहीं से आता है। वहाँ से बादाम, अखरोट, नासपाती, सेब सब आता है। इतना तो घर में नहीं लगता, हम मण्डी में बेच भी देते हैं। घर भरा-पूरा है, बड़ी कृपा है शारिका माँ की।''

''पिछले साल तो आपकी सास भी आयी थीं न, वो कितना सुन्दर गाती थीं!''

''हाँ, वो ललद्यद का वाक गाती थीं। वो सन्त थीं। उसका नाम ललेश्वरी था। उसको लल्ला आरिफ़ा भी कहते हैं। उसकी सास ने उस पर बड़े ज़ुलम किये। हम तो ललद्यद को देवी ही मानते हैं। सभी धर्म के लोग उनकी बड़ी इज़्ज़त करते हैं।''

''कुछ और भी गाती थीं न, फिर साथ में रोती भी थीं।''

''हाँ पण्डितानी जी, वो हब्बा खातून का गीत गाती थीं। हमारी सास जब ब्याहकर आयीं तो वो नौ बरस की थीं। दादी सास उनको काम सिखाते वक्त कभी-कभी मारती भी थीं। हब्बा ख़ातून का गीत भी इसी मतलब से है। इसलिए आज भी उन दिनों को याद करके रोती हैं मेरी सास।''

''हाँ भई रक्खो जी, ससुराल में आकर तो सबको सीखना ही पड़ता है। मैं भी ग्यारह साल की थी पर मेरी सास ने मुझे बड़े प्यार से सिखाया। माँ ने भी सिखाया हुआ था। मैं तो अपने पण्डित जी के साथ अभी भी उनके सामने बात नहीं करती।''

''देखो पण्डितानी भावी, सास तो मेरी भी सख्त हैं पर मेरी माँ ने कहा था सास को कभी जवाब नहीं देना। मैं हमेशा चुप रहती हूँ, वो बोल-बोल चुप लगा जाती हैं। कभी-कभी कहती हैं, मेरी बहू तो गूँगी है।''

''मत पूछो बहन, अब भी मैं जब जम्मू आती हूँ तो मेरी सास कितनी हिदायतें देती हैं, मैं चुप करके सुनती रहती हूँ।''

''देख पण्डितानी, मैं तो कभी-कभी मजबूर हो जाऊँ तो बोलती हूँ। अब बच्चे भी बड़े हो रहे हैं। एक दिन मेरा बड़ा पूछ रहा था—'माँ, तुम्हें दादी इतना क्यूँ डाँटती हैं? हमें तो बड़ा प्यार करती हैं!' सास ने सुन लिया और झाड़ू उठा ली। तब से मेरे बड़े बेटे ने ये सवाल कभी नहीं पूछा।''

दोनों के बर्तन मँज चुके थे। रक्खो की सास अपने कमरे से बाहर निकली तो दोनों को बातें करते देखकर चिल्लायी, ''ये क्या खुसुर-पुसुर हो रही है? सिर्फ बरतन ही माँजने हैं क्या सोने से पहले? सारा चौका भी तो साफ़ करना चाहिए। हमारी सास किसी से बात करते देख लेती थी तो झाड़ू उठा लेती थी।''

रक्खो के जाते ही पण्डिताइन के आँसू निकल आये। उसने सोचा, अब

सिरीनगर जाते ही मुझे भी सास की बातें सुननी पड़ेंगी। पता नहीं ये सासें कब साँस लेने देंगी!

शहर में पनाहगीरों ने अपने घोंसले इधर-उधर बना लिये थे। लोगों ने केले-सन्तरे की टोकरियाँ उठाने में भी गुरेज़ न की। आखिर काम करने में कैसी शर्म और फिर कब तक सरकारी अन्न खाते रहेंगे! जिसे जो काम मिला, उसने किया। टीण्डो का घर वाला भी सन्तरे-केले बेचता था। टीण्डो खुद भी स्कूल में माई की नौकरी करती थी। उस स्कूल की हैडमिस्ट्रेस भी मीरपुर की थी। वह दूर से टीण्डो की रिश्तेदार थी पर मीरपुर के लोग अपने रिश्तेदारों को आँखों में रखते थे। जब टीण्डो माई न लगी थी तब एक दिन हैडमास्टरनी ने उसको पूछा था, टीण्डो, घर तो बड़ी मुश्किल से चलता होगा। मेरे तो पिता ने दस पास करा दी तभी आज चार पैसे कमा रही हूँ।''

टीण्डो ने बड़ी दीनता से कहा, ''क्या करूँ, घर-घर जाकर दालें चुनती हूँ। चक्की पर गेहूँ पीस देती हूँ। चावल चुन देती हूँ। कुछ मदद हो जाती है। कई लोग कभी कपड़े भी दे देते हैं। बस, गुजर हो रही है। शुकर है, सिर पर अपनी छत है, किसी स्कूल में नहीं पड़े हैं।''

हैडमिस्ट्रेस ने कहा, ''पर सरकार ने तो थानों के थान कपड़े तुम लोगों में बाँटे हैं!''

''अरे भैन, सरकार तो दे देती है। कपड़ा,-लत्ता, राशन-पानीं, सब पास कर दिया। आगे तो देने वालों की मरजी है न! आपने सुना नहीं, एक अफसर के घर से चार थान कपड़े मिले थे?''

''अरी टीण्डो! ये तो आज की खबर है, तुम्हें किसने बतायी?''

''तुम्हारा जीजा घर-घर, गली-गली घूमकर केला बेचता है। सब खबरें गाहकों से ही मिल जाती हैं। चलो, अब ये किस्सा छोड़ो, तुम तो सारा दिन स्कूल में काटती हो, घर के किसी काम-काज के लिए मुझे रख लो।''

''नहीं टीण्डो बहन, तेरे बच्चे छोटे होंगे।''

''कहाँ, बड़ी अब दसवीं कर लेगी तो कॉलेज भेजूँगी। चाहे कितना भी काम करूँ, रसोई का काम तो तीनों मिनटों में निपटा लेती हैं। उनको पता है न, माँ सारा दिन काम करती है।''

''अरे टीण्डो, तभी तो कहते हैं—

''धीएँ दी माँ रानी
बड़ेपे भर दी पानी।''

[बेटियों की माँ रानी होती है पर बुढ़ापे में उसे पानी भरना पड़ता है।]

टीण्डो ने कहा, "तुम्हारी बात सच है पर अभी बुढ़ापा तो नहीं आया न! पर सच जानो, बेटियाँ बड़ी प्यारी लगती हैं। वो नेह भी ज़्यादा लगाती हैं। मेरी बड़ी बेटी ने तो ट्यूशनें करके पढ़ाई की है। इनका बाप सुबह चाय में दो तोस डालकर सिर पर सन्तरे-केले का टोकरा रखकर बेचने चला जाता है। मैं भी सारा दिन काम करती हूँ। किसी तरह गृहस्थी की गाड़ी खिंच रही है। एक ही कमरा है, लड़कियाँ वहीं दीया जलाकर पढ़ती हैं, वहीं सो जाती हैं। चलो, मीरपुर में हमारा दो मंज़िला मकान था, आठ कमरे थे।"

हैडमिस्ट्रेस कहने लगी, "मैं कौन-सा नहीं जानती टीण्डो! देखो, हमारे स्कूल में एक माई की ज़रूरत है। तुम सुबह थोड़ा काम मेरे घर का निबटाकर स्कूल आना शुरू कर दो। मैं इन्स्पेक्टरनी से कहकर तुम्हारी नौकरी पक्की करवाने की कोशिश करूँगी।"

टीण्डो ने हैडमास्टरनी के दोनों हाथ अपने हाथों में लेकर कहा, "बहन, ये काम हो जाये तो मेरी जिन्दगी आराम से कट जाएगी। बाकी मेहनत में कोई कमी न रहेगी। आपका एहसान मेरे बच्चे भी न भूलेंगे।"

"टीण्डो, सब भगवान की माया है। तुम क्या स्कूल में नौकरी करनेवाली थीं, पर क्या करें! तुम कल सुबह मेरे घर आ जाना।"

"अच्छा बहन, भगवान आपको इसका फल देगा।"

टीण्डो को जैसे पंख लग गये! उसने गली के सिरे पर एक छोटे-से आँगन में अपने कच्चे-पक्के कमरे में प्रवेश किया तो उसे लगा, वह राजमहल में आ गयी है। उसने झाड़ू लेकर सारा घर बुहारा। दीवारें झाड़ीं। सारे मैले कपड़ों की गठरी बाँधकर बाहर नलके के नीचे रखी और आँगन में पड़ी खटोली की रस्सियाँ कसने लगी। उसकी सोच का बाँध टूट गया।

'क्या हुआ, आज हमारे बुरे दिन हैं, कल को अच्छे दिन भी आएँगे। घर में यही एक अच्छी खटोली है पर कभी मेरे घरवाले के मन में ये नहीं आता कि इसे कस लूँ। इस झिलंगे पालने में सोकर पता नहीं क्या ख्वाब देखता है! कस तो दी है पर क्या औरत-मर्द के हाथ में फर्क नहीं होता? चलो, आज पाव भर मीट मँगवाकर आलुओं में डाल लेती हूँ। इस घर में कहाँ अच्छी सब्जी बनती है। कभी आलू तो कभी दाल। अगर मैं स्कूल में लग गयी तो गोभी के डण्ठल बनाकर ले जाया करूँगी। अनारदाना पीस के डालूँगी तो स्कूल की लड़कियाँ खट्टे कचालू खाने भूल जाएँगी। उसमें में खट्टी जमीरिया भी निचोड़कर डालूँगी। लड़कियों के मुँह जलेंगे, उसके लिए पानी का घड़ा भी रख दूँगी। सभी गिलास में से ओक लगाकर पी लेंगी।'

टीण्डो के पति ने केलों का खाली टोकरा रखा तो देखकर डर गया! टीण्डो को कहीं ताप न चढ़ गया हो! उसने उसकी बाँह पर हाथ रखा तो टीण्डो चौंकी।

"अच्छा, आ गये हो! चलो, पानी ला देती हूँ। मैं बिल्कुल ठीक हूँ। लो, गुड़ खाकर पानी पी लो।"

टीण्डो के पति ने कहा, "आज सारे केले जल्दी बिक गये। मंगलवार है न। एक आदमी ने ग्यारह कन्याओं को पूज दिया। एक-एक केला और एक-एक पैसा। जिन्होंने व्रत रखा होता है, वो भी केला खाते हैं। केला तो बड़ा ताकत वाला है। जिसने कन्याओं का पूजन किया, उसने मुझे भी दो केले खाने को दिये। आज बड़ा अच्छा दिन है।"

"हाँ, बहुत अच्छा दिन है निम्मो के पिता!"

वह अपनी पत्नी का सहज सन्तोषी स्वर सुनकर तृप्ति की नींद सो गया।

पति के सोते ही टीण्डो ने द्वारा उढ़काया और मीट लेने चली गयी। कितने दिनों बाद घर में मीट पकेगा। उसने सोचा, आधा किलो ही ले लेती हूँ। आधा किलो आलू डालूँगी तो थोड़ा सुबह के लिए भी बच जाएगा। सरसों का तेल अभी पड़ा है, छटाँक भर तो होगा ही। मसाला कूण्डे-डण्डे से पीस लूँगी। कोयलों की आँच में शाम तक तैयार हो जाएगा। मसाला तो मेरी छोटी भी पीस देगी। उसने मन ही मन कहा, भगवान आस दिलाकर मुँह नहीं मोड़ लेना, मेरा काम लगवा देना। फिर तो मैं निम्मो के बाप को सुबह ही तीन-चार घण्टे केले बेचने जाने दूँगी।

शहर हर तरफ़ फल-फूल रहा था और सुग्गी को अब कोई फुरसत न थी। हर तरफ की खबर न रखी तो सुग्गी काहे की नाइन! बड़े लोगों के घर में उसके गरीब-गुरबों की, पनाहगीरों की, वजीरों की, दीवानों की खबरें मिल जाती थीं।

वजीरों के घर में ही रानो जी को उबटन मलकर वह वज़ीरनी के पास बैठती या रसोई में शरदूल सिंह के पास बैठती तो सारी खबरें मिल जातीं। आज सुग्गी बड़ी खुश थी।

सुबह उबटन लगवाने के बाद रानो जी ने कहा था, "सुग्गी, तीन दिन उबटन मलकर मेरी देह में ऐसे सुगन्ध आ रही है जैसे मैं मौलश्री का दरख्त हूँ!"

सुग्गी ने अपने झोले के भार को दूसरी तरफ किया। रानो जी ने सूफ़ की काली सुत्थन और साटन का मक्खनी कुर्ता दिया है। उन्होंने कहा, "देख सुग्गी, ये कपड़े खुद पहनना। दुपट्टा मैंने धुलवाकर रखा है। माँ जी के लिए बनवाया था, अब ढाई गज़ का दुपट्टा उनसे सँभलता नहीं, छोटी-सी तो हैं मेरी माँ। चौड़ा भी तो तुम्हें डेढ़ गज चाहिए। दरजी ने सिला था। तमाकू की मुश्क थी, मैंने साबुन से धुलवा दिया।"

सुग्गी प्रसन्न होकर बोली, "बुआ रानी, आपका सुहाग बना रहे। गोद भरकर मैके में आएँ। मेरे मुँह से तो आपके लिए हमेशा आशीर्वाद ही निकलता है। रानो

जी, कभी कोई पुरानी पोशाक हो जो आपने न पहननी हो, तो मेरी शानो के लिए भेजिएगा। आपकी ससुराल से तो कोई न कोई आता ही रहता है।''

रानो जी ने कहा, ''क्या शानो आनेवाली है? कितने दिन हो गये उससे मिले! बचपन में हम इकट्ठे रस्सी फाँदते थे!''

''लीजिए, रानो जी, आप कहें तो कल ही नाथी को भेजकर मँगवा लूँ। अमृतसर कौन-सा दूर है!''

''ज़रूर बुला लो सुग्गी, मैं खुद उसे अपनी पोशाक दूँगी।''

अचानक सुग्गी को विचार कौंधा। उसने सोचा, अभी तो कनेत्तर महीना है, शादियाँ तो होंगी नहीं, क्यूँ न नेपाल में किसी नौकरी की जुगत भिड़ाऊँ? उसने रानो जी से कहा, ''रानो जी, क्या नेपाल में कहीं मेरी नौकरी नहीं लग सकती? आजकल तो शादियाँ भी नहीं हैं। न हो तो कुछ देर नौकरी करके पशुपतिनाथ शिव के दर्शन ही कर आऊँगी। वैसे भी कोई काम-धन्धा न हो तो मन बैठ जाता है।''

रानो जी को भी ख़्याल आया कि उनकी जेठानी के जुड़वाँ बच्चे हुए हैं। कई लड़कियाँ तो हैं पर एक अक्लवाली आया भी चाहिए। उन्होंने कहा, ''सुग्गी, मेरी जेठानी के जुड़वाँ लड़के हैं। उन्हें पालने, देखभाल के लिए तेरे जैसी ही कोई अक्ल वाली चाहिए, चलोगी?''

सुग्गी फूलकर कुप्पा हो गयी। उसने कहा, ''ऐ बुआरानी। भला हो आपका। अपने साथ ही ले चलिए न!''

रानो जी ने कहा, ''जरूर सुग्गी, वायदा रहा। मैं तो यहाँ से दिल्ली तक मोटर में जाऊँगी फिर आगे जहाज से नेपाल जाऊँगी। वहाँ से हमारे ही घर से कुछ लोग नेपाल जा रहे हैं, तुम्हें भी उनके साथ कर दूँगी। इन्तजाम सारा हो जाएगा पर अपना उबटनवाला सामान साथ लेकर चलना।''

''रानो जी, मोतियोंवाला घड़ा तो वहाँ मिलेगा नहीं!''

''उसका कोई इन्तजाम हो जाएगा। वहाँ भाप में कई कुछ पकता है, कोई तो बर्तन तेरे काम का निकल आएगा।''

''तो बुआरानी, बात पक्की रही?''

''एकदम पक्की सुग्गी, तैयारी रखना।''

सुग्गी का जाना लगभग तय हो गया तो उसने सोचा, अगर मैं चली गयी तो मेरा नाथी खाना कहाँ खाएगा? न हो तो सोमा को जरा टोहकर देखती हूँ। नाथी को कोई इन्तजाम न हुआ तो जाना मुश्किल है। मेरी शानो भी इतने दिन तो अपना घर-बार छोड़कर नहीं आ सकती।

सुग्गी सोच में पड़ गयी। नेपाल ठहरा विलायत की तरह दूर, अगर वहाँ मुझे

कुछ हो गया तो ? हरे राम, क्यूँ होगा, पर इन्तजाम तो रखना ही चाहिए न ! गहनों के लिए पिछली बार गड्ढा तो मैंने नाथी से ही खुदवाया था, अगर मेरे पीछे कुछ हो गया...नहीं-नहीं, गहने निकालकर मैं सोमा को ही देकर जाऊँगी। अगर मुझे कुछ हो जाये तो वो नाथी की बहू को चढ़ा देगी।

चिन्ता में डूबी सुग्गी सोमा के घर की ओर चल दी।

सुग्गी ड्योढ़ी ठेलकर आँगन में आयी तो उसके कानों में सोमा के गाने की आवाज़ पड़ी। उसने सोचा, ये ठीक है— कोई मरे कोई जिये, सुथरा घोल बताशे पिये ! वाह री मेरी सोमा ! चरखे की घूँ-घूँ की आवाज़ के साथ उसकी आवाज़ मिल-सी गयी थी।

सुग्गी दालान के दरवाजे के पास जाकर खड़ी हो गयी। सोमा गीत में डूबी हुई थी—

कनका पक्कियाँ बाबला
सिट्टे होए न डाली
धीयाँ टोरियाँ न बाबल
बेढ़े होए न खाली
गैंसाँ जगियाँ बाबला
सारे जग्ग लो होई
जो किश जुड़दा देअे
स्हाड़ा उजर नी कोई

[बाबुल, गेहूँ की फसल पक गयी है, टहनियों में गेहूँ की बालियाँ हो गयी हैं। बेटियाँ परदेश गयी हैं। आँगन खाली हो गये हैं। गैसों के जगने से सारे जग में रोशनी फैल गयी है। आप जो भी हमें देंगे, हम सहर्ष स्वीकर करेंगी। हमारा ज़ोर तो कोई नहीं है।]

सोमा की आँखें भर आयी थीं। सुग्गी भी उदास हो गयी। मैके गये कितने ही तो दिन हो गये ! और कोई रास्ता न देखे, पर माँ तो देखती ही है न। आँगन में सुग्गी ने देखा था, सोमा की गाय बिया गयी है और वह अपनी बछड़ी को चाट रही है। सुग्गी को भी गाय ने प्यार से देखा था। सुग्गी ने उसकी गर्दन सहलाकर पूछा भी था, "मंगतो, बेटी पैदा होने पर सिर्फ गायें ही खुश होती हैं। और कोई खुश नहीं होता।" गाय की आँखें भी पनीली हो गयी थीं। सुग्गी के मन में भी ख्याल आया था, आज ही पैदा हुई बछिया को गाय कैसे प्यार से चाट रही है और मैं अपने पले-पलाये बेटे को अकेले छोड़कर नेपाल जा रही हूँ ! "फिटे मुँह सुग्गी," सुग्गी ज़ोर से बाली, "न भई, मैं तो नहीं जाऊँगी।"

सोमा ने चौंककर पूछा, "अरी सुग्गी है ? कहाँ नहीं जाएगी ? क्या ससुराल

से बुलौआ आया है?''

''मर गश्ती, तूझे भी मशकरी मेरे ही साथ सूझती है! मेरे क्या ससुराल जाने के दिन हैं! पक्की ढक्की सास के घर तो कभी न जाऊँ।''

''सुग्गी, मत जाना, पर मेरे घर भी आजकल कम ही आती हो।''

''क्या करूँ सोमा, एक तो तुम्हारी ये बैठने की पीढ़ी बड़ी ढीली हो गयी है। बीच में ही धँस जाती हूँ। असल बात तो ये है कि व़जीरनी की नेपालवाली रानो जी आयी हुई हैं, उन्हें उबटन मलने गयी थी। अब तुझे याद कैसे नहीं, कटोरा भर के उबटन तो तुम्हें भी दिया। पक्की बेईमान हो। जीजा से पूछूँगी, उबटन की खूशबू कैसी है!''

''मर सुग्गी, मेरे ही साथ मशकरी करने लगी! अब क्या ये उम्र उबटन की खुशबू लेने की है! जीजा आएँगे तो पूछ लेना। वो भी तुम्हें अच्छा जवाब दे देंगे।''

''देख सोमा, ये बात छोड़। रानो जी कह रही थीं कि उनकी जेठानी के जुड़वाँ बच्चे हुए हैं। वैसे तो दो-तीन छोटी लड़कियाँ हैं पर कोई सयानी औरत उनकी देखभाल करने के लिए हो तो अच्छा है। असल में वो मुझे कह रही थीं कि तुम चलो। मैंने सोचा, तुमसे पूछ लूँ, तुम कहो तो चली जाऊँ, मुफ्त में पशुपतिनाथ के दर्शन भी हो जाएँगे। क्या कहती हो?''

सोमा उसकी चालाकी समझकर हँस पड़ी, फिर बोली, ''अरे सुग्गी, मैं क्या तुम्हारा खसम हूँ?''

सुग्गी ने भी कहा, ''खसम ही तो हो। जब से नाथी का बाप मरा है, मुझे तुम्हारा ही तो सहारा है सोमा! असल में मुझे नाथी के खाने-पीने की चिन्ता है!''

''हाँ भई, सुग्गी, तुम तो ऐसे कह रही हो, जैसे सुबह-शाम उसके लिए थाली परोसकर बैठी रहती हो!''

सुग्गी की हँसी निकल गयी पर उसने संयत होकर कहा, ''रात के ख़मीरे दही-मक्खन के साथ नाश्ते में खाकर जाता है। दिन की सौगन्ध नहीं खाती पर रात को तो रोज़ ही उसकी पसन्द का खाना बनाती हूँ। अब उस दिन ही जब तुमने खीर दी थी तो उसने मुझे चखने भी न दी। एक साँस में ही सारी पी गया, फिर कहने लगा—'मेरी मौसी ने भेजी है, तुम इस पर नज़र मत रक्खो।'

''मैंने कहा भी—'मुए, बादाम गले में फँस जाएगा, धीरे-धीरे पी', तो कहने लगा—'बादाम मुँह में एक तरफ रख रहा हूँ, खीर पी लूँगा तो खा लूँगा।' ''

सोमा ने ज़रा संयत होकर कहा, ''देख सुग्गी, लड़का बड़ा हो रहा है, अब उसे गाली मत दिया कर।''

सुग्गी ने तुरन्त कहा, ''तो गाली किसे दूँ? बाप तो इसका चला गया। जब तक बहू नहीं आती तब तक मेरी गाली तो सुननी ही पड़ेगी।''

''तो क्या फिर तुम बहू को गाली दोगी?''

सुग्गी ने कहा, "क्या करूँ सोमा, नाई के घर गालियाँ सुनते बड़ी हुई। हर मानुख से हँस-हँसकर बात करनी पड़ती है, तो मुँह दुःख जाता है, किसी को तो गाली भी देनी पड़ती है न! पर सोमा, तू है बड़ी कमीनी। कलेजे को चीरने वाली बातें कहती है।"

सोमा ने हँसकर कहा, "मेरी सहेली तो तू ही है, मेरी बातें और कौन सुनेगा! नामी पण्डित की पत्नी हूँ, हर किसी को गाली नहीं दे सकती। सबके साथ मीठा बोलती हूँ, कमीनगी तो तेरे ही साथ करती हूँ।"

दोनों मन उघाड़कर हँसीं।

सुग्गी भी खुश होकर बोली, "अरी सोमा, जी खुश हो गया। पण्डित की झारी (हुक्का) से एक-दो कश लगा लूँ क्या? गर्म न हुई तो एक-दो कोयला धर लूँगी, बड़ा मन कर रहा है।"

"पी ले, पी ले, पर झारी की नली अच्छी तरह से माँज लेना। पता नहीं, कहाँ-कहाँ खाती है!"

"जा-जा, बड़ी आयी पण्डिताइन! खाती तो ज़्यादा तेरे ही घर हूँ। जीजा की इकलौती साली हूँ, मेरी जूठन से उसे कुछ नहीं होगा। और मैं कौन-सा पहली बार झारी पी रही हूँ।"

सोमा ने चिलम में एक-दो अंगार डालकर पण्डित जी का ख़ास तमाखू उसमें डाल दिया, फिर झारी सुग्गी के आगे रखकर कहा, "ले, पी, मर।"

सुग्गी बोली, "तू मर, मैं तो झारी पियूँगी। अपना-अपना नसीब है न।"

दो-चार कश लेकर सुग्गी थोड़ी गम्भीर हो गयी, फिर कहने लगी, "देखो सोमा, मैं तो इसलिए नेपाल जाने को राज़ी हुई हूँ कि इसी जीवन में मुझे पशुपतिनाथ के दर्शन हो जाएँगे। अब उन्होंने बहाने से बुलाया है तो कैसे न जाऊँ! रही बात नाथी की, तो समझ लो कि माँ न हो, मौसी तो यहीं है। शाम को तेरे पास आकर खा लिया करेगा। सुबह के लिए घी लगाकर चार ख़मीर दे दिया करना। अचार तो घर में है, बाकी दूध-दही तो अहाते में भी है। लस्सी तो रक्खो की सास भी दे देगी। इन लड़कों को सर्दी में भी हजम हो जाती है। मैं तीन-चार महीनों में तो लौट ही आऊँगी।"

"सुग्गी, नाथी मेरा भी तो बेटा है। उसे कहना, जब तक तू नेपाल में रहेगी, वो मेरे ही पास रह जाएगा। यहीं से दुकान पर जा सकेगा। रोज़ मौसा की हजामत तो कर ही देगा।"

"पर एक बात और है, मेरे गहनों की पोटली भी तो है।"

सोमा ने शरारत से कहा, "वही गहने जो तुमने सास के उड़ाये हैं?"

"मर कमजात!" सुग्गी बोली, "तो क्या खाली हाथ घर छोड़ देती? कुछ हिस्सा मेरा भी तो है भई! महाराजा प्रतापसिंह की हजामत करता था मेरा ससुर।

दरबार से कितना ही कुछ तो मिलता था। मेरे हिस्से के चार गहने भी न होते क्या?''

''तेरी सास तो कहती थी कि मेरा सब कुछ ले गयी सुग्गी डायन।''

''हाँ, ले गयी। वो राँड कौन-सा अपने मैके से लायी थी! मैंने कौन-से पहने हैं! उसी के पोते की बहू को तो चढ़ाऊँगी न।''

सोमा ने कहा, ''पर सुग्गी, ये तो बता, कितने सेर के हैं गहने?''

''भई, मैंने तो नहीं तुलवाए, अब तुम्हारे ही पास छोड़कर जाऊँगी, तुम तुलवा लेना। आखिर राजाओं ने दिये हैं, भारी तो होंगे ही।''

''सुग्गी, हमने सुना है, महाराजा हरिसिंह या प्रतापसिंह, पता नहीं किसी की दाढ़ी नाई ने बनायी। शाम को महाराजा ने मुँह पर हाथ फेरा तो कोई बाल चुभ गया। उन्होंने कहा—'बुलाओ नाई को।' नाई आया तो महाराजा ने कहा—'लाओ, सोने के बटन जो सुबह दिये थे।' नाई लेकर ही आया था, उसने हाज़िर कर दिये और चला गया। क्या ये सच है?''

''अरे लोग भी मुए ऐसे हैं कि राजाओं को भी नहीं छोड़ते। अब मशकरियाँ छोड़ और मेरी बात ध्यान से सुन।

''सोमा, गहने तो तेरे सिवा किसी और के पास नहीं रख सकती। अगर मुझे कुछ हो गया तो तू ही मेरे नाथी की बहू को चढ़ा देना। तेरे सिवाय मैं किसी और पर भरोसा नहीं कर सकती।''

''सुग्गी, पण्डित जी को पूछ लूँ?''

''पण्डित को पूछ या पुरोहित को, गहने तो यहीं रहेंगे। अब बू रानी ने कहा है, जाना तो पड़ेगा न। चल सोमा, ये फैसला तो हो गया। अब एक सूटा तू भी मार ले। तम्बाकू ने सातों सुर खोल दिये हैं।''

''जा-जा, मैं तेरी जैसी गश्ती नहीं हूँ।''

सुग्गी आज खुश थी, उसने बुरा न माना, बोली, ''सोमा, भूल गयी क्या, जब एक दिन सब कहीं गये थे तो हम दोनों ने तेरे चाचू की झारी पी थी?''

''हाँ, सुग्गी, पर उस वक्त हम दरख्तों पर चढ़कर कच्ची अमियाँ खाते थे। अमरूद, जामुन, खट्टी जंबीरियाँ, क्या-क्या नहीं चुराते थे! अब वैसी बात थोड़ी है।''

''जाने दे सोमा, क्या हर्ज है! ज़िन्दगी रंगीन होनी चाहिए।''

''हाँ भई सुग्गी, तू तो बचपन से ही रंगीन थी भई, चल छोड़।''

''अच्छा, सोमा, ये बता, गहनों की पोटली कब छोड़ जाऊँ? एक डोल में रखकर दबाये हुए हैं।''

''अभी तू कौन-सा कल ही जा रही है। तुम्हारे जीजा से बात कर लूँ, इतनी बड़ी जिम्मेदारी है।''

''ऐ सोमा, तू क्या बालटियों वाली है?''

सोमा ने पूछा, ''बालटियों वाला क्या किस्सा है भई?''

''अरे, तुझे नहीं पता? तूने भी सोमा, जीवन पाकर गँवा दिया। तुझे नहीं पता, पुरानी मण्डी में ढक्की के सिरे पर एक दुकान है न बालटियों की। वो परषोत्तमा की मौसी के रिश्तेदार हैं। मौसी जगन्नाथ जी के दर्शन करने गयी तो अपनी गहनों की पोटली उनके पास छोड़ गयी। वापस आने पर जब उसने अपने गहने माँगे तो बालटियों वाले की बुढ़िया ने कहा, हमें तो नहीं दिये तूने। हमें कोई पता नहीं। अब ये खबर सारे शहर में फैल गयी। भला हो नैन्तो सुनार का! उसके पास बुढ़िया गोखरू गलवाने गयी तो उसने पहचान लिया। उसकी दुकान का बना गोखरू था। उसने कहा, माई, शाम को आना। उसके जाते ही उसने परषोत्तमा की मौसी को बुलवा भेजा। उसका बेटा भी साथ आया था। उन्होंने पुलिस बुलवा ली। अगली को सारे गहने देने पड़े। शहर में थू-थू हुई सो अलग। अब कोई उनके बेटे को लड़की देने को तैयार नहीं है। जहाँ बात चलाती हूँ, जूते खाकर आती हूँ।''

सोमा ने पूरी बात सुनकर कहा, ''तो तुमने मुझे परषोत्तमा की मौसी की बात क्यूँ सुनायी? क्या मतलब है तेरा?''

''जा-जा, मतलब की क्या बात है, तेरा ज्ञान बढ़ा रही हूँ। मैंने तो अहाते में भी सब को कह दिया है, घरों में ताले लगाने शुरू कर दो। जब से पनाहगीर आये हैं, शहर की शक्ल खराब हो गयी है।''

''सुग्गी, दुनिया में बेघर कोई न हो।''

''इस बात की मुझे भी हमदर्दी है। बड़ी पोपो ठगनी न बन। अब मैं चलती हूँ सोमा। एक नज़र वजीरों के घर भी मार आऊँ, कहीं मेरी तैयारी न रह जाये। इन बड़े लोगों को शर्म-हया तो होती नहीं, क्या पता, नहीं कह दें— सुग्गी, अगली बार ले चलूँगी। इन लोगों को अपना थूका चाटने में कौन-सी शर्म आती है!''

''धन्न है तू सुग्गी! इसी मुँह से तारीफ़ें गाती थकती नहीं हो और इसी मुँह से राम-राम!''

सुग्गी के कहा, ''तुम बैठकर चरखा कातो राजरानी, तुम्हें इन सियासी बातों से क्या लेना-देना! साल में चार-पाँच थान तो पति के लिए कातती ही हो। वो भी बड़ा खुश होकर कहता है।'' मुँह बिचकाकर, '' 'भई, सोमी ने काता है।' कातो, कातो! अच्छा, मैं चली। गहनों की चिन्ता भी ख़त्म हो गयी।''

अगले दिन सुग्गी सुबह सोकर उठी तो अभी काफ़ी अँधेरा था। उसने सोचा, दातुन मुँह में डालकर तवी से नहा आती हूँ। आते-आते झुसमुसा तो हो ही जाएगा। तब आकर देसी चाय चढ़ा लूँगी। परसों देजकी वालों की बहू के बेटा हुआ था तो वो पाव-भर पंजीरी दे गयी थी। वही थोड़ी फाँक लूँगी। सारे मेवे भरे रहते हैं। आधी

तो नाथी ने खा ही ली होगी। ये भी बड़ा चटोरा है। लोग मुए समझते हैं, मैं नाथी का ध्यान नहीं रखती, तो मुए लोग रखते हैं क्या? सुग्गी में फुर्ती आ गयी। उसने अखरोट की दातुन नाली में फेंक दी। रात को पानी में भिगोकर तो रखी थी तो भी मुँह जल गया है। अगर होंठ लाल हों तो इस शहर की औरतें जीने न देंगी। उसने बटलोई बगल में दबायी तो अहाते में किसी औरत की परछाइयों पर नज़र पड़ी। अपने अहाते की तो कोई औरत इतनी सुबह नहीं उठती। कौन है भई? वो औरत सीधी उसी के पास आयी और उसके गले लगकर हिलक-हिलककर रोने लगी। सुग्गी ने सोचा, बड़ी देर से इसका बाप बीमार था, कहीं उसकी बुरी खबर न हो! पर मेरे पास क्यूँ आयी है? उसने उसे ढाढ़स देते हुए पूछा, "सैन्ती, क्या हुआ? कौन मर गया सवेरे-सवेरे?"

सैन्ती ने कहा, "हम सभी मर गये हैं सुग्गी। किसने कहर कमाया, क्या कहूँ! मेरी लाजो का बेड़ा गर्क हो गया।"

सुग्गी उसे भीतर अपनी कोठरी में ले गयी। उसे पानी पिलाया फिर उसे कहा, "सैन्ती, जब तक बताएगी नहीं, मैं कैसे जानूँगी, क्या हुआ है!"

सैन्ती ने नाक-मुँह पोंछते हुए कहा, "क्या बताऊँ सुग्गी, बेड़ा गर्क हो गया! मैं किसी को मुँह दिखाने के क़ाबिल नहीं रही। लाजो का बाप तो मुँह से हाथ ही नहीं उठा रहा, पगड़ी उतारकर आँगन में फेंक दी है और सुग्गी, लाजो के बारे में क्या कहूँ!"

यह कहकर वह रोने लगी।

सुग्गी ने कहा, "देख सैन्ती, लाजो मरी तो नहीं न?"

सैन्ती ने रोते-रोते कहा, "मरी नहीं सुग्गी, मर जाती तो अच्छा था।"

सुग्गी ने उसके सिर पर हाथ रखकर कहा, "ये क्या कह रही हो! अभी तो उसकी बात मास्टर के बेटे से लगायी थी। वो तो मेरे पीछे ही पड़े हुए थे। लड़का तो इसके सिवा किसी और की बात ही नहीं करना चाहता। अब क्या हुआ है, मुझे जल्दी बताओ।"

"सुग्गी, हम बरबाद हो गये! हम सब मर गये हैं! अब बताओ, मैं अपने मुँह से कैसे बोलूँ मेरी बहन!"

"धीरज रखो, हौसला रखो, हर बात का कोई न कोई हल होता है। अभी तो अहाते में किसी का दरवाज़ा नहीं खुला, सिर्फ मैं ही जगी हूँ। सब जग जाएँगे तो बात नश्र हो जाएगी। बोलो सैन्ती, लाजो जैसी तुम्हारी बेटी है वैसे मेरी भी है, और सब बेटियों की लाज एक ही होती है। बोलो सैन्ती, बताओ, रोने से कुछ नहीं होता। मुझे बताओगी तो तुम्हारा दु:ख आधा हो जाएगा।"

लाजो की माँ ने उसके गले लगकर सुबकते हुए कहा, " सुग्गी...लाज ही तो लुट गयी है।"

सुग्गी ने हैरान होकर कहा, ''सैन्ती, किसका बेड़ा गर्क गया?''

सैन्ती बोली, ''मेरा ही भाग्य जला था सुग्गी। शाम को मैंने लाजो को कहा—जा, दीवानों के बाग से दो-चार फूल ले आ, पूजा करनी है। अब ये फूल चुनकर आ रही थी। कोई अँधेरा भी तो न था। रास्ते में तबेलेवालों ने जो नया कमरा बनवाया है न, उसका दरवाज़ा खुला था। इसने सोचा, दरवाजा बन्द कर देती हूँ, कोई कुत्ता-बिल्ली जाकर गन्दा कर दे। बस, इसने दरवाज़े को हाथ ही लगाया कि अन्दर जैसे कोई ताक में था, इसका हाथ पकड़कर अन्दर खींचा और फिर दरवाज़ा बन्द कर दिया। इसके मुँह पर हाथ रख दिया और...''

''अरे इन मुए तबेले वालों का लड़का?''

''हाँ सुग्गी, कई दिनों से लड़की कह रही थी, जब भी वहाँ से निकलो, ये मुआ देखता रहता है।''

''हे राम!''

''मैंने समझा, यूँ ही देखता है। आखिर मुहल्ले का लड़का है, डर की क्या बात है! फिर एक दिन उसकी माँ ने आकर कहा—'लाजो की माँ, मेरा बेटा कहता है, मैं फाँसी लगाकर मर जाऊँगा, मेरी लाजो से बात चलाओ। अब क्या करूँ लाजो की माँ, एक ही बेटा है, मर गया तो वंश कैसे चलेगा? वो तो इसके सिवा किसी और से शादी नहीं करना चाहता।' ''

सिसकियों में से लाजों की माँ की आवाज़ टूट-टूटकर आ रही थी।

''मैं उसे क्या कहती सुग्गी, मैं तो हैरान रह गयी। अपने मुहल्ले की लड़कियों को तो कोई आँख उठाकर नहीं देखता।''

''जाने दे लाजो की माँ! जब से यहाँ लाहौरिए-पिशौरिए आ गये हैं, लाज-शर्म तो रही ही नहीं किसी में। अब वो वजेदारियाँ कहाँ रहीं! हाँ, पर तुमने फिर क्या कहा?''

''क्या कहती सुग्गी, मुझे तो यही सूझा कि 'हमारी-आपकी जात कहाँ मिलती है। हम ब्राह्मण हैं, आप दूध-दही के व्यापारी हो। लाजो का बाप तो कभी भी नहीं मानेगा। हमने बिरादरी में रहना है।' तुम खुद ही सोचो सुग्गी, मैं क्या कहती! ये लड़ाका लोग हैं, इनसे लड़ाई कौन मोल ले! नहीं तो कहाँ मेरी फूल-सी लाजो और कहाँ वो!

''मैने उसकी माँ को जानबूझकर नहीं बताया कि इसकी बात मास्टर के लड़के से चल रही है। पर सुग्गी, क्या हुआ, मेरा तो संसार ही लुट गया।''

''देख सैन्ती, जो हो गया, उसके बारे में कुछ नहीं कर सकते, पर आगे क्या करना है, इस पर विचार करना पड़ेगा। बेटी की इज्जत का सवाल है, किसी को कानों-कान खबर न होनी चाहिए। नहीं तो लड़की दागी है, बात अगर फैल जाये, तो तुम खुद सयानी हो।''

"सुग्गी! बचा लो! मास्टर जी के घर किसी को पता न चलना चाहिए। तुम्हें तो पता है, उनका लड़का दिल्ली से पढ़कर आया है। लड़कियों वाले तो पीछे पड़े हुए हैं। एक मनिश्टर की लड़की भी ब्याहने लायक है, वो भी पीछे पड़ा हुआ है। सुग्गी, मेरी लाजो की लाज लुट गयी, अब उसका क्या होगा! अरे अपनी ही गली में सुग्गी!"

"रो मत सैन्ती! हम औरतों की यही बदनसीबी है। मर्द तो पल्ला झाड़कर चल देता है पर भुगतना लड़की को पड़ता है। दागी भी लड़की होती है, लड़के को कुछ नहीं होता। मेरे गाँव में मेघों की लड़की को किसी ने घेर लिया था। ऐसा ही ज़ुल्म उसके साथ भी हुआ। जब एक-दो महीने के बाद पता चला, दिन चढ़ गये हैं तो अपनी ही माँ ने कपड़ा धोने वाले डण्डे से मार-मारकर उसको अधमरी कर दिया। चलने-फिरने लायक होते ही लड़की कुएँ में डूबकर मर गयी। वो कुआँ गाँव में सबसे मीठे पानी का कुआँ था। सारा गाँव उसी से पानी पीता था। उस राँड ने ये भी नहीं सोचा, सामने ही तो पहाड़ी थी, जान तो वहाँ से कूदकर भी दे सकती थी। जानती हूँ, तब गाँव के लोगों को उसके मरने का ख्याल नहीं आया, सिर्फ कुएँ के मीठे पानी का ख्याल आया। ये है औरतों की जिन्दगी।"

"सुग्गी, जिसे मरना होता है, वो ये नहीं सोचता। अगर उसमें सोच हो तो वो मरे ही क्यूँ?"

"देखो लाजो की माँ, ये दुनिया बहुत बुरी चीज है। इस दिल में शहर के कई घरों के गुबार पड़े हैं, जैसे कुएँ में गिर गयी चीज़ें पड़ी रहती हैं। सिर्फ ये दिलासा तुम्हें दे सकती हूँ कि लाजो मेरी भी बेटी है, अब तुम चिन्ता यहीं छोड़ जाओ और सोचो कि लाजो सुग्गी की भी बेटी है। अब यहाँ कोई तुझे देखे, उसके पहले घर चली जा। इस अहाते के लोगों की जबानें बहुत लम्बी हैं। फिर ख़ासतौर से सुग्गी के घर कौन आता-जाता है, इस पर सबकी नज़र रहती है। ये लोग तो निठल्ले हैं।"

तवी की ढक्की उतरते-उतरते सुग्गी सोच रही थी— हे भगवान, जिसकी बेटी के साथ ये कुकर्म होता है, उसकी हालत का अन्दाज़ा लगाने के लिए उसकी माँ बनना पड़ता है। ऊपरवाला ज़मीन पर उतरकर तो कभी आएगा नहीं, उसे वहीं मालूम होना चाहिए। उसकी दुनिया एक गुड़ियाघर से ज्यादा नहीं जिससे वो छोटी लड़कियों की तरह खेलता रहता है। अगर मेरा नाथी किसी काम का होता तो लाजो को पलकों पर बिठाकर ले आती। पर है भी तो मुआ नाई की औलाद। भगवान जानता है, जब तक मन से दागी न होवो, तन से कोई दाग़ी नहीं होता।

सुग्गी के पाँव में एक पत्थर अटका तो उसने गाली दी।

रास्ते का पत्थर और मुकाबला सुग्गी से! उसने पत्थर पाँव से उछालकर झाड़ियों

में फेंक दिया। फिर उसे नाथी का बाप याद आ गया। उसने मन ही मन सोचा, मैं ही कौन-सा नाई पर मरी जा रही थी। मुआ दारू पीकर आता था तो उसे खाना देने की इच्छा न होती थी। थाली लगाकर उसे बिठा देती थी। पर पति को अख़्तियार होता है, आधी रात को भी कहे तो पत्नी को उसके साथ जगना पड़ता है। कोई घाटे में नहीं है सुग्गी, राम जी! उसके मरने से मुझे कोई बहुत ज़्यादा नुक़सान नहीं हुआ। मैंने उसे बहुत सहा है, अब आपकी बारी है।

पहले भी कमाती थी, अब भी कमाती हूँ, बस, एक रंगदार दुपट्टा नहीं ले सकती। वो कोई बहुत बड़ा नुकसान नहीं है। अपनी नींद सोती हूँ, अपनी नींद जागती हूँ। उसके बस में होता तो ये जो चार गहने हैं, वो भी घोलकर पी जाता। इधर ज़्यादा ही पीने लगा था। असल में औरतों की मशहूरी मर्द से बरदाश्त नहीं होती। औरतें ऐसी नखसमी राँडे हैं, 'हमारे वो, हमारे वो' करती रहती हैं।

हे भगवान, शुक्र तो ये है कि उसको जद्दी पुश्ती गहनों का मैंने सुराग़ भी न लगने दिया, नहीं तो वो घोलकर पी जाता; बल्कि कई बार तो वो पक्की ढक्की जाकर अपनी माँ से लड़ भी आया कि तुम मेरी सुग्गी को देखकर जलती हो तभी उस पर चोरी का इलज़ाम लगा रही हो। बाकी मेरी माँ की दी हुई अम्बियों वाली सोने की चेन तो उसने बेच ही दी थी। और बेची भी तो नैन्तो सुनार को। अभी भी उस मुए के पास रखी होगी। नाई तो कहता था, गुम हो गयी। क्या-क्या याद करूँ, नग वाली अंगूठी, सब्ज़ों वाली झुमकियाँ, सभी तो पार लगा गया वो। पर सुग्गी ने भी असली माल की हवा तक न लगने दी।

सुग्गी का एक पाँव पत्थर पर पड़ गया। उसने शहतूत की डाली पकड़कर अपने-आपको गिरने से बचा लिया फिर डर के मारे ज़ोर से बोली, "ये मुए मुश्टण्डे, तवी की ढक्की पर भी ज़ोर आज़माई करते हैं।"

पीछे से किसी की आवाज़ आयी, "अरे सुग्गी हो क्या?"

"हाँ भई, सुग्गी ही हूँ। अब तो उजाला हो रहा है, तुम्हें कम दिखाई देता है क्या?"

"हाँ, यही समझ लो। जवानी में तो तुमने हमें कभी देखने न दिया। अब बुढ़ापे में तुम्हें क्या पहचानेंगे! नाथी का बाप तो मेरा जिगरी दोस्त था।"

सुग्गी की आवाज अँधेरे में बिजली की तरह कौंधी, "क्यूँ नहीं, तभी तो इस अँधेरे में तुम उसकी विधवा को छेड़ रहे हो! हलवाई कहीं के!"

तभी पीछे से एक ज़नाना आवाज़ आयी, "ऐ सुग्गी, पागल हो गयी है क्या? सुबह-सुबह कोई बिसनपता पढ़, कोई राम का नाम ले।"

"हाँ, क्यूँ नहीं सगैवती, जितना राम-नाम तू अपने बूढ़े पति के साथ सुबह-शाम लेती है, वो सारा शहर जानता है। जवानी में उसे कोई आँख भरकर देख लेता था तो होश में न रहता था।"

इस तू-तू, मैं-मैं में हलवाई चुपके से ढक्की उतर गया। कौन सुबह-सुबह इस नाइन के मुँह लगे, पर जिसके साथ सुग्गी बात कर रही थी, वो शहर के लिए दोने बनानेवाले दसालियों के घर से थी। पीछे हटने में उसका भी कोई यकीन न था। दोनों सीढ़ियाँ उतरती जा रही थीं और बोलती जा रही थीं। एक सेर थी, तो दूसरी सवा सेर।

दसालियों की बहू ने ज़हर-बुझी बरछी से सुग्गी पर वार किया, ''अरे तू जवानी में मेरे पति को देखकर कितनी बार बेहोश हुई थी?''

सुग्गी को आग लग गयी, वह बोली, ''ऐ कुतिया, जहाँ है वहीं रह। तुम्हें इस बात की भी शर्म नहीं है कि जब तुम ब्याहकर आयी थीं, डोली से तुम्हें मैंने ही उतारा था। दसाली की तुम चौथी पत्नी हो, तीन को तो वो खा गया। पहली और दूसरी के वक्त मेरी सास ने ब्याह कराया था पर बाद की दो को मैं ही लायी हूँ। ज़्यादा चपर-चपर किया तो मुँह झौंस दूँगी।''

सुग्गी भरी हुई थी। तवी की सीढ़ी उतरते सुग्गी ने देखा, तवी तो सामने ही है। औरतों का घाट सुबह नहानेवालियों से भर गया था। कोई ॐ नमः शिवाय कर रही थी, कोई बिसनपते गा रही थी। सुग्गी का मन बदला, उसने कहा, ''हे परमेस्सरा, मुझे माफ करना! मैं भी किसके मुँह लग रही हूँ! शिव जी महाराज, भोलेनाथ, तेरी ही शरण!''

उसकी चाल तेज़ हो गयी।

दसालियों की बहू काफी पीछे घिसट रही थी। उसे रोना आ रहा था। उसने तवी की ढक्की पर ही क़सम खायी कि अब मैं कभी भी इसके मुँह नहीं लगूँगी। सुग्गी के मुँह लगने का मतलब उसे समझ आ गया। सुग्गी घाट पर पहुँच चुकी थी। उसने देखा, औरतें नहा-धोकर कपड़े पहनकर तवी में से निकल आयी हैं, कुछ अभी पानी में ही राम-नाम जप रही हैं। उसने सोचा, तवी का पानी जब ठण्डा होता है तो औरतों के राम-नाम का स्वर भी ऊँचा हो जाता है। चलो, जो प्रभु की मरजी।

सुग्गी जाकर घाट पर खड़ी हुई तो पानी में से एक आवाज़ आयी, ''ऐ सुग्गी, हमने सुना, तू नेपाल जा रही है! भई, बड़ी भाग्यवान है! क्यूँ नहीं भई, पशुपतिनाथ के दर्शन कर आओगी, वो भी मुफ्त में। भई, क्या नसीबा है!''

सुग्गी चुप रही। उसने सोचा, आज का दिन बड़ा मनहूस है। अगर बुआरानी ने सुन लिया तो सोचेंगी, सुग्गी बड़ी चपल है। एक भी बात इसके पेट में नहीं रहती। सवाल पूछनेवाली बड़े बख़्तावर पण्डित की बहू थी। सुग्गी ने आवाज़ को मुलायम रखते हुए धीरज के साथ कहा, ''पण्डिताइन, पशुपतिनाथ का बुलावा आएगा तो कैसे न जाऊँगी! उनकी किरपा होनी चाहिए।''

''हाँ भई, सुग्गी, ये तो सच है। हम तो सोचते ही रह जाते हैं। आज तक

जगन्नाथ के दर्शन नहीं हो पाये, पता नहीं कब बुलाएँगे।''

सुग्गी ने बात पलटते हुए कहा, ''पण्डिताइन, बुआ की बेटी के ब्याह की बात सुन रही थी, मुझे तो आज तक न्यौता नहीं मिला।''

पण्डिताइन ने धोती के ऊपर ढाई गज़ का शॉल लेते हुए कहा, ''सुग्गी, दामाद जी ने चौदहवीं क्लास की परीक्षा देनी है, इधर मेरी ननद की बेटी भी आठवीं में बैठ रही है। आजकल तो पढ़-लिखकर शादी करते हैं लोग। मेरी जब शादी हुई तो मुझे बीस तक गिनती आती थी और पाँच बीसी सौ होते हैं, ये मालूम था।''

सुग्गी ने हँसकर कहा, ''बाकी की गिनती तो तुझे सास ने सिखा ही दी। बड़ी अकलवान औरत थी वो। कभी स्कूल की ड्योढ़ी नहीं देखी पर भले-भलों के कान काटती थी।''

पण्डिताइन ने कहा, ''आज तो स्कूल गये बग़ैर भी कान काट लेती हैं। भई, हमें तो ये हिसाब कभी नहीं आया। पर हम सबसे अच्छे हैं। आठ क्लास पास कर ली होती तो कौन-सा झाड़ू न करते, कपड़े न धोते, बर्तन न साफ करते! घर तो देखना ही है क्या जरूरत है इतनी मगज़मारी करने की!''

पण्डिताइन यह कहकर चली गयी तो सुग्गी उसकी बुद्धि पर चकित होकर उसकी चाल देखती रही। गर्म शॉल से ढँका बुत्त अकड़ से चल रहा था। उसे इस तरह देखकर कपड़े पहन रही एक औरत ने कहा, ''सुग्गी, तुम तो हैरान हो गयी हो।''

सुग्गी ने होश में आकर कहा, ''क्या करूँ लाड़ी, मेरी समझ में नहीं आता, क्या पढ़ाई सिर्फ नौकरी के लिए होती है? मैं पढ़ी-लिखी होती तो नाथी का बाप मुझे ऐसा धोखा देकर तो न जाता। पण्डित ने चेताया था, इस पर दो बीस करते ही चार दिन भारी हैं। मुझे गिनना आता तो मैं महामृत्युन्जय ही बिठा देती। वज़ीरनी की बहू दस पास है पर मजाल है जो कोई भी काम सास की नज़र पहचाने बिना कर जाये! पढ़ाई तो दिमाग़ खोलने के लिए की जाती है, पढ़ाई का क्या ताना है!''

औरत ने बात पलटकर कहा, ''सुग्गी, सच में पशुपतिनाथ जा रही हो?''

सुग्गी ने आकाश की तरफ़ देखकर दोनों हाथ जोड़े, फिर वहीं देखते हुए कहा, ''भोलेनाथ जी, उतनी कृपा नहीं कर रहे हो जितनी जग-हँसाई। आपकी लीला आप ही जानें, बुलावा तो कम है पर ढिंढोरा खूब है।'' यह कहकर सुग्गी हरि ओम कहती पानी में घुस गयी।

उसी बहू ने कहा, ''जा तो पशुपतिनाथ रही हो, पर पीछे पड़ी हो हरि ओम के।''

सुग्गी ने तवी की जमीन से एक सुन्दर पत्थर उठाया और उसकी बटलोई पर टन्न से निशाना साधा। बहू हँसने लगी। पानी में घुसकर सुग्गी कमलनेत्तर स्तोत्र पढ़ने पर बोलती नहीं, ये सब जानते हैं।

सुग्गी जोर से पढ़ रही थी, ''मुकट कुंडल करल कुटिया साँवरे राधे वरम...''

तवी से निकलकर मन्दिर में हाथ जोड़ चिन्ता एक चुहिया-सी उसका दिमाग़ कुतरने लगी। क्या करूँ लाजो का? हाथ लगने से मैली होनेवाली लाजो की बात अगर दाँव लगा तो नेपाल में भी चला सकती हूँ। लड़कियाँ तो नेपाल की भी सुन्दर होती हैं पर आँखें अन्दर धँसी-धँसी, फूली-फूली-सी। सिर्फ हमारी जुगरानी की आँख सवा-सवा लाख की है। नाक-होंठ सब कितने सुन्दर हैं और भाग्य तो सबसे सुन्दर। आज तो शिवजी से जल ढालते हुए सिर्फ लाजो की ही बात करूँगी।

बिल्लू के मन्दिर में औरतों की भीड़ उसी को देख रही थी। शिव की पिण्डी पर जल ढालते समय सुग्गी ने मन ही मन कहा— 'शिवजी महाराज, सुखी रखना। बेटियाँ सबकी साँझी होती हैं।' जल ढालकर उसने बेलपत्र की नोक से बून्द-बून्द टपकता पानी आँखों पर लगाकर माथा टेका तो उसे औरतों की दबी-दबी हँसी की आवाज़ आयी। उसने देखा तो एक औरत ने कहा, ''सुग्गी, मुबारिक हो! भई भाग्य हो तो तुम्हारे जैसा! सुना है, पशुपतिनाथ जा रही हो?''

सुग्गी को आग लग गयी। उसने हाथ में जल ढालने वाला बर्तन और कसकर पकड़ते हुए कहा, ''इतनी चिन्ता क्यूँ हो रही है, यहाँ पीछे क्या तुम्हें मुझसे कोई ज़रूरी काम है? मैं पशुपतिनाथ के दर्शन करने जाऊँ या जगन्नाथ के, किसी के बाप से कर्ज़ा लेकर तो नहीं जा रही न! कैसे-कैसे बेशर्म लोग हैं इस शहर के, किसी को फलता-फूलता नहीं देख सकते। भई, अपना-अपना भाग है। जलनेवाले जला करें! जलो मुओ, जलो, सुग्गी, तुम चलो!''

सुग्गी ने घर आकर फूल-नैवेद्य वाली टोकरी ठाकुरद्वारे की अलमारी के सामने रखी, पानी का घड़ा भरकर ढँका और बिस्तरों के पीछे वाले आले में छुपाकर रखी पिन्नी खाकर गिलास पानी का भरकर पी लिया। अब सुग्गी तैयार है। सुग्गी के क़दम सीधे वज़ीरों के घर जाकर रुके। वजीरनी के कमरे में जाने से पहले सुग्गी खूब गुस्से में थी। इनके घर से ही बात निकली होगी, सारा शहर सुग्गी राँड के पीछे पड़ा है। पर सीढ़ियाँ चढ़ते-चढ़ते उसका गुस्सा उतरता गया। उसने सोचा, इन लोगों के घरों से ही कमाना-खाना है, इनसे गुस्सा करके कहाँ जाऊँगी!

वजीरनी के कमरे में उसने पीढ़ी पर बैठते हुए वज़ीरनी को 'जै देवा' कहा तो वजीरनी ने पूछा, '' 'जै देवा' सुग्गी! सब कुशल है न? आज तो तुमने सूरज को भी अच्छी तरह न चढ़ने दिया।''

''सब कुशल है वज़ीरनी जी! सारा शहर मुझे पशुपतिनाथ जी के दर्शन करने के लिए खूब मुबारकें दे रहा है। मैंने सोचा, पूछ आऊँ, कहीं जल्दी जाने का प्रोग्राम तो नहीं बन रहा!''

वजीरनी जी हँसकर बोलीं, ''ओ सुग्गी, मुझे पहले ही पता था। कल जब सुक्का झीवर तवी के कुएँ से पानी की बहँगी लेकर आया तो रानो जी से कहने लगा—'रानो बू, नेपाल में रुद्राक्ष मिलते हैं न, अगली बार आएँ तो मेरे लिए एक माला ले आएँ। मेरे खून में उबाल आता रहता है। मैंने सुना है, उससे ठीक रहता है।' बस, रानो जी ने कह दिया—'क्यूँ नहीं सुक्का, मेरे घर में कितनी ही मालाएँ हैं, एक तुम्हें भेज दूँगी। सुग्गी तो मेरे साथ ही जा रही है, वही ले आएगी।' झीवर तो चला गया पर मेरे मन में संशय बैठ गया। तभी मैंने रानो जी को कहा था, 'अब सुग्गी के नेपाल जाने की ख़बर पूरे शहर में घूम जाएगी।' वही हुआ जिसका डर था।''

सुग्गी गुस्सा होकर बोली, ''ये मुआ सुक्का झीवर मेरी ससुराल में गाय-गोरू को तवी ले जाता था। मेरी सास तो लंका की चूहड़ी थी, सब जूठा-मीठा मिलाकर इसे खाने को दे देती थी, ये मुआ भी तवी पर गायों का दूध पी लेता था। जब मेरी सास को पता चला तो उसने इसे कपड़ेवाले डण्डे से मारा था। उसकी ये मजाल कि मेरी बात कर जाये!''

वजीरनी जी सुग्गी को अच्छी तरह जानती थीं। उन्होंने घबराकर कहा, ''देखो सुग्गी, जो हो गया सो हो गया। इसकी पत्नी भी पिछले महीने गुज़र गयी। अब इसे कुछ मत कहना।''

सुग्गी ने जल-भुनकर कहा, ''वजीरनी जी, उस राँड को तो बहुत पहले गुज़र जाना चाहिए था। इस सुक्के को मैंने थोड़ू के थड़े पर खुद अपनी आँखों से सुलफ़ा पीते हुए देखा है। ऐसे आदमी की पत्नी आख़िर कब तक ज़िन्दा रह सकती है! लानत है ऐसे आदमी पर! अब बुआ रानी मुझे नेपाल ले जा रही हैं, तो लोगों के पेट में क्यूँ दर्द हो रहा है? वज़ीरनी जी, सच बात तो ये है कि इस शहर में कोई भी किसी को तरक्की करते हुए नहीं देख सकता। मुझसे तो वैसे भी लोग ज़लते हैं। जले मुए, जलते ही रहें।''

वजीरनी ने पूछा, ''सुग्गी, तुमने किसका क्या बिगाड़ा है! जहाँ तक होता है, सबकी मदद करती हो, दुःख-सुख में साथ खड़ी रहती हो।''

सुग्गी ने संजीदा होते हुए कहा, ''वजीरनी जी, स्कूल जाने का भी इनको कोई फायदा नहीं हुआ। बस, एक-दूसरे की बुराई करते रहते हैं। मैं कभी-कभी सोमवार को रघुनाथ मन्दिर में कथा सुनने जाती हूँ। वहाँ पर पण्डत हरदत्त शास्त्री कथा करते हैं। कथा के बाद इतने सुन्दर भजन गाते हैं कि मज़ा आ जाता है। ज़्यादा लोग तो उनके डोगरी के कवित्त सुनने ही आते हैं। मुझे तो सच बताऊँ, ज्ञान हो गया। पिछली बार गा रहे थे—

> बन्नो वेद परान पोथियाँ
> कलजुग द्रोड़दा आयी गेया।''

वजीरनी ने कहा, "मेरा भी बड़ा मन है उनको सुनने का, एक दिन मुझे भी ले चलना।"

"जरूर वजीरनी जी, जब आपका हुक्म हो पर अब तो नेपाल से आने के बाद ही होगा। जाने से पहले मैंने भी कई काम निबटाने हैं। अब आपको तो पता है, सुग्गी कहाँ खाली होती है। इधर का टाँका उधर और उधर का टाँका इधर फिट करने में ही निकल रही है। अब तो समधियाने में जाना है, कपड़े तो अच्छे होने ही चाहिए। न हो पाँच-छः, पर चार तो होने ही चाहिए। एक-दो सुत्थन-कुर्ता सिलवा लेती हूँ।"

वजीरनी ने कहा, "सुग्गी, तुम वहाँ धोती पहनना, अन्दर कोई गरम पायजाया या सुत्थन पहन लेना। वहाँ ज़्यादा धोती ही पहनते हैं। वहाँ सुत्थन-कुर्ता पहनकर तुम एकदम गँवार लगोगी।"

"वजीरनी जी, हमारा डोगरा लिबास तो बड़ा सुन्दर है। गँवार क्यूँ लगूँगी? एक काले किनारे वाली धोती मेरे पास है। न हो तो एकाध आप निकाल देना।"

वजीरनी ने हँसकर कहा, "याद करवा देना, कल-परसों ही निकाल दूँगी। याद नहीं आ रहा, कहाँ रखी हैं धोतियाँ। चल रसोई में, कुछ नाश्ता कर ले। कल के ख़मीर पड़े हैं। महाराजिन ने तले थे। मद्रा (सब्ज़ी) भी होगा ही।

"भला हो वजीरनी जी, देसी चाय हो तो ख़मीरे मुझे बड़े स्वाद लगते हैं। रानो जी कहाँ हैं?"

"वो तो सो रही हैं। रात तो देर तक ताश चलती रही न।"

"हाँ, वजीरनी जी, मैके में आकर तो बुआरानियाँ अपनी मर्ज़ी का सोना-जागना करती हैं। माँ की छत के नीचे जब जागो, जब सोओ।"

"हाँ सुग्गी, वो तो ठीक है पर इनकी ससुराल में भी कोई रोक-टोक नहीं हैं— जब जागो, जब सोओ।"

"चलो वजीरनी जी, भगवान का बड़ा शुक्र है। आपकी सभी बेटियाँ अच्छे बख्तावर घरों में गयी हैं। सब को हुक्म हासिल है। इससे बड़ा सुख कोई नहीं हो सकता।"

"सुग्गी, मेरी बेटियों की शादी में तुमने कितने ही सुहाग गाये। तुम्हारी असीसें ही लग रही हैं।"

"वजीरनी जी, आप तो हमेश मेरी बड़ाई करती रहती हैं। वैसे बुआ रानी नेपाल कब जा रही हैं?"

"अभी कोई पता नहीं सुग्गी। अभी तो जब साहेब आएँगे तभी पता चलेगा। वो भी तो ससुराल में चार-पाँच दिन तो रहेंगे ही।"

"वजीरनी जी, ये तो जहाज़ पर जाएँगे। मेरा इन्तज़ाम क्या होगा?"

"तुम फिक्र मत करो सुग्गी, दिल्ली तक तो तुम अपनी बस में भी जा सकती

हो। फिर वहाँ से बुआ रानी की ससुराल से कोई न कोई जाता ही रहता है। तुम्हारी जिम्मेवारी अब बुआ रानी पर है, तुम कोई चिन्ता न करो।''

''वजीरनी जी, वैसे तो छोटा मुँह बड़ी बात है पर नेपाल से कुछ लाने की फरमाइश कीजिए न।''

वजीरनी ने कहा, ''तुम पशुपतिनाथ के मन्दिर में जाओगी तो शिवलिंग पर चढ़े बेल-पत्तर मेरे लिए ले आना, ठाकुरद्वारे में सँभालकर रखूँगी।''

''सत्तवचन वजीरनी जी! आपके जैसे सूझ-बूझ भला किसमें है! जो फरमाइश आपने की, उसे पूरी करने की ही क्षमता है सुग्गी में।''

खा-पीकर सुग्गी घर आने लगी तो वजीरनी ने एक कश्मीरी सिल्क की साड़ी सुग्गी को थमा दी। चूहे रंग का बार्डर था, वजीरनी पहनती भी न थीं पर सिल्क तो हर किसी को नहीं दी जा सकती, इसलिए धरी थी।

सुग्गी ने खुश होकर कहा—

राज्जे दा तोआर
ते धोबी दा शगार

[राजा का उतार और धोबी का शृंगार]

वजीरनी ने झेंपते हुए कहा, ''बातें बनाना तो कोई तुमसे सीखे।''

''असल में वज़ीरनी जी, मेरी कमाई तो बातों ही की कमाई है न। सुखी रहिए, सुग्गी तो चली।''

साड़ी, वो भी कश्मीरी सिल्क की। सुग्गी के पाँव जमीन पर न लग रहे थे। लाजो का घर रास्ते में ही था, उसने तुरन्त साड़ी को झोले में डाल लिया और भीतर चली गयी।

लाजो की माँ आँगन में चावल बीन रही थी, सुग्गी को देखते ही बोली, ''आओ सुग्गी, मैं तुम्हारा ही ध्यान कर रही थी। लाजो के कपड़े मैंने आधी रात ही को जला दिये। मेरी बेटी की लाज पानी से कहाँ धुलती! अगर दिन में कपड़े जलाते तो सब मुहल्ला आकर पूछता।'' यह कहकर वह सिसकियों में डूब गयी।

''रोवो मत लाजो की माँ! तुमने अब इसी दुःख के साथ जीना है। लोगों को तो शक़ भी न पड़ना चाहिए। जैसे पहले रह रही थी, वैसे ही अब भी रहना।''

''पर लाजो का बापू तो कह रहा है कि इसका स्कूल जाना बन्द करवा दो। लड़की की तो आँख ही न लग रही थी, मैंने दूध में ज़रा-सी अफ़ीम घिसकर डाली, तब जाकर सोयी है मेरी बेटी। पढ़ने में तो इसकी जान है सुग्गी! किताबों को सीने से लगाकर घूमती है मेरी लाजो।''

''फिक्र मत कर लाजो की माँ! मुझे पता है, इम्तहान प्रैवेट भी होते हैं। लाजो तो हमेशा पास ही होती है। इस सदमे से निकलने में भी उसे टैम लगेगा। पर एक

बात याद रख, जब तक इसको महीना नहीं आता तब तक कुछ नहीं हो सकता।''

लाजो की माँ ने रोते हुए कहा, ''अगर कोई अनर्थ हुआ तो क्या करूँगी सुग्गी? इस लड़की को लेकर मैं कहाँ मरूँ, बताओ।''

''देख लाजो की माँ, बात पहली बार तो इस शहर में नहीं हुई। तुम सिर्फ भगवान से प्रार्थना करो कि लड़की को महीना हो जाये फिर कोई फिक्र नही है।''

''सुग्गी, तेरा ही आसरा है। इस वक्त मैं भगवान के बाद तेरे ही पाँव पकड़ रही हूँ। मेरी बहन, मुझे इस शर्म से निकाल ले!''

''देखो, मेरा भी कहीं मन नहीं लग रहा। अब नेपाल जाने का टैम आया तो ये अनर्थ हो गया।''

चौंककर लाजो की माँ बोली, ''नेपाल! नेपाल क्यों जा रही हो?''

सुग्गी ने कहा, ''वो वज़ीरों की नेपाल वाली बुआरानी आयी हुई हैं न। उन्होंने कहा— सुग्गी, नेपाल चलोगी, तो मैंने सोचा— इस जन्म में अगर मुफ़्त में पशुपतिनाथ के दर्शन हो जाएँ तो देर मत कर सुग्गी। फिर कहाँ मौक़ा हाथ लगेगा! मैंने तुरंत हाँ कर दी। अब पछता रही हूँ। ये तो पशुपतिनाथ का बुलावा है, बुआरानी तो निमित्त मात्र है।''

''तुम ख़ैर से जाओ पर सुग्गी, जल्दी आ जाना। मेरी डोर तुम्हारे ही हाथ में है। लड़की का महीना चाँदनी पक्ष में आता है।''

''ठीक है लाजो की माँ! मेरी भी तो बेटी है लाजो, ये याद रखना। सब बेटियों की इज़्जत साँझी होती है। अब तुम मेरी शानो को ही देख लो, लोगों ने तो बदनाम करने में कोई कसर न छोड़ी पर उस ससुराल अमृतसर कोई न पहुँच पाया। अब नाई की बेटी है, सबसे बोलेगी-बतियाएगी तो सही न। बस, इसी को लेकर शहर के लोगों को आग लग गयी।''

लाजो की माँ को सारी बात मालूम थी पर वह परदा गिराकर बोली, ''सुग्गी, इसीलिए तो बेटी पैदा होने पर रोते हैं लोग। ज़रा भी ऊँच-नीच हो जाये तो सब जगह थू-थू होने लगती है। नहीं तो इन बेटियों से प्यारा कौन होता है! ये तो अपने बाबुल की बैठक की रौनकें हैं। मेरी लाजो तो छूने से कुम्हलाने वाली लाजवन्ती, पता नहीं विधना की कलम भाग लिखते-लिखते कहाँ घिसट गयी!''

सुग्गी ने उसके कन्धे पर हाथ रखकर कहा, ''लाजो की माँ, चिन्ता न कर। वही विधना सब ठीक कर देगी।''

''उसी का आसरा है सुग्गी! उसके बाद तुम्हारा। मुझे मँझधार में छोड़कर जा तो रही हो, पर वहाँ बैठी न रहना।''

''बस, तुम मुँह पर पट्टी बाँधे रखना। इस शहर में बात कहती है— तुम मुझे मुँह से निकालो, मैं तुम्हें शहर से निकालूँगी। बस, ये याद रखना।''

सुग्गी अहाते के बाहर पहुँची तो ड्योढ़ी के थड़े पर मरियम बैठकर रो रही

थी। गँधाता हुआ टोकरा एक तरफ मक्खियों से भिन्ना रहा था। सुग्गी ने पूछा, "क्या बात है मरियम, कूड़ा फेंकने नहीं जाओगी?"

"क्या करूँ बुआ, जब से मीरपुर वाले मास्टर जी का साला आया है, उसने जीना हराम कर रखा है। पता नहीं कितना खाता है! तीन-तीन बार टट्टी के फेरे लगाता है। जब मैं ऊपर जाती हूँ तो पीछे-पीछे। मैंने सोचा, इसका पेट खराब होगा पर आज जब मैं मुँह पर कसकर दुपट्टा बाँधे टोकरा उठाने नीचे झुकी तो इसने मेरा हाथ पकड़ लिया और मुआ कहने लगा— मरियम, मुझसे बात कब करोगी? मैंने हाथ छुड़ाकर कहा— बाऊ, इस शहर में आज तक किसी ने मेरा हाथ पकड़कर मुझे बेइज्जत नहीं किया। चुपचाप सीढ़ियाँ उतर जा, नहीं तो ये टोकरा तेरे सिर के ऊपर उड़ेल दूँगी। पता नहीं कहाँ-कहाँ से आ जाते हैं भिखारी!' मैं काफ़ी ज़ोर से चिल्ला रही थी। मास्टर जी ऊपर आ गये। ये भीगी बिल्ली बनकर खड़ा था। मास्टर जी ने उसे बहुत डाँटा, पर जब तक ये हरामी मुझसे माफ़ी नहीं माँगेगा, मैं इसे घर के बाहर नहीं निकलने दूँगी। इसीलिए ड्योढ़ी पर बैठी हूँ।"

सुग्गी ने पूछा, "क्या वो जा रहा है?"

"हाँ, बुआ, मास्टर जी ने कहा है, तू अभी यहाँ से निकल जा।"

"इसकी पत्नी मर गयी है इसलिए इधर-उधर मुँह मारने की ताक में रहता है।"

"अब तुम बताओ बुआ, हमारे पास इज्जत के सिवा और क्या है! ये भी चली गयी तो हम खुद ही मैला हो जाएँगे। बुआ, तुम तो मुझे बरसों से जानती हो।"

"मरियम, मैं तो कहती हूँ, बात को बढ़ाओ नहीं। औरत की इज़्जत का ढिंढोरा नहीं पीटना चाहिए। तुम चली जाओ, मैं अभी उसे जाकर सीधा करती हूँ।"

मरियम को भी बहुत काम था। उसने टोकरा उठाया और चल दी।

सुग्गी ने सोचा— देखो, कितनी अकड़ है इस जमादारिन में, पर भई, आफरीन है! जूता दिखा दिया मास्टर के साले को। ऐसे लोगों को ऐसी ही मिलनी चाहिए जो सीधा करके रख दे।

सुग्गी ने अहाते में जाकर मीरपुरनी वाले हिस्से को देखा। मास्टर जी का साला सिगरेट पी रहा था। बँधा हुआ झोला पाँव के नीचे था और वो गुमसुम छत की तरफ़ गुम्मे उड़ा रहा था।

सुग्गी ने भीतर जाकर मास्टर जी को कहा, "मास्टर जी, मैंने मरियम को भेज दिया है।"

मास्टर जी ने शर्मिंदा होते हुए कहा, "तो सुग्गी बहन, आपको भी सारी कहानी मालूम हो गयी! कितनी शर्म की बात है! मेरा ही साला जमादारिन को छेड़ रहा है। हम लोग तो यहाँ सिमटकर रहना चाहते हैं। अब मैं ज्यादा दिन यहाँ नहीं रहूँगा।

हमारा परिवार भी तो बँटवारे में बँट गया है— कोई भाई कहीं, कोई भाई कहीं। जब तक मैं न आया था, ठीक था, पर अब तो हम सब इकट्ठे रहना चाहेंगे। चलो भी भई, साले ने तो हमारा भी मुँह काला करवा दिया, फिर भी इसको बस तक छोड़ने तो जाना ही पड़ेगा।''

साले ने मास्टर जी को कहा, ''जीजा, मैं आपको कितनी बार कहूँ, वो हरामज़ादी झूठ बोल रही है।''

सुग्गी ने तुरन्त मोर्चा सँभालते हुए कहा, ''देखो भई, गाली मत दो। मैं इसे तब से जानती हूँ जब ये अपनी माँ के आँचल में छुपकर आती थी। ये कभी झूठ नहीं बोलती। आप जाओ, हम अपने आप निपट लेंगे और मास्टर जी, आपको शर्मिन्दा होने की ज़रूरत नहीं है। आपके जैसा देवता आदमी मैंने आज तक नहीं देखा।''

जब ये दोनों चले गये तो सुग्गी ने भीतर नज़र मारी, मास्टर की पत्नी अभी तक रो रही थी। सुग्गी ने सोचा, शर्म के मारे और वो कर भी क्या सकती है!

सुग्गी अपने घर जाकर बरामदे में पड़ी चारपाई पर पसर गयी। उसकी चिन्ताओं का अन्त नहीं था। सबसे बड़ी चिन्ता तो लाजो की थी। अगर बच्चा ठहर गया, तो क्या होगा? किसी दाई को दिखाये और कुछ गड़बड़ हो जाये तो दाइयों के पास कोई दवा तो होती नहीं। एक ही इलाज है कि अमृतसर में जाकर किसी शफाखाने में बच्चा गिरा दिया जाये। शानो के घर जाने की भी जरूरत नहीं है, दो दिन शफ़ाखाने में ही रह लेंगे। लाजो की माँ तो बिल्कुल नहीं जाएगी। सुग्गी ने अपने आपको तसल्ली देते हुए कहा, भगवान करेगा, लड़की को महीना आ जाएगा। और सुग्गी इत्मीनान से सो गयी।

कई घड़ियों के बाद जब गाय बछड़े को देखकर रंभायी तो उसकी आँख खुली। धूप आँगन से बरामदे के भीतर तक आ चुकी थी।

अभी उतनी ठण्ड तो थी कि धूप मीठी लगे। कुछ देर सुग्गी को यह पता न चला कि यह सुबह की धूप है या शाम की या कहीं दोपहरी न हो! उसने आँखें बन्द करके सोचा, मैं तो सुबह के बाद ही सोयी होऊँगी। अभी तो दोपहर गरमायी है। उठो सुग्गी, पेट तो एकदम खाली है। न हो तो सोमा के चली जाती हूँ। उसे तो गहनों का बर्तन भी देना था। गहने उसे सौंप दूँ तो निश्चिन्त हो जाऊँ। नेपाल ठहरा दूर का मुलक। अगर मुझे कुछ हो गया तो सोमा अपने आप नाथी की बहू को गहने चढ़ा देगी। चलो, मेरा श्राद्ध तो ठीक से करेगी न। उठो सुग्गी, मुँह पर छट्टे मारकर सोमा के घर चलो।

सोमा बाहर पलंग पर बैठी बाल सुखा रही थी। गेयास्सन वाली चाची की बेटी उसका सिर देख रही थी। बीच-बीच में सफेद बाल दिखाई देता तो निकाल देती।

सोमा के बाल कमर तक आते थे और खूब घने थे। जिस दिन वह माखन पिघलाकर घी बनाती, उसी दिन बचे हुए घी-लस्सी से बाल धो लेती फिर लस्सी डालकर बाल खूब साफ़ करती। सोमा के सिर में हाथ फिराना सुग्गी को अच्छा लगता था। गेयास्सन वाली की बेटी मरनी वैसे तो रिश्तेदारी में ननद ही होती थी पर सोमा उसे मरनी ही कहती थी। सोमा कहती, मरनी कहने से उम्र लम्बी होगी।

उसने उस वक्त मरनी को टहोका देकर कहा, "मरनी, रहने दो, इस उम्र में जुएँ नहीं होतीं। कपड़े से बाल अच्छी तरह से झाड़कर पोंछ दो, लस्सी का निशान नहीं रहना चाहिए।"

जब सुग्गी ने आँगन में प्रवेश किया तब मरनी उसके बाल झाड़ रही थी। सुग्गी वहीं से चिल्लायी, "ऐ सोमा, क्या अब भी जुएँ निकलवा रही हो?"

"मर सुग्गी, इस उम्र में भी क्या जुएँ पड़ती हैं तुम्हें? बचपन में तो सिर खुजाती ही रहती थी।"

"मेरी छोड़ सोमा, अगर पड़ भी जाएँ तो इतनी प्यारी-सी सुन्दर ननद जुएँ निकलवाने के लिए कहाँ से लाऊँगी! अब छोड़ ये नखरे। 'सस्स नीं ननान ब्हौटरी अप्पू गै परधान' (सास-ननद हैं नहीं, दुल्हिन खुद ही प्रधान हो रही है)!"

"क्यूँ नहीं सुग्गी, पर मेरी ननद तो बड़ी दूर ब्याही है। तेरी तो यहीं है पर अगर तू उनके साथ रहती तो ये मुश्टंडपना कहाँ से चलाती! सुबह घूमना शुरू करती हो तो शाम को ही घर लौटती हो।"

सुग्गी चमककर बोली, "देख सोमा, ये ताना मुझे मत देना। नाइयों का काम ही घर-घर घूमना है। हमारी रोज़ी-रोटी तो खबरें इकट्ठी करने पर ही चलती है। कब शादी है, कब श्राद्ध, कब मुण्डन, कब कुड़माई— ये काम घर के आँगन में बैठकर जुएँ निकलवाने से नहीं चलता।"

सोमा ने जान छुड़ाते हुए कहा, "जा मर, तेरे लिए चाय बनाकर गिलास गर्म राख में रखा है, खुद ही लेकर पी ले। रोटियों वाली टोकरी में घ्यूर पड़े हैं। तेरे जीजा ने ख़ास कहा था, सुमुखि जी को ज़रूर खिलाना।"

सुग्गी ने कहा, "बात घुमानी तो तुम्हें बचपन से ही आती है। गौ की तरलाक है जो सुबह से मुँह जुठराया हो। उठो सुग्गी, इससे तो इतना भी नहीं होता, कोई मेहमान आया है तो उसे चाय-पानी ही दे दे।"

मरनी अपने दुपट्टे से मुँह छुपाकर हँस रही थी, अब वह खिलखिलाकर हँस पड़ी। उसने सोमा को कहा, "भाबी जी, ये आपकी सहेली बड़ी मजेदार हैं।"

"हाँ मरनी, हम एक ही गाँव के हैं। छत से छत मिलती है। दिन तो साथ-साथ गुज़रता ही था, रात को भी एक ही चारपाई पर सोते थे। मेरी माँ भी इसे बड़ा प्यार करती थी। सारे गाँव की खबर तो सुग्गी के पास ही होती थी।"

सुग्गी एक हाथ में चादर से गिलास पकड़े, दूसरे में थाली में घ्यूर डाले आ

रही थी। उसने अपना नाम सुना तो बोली, ''ऐ सोमा, अपनी इस पिद्दी-सी ननद को क्या सुना रही हो?''

''चल, तू नाश्ता कर, मेरे पास तेरी बात करने के अलावा और भी काम हैं।''

सुग्गी को चाय के साथ घ्यूर खाते खूब मज़ा आ रहा था। उसने प्यार से कहा, ''अरी सोमा, मेरे पशुपतिनाथ जाने के दिन पास आ रहे हैं, चली जाऊँगी तो तुम्हें सुग्गी की कीमत पता चलेगी। सारे शहर की खबर तुम्हें मुफ़्त में देती हूँ।''

सोमा हँसी, फिर बोली, ''क्या तुमने नहीं सुना— 'बगानी रोहली सदा इकल्ले ते बगाने न्यौड़े सदा रुक्खी' (बेगानी रौनक में सदा अकेले और बेगानी सब्ज़ी से सदा रूखी)।''

सुग्गी को बेगाने शब्द से आग लग गयी। उसका मुँह घ्यूर से भरा हुआ था। उसने निगलकर कहा, ''ऐ सोमा, तूने मुझे बेगाना कहा? इस पिद्दी के सामने अब मैं तेरे घर न आऊँगी।''

सोमा झट चारपाई से उठी और उसने सुग्गी को गले से लगाते हुए कहा, ''सुग्गी राँड, अगर तू बेगानी है तो इस शहर में मेरा अपना कौन है? ऐसे दिल जलानेवाली बातें न किया कर। मैं तो तेरे जाने से आगे ही परेशान हूँ। सोच रही थी, नाथी तो आकर मुझे रौनक लगाएगा।''

''हाँ, लगा चुका रौनक! सुबह खाकर निकलता है तो शाम को ही लौटता है। उस वक्त भूख के मारे बिलबिला रहा होता है।''

''चिन्ता न कर सुग्गी! मेरे लिए काकू और नाथी में कोई फ़र्क नहीं है। गर्मागर्म खिलाया करूँगी।''

''हाँ, फिर तो वो मुझे अच्छी तरह भूल जाएगा। शादी भी तुम्हीं करा देना।''

''सुग्गी, मौसी भी माँ ही होती है, पर माँ तो माँ ही है न!'' बालों की चुटिया बनाते-बनाते सोमा ने कहा, ''इतने मोटे बाल हैं कि सुखाते-सुखाते दोपहर होने लगी है। क्यूँ सुग्गी, आज शहर में कोई खबर नहीं घटी? क्या हो गया लोगों को!''

सुग्गी ने कहा, ''तू यहाँ सिंहासन पर बैठी रह और सुग्गी नाइन तेरे लिए खबरें इकट्ठी करती रहे!''

सोमा ने हँसकर कहा, ''चल, आज मैं ही तुझे खबर सुना देती हूँ। हो सकता है, तुमने ये खबर न सुनी हो।''

''अच्छा, वो कौन-सी खबर है जिसे सुग्गी नहीं जानती और तू जानती है?''

''क्या तुझे पता है, मीरपुर के लोगों को सरकार पठानकोट में घर बनवाकर दे रही है? पर बहुत-से मीरपुरवाले तो जम्मू छोड़ना ही नहीं चाहते। हमारे सामने एक बड़े कमरे में मीरपुरवाले रह रहे हैं, उनको भी पठानकोट में क्वाटर अलाट हुए हैं, पर उन्होंने बेचकर एक ही बेदी में दो लड़कियों की शादी निपटा दी। अब बूढ़ा-बूढ़ी और बेटा-बहू यहीं रहेंगे।''

''तो ये सामनेवाला हलवाई उन्हें जाने को क्यूँ नहीं कहता? उसका ही तो है वो कमरा, रसोई, बाहर दो चारपाइयों के लिए जगह भी है।''

''अरी सुग्गी, वो कहाँ कम है। उसने भी किराया दुगना कर दिया है। उसकी बहू और मीरपुरनी की बहू सहेलियाँ भी हैं, पर असली बात तो ये है कि जम्मू में आकर कोई भी वापस जाना नहीं चाहता।''

''सोमा, तेरी ये बात सच है। जब मैं सून्जमां से आयी थी, तो सोचती थी यहाँ कैसे रहूँगी! अब यही विलायत लगता है। फिर मीरपुरवाले तो अब डोगरों के साथ एक हो गये हैं। मेहनती देखो कितने हैं! सभी सुबह से शाम तक काम करते हैं। शहर का सारा व्यापार इनके ही हाथ में है। अपने डोगरे तो फौज में ही जाने के काबिल हैं। लड़ाइयाँ चाहे जितनी करवा लो। कई बार मन होता है, जीजा को कहकर नाथी को भी फौज में भरती करवा दूँ, फिर चुप लगा जाती हूँ। एक ही है।''

''देख सुग्गी, इसके बाप ने तो कभी बिल्ली नहीं मारी और ये दुश्मन मारेगा? पता नहीं तेरी भी क्या अक्ल है!''

''सोमा, ये मत भूल, ये मेरा भी बेटा है।''

सोमा ने कहा, ''मर सुग्गी, ये बता, तुम्हारे अहाते में जो घास लाती है, क्या नाम है उसका?''

''तू शैन्करी की बात कर रही है? घास मैं तो खाती नहीं, किसे खिलाएगी?''

''मेरे घर में गाय-गोरू हैं। मैंने सुना है, अमर सिंह महल के नीचे जो बाग है, वो ठेके पर दिया गया है। वहाँ घास खूब लम्बी, हरी है। मेरी गाय नयी हुई है। सोचती हूँ, वहाँ की घास खिलाऊँगी तो हो सकता है, दूध ज़्यादा दे।''

''और सोमा, अगर बछड़ा भी माँ के पेट में मोटा-ताज़ा हो गया तो पैदा करने में मुश्किल तो होगी ही।''

''मैंने तो सुग्गी, तुझे बुला लेना है। गाय तो बोल भी नहीं सकती, तू ही बच्चा पैदा करवा देना।''

''हाँ, सोमा, सब भले, जहाँ जले सुग्गी राँड का पसीना जले।''

''जा मर सुग्गी, कोई खबर हो तो सुना।''

सुग्गी ने जल-भुनकर कहा, ''आजकल सारे शहर के पेट में मरोड़ उठ रहा है कि सुग्गी पशुपतिनाथ जा रही है। लोगों के कलेजे तो ख़ाक हो गये हैं। सोचती हूँ, मैं भी राजा के बाग में घास काटनी शुरू कर दूँ।''

''यही ठीक है सुग्गी, पहला बोझा मेरे ही घर डालना।''

सुग्गी भी लाड़ में आ गयी, बोली, ''मर चुड़ैल, मैं पण्डित की साली, भाँति-भाँति के पदार्थ खानेवाली, मैं जम्मू शहर की नाइन, मैं क्या घास छीलूँगी? बलिहारी है सोमा! वहाँ तो सारे मेघ डोम रहते हैं, रात को ढोल बजाकर गाते-नाचते हैं।

सुग्गी का वहाँ क्या काम!''

''हर्ज क्या है सुग्गी, ऊपर तो राजा का बाग है। तुम तो दिन में ही घास छीलने जाओगी न, रात को वहाँ क्या होता है, तुझे क्या लेना-देना है!''

''जा मर, बड़ी पण्डिताइन बनी फिरती है! घास तो तेरा पण्डत छीलता है—ओम नमः स्वाहा!''

''मेरे पन्त के इतने यजमान हैं कि उन्हें घास छीलने की ज़रूरत नहीं है। जब फौजियों के मनीआर्डर आते हैं तब उन घरों से डब्बल रुपया मिलता है। राजपूतों के बेटे फौज में हैं, तभी तो इनके घर भरे रहते हैं।''

''हाँ, सोमा भई, तेरी खबर बड़ी है। तुझे पता है, पहले ये राजपूत भूखों मर जाते थे पर हल नहीं चलाते थे, फिर जब महाराजा हरिसिंह ने गद्दी सँभाली तब उन्होंने देखा, जिनके घर का कोई भी फौज में नहीं है उनका तो घर नहीं चलता, इसलिए महाराजा हरिसिंह ने पहले खुद हल पकड़ी ताकि राजपूतों को हल चलाने में शर्म न आये, तब जाकर राजपूतों का संकोच कम हुआ। देखो, क्या अक्ल लड़ाई महाराजा ने! मैंने तो सुना है, महारानी तारामती रोटी-लस्सी लेकर खेत में खुद गयी थी। पहले तो थाली में लिटाकर लड़की ब्याह दी जाती थी, दूल्हा भी दो-तीन साल का रहता। फिर महाराजा हरिसिंह ने कानून बनाया कि लड़की चौदह की और लड़का अट्ठारह का होने पर ही शादी होनी चाहिए। इतने अच्छे-अच्छे कानून रियासत में चलाये।''

''अरे सुग्गी, आज वही महाराजा हरिसिंह, हमारे सिरों का ताज, बम्बई में देस-निकाला भोग रहा है। कभी-कभी तो मन करता है, नेहरू के साथ जाकर लड़ आऊँ।''

''अरी सोमा, ये सब सियासी बातें हैं, हम-तुम क्या जानें! अगर महाराजा हरिसिंह यहाँ होते तो जुगराज की शादी यहीं होती, मैं ब्याह कराती। महारानी तारादेवी भी चली गयीं। यहाँ शादी होती तो कितनी रौनक होती! घर-घर बधावा बजता, रौनक लगती। मुझे डोगरी पोशाकें तो मिलती ही, गहने भी ज़रूर मिलते।''

''सुग्गी, वो सब बातें हवा हो गयीं। युवरानी तो छोटी-सी गुड़िया हैं सिर्फ मुस्कराती रहती हैं। अपना वतन, अपने भाई-बहन सब को छोड़कर रहना कितना मुश्किल है! मुझे तो रोना आता है।''

''सोमा, बेटियों का भाग है ये। मेरी शानो तो अमृतसर में ब्याही है। एक दिन की मार है, पर कलेजे में मरोड़ उठते रहते हैं। रोज़-रोज़ लड़की की ससुराल में जाना अच्छा थोड़ी लगता है, चाहे कितना कुछ लेकर जाओ!''

''देखो सुग्गी, नेपाल में ही हमारी युवारानी का मैका है, तुम वहाँ ज़रूर जाना। उनको कहना, मैं जम्मू की नाइन हूँ।''

''वाह-वाह, तेरी अक्ल पर सुग्गी चले तो बेड़ी डूबने का भी पता न चले।

वहाँ सुग्गी को कौन जाने! हाँ, बुआरानो जी को कहूँगी, उनका घर दूर से दिखा दें।''

''जा भई सुग्गी, मौज कर। तुमने तो सुन ही लिया होगा, अमर महल के नीचे जो बाग है, वहाँ कर्ण नगर बन रहा है।''

''कर्ण नगर! वो कैसे बनेगा भई?''

''बलिहारी है तेरी अक्ल पर!'' सोमा ने कहा, ''लोग ज़मीन के टुकड़े खरीदेंगे, घर बनाएँगे। सड़कें बनेंगी, गलियाँ, बाजार, दुकानें होंगी तो कर्ण नगर भी बन ही जाएगा, शहर तो चारों तरफ से बढ़ रहा है। अब शहर कहाँ है, नगर ही नगर हैं— कहीं बक्शी नगर, कहीं कर्ण नगर। देखती चलो। जम्मू शहर का क्या होगा, कौन जाने!''

सुग्गी हैरान होकर बोली, ''सुना है, वहाँ तो खड्ड है। हाँ, चम्पा फूलों के, कन्धार के, मौलश्री के दरख़्त भी हैं। राजाओं ने कहाँ-कहाँ से लाकर आम लगवाये हैं। कच्चे ही महकने लगते हैं। कहते हैं, चम्पा और कन्धार जहाँ भी हो, साँप ज़रूर आता है। पर तुम देखो, अगर साँप आता तो क्या शैन्करी बच जाती? इसे तो कभी न छोड़ता। है भी इसी क़ाबिल। एक दिन मैंने कहा, घर में कूड़ा-कबाड़ा पड़ा है, ज़रा फेंक आ, तो कहने लगी— अभी मुझे बहुत काम है और जब मैं महालक्ष्मी के मन्दिर में मत्था टेकने गयी तो मैंने देखा, ये थोड़ू के अड्डे से निकल रही थी। ऐसी औरतों से बात करना भी पाप है।''

''सुग्गी, मैंने सुना है, रामनाथ शास्त्री जी ने वहाँ पक्का डंगा में जो सरकारी मकान बने हैं, वहाँ एक छत पर डोगरी संस्था के लिए कमरा लिया है। अब तो ये डोगरी संस्था घर-बाहर वाली हो गयी।

''तुझे क्या पता सुग्गी, कितने ही लोग वहाँ जाते हैं! शास्त्री जी ने तो कर्ण नगर में भी सुना है, ज़मीन ले ली है। ये सागरा सिंह जम्वाल के लड़कों को पढ़ाते थे। उन्होंने ही सलाह दी, उनकी जमीन भी वहीं है। भई पैसे वाले लोग हैं, घर तो बनवा ही लेंगे।

''सुग्गी, सरकारी नौकरी करनेवालों को उधार भी मिल जाता है। मकान बनता रहेगा, उधार भी चुकता रहेगा।''

''अभी, सोमा, एक दिन मैं आम के पत्ते लेने वहाँ गयी थी। एक औरत मिल गयी तो बातें करते-करते अँधेरा हो गया। आमों के दरख़्त ऐसे दिखाई देने लगे जैसे भूत खड़े हों! वहाँ एक झाड़ा करने वाला मेघ भी रहता है। तहसीलदार के पोते को उसकी बहू झाड़ा करवाने गयी तो मुझे ले गयी। आम के दरख़्तों के भूत जैसे रास्ते पर लेटे हुए थे। मैं तो गिरते-गिरते बची।''

सोमा ने हँसते हुए कहा, ''अच्छा है, तू गिरी नहीं वरना भूत तो डर के मारे भाग जाता और लंगोटी भी वहीं छोड़ जाता।''

"जा मर सोमा, बचपन में तो तू भी पहाड़ की परछाईं से डरकर रोने लगती थी।"

"सुग्गी, वो दिन भी हवा हो गये। पानी लेने कितनी-कितनी दूर जाते थे, कितना मजा आता था!"

"भई, यहाँ तुम्हें क्या चिन्ता! तेरे पण्डित के चेले तवी वाले कुएँ से, नहर से पानी ही पानी ला देते हैं।"

"नहर का पानी पीकर गर्मियों में तो गर्मी भाग जाती है। सीधा चनाब दरिया से आता है। पाकिस्तान बनने से पहले सियालकोट तक से लोग ताँगे पर लदकर नहर में नहाने और पानी पीने आते थे। सब कुछ हवा हो गया।"

"बेड़ा गर्क जाये पाकिस्तान बनने का! तुमने नहीं सुना, घी वाले शाहों की बहन जो कहते हैं, मर गयी है, वही सियालकोट में किसी मुसलमान के घर ब्याही है। बाल-बच्चों वाली है।"

"अरी मेरी सुग्गी, तुम तो पाताल लोक से खबर लाती हो, पर तुझे कैसे पता चला?"

"सुनो पण्डितानी, जब पाकिस्तान बना तब ये लड़की कुएँ पर पानी भरने गयी थी। हमला हुआ तो किसी ने इसे पकड़ना चाहा। वहीं पास में मौलवियों का लड़का वहाँ दातुन कर रहा था। उसने आगे बढ़कर कहा—'खान, सलाम, भई ये तो तुम्हारी भाबी है, मेरी बीवी। जाओ रशीदा, घर जाओ।' हमलावर तो चले गये पर खतरा तो था, वो लड़की उसी लड़के के साथ सियालकोट चली गयी। वहीं उस रब के बन्दे के साथ इसका निकाह हो गया, नहीं तो पता नहीं इसके साथ क्या होता! औरत की जात, दाग लग जाये तो मिटता नहीं है सोमी! अब भगवान की दया से उसके तीन बेटे हैं। महीने के आखिरी शनिवार को वो बुत्तियों के पास आकर खड़ी होती है। कभी-कभी कोई भाई-भतीजा दिखाई दे जाते हैं। बाप ने तो उसका क्रिया-कर्म भी कर दिया था।"

"हे सुग्गी, तू तो भई क्या कहूँ, आग का पूला है। मैंने तो ये बात आज तक नहीं सुनी। मैंने तो सुना था, वो लड़की कुएँ में डूबकर मर गयी।"

"हाँ, औरत के लिए ये कहना कितना आसान है! मर्द के लिए कोई ये कभी नहीं कहता। सब को पता है, औरत मरे तो दूसरी आ जाती है। तू तो उस दिन सामने वालों की पोती को गोद में लेकर गा रही थी—

ऐ कुड़ी मरी जा, जान्नी भत्त कुत्थूँ खा
जागत भस्सड़ पान्दा जा।"

[ये लड़की अगर मर जाये तो बारात दावत कहाँ से खाएगी! दूल्हा मायूस होकर चला जाएगा। लड़के के लिए लोरियाँ भी अलग हैं।]

"सुग्गी भई, फर्क तो है। एक लड़का पैदा हो तो सासें जोड़ी मिलाने को कहती हैं, बेटी की जोड़ी मिलाने की बात कोई नहीं करता।"

"सोमा, तू पन्त जी के साथ रहकर बहस करना सीख गयी है। छोटी थी तो मुँह से बोल नहीं फूटता था।"

"अब क्या मैं हमेशा छोटी ही रहूँगी ? काकू का ब्याह होगा तो दादी बनते कौन देर लगेगी!"

"सोमा, भगवान करे, मेरे काकू का ब्याह हो और मैं पहले बन्ने गाऊँ फिर सोहर।"

"वो दिन भी आ जाएगा सुग्गी! भगवान ने एक ही दिया है, सब सुख तो इसी से हैं। हम दोनों का सुख एक औलाद से ही है। तुमने भी दूसरा पैदा नहीं किया।"

सुग्गी कहने लगी, "मुआ जब भी शराब पीकर आता था, मैं नाथी के पास जाकर सो जाती थी।"

दोनों सहेलियाँ हँसने लगीं।

सुग्गी ने कहा, "आज का सत्संग ज्यादा ही लम्बा हो गया, अब चलती हूँ।"

सुग्गी को तो शहर के लोग उसकी चाल-ढाल से भी पहचान लेते थे। वह चलती भी तेज़ थी। पर आज यह सोचकर कुछ ज्यादा ही तेज चल रही थी कि जाते ही गहनों की पोटली निकालकर ऊपर पानी की बाल्टी उल्टी धर देगी। सुबह तवी जाने से पहले ही सोमा को पोटली देकर निश्चिन्त हो जाएगी। रोशनी में तो कोई पूछ भी सकता है—'सुग्गी, इस पोटली में क्या है ?' इस शहर के लोगों को टोका-टोकी की बड़ी आदत है। एक बार सोमा के हाथ में पोटली चली जाये फिर सोमा जाने, उसका काम जाने!

सुग्गी की चाल तेज हो गयी।

तभी पीछे क़दमों की आहट के साथ ही आवाज़ आयी, "ऐ बुआ, आजकल तो पहचानती ही नहीं।"

"ऐ कौन है ?" सुग्गी ने पूछ तो लिया पर जानती थी, यह व्याघ्र की आवाज है। यह नाम भी उसी ने दिया था। उसे बुरा लगा, सोने की बात सोचते-सोचते ये मुआ आ टपका। पर क्या हो सकता था! वह मुड़कर कमर पर दोनों हाथ रखकर खड़ी हो गयी।

"अरे तू कहाँ से आ गया दवान ? मैंने तो सुना, तू फिल्मों में काम करने बम्बई गया था।"

"अरे बुआ, जो भी बम्बई जाता है, लोग समझते हैं, फिल्मों में काम करने गया है। मेरा बाप प्रताप सिंह जी के ज़माने में खज़ाना मन्त्री था। पुराने माल पड़े हैं। खर्च भी तो करने चाहिए न। उड़ानेवाला भी तो अकेला मैं ही हूँ। कई बार

तुझसे कहा, सारे शहर की शादियाँ करवाती है, कभी मेरे ऊपर भी किरपा कर।''

सुग्गी ने उसे हिकारत से देखते हुए कहा, ''मुए, तू किसी काम का होता तो तेरे लिए हूर परी लाती, पर तूने नशेबाज़ी और कंजरियों के चक्कर में अपनी जिन्दगी का कबाड़ा कर दिया। अभी तो पच्चीस का भी नहीं हुआ, पचास का लगता है।''

व्याघ्र इस वक्त भी नशे में था और हिल भी रहा था। उसने सुग्गी को कहा, ''बुआ, तुम तो मुझे असीस दे रही हो। मैं पचास का होऊँगा तो तुझे सोने की चूड़ियाँ बनवा दूँगा।''

सुग्गी ने जलकर कहा, ''जा-जा, दफ़ा हो! तेरी सोने की चूड़ियाँ पहनने वाली बहुत हैं। जिस तरह तू दोनों हाथों से रुपये लुटा रहा है, अगर पचास तक पहुँच भी गया तो खाने को लाले पड़ जाएँगे। इस शहर की किसी भी लड़की से मेरी दुश्मनी नहीं है जो तेरी शादी करवा दूँ। चल परे हट, साँड कहीं का!''

''बुआ, कभी व्याघ्र कहती हो, कभी साँड। इतना प्यार ठीक नहीं। मेरा बाप तुमसे राखी बँधवाता था, तुम्हें याद तो होगा?''

''मुझे याद है, तभी सड़क पर खड़ी होकर तुमसे बात कर रही हूँ। तू इस काबिल कहाँ है कि सुग्गी को बुआ कहे। तेरी करतूतें सुनती हूँ तो अपने मरे हुए भाई की याद आती है। अच्छा हुआ, जो वो इस दुनिया से उठ गये, नहीं तो जो तू कर रहा है, उसे देखकर तो कुएँ में डूब जाते। जा-जा, आगे हो, मैं भी निकलूँ!''

दवानू ने बड़ी दुःखी आवाज़ में कहा, ''बुआ, क्या कभी तुमने ये सोचा है कि मेरा अपना कोई होता तो मैं इतना बुरा आदमी न होता? गिरते-गिरते कोई पकड़ लेता तो मैं और नीचे न गिरता। तुम्हें कभी भी ये ख्याल न आया कि इतनी बड़ी हवेली में कोई मेरे लिए दरवाज़ा खोलने वाला भी नहीं है।''

सुग्गी का दिल न पिघला। उसे शराब की बदबू आ रही थी। उसने जल-भुनकर कहा, ''जा, मर जाकर, क्या बदबू है! चल सुग्गी, तेरी भी क्या रिश्तेदारियाँ हैं! ये भतीजा है। भई कुरबान जाऊँ! जा, घर जाकर सो जा, कभी होश होगा तो बात करना। मैं तो ऐसे आदमी के पास खड़ी भी नहीं होती।''

दवानू रुआँसी आवाज़ में बोला, ''ठीक है बुआ, आज से मैं समझूँगा, मेरा कोई भी नहीं है। एक बुआ थी, वो भी मर गयी।''

सुग्गी जाते-जाते मुड़कर बोली, ''अरे मरें मेरे दुश्मन! जा, घर जा, नहीं तो लोग पत्थर मारेंगे।''

सुग्गी यह कहकर चली गयी। दवानू वहीं खड़ा होकर उसे जाते देखता रहा। फिर हिलता-हिलता घर चला गया।

अगले दिन सोमा के आँगन में जब चाँदनी जाने की तैयारी में थी और सुबह का

तारा अभी जग रहा था, पण्डित जी की खड़ाऊँ के स्वर सुबह होने से पहले की निस्तब्धता को भंग कर रहे थे, तब ठाकुरद्वारे जाते-जाते पण्डित जी ने द्वार पर ठक-ठक की आवाज़ सुनी। पण्डित देवदत्त ने सोचा, इस वक्त कौन हो सकता है? वह द्वार खोलते ही सुग्गी को इतनी सुबह आया देखकर हैरान हुए, पर बोले, "अरे सुमुखि जी, इतनी सुबह आना था तो रात यहीं क्यूँ नहीं रह गयीं?"

"वाह जीजा, शक्ल से तो पण्डित लग रहे हो, पर बात डोमों जैसी कर रहे हो। ज़रूर तुम्हारे खून में मिलावट है। जाओ, अपने ठाकुरद्वारे में जाकर पूजा करो।"

"अरे सुमुखि जी, हमारे खून में मिलावट तो आपकी सहेली के आने के बाद हुई है। आपके तो पूरे गाँव में ही मिलावट है।"

"सिरीराम, सिरीराम! जाओ जीजा, माला फेरो। कहाँ हो सोमा, सँभालो अपने पति को।"

सोमा ने बाहर आते ही सुग्गी को हँसते-हँसते पूछा, "क्या जीजा तुम्हें छेड़ रहे हैं?"

"ले, तेरी भी मति मारी गयी है सोमा! जैसा खाओ अन्न, वैसा हो जाये मन।"

जाते-जाते पण्डित बोले, "भई सुमुखि जी, अन्न तो आप भी यहीं का जुठराती हैं।"

सुग्गी ने उनकी बात न सुनी और सोमा के हाथ गहनों की पोटली देकर बोली, "ले भई सोमा, सँभाल गठरी। मैं तवी नहाने जा रही हूँ। अब तुम जानो और तुम्हारा काम, मैं निश्चिन्त हुई।"

"सुग्गी, तवी के कुएँ का थोड़ा पानी मुझे भी दे जाना। वैसे तो मैंने राजमाँ कल ही भिगो दिये थे तो भी गलने में समय लगता है। धीमी आँच पर रख दूँगी तो अच्छी तरह गल जाएँगे।"

"सोमा, आधा पानी तुझे दे जाऊँगी। जब से नलके लगे हैं, सुख हो गया है। भला हो महाराज का, प्रजा का कितना ध्यान रखते हैं!"

सुग्गी तवी से गोता लगाकर गोल-गोल घूमती हुई प्रदक्षिणा ले रही थी। सूरज की लाली को उसने पानी का अर्घ्य दिया तो कान में आवाजें पड़ीं, पर समझ न आयीं। उसने सोचा, औरतें ज़रूर उसके नेपाल जाने की बात कर रही होंगी। जब वह कुएँ पर आकर पानी भरने लगी तो पण्डित की बहू ने कहा, "मौसी, राम-राम!"

"जीती रहो बहू, बुड्ड सुहागिन होवो। चलो, साथ-साथ ढक्की चढ़ते हैं। मेरी बटलोई ज़्यादा भारी नहीं है, पर ढक्की भी कम ऊँची नहीं है।"

"मौसी, सुना है, संसारो की दादूबुआ बहुत बीमार है।"

"अब नहीं बीमार होगी तो कब होगी? चार बीसी तक तो मैंने गिनी है,

उसकी उमर अब पता नहीं कितनी हो गयी है!''

''बजुर्ग जो ठहरी। सुना है, अब तो उनके बिस्तर पर चीटियाँ चढ़ने लगी हैं!''

''कौन बड़ी बात है बहू! जवानी भर इतना मीठा खाया है, वही निकल रहा है। इस उम्र में मोतिया तो महकने से रहा, कीट-पतंगे ही ध्यान रखेंगे। प्राण पता नहीं काहे में अटके हुए हैं! इसके प्राण निकलें तो संसारो का भी पाप कटे।''

''क्यूँ मौसी, संसारो कुछ कह रही थी?''

सुग्गी ने हँसते हुए कहा, ''सोने का भारी हार नाभि तक आता है, वो क्या कहेगी! इसकी माँ ने तो कभी ऐसा हार देखा न होगा। देखो बहू, ढक्की पर भी कोई मुआ काँटे बिखेर गया है। नर्क में जाएगा, कहे देती हूँ। अब ये सुबह-सुबह पूजा-पाठियों के जाने का रास्ता है। मैं तो अब पानी का बटलोई नीचे न रखूँगी, तुम ज़रा नज़र लगाकर ये काँटा निकाल दो।''

काँटा निकलते ही सुग्गी खुश हो गयी।

''भला हो बहू! आहा, क्या ठण्ड पड़ गयी है! कल मैं गयी थी संसारो के घर बुढ़िया को देखने। बुढ़िया कहे जा रही थी, उसका उधार दे देना, पाँच आने हैं। पता नहीं क्यूँ लिये थे! शुक्र है, याद आ गये। दहीवाले का आना तो आज ही दे देना, उधार लेकर ऊपर न जाऊँगी। संसारो तो वो उधार भी चुका देगी जो बुढ़िया ने नहीं लिये, पर बुढ़िया टले भी तो। संसारो ने नहला-धुलाकर साफ़ बिछौने पर लिटाया हुआ था दादुबुआ को। मेरे हिसाब से तो पौडर भी डाला होगा, मुशक तो आ रही थी, पर बहू, कहीं आटा तो नहीं होगा? चींटियाँ भी चढ़ रही थीं। संसारो है तो सेवा वाली। अपनी पता नहीं कैसी आएगी!''

''अच्छी ही आएगी मौसी, चिन्ता न करो। मैं भी परसों संसारो के घर दही के लिए जाग माँगने गयी थी तो संसारो बुढ़िया को पौडर मल रही थी। उस वक्त भी बुढ़िया कह रही थी— री संसारो, तेरा भला हो। हलवाई से गर्म-गर्म जलेबियाँ ली थीं, चार आने होंगे। सामने वाली गुप्तानी से एक रुपया उधार लिया था, सब चुका देना। ये न हो कि मैं धर्मराज के द्वार पर खड़ी ही रह जाऊँ और मेरे श्राद्ध पर जलेबियाँ ज़रूर खिलाना, सुग्गी को भी ज़रूर बुलाना।''

सुग्गी ने कहा, ''ये मरे तो सही, जलेबियाँ भी खा लेंगे।''

''लो मौसी, ढक्की तो खत्म हो गयी, मन्दिर भी आ गया। चलो, पहले मन्दिर में माथा टेक लें।''

सुग्गी ने साँस लेते हुए कहा, ''अरे लाड़ी, कमर सीधी हो गयी, मैं तो आजकल सिर्फ सत्यनारायण के मन्दिर में ही जाती हूँ। शिव जी को जल तो वहाँ पीपल के नीचे वाली पिण्डी पर ही डाल लूँगी। ये हुआ पंचतीर्थी मुहल्ला। यहाँ पाँच तीर्थ करने पर भी मन्दिर ही मन्दिर है। सभी मन्दिरों में जाने लगूँ तो मेरी यजमानी दो

दिन भी न चले। अभी तो बटलोई का आधा पानी सोमा को देना है, वो राजमाँ बना रही है। अब तवी के कुएँ का पानी हो तो राजमाँ को गलते कहाँ देर लगती! अनाज का भी अपना नखरा होता है। अब राजमाँ तो गलेंगे ही, सुग्गी भी पानी ढोते गल गयी है।''

''मौसी, आज ठहरा इतवार, राजमाँ-चावल तो हर घर में बनेगा।''

''हाँ भई, स्वाद बदलना हो तो भी कहीं नहीं जा सकते। मेरा उठना-बैठना तो सोमा के ही साथ है। आज उसे ही कहूँगी, अनारदाने वाले खट्टे आलू भी बना लेगी। वैसे राजमाँ भी वो बड़े करारे बनाती है।''

सामने से आती गोसांइन ने पूछा, ''क्यूँ सुग्गी, सुना कि नहीं?''

सुग्गी ने धीरे से कहा, ''कहाँ तो राजमाँ की बात हो रही है और कहाँ इसका बैंगनी थोबड़ा देखना पड़ रहा है!'' उसने बटलोई कमर में जमाते हुए कहा, ''कहो गोसांइन, क्या हुआ?''

''अरे आज रात संसारो की दादूबुआ पूरी हो ली।''

सुग्गी ने कहा, ''चलो, आज का दिन तो गया। अब टूटियों (नलकों) पर जाना पड़ेगा। अब किसी को बताना नहीं, मुझे पता चल गया है, मैं पहले सोमा को पानी दे आऊँ। एक बार मौत वाले घर में जाओ तो फिर जल्दी नहीं आ सकते।''

सुग्गी ने जल्दी-जल्दी कदम बढ़ाते हुए पण्डितो की बहू से कहा, ''अब तुम भी हल्ला न करना कि मुझे पता चल गया है।''

आँगन में पण्डित जी गाय-भैंसों को हरी-हरी घास के पूले डाल रहे थे। सुग्गी को देखते ही बोले, ''सुमुखि जी, नमस्ते।''

सुग्गी ने होंठों में कहा, 'नमस्ते अपनी माँ को कहना।' फिर प्रकट में बोली, ''तुम्हारी पत्नी के नखरे तो मुझसे सहन नहीं होते जीजा!'' बटलोई को ऊँचे स्थान पर रखते हुए उसने साँस लेकर कहा, ''मेरा काम तो छोटी बटलोई से भी चल जाता है, पर सोमा के लिए ये बड़ी बटलोई उठाकर लायी हूँ। ढक्की चढ़े तो पता चले। ऐ सोमा, पानी ले आयी हूँ।''

पण्डित जी मज़ा ले रहे थे, कहने लगे, ''आती ही होगी। कुछ हमसे भी तो बात करो।''

''हाँ, क्यूँ नहीं! तुमने तो बादाम-छुहारे वाला काढ़ा पी लिया होगा।''

''नहीं साली जी, अब इकट्ठे ही पिएँगे।''

सुग्गी ने चेहरे पर मुस्कराहट लाते हुए कहा, ''रोज़ तो अकेले ही पीते हो, कभी चुल्लू-भर साली के लिए रखने का ख्याल नहीं आता।''

''सुग्गी, चुल्लू-भर पानी जब तुम्हें चाहिए, हम दे देंगे।''

''ऐ सोमा, कहाँ हो? अब सुबह-सुबह तुम्हारे पण्डित के दुर्वचन कौन सुने! मेरी बटलोई खाली कर दो तो मैं जाऊँ।''

सोमा ने कहा, "चल, रसोई में मर चलकर। तेरे जीजा ने कटोरा भरके काढ़ा रखा है तेरे लिए। ख़मीरे रखे हैं।"

"ख़मीरे तो घर में भी पड़े हैं, पर चलो, वो नाथी के काम आएँगे। नाथी तो खूब नर्म-नर्म ख़मीरे मिर्ची-नमक वाले दही में चूरी बनाकर खाता है। अब तो खाकर पहले संसारो के घर जाऊँ। दादूबुआ तो गयी।"

"हैं, कब गयी?"

"अरे रात को, पर मेरा तो सारा दिन वहीं लगेगा। आज तो इतवार है, जीजा भी घर पर ही रहेगा।"

"नहीं सुग्गी, कल शाम पाठशाला के कुछ विद्यार्थी आये थे। उनकी परीक्षा है न, उन्हीं को पढ़ाने जा रहे हैं।"

"तब तो शाम को ही लौटेंगे।"

"सुग्गी, तू भी तो शाम तक ही आएगी। तेरा खाना थाली में डालकर चूल्हे के ऊपर रख दूँगी। कोसा-कोसा रहेगा।"

"हाँ सोमा, आज तो दिन वहीं निकलेगा पर चलो, पेट में तो गर्मी हो गयी न। सब लोग कहते हैं, पण्डित देवदत्त जैसा कोई पण्डित नहीं है। आज मेरी भी तसल्ली हो गयी। कितना यश है मेरे जीजा का!"

"हाँ सुग्गी, मेरे बड़े भाग हैं।"

"सोमा, श्लोक तो तोते की तरह पढ़ता है पर जब शादी में मैंने इसको छन्द सुनाने को कहा, तब इसकी बोलती बन्द हो गयी थी।"

"तुमने ही कौन-सा छोड़ दिया था सुग्गी?"

"हाँ सोमा, हमारी सहेलियों में सबसे पहले तो तुम्हारी ही शादी हुई थी। पर जीजा बड़ा काबल है। उस वक्त भी कैसा अच्छा छन्द सुनाया था! नहीं तो कभी-कभी दूल्हे बड़े गन्दे छन्द सुनाते हैं।"

"तुमने तो उसकी भी बोलती बन्द कर दी थी। तुम्हें तो दुल्ले चाचा की डाँट भी पड़ी थी।"

तभी पण्डित जी ने आते-आते कहा, "सुमुखि जी, मैंने यही छन्द सुनाया था न—

"छन्द परागे आइए जाइए छन्दै अग्गे केसर
सस्स मेरी पारवती ते स्होरा मेरा परमेस्सर।"

"अरे हाँ, जीजा, यही छन्द था। औरतें तो इतनी खुश हो गयीं कि हमने सोचा, सोमा के साथ एक और लड़की भी न दे दें।"

"अरे सुमुखि जी, आप आ जातीं, तो हम निहाल हो जाते।"

"अरे जाओ जीजा, सुग्गी पण्डितों के चक्कर में नहीं आती। हमारे गाँव के

तीरथू पण्डित ने कहा था, मैं अपने पति से पहले मरूँगी। ये देख लो, सुग्गी परतक्ख यहाँ बैठी है और नाऊ ऊपर चला गया।''

''अरे साली जी, वो तो आपके लिए घर पसन्द करने गये हैं।''

''माफ करो जीजा, अब तो मैं सपने में भी उसके साथ न रहूँगी। इस जन्म में क्या सुख दिया! लो भई जीजा, तुम्हारी बातों में कहीं वो बुढ़िया को शमशान ही न ले जायें। मैं तो चली। इतनी जवान-जहान मौत हुई है, समय पर तो पहुँचना ही चाहिए। अब तो पेट में भी ख़मीरे की गर्मी है।''

बाहर निकलते ही सुग्गी ने एकदम उदास होने का यत्न किया, फिर उनके घर के पास पहुँचते ही बिसूरने लगी :

''ऐ दादूबुआ, तेरी इतनी सेवा हो रही थी, ऊपर जाने की ऐसी क्या जल्दी थी तुझे! ऐ दादूबुआ... संसारो के सिर पर तो तुम्हारी छत थी... ऊपर जाने की इतनी जल्दी थी... हाय, हाय, मेरी दादूबुआ... अरी संसारो, मुझे रात ही को क्यूँ न बुला लिया... मैं भी दादूबुआ से दो बातें कर लेती... अरे नाथी के बाप को ही संदेसा भेज देती। हाय मेरी दादूबुआ!''

भीतर जाकर उसने देखा, अरथी तैयार थी। ऊपर नारंगी रंग का शॉल दिया था। मज़े हो गये चारजी (आचार्य) के! संसारो का पति दादूबुआ की अरथी पर झण्डियाँ लगा रहा था। बड़ी शान से निकल रहा था जनाजा।

सुग्गी वहाँ बैठकर फुक्का मारकर रो पड़ी, ''हाय मेरी दादूबुआ! संसारो ने सेवा में कोई कसर नहीं रखी रे ऽ ऽ!''

संसारो भी अपनी प्रशंसा सुनकर कुप्पा हो गयी। सुग्गी क्या कहेगी, अपनी कीर्ति-अपयश तो उसी पर निर्भर थी।

''हे सुग्गी मौसी, मेरी किस्मत में उनकी इतनी ही सेवा लिखी थी। बात करते-करते ही चल दी, जैसे कोई उठकर चला जाता है... हाय मेरी दादूबुआ ऽऽऽ!''

''अरे मेरी दादुबुआ मुझे हमेशा कहती थी— देखना सुग्गी, मैं बातें करती-करती ही चल दूँगी...वो तो ज्ञानी थी...बचपन में पति न रहा, कितने साल से रंडापा काट रही थी!... अरे दादूबुआ, तू तो साध्वी थी रे... !''

संसारो भी साथ-साथ रो रही थी।

सुग्गी ने कहा, ''जब तेरे सास-ससुर जिन्दा थे, इनकी कभी कसम नहीं खायी। तेरी सास बताती थी, जब इनको पहली बार लेने आये तो ग्यारह बरस की थीं। फूफा तो काफी उम्र के थे। चलने के वक्त ये न मिले। सब ढूँढ़ रहे हैं। बुआ ग़ायब हो गईं। कुआँ, बावड़ी, तवी में दौड़ा दिये गये, पर बुआ का कोई पता नहीं। तेरे ससुर ने कहा, घर के बाहर तो वो गयी नहीं। फिर पिछवाड़े दरख्तों पर सब जगह ढुँढ़ाई हुई। मेरी सास अपनी गठड़ी को कोठरी में रखने गयी तो देखा, एक अनाज रखने वाला बड़ा पिटार हिल रहा था। ढक्कन भी ढीला था। उसने उठाया तो बुआ वहाँ

विराजमान। मुँह–सिर लाल था। नाक–आँख से पानी बह रहा था। मेरी सास ने उसे पूछा— 'ये क्या पागलपन है ! शर्म नहीं आती ? सारे फिक्र कर रहे हैं।'

"अरे क्या बताऊँ लोगो, कितनी सीधी थी दादूबुआ ! गुलबदन की सुत्थन में कीड़ों से बचाने के लिए लाल मिर्चें रखी हुई थीं, बस सारा बदन लाल हो गया। शहद मल–मलकर नहलाया। गेरू मिट्टी मिली, तब जाकर उसे होश आया। अरी संसारो, तेरी सास उसे बहुत पसन्द करती थी..."

संसारो ने जोर की दहाड़ मारी, "ऐ मेरी दादूबुआ, मेरे हाथों से आपकी इतनी ही सेवा लिखी थी... !"

सुग्गी ने नाक पोंछते हुए कहा, "क्या बताऊँ संसारो ! अरे मुए मर्द भी तब लड़कियों को कुएँ में धकेल देते थे... !"

इसके पहले कि सुग्गी कुछ और बताती, संसारो फिर दहाड़ी, "ऐ दादूबुआ, मुहल्ले की रौनक थीं आप... !"

सुग्गी ने संसारो से पूछा, "अब इनको मर्द कब ले जाएँगे ?"

संसारो ने कहा, "इनकी ससुराल से फूफाजी के भतीजे आते ही होंगे, दाह–संस्कार तो उन्हीं के हाथों लगेगा न। दादूबुआ की भी यही मरज़ी थी।"

सुग्गी के पेट में चाय और ख़मीरों की गर्मी थी पर संसारो ने तो कल रात से पानी भी न पिया था। रात के तीसरे पहर गयी थी बुढ़िया। सुग्गी ने उसका मन लगाने के लिए फिर कहानी शुरू की। मुहल्ले की तीस–पैंतीस औरतें भी बैठी थीं। सुग्गी को रोना तो न आ रहा था पर उसने मुँह पर कपड़ा रखकर हिल–हिल के साथ बिसूरना शुरू किया :

"अरी दादूबुआ, तेरे भाग में एक बच्चा ही हो जाता तो इन भतीजों को कौन पूछता ! पता नहीं दुनिया में पाप कौन करता है और भुगतता कौन है ! मेरी सास कहती थी— जब ये पहली बार ससुराल से आयी तो इसकी तरफ़ देखना मुश्किल था। सिर पर सोने का चक्क, फुल्ल, हाथों में गोखरू, गले में रानी हार चंपाकली, कानों में दोहरे झुमके, पाँव में बसैन्तियाँ... रानी लगती थीं बुआ। आते ही सारा गहना उतार दिया था। इतना भार था।" सुग्गी को जैसे कुछ याद आया, फौरन बोली, "अरी ओ संसारो, इसके मुँह में पंचरत्नी डाली थी या नहीं ?"

"हाँ, मौसी, वो गंगाजल के साथ ही डाल दी थी।"

"चलो, कल फूल चुनोगे तो आचार्य ले जाएँगे। दो माशे सोना तो होगा ही।"

संसारो सोने की बात न हिलाना चाहती थी। उसने सोचा, सुग्गी का क्या पता, अभी रानी हार की बात चला दे ! उसी वक्त दादूबुआ के जेठ के बेटे आ गये। औरतें भी उनके साथ थीं।

एक ने तो आते ही अरथी पर पछाड़ खाते हुए कहा, "अरी मेरी बहन, तूने आखिर मैके में ही दम तोड़ा ! कितनी बार बुलाया पर नसीब में अपनी देहरी होती

तो आती न!''

सुग्गी ने सोचा, मोर्चा सँभालने का यही वक्त है। उसने कहा, ''ये समय वो बातें करने का नहीं है। आप लोगों ने इसे सँभाला होता तो ये बाप की देहरी पर प्राण क्यूँ त्यागती। संसारो को सात साल से ऊपर हो गया, गू-मूत उठाते। सेवा करना तो क्या, कोई पता लेने भी न आया।''

वहीं औरत कहने लगी, ''अरी, ये तो जम्मू की सुग्गी नाइन है। बक्शी के साथ जीपों में घूमती है। इसके मुँह कौन लगे! वहाँ ये रहतीं तो हम सेवा न करते?''

सुग्गी ने कहा, ''बक्शी क्या तेरा कुछ लगता है जो जीप का ताना दे रही है? इसके भरे हुए पिटार तो आपने ही सँभाले हैं। सेरों सोना था।''

तभी दादूबुआ के भतीजे ने आकर कहा, ''चलो भई, अब ले चलो, मिट्टी और खराब न होनी चाहिए।''

संसारो रोने लगी तो उसके साथ दादूबुआ की ससुराल से आयीं स्त्रियाँ भी रोने लगीं। शवयात्रा में आये मर्द बाहर से ही जोगी दरवाजे की ओर चल पड़े : 'राम-नाम सत्त है, सत्त है भई सत्त है।'

आवाज़ गुम होते ही सुग्गी ने कहा, ''चलो भई, टूटियों पर नहा आएँ। लाड़ी संसारो, पीछे घर में कौन है?''

''हाँ, मौसी, गाँव से कामा आया हुआ है। उसकी पत्नी भी है। कच्चे कमरों में गोबर लीप देगी।''

आगे-आगे संसारो और सुग्गी, उनके पीछे बाकी की औरतें टूटियों में नहाने चली गयीं।

सुग्गी बिसूरती हुई कहने लगी, ''अरी संसारो, तेरे घर का छोटा बच्चा ही जैसे चला गया! जीते रहें तेरे दोनों बेटे, पर बेटी तो यही थी।''

संसारो धीरे-धीरे रो रही थी। सुग्गी ने उसे टहोका देते हुए कहा, ''बुक्का फाड़कर रो। लोग कहेंगे, इसने शुक्र किया है।''

संसारो आगे ही दुःखी थी, सारी रात की जगी हुई, उसने बुक्का फाड़ा, ''हो मेरी दादू बुआ... मैं अब किसके सिर पर घर से निश्चिन्त रहूँगी?... अपना दुःख-सुख किससे कहूँगी दादूबुआ...''

सुग्गी ने धीरे से कहा, ''ठीक है, जब मैं कहूँ, चुप हो जाना... रहना तो इसी शहर में है न, बड़े ही लड़ाके लोग हैं।''

टूटी के नीचे सिर रखते ही संसारो को पानी ठण्डा तो लगा, पर होश आ गया। ठण्ड से काँपते हुए उसने एक बार फिर बुक्का फाड़ा, ''हो मेरी दादूबुआ...हो मेरी माँ ऽ ऽ ऽ!''

''चल कपड़े निचोड़, जल्दी घर पहुँचें। कोई अपना तो है नहीं न अन्दर!''

सुग्गी थोड़ी देर उनके घर बैठकर अपने घर आ गयी। चाय के दो गिलास

पीने पर और भूख लग आयी थी। उसने संसारो को कहा था, बालटी-भरी चाय मर्दों के आते ही सबको पिला देना।

घर आकर सुग्गी ने कम्बल ओढ़ा और खर्राटे भरने लगी।

दोपहर को नाथी घर आया तो उसने देखा, माऊ तो सो रही है। आज शहर में दो-तीन मौतें हुई थीं, उसने कितने ही सिरों पर उस्तरा फेरा था, थकान तो थी ही पर जेब भी गर्म थी। उसने सोचा, आज गुल्लक आधी तो हो ही जाएगी। बुआदादू के साथ-साथ दो बूढ़े भी ढल गये थे। फिर उसने सोचा, ठण्ड में टूटियों में नहा-नहाकर कहीं बीमार न हो गयी हो! उसने धीरे से कम्बल उठाया तो सुग्गी जग गयी।

माँ को ठीक-ठाक देखकर नाथी शुरू हो गया, ''माऊ, मैंने कितनी बार तुम्हें कहा है, मेरी शादी करवा दो। कोई तो तेरा भी ख्याल रखने वाला हो। इतना काम करती हो, फिर खाना घर में कहाँ बना पाती हो! अब रोज़-रोज़ परसराम की दुकान पर खाएँ तो रुपया डबल तो वहीं लग जाता है।''

डबल रुपये का नाम सुनते ही सुग्गी को आग लग गयी। उसने जल-भुनकर कहा, ''सुबह पाँच-छः ख़मीरे चाय के साथ उड़सकर जाते हो, फिर दोपहर ढलते ही पेट खाली हो जाता है? ये मुआ परसराम है भी बहुत महँगा पर चटकारे लेने वहीं जाते हो, मैं क्या नहीं जानती! पल्ले दुअन्नी नहीं है और शादी का लोभ देखो!''

नाथी ने थोड़ा तनकर कहा, ''माऊ, तुम घर में कब रहती हो! क्या दीवारों से मिलने आऊँ? घर में कोई हो तभी तो आने को मन करता है।''

''तेरा मन कब करेगा, मैं अच्छी तरह जानती हूँ। जेब में दुअन्नी नहीं है, कोई शरीफ़ आदमी तेरे जैसे निखट्टू को अपनी बेटी क्यूँ देगा।''

''माऊ, निखट्टू मत कह। कमा तो रहा हूँ। आकर तुम्हें देता भी हूँ। अब तुम पैसों का क्या करती हो, ये मैं क्या जानूँ! और जो भी आएगी, नाई की बेटी होगी। काम तो वो भी करेगी। तुम क्या बापू की कमाई पर बैठी रहती थीं?''

''चल-चल, ज़्यादा बकड़वाद मत कर! पता नहीं किस-किसका सिर मूँडा है! तू जाकर नहा, मैं ख़मीरे निकालती हूँ। सामनी भाबी ने आलू-बड़ियों में हींग का तड़का दिया है, एक कटोरी ले आ।''

''मैं नहीं जाऊँगा। रोज़-रोज़ माँगने को कहती हो, खुद सब्जी बनाने में क्या होता है, जो बाहर से आएगी! सोचेगी, भिखमंगे हैं।''

''क्यूँ नहीं, किसी राजा की बेटी लाएगा क्या मुश्टंडे? जा, तू नहाकर आ, मैं ही सब्जी माँग लाती हूँ। सोमा ने मेरे लिए राजमाँ रखे होंगे पर इतना नहीं होता कि किसी के हाथ भेज दे। ऐसी दोस्ती का क्या फायदा! जा, नहा आ, अब पानी ठण्डा नहीं है। तेरे आने पर थाली लगी मिलेगी।''

''थैंक यू माऊ!''

''ये अंग्रेज़ी में क्या बोल रहा है!''

''जा माऊ, ये पढ़े-लिखे लोगों की बातें हैं, पढ़े-लिखे ही समझते हैं। तुम आलू, बड़ियाँ माँग लाओ।''

नाथी ने सात-आठ तले ख़मीरे आलू-बड़ियों के साथ खाकर डकार ली फिर माँ से बड़े प्यार के साथ बोला, ''देखो माऊ, गुस्सा नहीं करना। पेट पूरा भरा है, तो सोने को मन करता है। थोड़ी देर सुस्ता लूँ तब तक तुम भी खा-पीकर चक्कर काट आओ। तुम्हारी चाय भी उबल रही है, थोड़ी मेरे लिए भी रख देना, उठकर पियूँगा।''

''जा सुस्त बाप का सुस्त बेटा!''

नाथी बोला, ''अरे माऊ, मेरा बाप तो मर गया, पर तुम उसे कहाँ छोड़ती हो!''

''मर गया तो अपनी करतूतों से। शराब जितनी हजम हो, उतनी ही पीनी चाहिए। मरना तो था ही। मेरे लिए कौन-से महल खड़े कर गया है! ये तो भला हो बक्शी का, जो दो कोठू मेरे नाम कर गया। अब तुम खमीरे हज़म करो।''

''माऊ, अब बस करो। जहाँ जाना है, जाओ।'' यह कहकर नाथी सो गया।

सुग्गी ने सोचा, अब तो एक चक्कर संसारो के घर का भी लगाना चाहिए। दादूबुआ की ससुराल से लोग आये हैं, उनके लिए खाना तो बना ही होगा। संसारो वैसे तो लंका की भंगन है, पानी तक नहीं पूछती। चाय के साथ दो खमीरे खाकर चलती हूँ। सोग वाला घर है, न जाने कितनी देर लगे! फिर उसे याद आया, आज कपड़े भी सोडे में उबलने हैं। ये मैलखोरा (साबुन) किसी काम का नहीं है। नाथी तो ऐसे मैले करके कपड़े लाता है कि क्या तो बोलूँ! कहीं भी बैठ जाता है। शहूर तो पूरे खानदान में नहीं है। इसमें कहाँ से होगा!

शाम सुग्गी को पता चला कि नेपाल वाली रानो जी के साहेब आये हैं। उसने घर आकर सिल्क की पुरानी साड़ी पहनी, शॉल के ऊपर मारकीन की चादर ओढ़ी और वज़ीरो के घर चली।

अभी शाम पूरी तरह न उतरी थी। डरते-डरते ड्योढ़ी पार करके आँगन में घुसी तो वजीरो के पुराने नौकर शरदूल सिंह ने कहा, ''कौन है उधर?''

''वाह, वाह, शरदूल सिंह, सुग्गी को ही नहीं पहचाना!''

''क्या पहचानूँ सुग्गी, तुम तो चादर-वादर ओढ़कर ठकुराइन लग रही हो!''

''जाओ, परे हटो! डूमकी कुडी ते माऊ नैं झाँग्गियाँ (डोमों की लड़की और माँ से मज़ाक)!''

''देखो सुग्गी, अभी तुम उतनी बड़ी नहीं लगतीं। अभी तो तीस ही पार

किये हैं।''

सुग्गी ने अनसुनी करते हुए कहा, ''मियाँ, सुना है, नेपाल से जी साहेब आये हैं!''

''हाँ, सुग्गी, आये तो हैं पर इतने थक गये हैं कि आते ही खूब मालिश करवाकर सो गये हैं। नेपाल से हिन्दोस्तान का रास्ता बड़ा खराब है न!''

''पर ये तो जहाज़ में आये होंगे!''

''वाह सुग्गी, क्या जहाज़ में आने पर कोई थकता नहीं!''

सुग्गी ने चिन्तित होकर कहा, ''तब तो मियाँ शरदूल सिंह, सुग्गी तो वापिस जिन्दा न आयी।''

''क्यूँ, क्या तकलीफ है तुम्हें? वजीरनी जी तो कह रही थीं कि यहाँ से दिल्ली तक रामबन वाले ठेकरेदारों की बस जा रही है। उसी बस में नेपाल वाली रानो जी की ससुराल में काम करने वाले माँ-बेटा भी जा रहे हैं। तुम्हें साथ रहेगा।''

''भला हो मियाँ! दिल्ली पहुँचते-पहुँचते तो मेरी कमर ही टूट जाएगी।''

''बस में क्या तकलीफ़ है तुम्हें, तकलीफ़ तो वहाँ से नेपाल जाने में है।''

''तो फिर मियाँ जी, न जाऊँ?''

''क्या पागल हुई हो सुग्गी! ऐसा मौका बार-बार नहीं लगता। पशुपतिनाथ के दर्शन करके भवसागर से मुक्त हो जाओगी।''

''अच्छा मियाँ, जो भोले बाबा की इच्छा! हम तो उनके हाथ के मोहरे हैं।''

''ऐसी कोई मजबूरी नही है सुग्गी! कल सद्दरो नाइन आयी थी, वो भी जाने को तैयार है।''

''भला हो मियाँ, मुझे बता दिया। ये सद्दरो तो मेरी जानी दुश्मन है। अब तो मैं ज़रूर ही जाऊँगी। शहर के नामी घरों से तो मैं ही कमाती हूँ, इसको कहाँ ये बात पचती है! कितना भी कष्ट हो सुग्गी, नेपाल ज़रूर जाएगी। क्या वज़ीरनी जी ऊपर हैं?''

''हाँ, सुग्गी, बुआरानी जी भी तुम्हें पूछ रही थीं। जाकर मिल लो।''

वजीरनी के पास जाकर सुग्गी ने कहा, ''जै देवा वजीरनी जी, सुना है, जी साहेब आ गये हैं!''

''हाँ, सुग्गी, पाँच-सात दिन ही के लिए आये हैं पर तुम तैयारी रखना। रामबन से जब भी बस आएगी, उसी में तुम्हें चढ़ा देंगे। रानो जी का एक नौकर और उसकी माँ भी जा रहे हैं, तुम्हें साथ भी अच्छा मिल जाएगा।''

''सत्त वचन वजीरनी जी!'' सुग्गी गद्गद थी। उसने शुक्र किया कि प्रोग्राम पक्का है।

वजीरनी जी ने कहा, ''सुग्गी, तू आयी है तो रानो जी को उबटन मल दे। मेरे ख्याल से आज के लिए तो उबटन हो ही जाएगा।''

''जो हुकुम वजीरनी जी!''

''देखो सुग्गी, समधियों के घर जाकर ज़्यादा बातें नहीं करनी। ये लोग कम ही बोलते हैं।''

''वजीरनी जी, आप लोगों के साथ उठते-बैठते ये शहूर तो आ ही गया है। आप निश्चिन्त रहें।''

''वो तो जानती हूँ पर समधियों के रिश्ते इतने नाजुक होते हैं कि डर लगता है। इन रिश्तों को फूलों की तरह सहेजकर रखा जाता है। जाओ, रानो जी छोटे दालान में हैं, जी साहेब गुसलखाने में मालिश करवाकर नहाएँगे। वहाँ सिगड़ी रखी है न, तो काफी गर्म है गुसलखाना। मैं जाकर सिरीपुलाव बनाती हूँ। सिरीपुलाव और मुकुन्द-बड़ी उन्हें बड़ी पसन्द है। दामाद आता है तो अपने हाथ से बनाने को मन करता है। भगवान ऐसा दामाद हर किसी को दे!''

''वजीरनी जी, आपको तो सब आता है पर सिरीपुलाव में पानी मत डालिए, सिर्फ अच्छी तरह चावलों को पानी में भिगोकर रखिए। फिर दूध में ही गल जाएगा। एक-एक चावल का दाना मावा की पिन्नी जैसा हो जाएगा।''

''हाँ सुग्गी, वैसे ही करूँगी। किश्तवाड़ से पूरे फूल तोड़कर केसर भिजवाया है मेरी माँ ने। माँओं की तरह कोई नहीं कर सकता। सुग्गी, तेरे पीछे नाथी को अगर खाने-पीने में मुश्किल हो तो उसे कह देना, यहाँ आ जाये। एक जने का खाना तो कभी भी निकल सकता है।''

''भला हो वजीरनी जी। मेरा नाथी बड़ा शरमाता है, फिर भी कह दूँगी।'' फिर उसने सोचते हुए कहा, ''वजीरनी जी, साहेब को अगर घ्यूर खिलाने हों तो मुझे बुला लीजिएगा।''

''सुग्गी, घ्यूर तो तुम कल सुबह ही बना देना, नाश्ते में खिलाऊँगी। ये तुमने भली याद दिलायी। वैसे तो वो ज्यादा मक्खन-डबल रोटी ही खाते हैं नाश्ते में, पर घ्यूर उन्हें बड़े पसन्द हैं। विलायती चाय तो होती ही रहती है। अब तो हमारी रानो जी को भी आदत हो गयी है।''

''अच्छा, वजीरनी जी, चलती हूँ। सुबह ही आ जाऊँगी। घर जाकर ढूँढूँ, कोई अच्छा थैला मिल जाये तो कपड़े बाँध लूँ।''

''रहने दे सुग्गी! समधियों के घर तुम थैला लेकर जाओगी क्या? रानो जी का कुँवारेपन का एक सूटकेस पड़ा है, वही तुम्हें दे देती हूँ।''

सुग्गी ने कृतज्ञ होकर ज़बान बन्द रखी और सूटकेस आने का इन्तजार करने लगी— भई, वजीरनी जी का बड़ा खुला दिल है। वैसे तो देती ही रहती हैं, पर सूटकेस कौन देता है!

सुग्गी ने घर आकर सूटकेस में सिल्क की साड़ी और सूट रखा पर सूटकेस आधा भी न भरा। उसने बेटे की शादी में देने-दिलाने के लिए दो तीन धोतियाँ रखी

हुई थीं, वो भी डाल लीं। पता नहीं वहाँ कहीं आना-जाना पड़े! जम्फर तो एक ही बहुत है। साड़ी के साथ कमीज़ पहनी हो तो भी चल जाती है। किसको पता चलता है। ऊपर तो शॉल या चादर रहेगी ही और फिर मैने ही कौन-सी किसी से शादी करनी है! शर्म आएगी तो रानो जी खुद ही कोई जम्फर दे देंगी। मैं कहाँ ज्यादा धोतियाँ पहनती हूँ! डोगरी कुत्थन और कुरतों से तो ट्रंक भरे पड़े। अब सुग्गी तैयार है। रामबन वालों की बस जब चाहे आ जाये।

निश्चिन्त होकर सुग्गी खड़ी हुई तो लाजो की चिन्ता उसके माथे पर त्यौरियों की तरह उभर आयी। उसने अपने घर के बाहर कुण्डी लगायी और लाजो के घर चल पड़ी।

लाजो की माँ आँगन में साग चुन रही थी। सद्दरो नाइन जो शहर में उसकी प्रतिद्वन्द्वी थी, लाजो की माँ के पास बैठी थी।

सुग्गी ड्योढ़ी के पास आकर खड़ी हो गयी। आँगन में लगी मालती की बेल की ओट में उसे कोई देख न सकता था। उसके कानों में सद्दरो की आवाज पड़ी :

"लाजो की माँ, तुम एक बार फिर सोच लो, शाहों के घर किसी चीज की कमी नहीं है। अभी तो तुमने मास्टर के साथ लाजो की बात ही की है न। इधर शाहों का लड़का जिद पर अड़ा है कि शादी करेगा तो लाजो से, नहीं तो अब क्या बताऊँ लाजो की माँ, कल शाहनी मेरे आगे गिड़गिड़ाने लगी।"

लाजो की माँ ने धीरे से कहा, "तुम तो जानती हो, मैं मरदों के आगे नहीं बोल सकती। अभी तो लड़की दस पास करेगी, फिर सोचेंगे।"

सद्दरो ने कहा, "तुम लाजो को दस पास कराने पर क्यूँ अड़ी हो? इतना पढ़कर क्या करेगी? शाहों के घर प्रैवेट इम्तहान भी तो दे सकती है।"

इस मौके पर सुग्गी एकदम मैदान में उतर आयी। उसने आते ही कहा, "ऐ सद्दरो छिनाल, तुम मेरी यजमानी के घर में क्या आग लगाने आयी हो! मेरे घरों में आने की फिर हिम्मत की तो टाँगें चीरके रख दूँगी। निकल यहाँ से, चोरनी कहीं की!"

सद्दरो पहले तो उसकी इस तरह आने की घटना को हैरानी से पचाती रही, फिर बोली, "जा, जा, ये घर तो हम ही कमाते थे। चोरी तो तेरी सास ने की। लाजो की दादी को पता नहीं, क्या-क्या पढ़ाकर हमारा घर छीन लिया! छिनाल तो तेरी सास थी। उस चोरनी पर तुम मोरनी की तरह पड़ी और घर छीन लिया।"

"अपनी सास से छीना है सद्दरो राँड, तुम्हारी से नहीं।"

"राँड तो तू है, असमय में ही नाथी के बाप को खा गयी। उसकी उम्र कहाँ मरने वाली थी! हाय, ओए मेरे शेर, ये सुग्गी तुम्हें खा गयी। तुम क्या मरने योग्य थे!"

सुग्गी को आग लग गयी, उसने कहा, "तो ये बात थी! मेरे पति से ज़रूर

तुम्हारा याराना होगा, तभी तो वो शराब पीता-पीता मर गया। तू जो त्रिभुवन सुन्दरी है, तेरा वियोग ही उसे खा गया। चलो, निकलो यहाँ से, ये मेरा घर है। पहले मेरे मर्द को खा गयी, अब मेरे घरों को घेरने की कोशिश में लगी है!''

सद्दो रोते-रोते निकल गयी। जाते-जाते उसकी बात आँगन में चिरैया की तरह डोलती रही, ''तुम इतनी लड़ाका थीं, धन्न है तेरी सास जिसने इतने बरस तुम्हारे साथ निकाले!''

सुग्गी ने उसकी तरफ़ ध्यान न दिया, धीरे-धीरे लाजो की माँ के साथ बातें करने लगी, ''लाजो की माँ, अभी तो लड़की को महीना आने में टैम है। मैं एक-दो दिन में नेपाल जा रही हूँ। वजीरनी जी की बुआ रानो को बहुत पहले मैंने कहा था, अब मना नहीं कर सकती। पशुपतिनाथ का बुलावा है, उनके आगे मत्था टेककर चली आऊँगी। लाजो के इम्तहान होते ही तुम इसे इसकी ननिहाल बसोहली भेज दो। कुछ दिन वहाँ रहेगी तो इसका मन भी बदलेगा।''

''क्या करूँ सुग्गी, कुछ समझ में नहीं आता! अगर वहाँ किसी को पता चल गया तो मैं मुँह दिखाने के काबिल न रहूँगी।''

''पागल मत बन लाजो की माँ! ये बातें बड़ी महीन होती हैं। अब जब तक इसे महीना नहीं होता, कुछ नहीं हो सकता। एक तो वहाँ जाकर लाजो का मन कुछ और होगा, दूसरा यहाँ बात ढकी रहेगी। लाजो का बापू इसे छोड़ आएगा।''

''ठीक है, सुग्गी, कोई जुगाड़ करती हूँ। वैसे तो पक्का डंगा की गली में जो संसारचन्द बड़ू रहते हैं न, वो इनके दोस्त हैं। इनको कई बार कह चुके हैं—यार, तेरी ससुराल जाना है। वहाँ दुर्लभ बसोहली चित्र हैं। लाजो के बापू को कहती हूँ, इसी बहाने उसे भी ले जाएँ।''

''हाँ, लाजो की माँ, तेरा भला हो। मैंने भी संसारचन्द बड़ू जी के घर एक दिन जाना है। उनके घर में जो किरायेदारिन रहती है, उसकी बेटी की कुड़माई भी मैंने ही करवायी थी। असल में वो मेरी बेटी की जेठानी के भतीजे से तय पायी है। पता नहीं क्या हाल है! अच्छा किया जो तुमने याद करवाया। ये न हो, वहाँ पण्डित लग्न निकाल दे और मुझे पता ही न चले!''

''शादी तो तारा चढ़ने पर ही होगी न! अभी तो डूबा है।''

''लाजो की माँ, मैं नाथी के बिना महीना भर भी कहीं नहीं रही। अब सुनती हूँ, रास्ता भी बड़ा कठिन है।''

लाजो की माँ ने कहा, ''तुमने कौन-सा पैदल जाना है सुग्गी! गाड़ी में सोते हुए जाओगी।''

''हाँ भई, गाड़ी है, पालना तो नहीं है न! पहाड़ी रास्तों पर पता नहीं कितने हिचकोले लगेंगे!''

''सुग्गी, भाग्य तो है भई, पशुपतिनाथ के दर्शन बिना भाग्य कहाँ! जब से

मेरी शादी हुई है, मुश्किल से साल में एक बार जा पाती हूँ मैके। मेरी दादी ने ही मुझे पाला था पर कहाँ जा पायी! लाजो छोटी-सी थी, सास ने मना कर दिया। फिर कौन जाता!''

''लाजो की माँ, यही बेटियों का भाग है। मुझे भी मैके गये महीनों हो गये हैं। ज्यादा दूर भी कहाँ है, बस सुबह तवी पार करो और दोपहर का भोजन वहाँ जाकर खाओ। बस, हसरत ही हो जाती है। जब तक बूढ़ी माँ है, रास्ता देखती रहती है। वो मर जाएगी तो मैके का द्वार भी बन्द ही समझो। मेरी भाबी बटोतकी है। महा लड़ाका! मुझे देखकर वैसे भी उसे आग लग जाती है। मैं कभी खाली हाथ नहीं जाती। कभी सुत्थन, कभी कुर्ता लेकर ही जाती हूँ, पर उसका मुँह सीधा ही नहीं होता।''

''सुग्गी, पता नहीं ननद-भौजाई में क्यूँ टक्कर रहती है भई! असल में जहाँ ननदों ने राज किया होता है, वहाँ मेहमान की तरह जाना ही आग लगा देता है।''

''लाजो की माँ, तुमने वो कहावत सुनी है—'ननान, कन्धा लिखी दी नी मान'! मतलब ननद दीवार पर लिखी भी कम नहीं होती।''

''सुग्गी, हम भी तो किसी की ननद हैं। ये कहावत भी किसी औरत ने ही बनायी होगी।''

सुग्गी संसारचन्द बड़ू जी के आँगन में गयी तो किरायेदारनी के घर ताला पड़ा था। वह वापस जाने लगी तो बड़ू जी की पत्नी ने अपने पास बिठा लिया। कहने लगी, ''आओ, बैठो, चाय बना रही हूँ। बड़ू जी के पास बड़े लोग आये हैं। पकौड़े भी तलूँगी। खाकर जाना।''

अन्दर खूब गहमा-गहमी थी। कई लोग तैश में भी थे।

सुग्गी ने बड़ू जी की पत्नी को पूछा, ''क्या बात है, सब ठीक है न?''

''ठीक क्या है सुग्गी! बसोहली के कुंजलाल पाधा के घर बसोहली पहाड़ी चित्रकला के बेशक़ीमती नमूने थे। उन्हीं दिनों कुंजलाल के घर से कई किलो सोना चोरी हुआ था, पर चोरी बरामद न हुई थी। बड़ू जी ने पाधा को कहा, बक्शी साहेब से कहो। बक्शी साहेब और गिरधारीलाल डोगरा दोनों बसोहली गये। गाँव के सीधे-सादे पहाड़ी लोग थे। कुंजलाल ने सौ नायाब चित्रों का बण्डल बक्शी साहेब को दे दिया। कुछ तस्वीरें म्यूज़ियम को और कुछ डोगरा आर्ट गैलरी को देने की बात हुई। बाद में बड़ूजी ने डोगरा साहेब को पूछा, उन तस्वीरों का क्या हुआ तो उन्हें इस बारे में कुछ पता न था। तभी बड़ू जी को तार आया कि सिरीनगर में बसोहली पेंटिंग्ज की नुमाइश होगी, आप आइए। बड़ू जी सिरीनगर गये। तस्वीरों की नुमाइश हो गयी। बाद में जब जम्मू आर्ट गैलरी खुली तो ये तस्वीरें वहाँ रखने के लिए

बड़ साहेब और कुछ लोग तस्वीरें माँगने गये तो बक्शी के दामाद ने कहा—'ये हमारी जायदाद है।' बड़ साहेब ने कहा—'उन पर डोगरी के श्लोक लिखे हैं, मैं रिसर्च करना चाहता हूँ।' कई झंझटों के बाद ये तस्वीरें मिली हैं। अब ये जम्मू आर्ट गैलरी में रखी जाएँगी।''

''हे राम!'' सुग्गी बोली, ''भाबी, आपको कितनी अक़्ल है!''

''अक़्ल तो बस इतनी है कि जो बड़ जी कहते हैं, वो याद रखती हूँ। एक-एक लाख में बिकी है तस्वीर। अब ये तो डोगरों की जायदाद है, सँभालकर रखी जाएँगी।''

''शाबाश भाबी! भई, यहाँ न आती तो मुझे ही ये अक्ल की बात कैसे पता चलती?''

''लो, तुम पकौड़े खा लो। मैं इन लोगों को गर्मा-गर्म निकाल दूँगी। ठण्डे पकौड़े में क्या स्वाद है! चाय और दूँ?''

''नहीं भाबी, इतनी काफ़ी है। आज तो तुमने मुझे अमृत पिला दिया। एक दिन जाऊँगी तस्वीरें देखने।''

सुग्गी को पतीसा बड़ा अच्छा लगता था। उसने घर आते समय महालक्ष्मी के मन्दिर में माथा टेका और एक पाव पतीसा लेकर झोले में डाल लिया। नाथी को भी पतीसा बड़ा पसन्द है, खुश हो जाएगा। सुग्गी पक्काडंगा को हसरत से देखती हुई घर जा रही थी। उसने सोचा, अब तो नेपाल से लौटकर ही पक्काडंगा में आऊँगी। रामबन की बस कभी भी आये, मैं तैयार हूँ। फिर उसका ध्यान लाजो की तरफ चला गया—भगवान न करे, किसी को इस बात का पता चले। लोग तो मुए उड़ती चिड़िया के पर पहचानते हैं। किसी को पता चल गया तो इसकी शादी करवानी मुश्किल हो जाएगी। चलो, राम जी का आसरा है। माँ वैष्णो देवी, पशुपतिनाथ से हो आऊँ तो अपने चरणों में जरूर बुलाना। अकबर बादशाह ने भी, कहते हैं, सोने का छत्र चढ़ाया था। मैंने देखा तो नहीं, पर सुना है। माँ, आपकी लाजो कन्या है, दोनों हाथों रक्षा करना।

इसके दो-चार दिन बाद ही सुग्गी अपनी कोठरी में बैठकर हुक्का पी रही थी तो उसे लगा, कोई 'सुग्गी-सुग्गी' कह रहा है। हुक्का वह पिछली कोठरी की खिड़की के पास बैठकर पीती थी। धुआँ भी वहीं फेंकती थी। इस हुक्के से ही उसे नाथी के बाप की याद भी आती थी। हुक्का उसी का था। उसने तो कभी सुख नहीं दिया, पर हुक्का पीकर ज़रूर थोड़ा आराम मिलता है। आवाज़ अब क़रीब से आ रही थी—'सुग्गी ऽऽ!'

वह हुक्का पलंग के पीछे रखकर बाहर आयी, ''भई कौन है सुग्गी-सुग्गी

कर रहा ? ओह, शरदूल सिंह जी ! आओ मियाँ ! धन्न भाग मेरे जो इस घर में आपके क़दम पड़े !''

शरदूल सिंह ने कहा, ''सुग्गी, वजीरनी जी ने कहा है, सुबह पाँच बजे ही बस चल पड़ेगी। रामनगर से आ गयी है। ड्राइवर और क्लीनर अंबफले के पास एक दुकान में रुके हैं। सुबह टूटी पर नहाकर जल्दी तैयार हो जाएँगे। तुम भी कल तवी मत जाना। मैं उन्हीं के पास जा रहा हूँ। वजीरनी जी ने उन्हें खाने का थाल भरकर भेजा है। वही देने जा रहा हूँ। हो सकता है, रामबन से ठेकेदार ने कलाड़ियाँ भिजवायी हों ! जी साहेब को बहुत पसन्द हैं। दारू के साथ स्वाद भी लगती हैं।''

''दारू ! दारू क्या है ?'' सुग्गी ने पूछा।

''सुग्गी, शराब को कहते हैं दारू।''

''सिरीराम ! जी साहेब क्या दारू पीते हैं।''

शरदूल ने कहा, ''अरे सुग्गी, नेपाल में बड़ी ठण्ड होती है, सब औरत-मर्द दारू पीते हैं।''

''मियाँ जी, क्या कुफ्र तोल रहे हो ! औरतें और दारू ? सिरीराम !''

शरदूल सिंह ने मसखरी की, ''सुग्गी, न हो तो तुम भी एकाध घूँट चढ़ा लेना।''

सुग्गी का मन हुआ, कहे कि माँ को पिला आया है ? पर चुप रही। ये वजीरों का नौकर है। पता नहीं, वजीरनी जी को क्या कहे ! उसने सिर्फ इतना कहा, ''मियाँ जी, पशुपतिनाथ भी तो भाँग पीते हैं, पर सुग्गी को अपने शहर का सबसे बड़ा नशा है। शहर छोड़कर जाना है, मन में साँप लोट रहे हैं। अब जाने का टैम सिर पर आ गया है तो मन छोटा हो रहा है। मियाँ जी, देसी चाय पिलाऊँ ?''

''नहीं सुग्गी, बाहर घोड़ा है। भागकर कलाड़ियाँ लानी हैं। बस, तुम तैयार रहना।''

शरदूल सिंह के जाते ही सुग्गी ने कहा, ''चल सुग्गी, क्या पता हुक्के में अभी भी कोई चिन्गारी हो ! अब तो महीना भर हुक्के का भी जवाब ही समझो। सूटकेस तो बन्द है। पतीसा एक टुकड़ी नाथी को देकर बाकी रास्ते के लिए रख लूँगी।''

सुग्गी को उस रात ठीक से नींद न आयी।

नाथी ने कहा, ''ख़मीरे तल के रख जा, कल तो भूखा न रहूँगा।''

सुग्गी ने खमीरे तलते हुए कहा, ''रोज सोमा के पास चले जाना, शाम को वहीं खा लेना। सुबह तुम्हारे नाश्ते के लिए वो कुछ न कुछ दे दिया करेगी। नखरे नहीं करना।''

''तू जा तो सही, मैं भी तुम्हारी टोका-टोकी के बग़ैर कुछ दिन काट लूँगा। खुद तो पतीसा खाती हो, मुझे इधर-उधर जाने को कह रही हो !''

''अरे राम, एक टुकड़ी पतीसा तू भी ले ले। मैंने सोचा, रास्ते में मुँह जुठराने

को रहेगा। जा मेरा बच्चा, ले ले पतीसा।''

''मैं तो सारा ही खा गया। नजर पड़ी तो मैंने सोचा, तुमने मेरे लिए रखा होगा।''

सुग्गी चुप रही। अब बेटे से बढ़कर तो नहीं है न पतीसा!

सुग्गी सुबह अटैची पास रखकर ही बैठी थी। शरदूल सिंह ने आवाज़ लगायी तो नाथी अटैची उठाकर ले चला।

''माऊ, मेरी चिन्ता न करना।''

बस पेटियों से लदी थी। आगे एक सीट थी, उस पर रानो जी की नौकरानी व उसका बेटा बैठे थे। सुग्गी ने कहा, ''ज़रा सरको, मैं खिड़की के पास बैठूँगी, मुझे उल्टियाँ आती हैं।'' सुग्गी ने अटैची पाँव के नीचे रखी और खिड़की पर सिर टिका दिया— लखनपुर पहुँचते ही जंगल-पानी हो आऊँगी। पता नहीं, चाय मिलेगी भी या यूँ ही दिन चढ़ जाएगा! सुग्गी ने खिड़की खोलकर रखी तो उसे ऊँघ आने लगी। सिर एक बार खिड़की से टकराया तो उसने शॉल को दोहरा लपेटकर सिर के पास रख लिया।

लखनपुर आने तक आसमान अभी भी ऊँघ रहा था। अँधेरा तो न था पर उजाले की आमद का अहसास आसमान में था। वहीं एक तरफ ड्राइवर ने बस रोकी तो ड्राइवर ने अपनी सीट से उतरकर सुग्गी को आकर कहा, ''सुग्गी, तुम्हारे खर्राटों की आवाज़ मेरी बस से ज्यादा थी। चलो मौसी, यहाँ परमिट दिखाना है। चाय भी पी लेना। शरदूल सिंह कह रहे थे, तुम्हें चाय न मिले तो...''

''तो क्या? डलैवर हो, डलैवर की तरह रहो। मेरा नाम लेने की जरूरत नहीं।''

''नहीं मौसी, गलती हो गयी। देखो, यहाँ एक डोगरा लड़के की दुकान भी है, क्या पता देसी चाय ही मिल जाये!''

सुग्गी खर्राटों की बात पर ड्राइवर से ख़फ़ा थी पर अब देसी चाय का नाम सुनते ही खुश हो गयी। उसने कहा, ''डलैवर जी, देसी चाय मिल जाये तो दिल्ली तक मस्त रहूँगी। मैं नहा-धोकर आयी हूँ। वहाँ सामने जंगल में ज़रा हो आऊँ फिर दुकान पर ले चलना।''

सुग्गी ने अपने साथ वाली औरत को कहा, ''चलो, उतरो, लड़के तो कहीं भी बैठ जाते हैं, पर हमें फिर ये जंगल मिले न मिले। रास्ते में जालंधर भी आएगा, कुरुक्षेत्र भी आएगा। भगवान, क्या लड़ाई हुई थी!''

उस औरत को कुरुक्षेत्र का ख़ाक पता न था। वह लड़ाई का नाम सुनकर डर गयी। उसने डरते-डरते पूछा, ''क्या अब भी लड़ाई हो रही है?''

सुग्गी हँसी, फिर बोली, ''लड़ाई तो सतजुग में हुई थी। ये तो कलजुग है।''

''क्या सतजुग में भी लड़ाइयाँ होती थीं बहन?''

''देखो, जब तक धरती पर आदमी है, लड़ाइयाँ तो होती ही रहेंगी। पाकिस्तान तो बन ही गया न, अभी ये मुए न जाने क्या-क्या करेंगे! राम ही राक्खा है। चलो,

तुम इधर आ जाओ, टैम ज़्यादा नहीं है। दिन भी निकलने वाला है। तुम उधर जाओ, मैं इस तरफ हूँ।''

सुग्गी जंगल में से निकली तो सोच रही थी, यहाँ नेहरू कहाँ आया होगा? उसे महाराजा हरिसिंह ने कैसे रोका होगा? यही जगह मुसीबत की जड़ है। महाराजा नेहरू को यहाँ पर न रोकते तो उन्हें नेहरू बम्बई न भिजवाता। राम की करनी। कभी उन्होंने मल्का पुखराज को देस-निकाला दिया था, आज उनको भी मिल गया है। पता नहीं, महाराजा हरिसिंह अपने शहर के बगैर कैसे रहते होंगे!

साथवाली औरत कह रही थी, ''देखो, सामनेवाली दुकान पर डलैवर और कलीन्डर चाय पी रहे हैं।''

सुग्गी दुकान पर जाकर खड़ी हुई तो उसने देखा, जो लड़का चाय बना रहा था, वह नाथी का दोस्त महेश था। सुग्गी को महसूस हुआ, वह अभी जम्मू में ही है। वह थोड़ी देर उसे देखती रही फिर अपने आप बोली, ''अरे महेशी, तुम हो क्या?''

महेशी अपने आपको होटल का मालिक महेशचन्द्र समझता था। उसने सुग्गी को देखा तो झट महेशी होकर बोला, ''अरे सुग्गी मौसी, तुम?''

''मुए, मेरा नाम तुमने ही रखा था क्या? सीधा मौसी नहीं कह सकता?''

लड़का घबराकर बोला, ''मौसी, चरण वन्दना!''

''हाँ, जीते रहो। देखो, अपने लिए तो तुमने देसी चाय बनायी ही होगी, मैं ये लफटैन चाय नहीं पीती।''

''हाँ, मौसी, यहाँ कुर्सी पर बैठो, मैं तुम्हारे लिए गिलास में देसी चाय लाता हूँ। कल जीजा आये थे, उधमपुर से। बोबो ने कलाड़ियाँ और सकारा भेजी हैं। तुम्हें यही भून देता हूँ।''

तृप्त सुग्गी बस में बैठी तो ऊँघते हुए महाराजा हरिसिंह के बारे में सोचने लगी :

कैसे दिन थे! महाराज हरिसिंह का जन्मदिन होता तो पहाड़ों से डोगरी के भाक्खां गीत गानेवालियाँ आकर अमर महल के सामने वाले बड़े बाग में टोलियों में बैठ जातीं। हुक्म होने की देर होती, सब अपनी-अपनी बारी पर भाक्खां गीत गाकर इनाम बटोरतीं—

> चन्न म्हाड़ा चढ़ेया ते चढेया उप्पर पुम्बली
> लक्क थुआडा पतला ते छात्ती थुआडी कुंगली
> मिलना जरूर मेरी जान हो।...

[मेरा चाँद टहनी पर चढ़ा है। आपकी कमर पतली है, छाती कोमल, मेरीजान, मिलना जरूर है।]

गाने वालियों में मुकाबले होते तब माइक की ज़रूरत न होती थी। गले आसमान की ऊँचाई से होड़ करते थे—

जाई आक्खे ओ मेरे कैन्ते गी
जम्मेया, ई लखपत राजा
ममारखां तुसेंगी।

[मेरे पति को जाकर कहना, लाखपति राजा पैदा हुआ है। आपको मुबारक हो।]

मरदों की टोली गा उठती—

हो गाँगिए बदाम रंगिए!

[हो बादाम रंगवाली गंगी!]

बस, गंगी की स्तुति में हर औरत अपने आपको पाकर धन्य होकर मुस्करा उठती। अपनी खिड़की से झाँकती महारानी तारादेवी के चेहरे से मुस्कराहट का हुस्न टपकता रहता। वह अपनी शिकारपुरी नत्थ एक तरफ करतीं तो गानेवालों की किसी टोली में स्वर उभरता—

चन्न म्हाड़ा चढ़ेया ते प्हाड़ें आहली किंगरी
सज्जने गी प्यार देना नत्थ करिऐ खिंगरी
मिलना जरूर मेरी जान है।

[मेरा चाँद पहाड़ की चोटी पर चढ़ा है। नाक की नथ एक तरफ करके साजन को प्यार दूँगी। मेरीजान, मिलना जरूर है]

सुग्गी ने आह भरी— क्या ठाठ थे! क्या दिन थे राजाओं के वक़्त! पार्टियाँ होतीं। सुग्गी को सब जगह से बुलावा आता। उसी की प्रधानता में गाने, खाने, बँटने-बँटाने के प्रोग्राम होते। महारानी सबको कपड़े बँटवातीं। कोई सुग्गी के कान में कह देती, मुझे हरी मखमल का कुर्ता दिलवाना। महारानी ने उसे अन्तिम बार नीली टस्सर की सुत्थन और पीला बन्दों वाला कुर्ता दिया था। वैसे ही रखा है। धूप लगवाने भी पिछवाड़े के जंगल में डालती हूँ। उसके टुपट्टे में कपड़ा तो दिखाई ही नहीं देता, बस गोटा और किनारी। सुग्गी ने वह जोड़ा पतली मलमल में लपेटकर अपनी बहू के लिए रखा है। नीम के पत्ते भी रखे हैं। महारानी ने एक बार गुलाबी रंग का सूट दिया था। दुपट्टा तो उसका भी किनारी से जड़ा था पर तब वह छोटी थी। सास ने कैसे निकाला, जान ही न पायी। बड़ी बेईमान थी। गश्ती ऐसी न होती तो नाथी का बाप भी कहाँ घर छोड़ने को मानता। उसे, हाय, चालाकी बहुत आती थी! जो भगवान की इच्छा। अगर महाराजा यहीं रहते तो उसे कितने जोड़े मिल जाने

थे ! जै नसीब !

महाराजा हरिसिंह के जाने पर सुग्गी बड़ी दुःखी थी। उसका ध्यान वहाँ चला गया। उसने सुना था, बम्बई में उनके नौकर-चाकर डोगरे हैं। कप्तान दीवान सिंह भी हमेशा उनके पास ही रहते हैं। महारानी तारादेवी तो काँगड़ा चली गयीं। बड़े लोगों की कोई निन्दा नहीं करता। इस समय जब महाराजा को उनकी सबसे ज़्यादा जरूरत थी तो उनके पास रहना चाहिए था। कितने भी नौकर-चाकर हों, पर घर का कोई आदमी हो तभी घर घर लगता है। जुवराज साहेब और जुगरानी हर साल उनके पास जाते रहते हैं। वज़ीर साहेब बम्बई गये थे तो महाराजा साहेब ने उन्हें अपने ही पास ठहराया। महाराजा पूना जाकर घोड़ों की रेस खेलते हैं। पक्के राग सुनते हैं। राग-रागनियाँ तो शुरू से ही सुनते थे। पं. उमादत्त जी तो दरबार में ही थे। उनका लड़का शिवो तब तबला सीखता था। बच्चा ही तो था। जो पिता जी कहते, सीख लेता। अब तो सुना है, कुछ और बजाता है।

"सिरीराम सिरीराम !"

सुग्गी ने ज़ोर से कहा तो ड्राइवर ने सुन लिया। उसने कहा, "माई, बस जालंधर आने ही वाली है। वहाँ तुम्हें अपने यार के ढावे पर खाना खिलाएँगे।"

सुग्गी ने मन में सोचा, इस मुए डलैवर को भूख लगी होगी। उसने कहा, "डलैवर जी, मैंने वापस अपने ही शहर में आना है। यहाँ ढावा में खाना खाकर कौन अपना मुँह काला करवाएगा ! वैसे मेरे पास थोड़ा चूग-चोगा रखा है। भूखी नहीं मरूँगी।"

"माई, लखनपुर में तो तुमने कुर्सी पर बैठकर चाय भी पी और कई कुछ खा भी लिया।"

सुग्गी बोली, "ऐ डलैवर, झूठ मत बोलो। चाय पीने में कोई दोष नहीं है पर वो लड़का जब मेरे नाथी का दोस्त ही निकला तब अपने उधमपुर में बनी सकारे और कलाड़ियाँ खाने में क्या दोष है ! मेरा पेट तो उसी से भरा हुआ है। फिर भी तुम बहुत ज़ोर दोगे तो केले-सन्तरे खा लूँगी।"

ड्राइवर ने भी हँसते हुए कहा, "माई, ठीक है, मियाँ शरदूल सिंह कह गये हैं, आपका बड़ा ध्यान रखूँ। जैसा आप कहेंगे, वैसा इन्तज़ाम हो जाएगा। दिल्ली के बिरला मन्दिर में जाकर ठहरेंगे, वहाँ तो ब्राह्मण रसोइये हैं। रात को वहीं खा लेना। कल सुबह तक नेपाल जाने का पता चल जाएगा।"

"सत्त वचन !" सुग्गी ने कहा। वह भोजन का प्रबन्ध हो जाने पर खुश हो गयी थी।

शाम पाँच बजे थे जब बिरला मन्दिर के सामने जाकर बस खड़ी हुई। मन्दिर के आगे-पीछे उजाड़ जंगल। मन्दिर भी कहीं-कहीं बन रहा था पर असली मन्दिर बन चुका था। बहुत भव्य लग रहा था। सुग्गी ने सोचा, इस बियाबान में मेरी कोई

गर्दन दबा जाये तो मेरा नाथी बिल्कुल अनाथ हो जाएगा।

ड्राइवर ने सुग्गी को और माँ-बेटे को वहाँ उतारकर सामने दफ़्तर में जाकर बात की। सामने ही के कमरे की चाबी सुग्गी के हाथ में देकर कहा, "उस कमरे में जाकर थोड़ी कमर सीधी कर लो, फिर मुँह-हाथ धोकर लंगर में खाना खा लेना। वहाँ आठ बजे के बाद खाना तैयार मिलता है। मैं सामान मण्डी में उतारकर वहाँ से सुबह ही आ जाऊँगा। वहाँ रहने-खाने का परबन्ध है। शरदूल सिंह ने कहा है, रानो जी की ससुराल के लिए एक बस नेपाल जा रही है। बस, आपको सिर्फ उसमें बैठना ही है। वही बस आपको नेपाल पहुँचा देगी।"

सुग्गी ने पूछा, "डलैवर जी, कितने दिन लगेंगे?"

ड्राइवर ने कहा, "भई, दूसरे मुलक़ में जाना है। टैम तो लगेगा। पर आप चिन्ता न करो, सब अपने ही लोग हैं। आप सुबह तक इन्तजार करो। मैं सबको खुद यहाँ लेकर आऊँगा। सब अपने यार हैं। आपको सही-सलामत पहुँचा देंगे।"

सुग्गी ने कहा, "भला हो तेरा डलैवर जी!" सुग्गी कमरे में जाकर चारपाई पर सूटकेस रखकर लेट गयी। एक तरफ़ वे दोनों माँ-बेटा चारपाई पर बैठ गये।

सुग्गी ने सोचा, कैसी उजाड़ जगह आ गयी हूँ! कई लोग कमरों में हैं तो भी कमरे बन्द कर बैठे हैं। मैं इतने बड़े जम्मू शहर की नाइन यहाँ लावारिस की तरह पड़ी हूँ। उसके आँसू बहने लगे। उसने मन ही मन कहा— ऐ सुग्गी राँड, पशुपतिनाथ के दर्शन करने का बड़ा लोभ था न तुझे, ले अब भुगत!

दूसरी औरत ने अपने झोले से पीतल का गिलास निकाला और बाहर जाकर नल से पानी ले आयी। उसने सुग्गी को कहा, "ले बहन, पानी पी ले।"

सुग्गी ने ओक लगाकर पानी पी लिया, फिर गीले हाथ आँखों पर मल लिये। उसने उस औरत को कहा, "एक गिलास और ला दे बहन! कलेजे में आग लगी है। मेरा बेटा इसी वक्त घर आता है। पता नहीं, कुछ खाया होगा या नहीं!"

यह कहकर उसकी धिग्घी बँध गयी। पानी पीकर उसने लड़के को कहा, "जा, बाहर जाकर दफ्तर से पूछ आ, लंगर कहाँ है और खाना कब तैयार होगा।"

लड़का माँ की तरफ देखने लगा तो माँ ने कहा, "चल, मैं भी तेरे साथ चलती हूँ।"

उनके जाते ही सुग्गी बुड़बुड़ायी :

ये नवाब नौकरी करने जा रहे हैं! माँ के आँचल में से निकल अकेले बाहर बैठने नहीं जा सकते। मेरे नाथी में सौ ऐब हो, पर वो मुझे अपने साथ कहीं भी नहीं घसीटता। पता नहीं कहाँ के डोम म्हाशे हैं! मैं भी तो प्यासी थी, ओक लगाकर उसके हाथ का पानी धड़ाधूम पी गयी। पीतल के गिलास में कोई दोष नहीं होता सुग्गी! गाँधी बाबा ने इनको हरिजन ही बना दिया है। उसने गर्दन के नीचे बाँह दी और बाँह के तकिये पर सिर रखकर सो गयी।

चक्की चल निकली। छत की ओर देखते-देखते सुग्गी ने सोचा :

तो सुग्गी, तूने दिल्ली भी देख ली। कहाँ पैदा हुई और कहाँ मरने आ गयी, पर क़िस्मत की धनी है तू। फिर उसे ख़्याल आया, नेपाल वाली रानो जी की जेठानी के जुड़वाँ बेटों की देखभाल करनी पड़ेगी। हाँ भई, दूध बोतल का पिला दूँगी, लोरियाँ भी सुनाऊँगी पर नेपालियों का गू-मूत मेरी जूती उठाती है।

उसे याद आ गया, रानो जी ने कहा था—'सुग्गी, वहाँ दो लड़कियाँ हैं जो उनकी देखभाल करती हैं। बस, तू बच्चों को मालिश करके, नहला-धुलाकर कपड़े बदल दिया करना। हमारे ससुर नियम से सुबह दस बजे बच्चों को देखने आते हैं। उस वक्त बच्चे टिचन होने चाहिए। वे बच्चे छोटे हैं। दो-तीन बार तो दिन में कपड़े बदलने ही पड़ते हैं।'

सुग्गी ने मन में सोचा, अब तो ओखली में सिर दे ही दिया है, मूसल से क्या डरना! एक बार नेपाल का परबत देख लूँ और पशुपतिनाथ को मत्था टेक लूँ फिर जब होगा, आ ही जाऊँगी। अब नाथी को ही ले लो, जब मेरे बग़ैर रह लेगा तब देखूँगी। पता नहीं, आज उसने कहाँ खाया होगा! सोमा ने अगर काले चने अनारदाना डालकर बनाये होंगे तो बासमती भात के साथ नाथी खुश होकर खाएगा। पता नहीं, उसके पास जाता भी है या नहीं! आजकल के लड़कों के क्या मिजाज हैं! नाई को काहे की मिजाज और माँगकर खाने में काहे की शर्म! सुग्गी ने शर्म की होती तो भूखों मर जाती। जब से पक्की ढक्की से आयी हूँ, नाऊ के वक्त भी कहाँ दो वक्त बनाती थी!

इसी वक्त वह औरत अपने बेटे के संग आ गयी। आकर बोली, "बहन, खाना तो तैयार है, पर वहीं जाकर खाना पड़ेगा। सुबह बस पता नहीं कब आ जाये, जल्दी ही सो जाना चाहिए।"

सुग्गी ने कहा, "यहाँ क्या काम है! चलो, खाना खाकर सो जाते हैं। तुम तो बिस्तर लायी हो, मेरा काम इस मोटे शॉल से चल जाएगा। यहाँ जम्मू जैसी ठण्ड भी नहीं है। पता नहीं, नाथी ने खाया होगा या नहीं!"

"क्यूँ बहन, बेटे का ब्याह नहीं किया?"

"नहीं भाई, उसे तो ब्याह का बड़ा शौक है पर अभी तो अठारह का भी नहीं हुआ। तुम्हें कहाँ पता होगा, हमारे महाराजा हरिसिंह ने ऑडर निकाला था, लड़की चौदह बरस की और लड़का अठारह का होना चाहिए।"

औरत बोली, "मैंने तो पिछले साल ही इसकी शादी कर दी थी। सगाई तो चार-पाँच साल पहले हो गयी थी, फिर वो लड़की वाले पीछे पड़ गये। वो लड़की को सुच्ची ही ब्याहना चाहते थे। अब गौना तो साल-दो साल में करूँगी। इतने दिन तो नेपाल में ही लग जाएँगे। लड़की स्कूल भी जाती है। इस साल पहली में चढ़ी है।"

सुग्गी ने आँखें फाड़कर कहा, ''तो क्या बहू से नौकरी करवानी है?''

''वो तो वजीरनी जी ही जानें, हमारे घरों में तो उन्हीं का हुक्म चलता है। अब हुक्म हुआ, साल भर रानो जी के पास रहो तो वहाँ जा रही हूँ। असल में रानो जी के साथ वहाँ डोगरी बोलनेवाला कोई नहीं है न!''

''ओहो, तो साल बाद उनका डोगरी बोलने को मन न करेगा?''

''ये बात नहीं है बहन! वजीरनी जी कह रही थीं, साल तक तो वो नेपाली बोलनी सीख जाएँगी। अब उम्र तो वहीं काटनी है न।''

''हाँ बहन, सवाल तो ले-देकर उम्र काटने का ही है न। बिटिया जहाँ जाएँ वहीं की हो जाती हैं तभी तो उम्र कटती है। तुम्हारा मैका कहाँ है?''

सुग्गी ने पूछा तो वह औरत रुआँसी होकर बोली, ''मैका भी उसी गाँव में है, पर मैं तो इधर-उधर नौकरी पर ही रहती हूँ न। मेरा आदमी हवलदार था, फौज में। लड़ाई में मारा गया। मेरा बेटा उस वक्त दो साल का होगा। इसके बाप के जो पैसे आये, इसके दादा ने दो पक्के कमरे बनवा लिये, जमीन खरीद ली। जहाँ-जहाँ कहा, मैंने अंगूठा लगा दिया। पक्का हिसाब कर लिया उन्होंने। बस, फिर हमें निकाल दिया।''

सुग्गी कहने लगी, ''हे भगवान, ऐसे राक्शसों को मौत भी नहीं आती। फिर तुम तो मैके चली गयी होगी!''

''मैके किसके पास जाती! माँ तो मर गयी थी और बाप को भाबी रोकर ही खाना देती थी। मैं तो सड़क पर जाकर बैठ गयी कि कोई गाड़ी अगर आयी तो उसके नीचे आकर मर जाऊँगी। भगवान की करनी, वजीरनी जी की गाड़ी का वहाँ टायर फट गया। मैं वहीं इसको लेकर बैठी थी। डलैवर जब टायर बदलने लगा तो वजीरनी जी की नज़र मुझ पर पड़ी। रो-रोकर मेरी आँखें सूज गयी थीं। बच्चा मेरा सहमा हुआ बैठा था। वजीरनी जी ने पास आकर पूछा—'क्या बात है, यहाँ क्यूँ बैठी हो?' मैंने रोते-रोते सब बता दिया। उन्होंने कहा—'बस हो गया। मेरी गाड़ी बनती है तो मेरे साथ बैठ जाओ। काम तो घर का तुम कर लोगी न! कोई फिक्र नहीं, वजीर साहेब को कहकर मैं तुम्हारे पति की पेंशन लगवाकर तुम्हारे नाम करवा दूँगी।' उन्होंने मेरे भूखे बच्चे को केले दिये, आलू-पूरी खिलाये, मुझे भी पानी पिलाकर जबरदस्ती खिला दिया। बस, तब से इनके ही साथ हूँ बहन! इनका हुक्म ही मेरी ज़िन्दगी है। मैं इनकी भाबी के पास किश्तवाड़ में रह रही थी। लड़के को वहाँ स्कूल में डाल दिया था। पाँच पास कर गया है। ऊपर भगवान है, नीचे वजीरनी जी। इनका किया तो मैं किसी जन्म में भी नहीं चुका सकती। मेरा रोम-रोम इनका कर्ज़दार है।''

सुग्गी तन्मय होकर सुन रही थी। क्या-क्या चमत्कार हैं दुनिया में! दो लोगों की जान बचा ली वजीरनी जी ने। असली पुण्य तो यही है। भगवान, लाजो को

महीना आ जाये!

सुग्गी ने उस औरत को पूछा, "क्या तुम्हारे ससुराल वालों को पता है?"

"हाँ बहन, मेरे ससुर को किसी ने बता दिया तो वो आया था। मुझे बुलाया तो मैं घूँघट की ओट में दरवाज़े के पीछे खड़ी रही। कहने लगा, घर चलो। मैंने तो कुछ नहीं कहा पर वजीरनी जी ने कहा—'आज तक इसके आदमी की पेंशन खा रहे हो, उसका हिसाब बताओ। मैं वजीरजी को कहकर तुम्हें अन्दर करवा दूँगी, तब से वो फिर नहीं आया।"

"तो क्या वज़ीर साहेब ने कुछ नहीं किया?"

"क्या बताऊँ बहन! उन्होंने पेंशन मेरे ही नाम करवा दी। वही डाकखाने में जमा हो रही है। हर महीने कोई दफ़्तर का आदमी मेरा अंगूठा लगवाकर कागज ले जाता है।"

सुग्गी ने पूछा, "तुम्हें कुछ मिलता भी है या नहीं?"

"हाँ बहन, वजीर साहेब की मेहरबानी से पैसे जमा हो रहे हैं। आने से पहले मैंने वज़ीरनी जी को कहकर पाँच सौ रुपये निकलवाये थे। कहते हैं, नेपाल में सोना सस्ता मिलता है, इसकी बहू के लिए ले आऊँगी।"

"तुम्हें शादी में कुछ नहीं मिला था?"

उस औरत ने कहा, "हम पहाड़ियों के पास सोना कहाँ! मकई की रोटी के साथ लस्सी मिल जाये तो स्वर्ग है। मेरे मामा ने एक छोटी-सी नथ दी थी और माँ ने सब्जों वाले झुमके, वो तो सास ने ही रख लिये। मुझे उनसे कुछ नहीं चाहिए। मेरा बेटा मेरे पास है, ये सबसे बड़ा गहना है। वज़ीर जी मौक़ा लगते ही इसे फौज में भरती करवा देंगे। बस, इतने में ही भगवान का शुक्र मनाऊँगी।"

"यही ठीक है। ऐसे कमीने ससुरालवालों के साथ रहने से क्या फायदा है! मैं भी अपनी सास को इसीलिए छोड़ आयी थी। कमीनी, साँस भी ठीक से नहीं लेने देती थी। बात-बात पर धौंस जमाती थी।"

वह औरत अपने आप बोलने लगी, "पता नहीं, ऐसे क्यूँ हुआ! सुबह से शाम तक मशीन की तरह काम करती थी फिर भी मेरे बच्चे को एक बार पीने को दूध नहीं मिलता था। सास ने जब तक बालों को पकड़कर बाहर नहीं निकाल दिया तब तक मैंने ड्योढ़ी से बाहर पैर नहीं रखा। कपड़े का एक और जोड़ा था, पर सास ने लेने न दिया। मेरा बेटा रोते-रोते मेरी गोद में आ गया। सास ने एक बार भी मना नहीं किया और मैं इसे उठाकर निकल आयी। तभी वजीरनी जी को मातारानी ने मेरे उद्धार के लिए भेज दिया। मेरे लिए वो भगवान हैं बहन!"

तभी उस औरत का बेटा आकर कहने लगा, "माँ, सब लोग खाना खाने जा रहे हैं। चलो, हम भी चलें। बड़ी भूख लग रही है।"

अगले दिन सुबह चार बजे ही सुग्गी की जाग खुल गयी। वह उठकर पीछे जंगल में फारिग होकर वहीं नहा–धोकर मन्दिर का चक्कर भी लगा आयी। कमरे में आकर उसने देखा, शाम की माँ चारपाई पर बैठी हुई थी।

सुग्गी को देखकर उसने कहा, ''आप नहा भी आयीं, मुझे भी जगाया होता।''

सुग्गी ने अपने दोनों हाथ कमर पर रखकर कहा, ''तेरे तो फरिश्ते भी सो रहे थे। अभी भी देर नहीं हुई है। यहाँ पीछे जंगल में फारिग हो आ, फिर सामने नलके में आकर नहा लेना। डलैवर का क्या पता, कब आ जाये!''

उसने झिझकते हुए कहा, ''घर तो बहुत सुबह नहा लेती हूँ, यहाँ तो पता ही नहीं चला।''

''हाँ भई, सारा दिन बस में भी तो बैठे रहे हैं न। चलो, अब देर न करो। ये न भी नहाएगा तो चलेगा। पर मैं इसे उठाती हूँ। लंगर में से चाय ले आएगा। कम से कम पेट तो गर्म रहेगा। तुम आओगी तो मन्दिर चलेंगे। उजाले में तो उसकी और ही धज होगी।''

सुबह पाँचेक बजे बस उनको लेने आयी, बस छोटी तो थी, काफी पुरानी भी लग रही थी। पीछे और छत पर सामान था। कई ट्रंक, अटैचियाँ और बोरियाँ, पता नहीं क्या कुछ था। पीछे तो दमपुख्त था। ज़रा भी हवा न आ रही थी। सुग्गी फिर उल्टी आने का बहाना करके खिड़की पर बैठ गयी। जो ड्राइवर जम्मू से यहाँ तक लाया था, वह भी साथ था। उसने कहा, ''माई, मैं मक्खन लगवाकर बन्द लाया हूँ, थर्मस में देसी चाय है। रास्ते में काम आएँगे। बन्द मैं काफी लाया हूँ और देखो, मियाँ शरदूल सिंह से हमारी निन्दा न करना।''

सुग्गी ने कहा, ''ये तुमने कहाँ से सुना कि मैं लोगों की निन्दा करती हूँ? ला लिफाफा, इधर ला। जिसका नमक खाती हूँ, उसकी निन्दा नहीं करती।''

लिफाफा खूब भारी था, उसने सोचा, अब कुछ न चाहिए।

पटना तक सुग्गी बड़े आराम से रही। देह की कुछ चूलें तो हिल गयी थीं पर अभी नौ बटा नौ थी। फिर जब बस पहाड़ों के सफर पर पहुँची तो बस और सुग्गी दोनों की साँस चढ़ने लगी। 'घूँ ऽऽऽ घूँ' करके बस रास्ता नाप रही थी। उसकी आवाज काफी दर्दनाक थी। सुग्गी को घर याद आने लगा। मन ही मन उसने सोचा, ये पंगा लेने की क्या ज़रूरत थी! उसके साथ आयी औरत सीट के नीचे खाली जगह पर चादर लपेटे सो रही थी। वह कभी गठरी की तरह इधर लुढ़कती, कभी उधर। सुग्गी ने सोचा, क्या निज्जस औरत है! बस ऊपर चढ़ रही है, इसे कोई होश ही नहीं है। इतना सुन्दर सूरज पहाड़ के पीछे से निकलने वाला है। क्या लाली छायी है परबत पर, जैसे सुनार ने चाँदी पर सोने का पानी चढ़ा दिया हो! धीरे–धीरे किरणें आकर नाचेंगी। किरणों के मुखर होते ही सोने की लकीरें फूट

पड़ीं। सुग्गी ने सोचा, किसी ने ठीक ही कहा है, नेपाल में सोना सस्ता है। वहाँ तो सोना बेमोल है। पहाड़ के शिखर के आसपास नाचती सोने की किरणें जैसे शिव ने पार्वती के गले में सोने की माला डाल दी हो! शिव का तो घर है हिमालय। कभी-कभी अपने भक्तों से मिलने धरती पर भी चले जाते होंगे। सुग्गी अभिभूत थी। तभी ड्राइवर की आवाज़ कानों में आयी। बस भी अब षडज में एक ही सुर अलाप रही थी। सुग्गी को उसकी आदत पड़ गयी थी।

ड्राइवर कह रहा था, ''माई, आगे पानी का झरना है, मुँह-हाथ धोना हो तो थोड़ा रुकें। कभी-कभी चायवाले की दुकान भी खुली होती है। चाय के साथ न हो तो बन्द खा लेना। इतनी ठण्ड में तो बन्द पन्द्रह दिन खराब न होंगे।''

सुग्गी ने मन ही मन उसे गाली दी—'मुआ और थोड़ी देर चुप नहीं बैठ सकता था? साक्षात् भगवान शिव के दर्शन हो रहे थे!'

ड्राइवर ने थोड़ी-सी जगह देखकर बस रोक दी, फिर कहने लगा, ''माई, हमारा भाग अच्छा है। धुआँ उठ रहा है वो ऊपर पहाड़ी पर, जो गुफा-सी बनी है न, वहीं चायवाला चाय बनाता है। इस तरफ नीचे जंगल ही जंगल है। ये पहाड़ी नाला वहीं जा रहा है। हाथ-मुँह धोकर पानी पी लो। पानी थोड़ा है, अमृत है ये तो।''

सुग्गी की वाणी फूटी, ''डलैवर जी, सारा शरीर अकड़ गया है। मुँह-हाथ तो धो ही लूँगी, पर ये बताओ, नेपाल कब पहुँचेंगे?''

''नेपाल तो शुरू हो गया है माई! हमने तो काठमण्डू जाना है। वहाँ पहुँचने में अभी समय है।''

सुग्गी ने हाथ-मुँह धोकर बस में जगकर बैठी उस औरत को कहा, ''टैम खोटी न करो। अरे अभी थोड़ी देर पहले आसमान से सोना टपक रहा था। पता नहीं, कितना सोती हो तुम! जाओ, हाथ-मुँह धोकर चाय पी लो। बड़ी मस्त चाय है। मुझे तो नशा आ गया।''

उस औरत ने शर्मिन्दा होते हुए कहा, ''मुझे भी उल्टियाँ आती हैं। पहले जाकर मुँह-हाथ धोऊँगी। बड़ी बेचैनी हो रही है।''

सुग्गी ने बस में जाकर अटैची से कश्मीरी धुस्सा निकाला और सिर से पाँव तक लपेट लिया। खिड़की बन्द होने पर भी बाहर से ठण्डी हवा आ रही थी। सुग्गी बस चलने पर ऊँघने लगी। जब भी बस धीमी या तेज होती तो वह अपनी आँख खोलकर देखती। लम्बे-ऊँचे दरख़्त, मोड़ ही मोड़ और ठण्डी हवा। कहीं-कहीं दुकान भी होती। सुग्गी सोचती— पता नहीं, जिन्दा घर पहुँचूँगी या नहीं। दुकानों पर दाल-रोटी खाने के अलावा कोई चारा नहीं था। सुग्गी दुकानदार को देखकर सोचती— पता नहीं, ये घर भी जाते होंगे या नहीं! हे मेरी माँ! पता नहीं, कब पहुँचूँगी नेपाल!

पता नहीं, तीन दिन लगे या चार-पाँच, पर रोती-कुरलाती बस एक दिन काठमाण्डू पहुँच गयी। थकावट के मारे सुग्गी का बुरा हाल था। उसने कानों को हाथ लगाकर शिव-शिव कहा। आख़िर बस रानो जी के घर के सामने रुकी। कितनी लम्बी दीवार के किनारे-किनारे चलते सुग्गी आँखें फाड़े देख रही थी। उसी दीवार के साथ एक बहुत बड़े गेट के सामने सुग्गी खड़ी थी। खड़े होना कितना मुश्किल है, यह आज उसने जान लिया। उसने अपने चेहरे पर एक संजीदगी ओढ़ ली। दो-चार लड़के नेपाली कोट-पायजामा और टोपी लगाये खड़े थे। एक लड़के ने सुग्गी की अटैची उठा ली। सुग्गी पीछे-पीछे चलने लगी। एक बार भी मुड़कर उसने माँ-बेटे को न देखा। कई आँगन पार कर एक बाग में चार-पाँच सुन्दर औरतें कुर्सियों पर बैठी थीं। उनमें रानो जी भी थीं। सुग्गी का मन हुआ, मुँह फाड़कर रोये, पर वह कुछ न बोली। हैरान-परेशान किसी एक जगह खड़ी हो गयी। रानो जी की नज़र उस पर पड़ी तो उन्होंने अपने साथ बैठी स्त्री को कुछ कहा, फिर आकर सुग्गी के गले लग गयी। सुग्गी रोने लगी।

रानो जी ने कहा, "सुग्गी, तुम्हें यहाँ देखकर मैं बड़ी खुश हूँ। बस, अब तो पहुँच गयी हो। मैं भी कल ही आयी हूँ।"

रानो जी की आँखें भी नम हो आयीं। उन्होंने एक औरत को बुलाकर कहा, "इसे इसके कमरे में ले जाओ।

"सुग्गी, आज तुम अपने कमरे में जाकर आराम करो, कल बच्चों से मिलवा दूँगी।"

सुग्गी हैरान होकर रानो जी को देखने लगी। रानो जी ने कहा, "सुग्गी, मेरी जेठानी के कमरे ज़रा दूर हैं। रात को किसी चीज़ की ज़रूरत हो तो बताना।"

"रानो जी, पहले तो नहाऊँगी। सारे रास्ते में पता नहीं कहाँ-कहाँ खाया! मैं यही सोच रही थी, वज़ीरनी जी ने आपको कितनी दूर दिया है। राम-राम!"

"सुग्गी, ये तो संजोग की बात है। मैं बड़ी नसीबवाली हूँ। यहाँ सब लोग बहुत ही अच्छे हैं।"

"रानो जी, सुबह जंगल कहाँ जाना होगा? मेरी जाग तो पाँच बजे तक खुल ही जाती है।"

"नहीं सुग्गी, जंगल नहीं जाना पड़ेगा। नीचे ही औरतों-मरदों की अलग-अलग टट्टियाँ और गुसलखाने हैं।"

सामने से एक औरत को बुलाकर रानो जी ने कहा, "देखो, ये सुग्गी है, मेरे मायके से आयी है। हमारे शहर में तो इसकी मर्ज़ी के बग़ैर पत्ता भी नहीं हिलता। इसके साथ जाकर सब समझा दो।"

सुग्गी फूलकर कुप्पा हो गयी। सुग्गी उस औरत के साथ ऐसे जाने लगी जैसे कोई महारानी हो! रानो जी ने तो उसको आसमान पर ही बिठा दिया। सुग्गी ने कमरे

में जाकर देखा, उसकी अटैची वहीं पड़ी हुई थी, बिस्तर लगा था। दो कम्बलों के नीचे भक्क सफेद चादर का कोना पलटा हुआ था।

सुग्गी का मन हुआ, अभी तुरन्त सो जाये पर उसने उस औरत को मानो हुक्म दिया, "मैं नहाना चाहती हूँ, नहाये बग़ैर सो न सकूँगी।"

उस औरत ने हाथ जोड़कर बड़ी शालीनता से कहा, "अभी कैसे सोएँगी! आप हमारी बहू जी के मैके से आयी हैं, भूखे पेट तो मैं आपको सोने न दूँगी। सामने गुसलखाने में ठण्डे और गर्म पानी की बालटियाँ रखी हैं। आप जाकर नहा लो, फिर मैं रसोई से कुछ खाने को ले आऊँगी।"

सुग्गी ने कहा, "ठीक है, तुम्हारी मर्ज़ी। फिर मैं दूध ही पीकर सो जाती हूँ।"

वह औरत झुककर चली गयी।

सुबह सुग्गी नहा-धोकर राम-राम कर रही थी। चारों तरफ़ हरियाली और ऊँचे-ऊँचे घर! पता नहीं, इस घर में कितने घर! सुग्गी हैरान हो गयी थी। थोड़ी देर में वही औरत दूधवाली चाय के साथ मट्ठियाँ और दो लड्डू ले आयी। सुग्गी ने सोचा, ये तो वजीरनी जी के हाथ के नीचे बनी मिठाई है! उस औरत ने कहा, "सुग्गी जी, चाय लीजिए, फिर आपको बच्चों के पास ले चलती हूँ। यही हुक्म है।"

सुग्गी मट्ठी के साथ चाय पीते-पीते सोचने लगी, बच्चे तो मैंने कभी पाले नहीं, नाथी को तो उसकी दादी ही अपने पास सुलाती थी। उसके बाद वो अहाते में कब बड़ा हो गया, पता ही नहीं चला। अब बच्चे को नहलाना-धुलाना तो माँ ही करती है। नाथी जब रोता था तो उसे दूध पिला देती थी। इतना दूध उतरता था कि किसी भैंस का भी क्या उतरेगा! तभी तो मुए ने आठ साल तक दूध नहीं छोड़ा। कहाँ फँस गयी हूँ पशुपतिनाथ, तुम्हारे चक्कर में! ये तो घर ही नहीं लगता, होटेल जैसा लगता है। यहाँ-वहाँ सब जगह सन्नाटा! कहीं से कोई निकल आता है तो पता चलता है, लोग रह रहे हैं। पता नहीं, अपनी भाषा में ये क्या-क्या चीं-चीं करते हैं!

बच्चों को देखकर सुग्गी खुश हो गयी। उसने दोनों को देखकर हाँ जी, हाँ जी किया तो दोनों हँसने लगे। इतने प्यारे गुलगुथने-से बच्चे! सुग्गी के मुँह से अपने आप लोरी निकलनी शुरू हो गयी—

चिड़िए चूग चगेन्दड़िऐ ऐ ऐ ऐ
कुतै बिल्लू मेरा नेंई दिक्खेया
ऊँ ऽऽ ऊँ ऊँ।

सुग्गी की आवाज़ बुरी नहीं थी। बच्चे मस्त हो गये। उनकी देखभाल दो लड़कियाँ करती थीं, वे वही मँडरा रही थीं। सुग्गी ने दोनों को अपनी गोदी की एक-एक तरफ़ बिठा लिया। सुग्गी को महसूस हुआ, कैसे बच्चों से दुनिया भर जाती है।

रानो जी एक दिन उसके कमरे में ही आ गयीं।

"कहो सुग्गी, कैसी हो?"

"रानो जी, आपकी दौलत बड़ी मौज है। वजीरनी जी के हाथ की मट्ठियाँ खा रही हूँ।"

रानो जी हँसीं, कहने लगीं, "माँजी ने इतनी मट्ठियाँ भेजी हैं कि क्या कहूँ!"

बातें करते-करते सुग्गी ने बड़ी चतुराई से पूछ लिया, "रानो जी, हम तो जम्मू में सोमवार को शिव मन्दिर में जाते हैं, यहाँ नेपाल में क्या रिवाज है?"

रानो जी ने हँसकर कहा, "सुग्गी, मुझे याद है, मैं आनेवाले सोमवार को तुझे पशुपतिनाथ मन्दिर भिजवा ही दूँगी। मेरी सास भी उसी दिन मन्दिर जा रही हैं। उन्हीं के साथ चली जाना। हमारी तो पता नहीं कब जाने की बारी आएगी। मन्दिर के बाहर ही मोती, मूँगे, रुद्राक्ष सब बिकते हैं। तुम चाहो तो गाड़ी में बैठे-बैठे भी खरीद लोगी। हमारी गाड़ी सब पहचानते हैं।"

सुग्गी ने गद्गद होते हुए कहा, "रानो जी, मैं क्या मूँगे-मोती खरीदूँगी! हाँ, रुद्राक्ष अच्छा हुआ तो एक-दो मालाएँ लेनी हैं।"

रानो जी के जाते ही उसने दोनों बच्चों को गोद में लेकर उनकी बलाएँ लीं। उसे याद आया, जब नाथी छोटा था तो गोद में लेकर उसकी दादी गाती थी—

बाला जरमेया नाजो जे किश मँगना सै मँग
असें केह मँगना कैन्ता, लैई दे चिड़िऐं दादुद्ध

[नाजों वाली बेटा पैदा हुआ है, जो माँगना है, माँग ले। हमने क्या माँगना है। हाँ, चिड़िया का दूध मँगवा सको तो मँगवा दो।]

सुग्गी ने सिर को झटका दिया, लोरी रुक गयी। नाथी के बाप को कितना कहा था कि रघुनाथ बाज़ार में उत्तम टाकी के सामने, कहते हैं, एक दुकानदार पान बनाता है, मुझे भी ला दो। कहते हैं, पान खाने से होंठ पूरे लाल हो जाते हैं, पर उसे कभी याद ही न रहा। पता नहीं कैसा मर्द था! जितने दिन ससुराल में रही तो जो सास देती, वही पहन लेती। जो खाना देती, वही खा लेती। कभी शादी-ब्याह में पकवान मिलते तो रास्ते में ही अपनी बेटी को दे आती। हर बात पर टोकती रहती थी :

'क्यूँ सुग्गी, तेरे बाप के घर में ऐसे ही उपले पाथते हैं क्या?'

'ले, आज लस्सी में नमक-मिर्च डालकर खमीरे खा ले। ये तेरे बाप का घर

नहीं है, जो मक्खन दूँ।'

'तेरी माँ ने तुझे यही सिखाया है?'

सुग्गी को रोना आ गया। उसने सोचा, वो दिन कितना अच्छा था जब सास ने मुझे डण्डे से पीट दिया था! ऐन उसी वक़्त नाथी का बाप घर में घुसा था, उसी ने माँ का हाथ पकड़कर कहा था :

'ये क्या कर रही हो माँ! सारे शहर में हमारी थू-थू करवाओगी क्या? कल ये तवी में नहाने गयी और औरतों ने इसकी पीठ पर नील देखे तो मेरा घर से निकलना बन्द हो जाएगा। आखिर पत्नी तो मेरी है न!'

माँ का मुँह सूख गया। बात तो ठीक कह रहा है पर क्या कोई अपनी माँ को ऐसे कहता है? है तो आख़िर नाई की औलाद!

उसने क्रोध में आकर कहा था—''ले जा, ले जा अपनी हूर परी को। मैं अकेली रह लूँगी। कपड़ों पर इतना मैलखोरा लगाती है कि एक ही दिन में पूरी बट्टी घिस जाती है। मैं रह लूँगी नाथी के बग़ैर भी। जाओ, अभी निकल जाओ मेरे घर से!'

'घर तेरे बाप का नहीं है माँ, मेरे बाप का है। फिर भी जहाँ मेरी औरत को मार पड़ती हो, वहाँ न रहूँगा।'

रोती हुई सुग्गी को पति ने कहा था—'सुग्गी, चलो, अपने कपड़े ले लो। मेरे और नाथी के गीले कपड़े भी ले लेना। इतना बड़ा शहर है, क्या तुलसा नाई को रहने की जगह न मिलेगी?'

पहली बार तुलसा ने सुग्गी से प्यार की बात की थी। वह निहाल हो गयी थी। उसने भीतर जाकर चारपाई के गद्दे के नीचे से थैला निकाला तो उसे एकदम कौंधा, कल ही बुढ़िया ने गहनों की जगह बदलने के लिए ज़मीन में दबा डिब्बा बाहर निकालकर रखा था। अँधेरी कोठरी में चारपाई के नीचे से डिब्बा लेकर उसने एक दरी में लपेटकर उसे थैले के नीचे रखा और उसके ऊपर पति का शॉल, मैले कपड़े, साफ़ कपड़े रख दिये।

नाथी का बाप जल्दी मचा रहा था—'सुग्गी, कहाँ मर गयी? जल्दी कर, मुझे प्यास लगी है और अब मैं इस घर का पानी भी नहीं पियूँगा।'

सुग्गी के बाप ने जो बर्तन-कपड़े दिये थे, वह कौन उठाता। सुग्गी ने अपनी शादी में मिला हरे बूटों वाला ट्रंक नीचे रखा। बुढ़िया उसमें कभी भी ताला न लगाने देती थी। उसमें सुग्गी ने अपने हाथ से काढ़ी चद्दरें रखीं और रोती हुई पति के सामने आकर खड़ी हो गयी।

तुलसा ने कहा—'तुम झोला ले लो, मैं ट्रंक सिर पर रख लेता हूँ। बाहर जो बालटी पड़ी है, वो तेरे दहेज की है, उसमें अपने बर्तन डाल ले। मेरे हाथ में दे दे। तू अपना झोला और नाथी को उठा। ये माँ नहीं, राक्शसनी है।'

सुग्गी की सास ने खम ठोकते हुए कहा था—'हाँ, मैं राक्शसनी हूँ। असल बाप का है तो वापस न आना। जा, चला जा। हूर परी को ले जा।'

अब तुलसा भी ठहरा नाऊ का बेटा। उसने ड्योढ़ी लाँघते हुए मुड़कर कहा—'असल बाप का हूँ या नकल का, ये तो तुम्हीं बता सकती हो। चल सुग्गी, जल्दी क़दम उठा।'

बुढ़िया ने अपने हाथ से कपड़े धोनेवाला डण्डा अब तक न फेंका था। उसने डण्डा घुमाकर तुलसा की पीठ पर मारा जो उसके तुलसी के गमले को जाकर लगा। बुढ़िया ने रोना शुरू कर दिया—'हाय, लोगो, मार दिया रे! ऐसा बेटा किसी के घर पैदा न हो!'

सुग्गी ने वापस देखा तो सास बोली, 'जा-जा, डरामा न कर। भगवान करे, साल के भीतर ही राँड होकर दर-दर फिरे! मैं तो अब घर में घुसने न दूँगी।'

तुलसा ने गली में से जाते-जाते कहा—'नाई का बेटा हूँ माँ, वापस नहीं आऊँगा।'

जम्मू की पक्की ढक्की चढ़ते-चढ़ते तुलसा को पसीना का गया। मुबारक मण्डी की ड्योढ़ी में उसने ट्रंक रखकर सुग्गी को कहा था—''अब जाकर ढक्की खत्म हुई है। मैं देखता हूँ, राजा की मण्डी में कोई टाँगा खड़ा है या नहीं। तू नाथी को लेकर यहाँ ट्रंक पर बैठ जा, मैं अब टाँगा लेकर ही आऊँगा, भले मुझे टाँगे वाली गली जाना पड़े।'

रानो जी की जेठानी के बच्चे सोते-सोते मुस्करा रहे थे।

सुग्गी पुनः अपनी यादों में खो गयी :

नाथी के बाप ने भी एक ही बार मर्दानगी दिखाई थी, पर होशियार आदमी था। इस अहाते में आकर पहले कोठरियाँ देख गया होगा, तभी तो वहाँ जाते ही दोनों कुठरियों में कब्ज़ा हो गया।

नाथी के बाप ने टाँगे से उतरकर पहले यहाँ बरामदे में रखी खाट बिछाकर सुग्गी को कहा था—'ले, सुग्गी, नाथी को लेकर पलंग पर बैठ जा। मैं सामान देखता हूँ।'

उसी वक्त साथ की कोठरी से एक आदमी निकला तो तुलसा नाई को देखकर गले लग गया—'अरे तुलसु यार, तुम कहाँ खो गये थे?'

'अरे रामू, तुम यहाँ क्या कर रहे हो?'

'ये सवाल तो मुझे तुमसे पूछना चाहिए। मुझे याद है, तेरे दादा के श्राद्ध पर तुम मुझे जिमाने घर ले गये थे। बाप रे, कैसी लड़ाका थी तुम्हारी भैंस! मेरे तो पीछे ही पड़ गयी थी! वो तो तुम्हारी माता जी ने डण्डा मारा तो मुड़ी।'

'अरे रामू, उसी माता ने आज डण्डा मारकर हमें भगा दिया है यार! रास्ते में सोमू झीवर मिला था, उसी ने बताया, अहाते में अभी भी कुछ कोठरियाँ खाली

हैं। सो परिवार लेकर आ गया। अब कौन रमज़ाना धोबी यहाँ आने वाला है! हमारे लिए तो सिर की छत छोड़ गया है। पता नहीं, उसे छत नसीब हुई होगी कि नहीं!'

'अरे तुलसू, वहाँ तो हिन्दू भरे हुए घर छोड़कर भागे हैं, मौज कर रहा होगा। यहाँ महाराजा प्रतापसिंह के, महाराजा हरिसिंह के कपड़े धोता-धोता गया है, वहाँ पर भी किसी की धुलाई ही कर रहा होगा। पर उसके जैसे धोबी अब कहाँ!'

तुलसा ने कहा—'ये बात तो सच है यार, पर बड़ी प्यास लगी है, पानी है तो पिला।'

'ठीक जगह आये हो साहेब, मैं यहाँ स्कूल में पानी पिलाने ही की नौकरी करता हूँ। चल, तुझे भी पानी पिला देते हैं। क्या याद करोगे! भाबी, लो, तुम भी पानी पियो, बच्चे का मुँह भी धुलाओ। ये जो अहाते के बीच में बड़ा हौद है न, हमेशा नलके के पानी से भरा रहता है।'

तुलसा ने पूछा—'भई रामे, ये गाय किसकी है?'

हँसकर रामू ने कहा—'ये भी अहाते की ही है। क्यूँ, तुम्हें दूध चाहिए? तेरी लाग लगवा देते हैं। बच्चा गाय का दूध पिएगा तो कम से कम तेरी तरह मूरख न होगा।'

'जाओ-जाओ, ठीक है। अगर चाचे की अक़्ल पायी तो सारा दिन लोगों को पानी पिलाता रहेगा।'

'ले, और पानी पी ले। बड़ा मीठा पानी है। ये तो मैं सत्यनारायण मन्दिर के चहबच्चे से लाया हूँ।'

पानी पीकर तुलसा नाई को होश आया तो उसने कहा—'उठो सुग्गी, रामे के घर से झाड़ू लेकर ये दोनों कुठरियाँ और बरामदा बुहार लो। सामने गाय बँधी है, गोबर भी होगा। गोबर से लिपाई कर लो। हम अपनी गृहस्थी सफाई से ही शुरू करेंगे। बरामदे में एक तरफ़ चूल्हा बना है, तुम देसी चाय चढ़ाओ, मैं बाजार से आलू-पूड़ी ले आता हूँ। ज़िन्दगी का आनन्द ले लो।'

सुग्गी की पीठ में दर्द हो रहा था। वह इस तरह के नाटक द्वारा घर से निकल आने का विश्वास ही न कर पा रही थी। फिर भी मशीन की तरह उठी।

रामू ने उसे कहा—'भाबी, चिन्ता न करो, मेरी कोठरी में सब कुछ है। पिछले शनिवार ही माँ ने दो सेर घी भेजा था, मैंने अभी सूँघा भी नहीं। जो चाहिए, ले लेना। मैं भी पूरी कड़ाह खाकर दफ़्तर जाऊँगा।'

सुग्गी का संसार चल निकला था। सुग्गी ने रामू को याद करते हुए सोचा—कितना अच्छा था रामू भाऊ! पिछले साल ही सुना था, पहाड़ से लकड़ियाँ लेकर आ रहा था कि पहाड़ी से पैर फिसला और खाई में गिर गया। वो तो उधर फ़ौजी चाँदमारी करने आते थे, उन्होंने निकाल लिया, नहीं तो किसी को पता भी न चलता।

सुग्गी ने आँख से आँसू पोंछकर ऊपर देखा और कहा, "भाऊ, तुम ज़रूर

स्वर्ग गये होगे। मरने में तुम्हें एक पल भी न लगा।''

सुग्गी ने बच्चों को देखा। एक के मुँह में लार के बुलबुले उठ-बैठ रहे थे, दूसरा अपने सिर के पास हाथ रखकर गहरी नींद सो रहा था। सुग्गी ने बच्चों के रूमाल से मुँह पोंछ दिया और प्यार में डूबकर कहा, ''कुरबान जाऊँ मैं! तुम्हीं लोगों ने ब्रह्मा-विष्णु की तरह मुझे शिव के दर्शन करने बुला लिया। कल को अगर नाथी के बच्चे भी हुए तो चलो, बच्चे खिलाने का अभ्यास काम आएगा।'' अपने पोता-पोती की कल्पना में सुग्गी मग्न होकर लोरी गाने लगी—

''चरखा कत्तदे माहल बट्टदे
मेरी ननान परौहनी आयी
ओ मेरी ननदे बेई जा पलंगे
मंग तू किश बधाई
गोरी बी देया भैने काली वी देयाँ भैने
होर केह लैनी बधाई
गोरी नी लैं बीरा काली नी लै बीरा
लैना भाब्बिऐ दा हार वो''

[चरखा कातते धागा सीधा करते मेरी ननद पाहुनी आयी। आ मेरी ननद, पलंग पर बैठो। माँगो, कुछ भी बधाई। गोरी-काली कोई गाय ले लो बहना और क्या लोगी बधाई! गोरी न लूँ बीरा, काली न लूँ, मैंने लेना है भाबी का हार वो।]

सुग्गी को याद आया, जब नाथी पैदा हुआ तो उसकी ननद सब्जों वाली बालियों पर अड़ गयी थी। सुग्गी की सास ने सुग्गी के मैके से मिली अँगूठी तुड़वाकर ननद को बालियाँ बनवा दी थीं। सुग्गी को बहुत गुस्सा आया था पर ननद खूब खुश होकर गयी थी। तभी से सुग्गी को ननद ज़हर लगती थी। वो थी भी बड़ी तेज़— अपनी माँ की तरह। सुग्गी के ऊपर हुक्म चलाती रहती थी। चलो, अब तो वो भी भुगत रही होगी।

नाई के मरने पर आयी थी तो कहने लगी—'चलो भाबी, अब घर चलो।'

सुग्गी ने कहा था—'तुम्हारा भाई यहीं बिठा गया है, यहीं रहूँगी मैं। वहाँ शरीकों में जाकर क्या करूँगी! आज तक तो किसी ने न पूछा, इतने लम्बे ऊँचे पसार हैं, यहाँ आकर रहो। और फिर एक बार निकले तो निकले।'

सुग्गी ने बड़े घमण्ड के साथ सोचा, क्या हुआ, दो ही कोठरियाँ हैं, पर हैं तो मेरे नाम न! भला हो बक्शी का!

सोमवार के दिन मुँह अँधेरे ही उठ गयी सुग्गी। नहा-धोकर पानी के लोटे में कच्चा

बेलपत्र, सफेद चन्दन घिसवाकर उसने एक टोकरी में रख लिये।

धन्य हो पशुपतिनाथ!

रानो जी की सास ने सुग्गी को मोटर के आगे बिठाया। परदों वाली मोटर थी। रानो जी की सास अपनी देवरानी के साथ बैठकर अपनी भाषा में पटर-पटर करती रहीं। सुग्गी ने सोचा, धन्न हैं रानो जी, जो इनकी भाषा सीखेंगी! सीखनी ही पड़ती है। हमारी जुगरानी भी यही भाषा बोलती होंगी, पर अब कितनी अच्छी डोगरी बोलती हैं! सबको 'जी-जी' कहती हैं। कितनी प्यारी लगती हैं! हमारी जुगरानी जैसा कोई नहीं हो सकता। इतनी छोटी उम्र में पनाहगीरों के लिए कोई इतने काम कर सकता है? नहीं जी!

सुग्गी ने देखा, छोटी-छोटी दुकानें लगी हुई थीं। रुद्राक्ष, मोती, मूँगे और पता नहीं क्या-क्या बिक रहा था! उसने अपने-आपसे कहा—'सुग्गी, पशुपतिनाथ से दिल लगा। ओम नम: शिवाय!'

रानोजी की सास गाड़ी से उतरीं तो सुग्गी उनके पीछे-पीछे चल पड़ी। मन्दिर में बड़े-बड़े साधु थे, जैसे जम्मू में रणवीरेश्वर के मन्दिर में होते हैं। कोई माला जप रहा है, कोई शीर्षासन कर रहा है, कोई समाधि में है। सामने हिमालय भी जैसे समाधि में है! सुग्गी ने सोचा, स्वर्ग यही है।

मन्दिर में इनको वहीं का कोई आदमी ले गया। मन्दिर में चार दरवाज़े, शिव के चार मुँह, पुजारी ही पुजारी। रानो जी की सास ने एक पुजारी से पूजा करवायी। सुग्गी ने भी जल चढ़ाकर बेलपत्र चढ़ा दिये। पुजारी ने रानो जी की सास को रुद्राक्ष की माल दी तो सुग्गी को भी मिल गयी। सुग्गी ने सोचा, चलो, ये पैसे तो बचे। ये माला तो मैं अब गले से नहीं उतारूँगी, सबको पता चलना चाहिए, मैं पशुपतिनाथ होकर आयी हूँ।

घर पहुँची तो रानो जी मिल गयीं। रानो जी ने पूछा, "सुग्गी, कर आयी दर्शन?"

सुग्गी बहुत प्रसन्न थी। उसने रानो जी के हाथ पकड़कर कहा, "बुआ रानी, ये सब आपके पैरों की खैरात है। आहा, क्या पूजा हुई! क्या दर्शन! सुग्गी का जीवन सफल हो गया।"

रानो जी ने कहा, "सुग्गी, बच्चे तो तुम्हें देखकर बड़े खुश होते हैं। बुबुदाई कह रही थीं, तुम भी उन्हें बहुत प्यार करती हो। मेरी जिठानी बड़ी खुश हैं। उन्होंने दिल्ली जाना है न, कह रही थीं, अब मैं निश्चिन्त होकर जाऊँगी।"

रानो जी चली गयीं तो सुग्गी ने सोचा, इतने छोटे बच्चों को छोड़कर माँएँ कैसे जा पाती है? पर बड़े लोगों की बड़ी बातें! अपना दूध भी सुबह-शाम ही पिलाती हैं पर बच्चे बड़े मग्न हैं। बोतल का दूध पीकर भी खुश हो जाते हैं। अब सुग्गी भी बच्चों में खूब मग्न रहने लगी। रानो जी ने देखा, बच्चों से बड़ा प्यार करती

है सुग्गी, पर कुछ चुप–सी हो गयी है।

रानो जी की जिठानी बड़ी देर से बच्चों को दूध पिलानेवाली धाय ढूँढ़ रही थीं। एक अच्छे घर की जरूरतमन्द औरत आ गयी। उसकी छः महीने की लड़की भी साथ थी। अब वह बच्चों को दूध पिलाने लगी। माँ बनकर अपनी ड्यूटी करके अपनी बेटी भी पालने लगी। बच्चों का बचा–खुचा दूध वह लड़की पीते–पीते हरी–भरी हो गयी। सुग्गी ने बुबुदाई को मूँग की दाल में खूब घी डालकर दिलाना शुरू कर दिया। सब मामला सुलट गया।

एक दिन सुग्गी ने रानो जी को पूछा, "रानो जी, आपकी जिठानी कब दिल्ली जा रही हैं?"

रानो जी मुस्करायीं। कई दिन से वह देख रही थीं, सुग्गी उदास–सी रहती है। उन्होंने सोचा, पता नहीं क्या बात है! जम्मू जाकर ये क्या कहे, कौन जानता है!

रानो जी ने बड़े प्यार से पूछा, "सुग्गी, उदास–सी क्यों रहती हो? क्या मन नहीं लग रहा?"

सुग्गी की आँखों में आँसू आ गये। उसने कहा, "मन क्यूँ नहीं लगेगा! बुआ रानी, आपकी ससुराल में तो राम–राज है। चिड़िया को दूध तक मिल जाता है, पर क्या करूँ, कुछ दिनों से रोज़ नाथी का बाप सपने में आ रहा है। कल ही कह रहा था— सुग्गी, एक ही बच्चा है, उसे भी दर–दर भटकने के लिए छोड़ आयी हो! रानो जी, जैसे भी जानो, मुझे वापस भिजवा दो। मैं सारी उम्र आपकी मोहताजी करूँगी। नाथी को खाने की चिन्ता नहीं है, पर जब घर आता होगा तो खाने को दौड़ता होगा घर।" यह कहकर सुग्गी फफक–फफककर रोने लगी।

रानो जी ने तुरन्त सोचा, सुग्गी को जेठानी के साथ ही भेज दूँ, नहीं तो बाद में अगर इसने ज़्यादा हल्ला किया तो किसके साथ भेजूँगी? यहाँ से जम्मू जाना कोई आसान नहीं है। बच्चों को तो बुबुदाई भी मिल गयी है। हम भी तो देखते रहते हैं।

रानो जी ने तुरन्त सोचकर कहा, "सुग्गी, तुम इतनी ही उदास हो तो मेरी जिठानी के साथ ही चली जाओ, फिर कब साथ मिलेगा, कौन जाने!"

"ऐ बुआरानी, आपका सुहाग बना रहे, हुक्म हासिल हो, मातारानी आपकी गोद भरे! आते समय मुझे इतना चाव चढ़ा था कि ये सोचा ही नहीं, वापस कैसे आऊँगी। अब नाथी का बाप जब से रोज़ सपने में आने लगा है, तब से बड़ी घबराहट हो गयी है। बिना वजह तो नाई कभी भी सपने में न आता था।"

रानो जी ने माहौल को हल्का करते हुए कहा, "सुग्गी, जम्मू जाकर मेरी बातें नहीं करना।"

"रानो जी, आपने क्या समझा है! जब तक जिऊँगी, आपका यश गाऊँगी।

नेपाल कौन आ सकता है, मेरी कौन-सी यहाँ शादी हुई है।'' सुग्गी भी सहज हो आयी।

रानो जी ने भी हँसते हुए कहा, ''सुग्गी, मरजी हो तो कहीं बात चलाऊँ?''

सुग्गी ने हँसते हुए कहा, ''बात चलाने वाला काम सुग्गी पर रहने दें।''

रानो जी और सुग्गी दोनों ने ठहाका लगाया, जैसे सुग्गी खुले दिल से जम्मू में लगाया करती थी।

रानो जी ने कहा, ''कोई तेरी फरमाइश हो तो बता। नेपाल में तो सचमुच रोज़-रोज़ नहीं आया जाता।''

''रानो जी, एक बार पशुपतिनाथ के दर्शन फिर करवा दें। एक-दो मोती की लड़ें भी ले लूँगी।''

''देखो सुग्गी, हमारा एक रसोइया वहीं मन्दिर के पास रहता है। आते सोमवार तुम्हें उसी के साथ भेज दूँगी।''

''भला हो रानो जी! सच कहते हैं, बड़े लोगों की बड़ी बातें!''

रानो जी भी खुश होकर चली गयीं तो सुग्गी ने सोचा— रानो जी का घर भी जैसे एक छोटा-सा नेपाल है। देवरानियाँ, जिठानियाँ, ननदें, जी साहेब, उनके भाई, ससुर जी— क्या भरा-पूरा घर है, पर सभी अपने-अपने नेपाल में रहते हैं। टोपियाँ, घुटन्ने, छोटे कुर्ते, कोट— दूर से ही नेपाली लगते हैं। हिमालय-पुत्र बेहद कर्मठ लोग! मर्द-औरतें दोनों काम में जुटे हुए। हनुमान के मन्दिर में कितनी भीड़ रहती है! हममें-इनमें कहाँ फर्क है! तभी तो रोटी-बेटी का सिलसिला है। हमारी रानो जी घर में सबसे सुन्दर हैं। इनकी माँ तो भद्रवाह की हैं। कहते हैं, वहाँ एक परिस्तान है जहाँ की औरतें परियों से भी सुन्दर हैं। हमारे जम्मू की औरतों को भी भगवान ने खाली समय में बैठकर बनाया है जैसे तिनके के साथ नोक-पलक सँवारी हो! यहाँ के लोगों के रंग तो खूब गोरे हैं पर नाकें बैठी हुई हैं। गोरे रंग में तो सब समा जाता है।

अचानक सुग्गी को लाजो याद आ गयी, वह गिनती में उलझ गयी।

पता नहीं, उसे महीना हुआ है या नहीं! परमात्मा, उसका बेड़ा पार करना! मैं उसकी माँ को इतना हौसला देकर आयी हूँ। बस, इसमें से निकल जाये फिर मैं देख लूँगी, नहीं तो मेरा मुँह भी काला होगा। जम्मू शहर के लोग भी बड़े लड़ाके हैं, आज नहीं तो कल बात ज़रूर निकलेगी। लाजो के भाग में पता नहीं सिरीराम ने क्या लिखा है! वो मुआ, जिसने इसका सत्यानास किया, वो तो दूसरे दिन ही पठानकोट चला गया। आ भी गया हो तो उसे कौन पकड़ सकता है! बदनामी तो हर हालत में औरत ही की होती है, पर मैं भी सुग्गी हूँ। देखती हूँ, उस मुए साँड को कौन लड़की देता है!

बर्फखाने वालों की लड़की को शिमले ले जाकर मैंने ही सफाई करवायी थी।

शुक्र है भगवान का, आज तो वो अपने घर में खूब मस्त है। तीन बेटे हैं, घरवाला दुकानदार है। पत्नी की सौगन्ध भी नहीं खाता। पर लाजो और इसका क्या मुकाबिला! ये तो गऊ हलाक हुई है। कभी नज़र उठा के भी किसी को न देखती थी। इन मुए मर्दों को कुछ भी नहीं होता। हाथ धोकर पीछे पड़ते हैं, हाथ धोकर चल देते हैं। सारा दोष स्त्री पर आता है। असल में औरत होकर पैदा होना ही पाप है।

बुबुदाई ने भीतर आकर कहा, "सुग्गी जी, किससे नाराज़ हैं?"

"अरे यही औरत-मर्द का टण्टा! उनको तो मौज-मज़ा चाहिए, भुगतना तो औरत को ही पड़ता है न!"

"सुग्गी जी, आपको क्या है, आप तो मज़े कर रही हैं।"

"मज़े तो तुम भी कर रही हो बुबुदाई! कुछ दिनों में ही और की और हो गयी हो। बेटी भी हँसती रहती है। पेट भरा हो, तभी तो हँसी फूटती है। पर मेरे बच्चों का दूध अपनी बेटी को न पिलाना।"

"सुग्गी बहन, तुम क्या औरत नहीं हो? मैं अपनी बेटी के हिस्से का दूध बेटी ही के लिए बेच रही हूँ। जब दोनों तरफ़ दूध बहने लगे, तब ही मैं उसे पिलाती हूँ, नहीं तो बच्चों की बोतलों में से बचा दूध या फिर रसोई में रखा दूध पिलाती हूँ। कल ही बच्चों की माँ ने एक पुरानी बोतल भी दी है, नहीं तो चम्मच से ही पीती है। जब तक यहाँ है, पेट भरके पी ले, घर जाकर तो पता नहीं एक बार का खाना भी मिलेगा या नहीं!"

सुग्गी ने कुछ हैरान होकर पूछा, "क्यूँ, इस लड़की का बाप कहाँ है?"

औरत की आँख में आँसू छलक आये। उसने आँसू पीते हुए कहा, "इसका बाप दिल्ली गया था काम ढूँढ़ने, पर वहाँ शादी करके रह रहा है।"

"शादी! किसके साथ की शादी?"

"बहन, जब बच्ची पैदा होनी थी तो मैंने अपनी बहन को बुला लिया था। उसने घर सँभालते-सँभालते इसे भी सँभाल लिया। मुझे कुछ शक हुआ तो मैंने इसे घर भेज दिया और पन्द्रह दिन की बच्ची के साथ घर का सारा काम निपटाने लगी। सब ठीक ही चल रहा था, पता नहीं कब वो उसे लेकर दिल्ली चला गया! माँ-बाप थे नहीं, भाइयों ने ये बताना ज़रूरी न समझा होगा कि बहन भी गायब है। मैं तो यहाँ सोच रही थी, किसी के हाथ पैसे भेजेगा पर मेरे चाचा ने दिल्ली से आकर बताया, ये दोनों शादी करके वहीं रह रहे हैं। चाचा ने कितने दिन तो बताया ही नहीं, पर जब मैंने कहा, खाने-पीने की तकलीफ है, कहीं बुबुदाई हो जाऊँ तो दोनों का पेट भरेगा, तब जाकर चाचा ने बताया—'उससे क्या पूछना, वो तो तुम्हारी छोटी-बहन के साथ शादी रचा कर दिल्ली में रह रहा है।'"

सुग्गी दुःखी होकर कहने लगी, "मैं तो इसीलिए मर्दों को गाली दे रही थी।

इन मुओं का क्या जाता है, मुसीबत तो औरत की है। जब से मेरा नाई मरा है, दोनों वक्त की रोटी खुद की कमाती हूँ। अब बेटा भी थोड़ी-बहुत कमाई करने लगा है पर उसके सारे पैसे मैं गुल्लक में रख देती हूँ। कल को इसकी शादी होगी तो काम आएँगे। मेरी मदद किसने करनी है!''

सुग्गी की आवाज़ से जगकर एक बच्चा उसकी तरफ़ हैरानी से देखकर मुस्करा दिया, जैसे कोई कली खिल गयी हो! सुग्गी ने सोचा, बच्चे को समझ नहीं आ रही होगी कि देखभाल कोई करती है, दूध कोई पिलाती है और एक सुन्दर औरत साड़ी पहनकर लाड़ लड़ाती है, इनमें से माँ कौन-सी है।

बच्चा खिलखिलाकर हँसा। उसने सुग्गी की उँगली पकड़ी तो सुग्गी ने कहा, ''जीते रहो शाह जी, दूध पिएँगे?''

बच्चा अँगड़ाई लेकर हिला तो दूसरा भी जग गया। बुबुदाई खुश होकर दोनों को दूध पिलाने लगी। उसकी बेटी उसे टुकुर-टुकुर देख रही थी।

बुबुदाई ने सिसकारी भरी। उसकी आँख भर आयी। उसने कहा, ''लगता है, इनके दाँत आने वाले हैं।''

''हाँ, बुबुदाई, मैंने कल ही इनके दाँतों पर फिटकरी फुलाकर मली थी। दोनों के ही आ रहे हैं। देखो बुबुदाई, तुम यहाँ अच्छी तरह रहना, दूध न भी पिएँ तो भी बच्चे पालना इन बड़े लोगों का काम नहीं है।''

''पर सुग्गी बहन, तुम तो हो न, मुझे किस बात की चिन्ता है!''

सुग्गी ने एक गहरी साँस खींचकर कहा, ''बहन, तुम कल्पना नहीं कर सकतीं, मेरी कितनी लम्बी-चौड़ी बिरादरी है, यजमान हैं। अगले महीने तारा चढ़ जाएगा तो शहर में शादियाँ शुरू हो जाएँगी फिर सुग्गी को कहाँ फुरसत! फिर तो सब लोग 'सुग्गी-सुग्गी' करते फिरेंगे।''

''चलो बहन, तुम्हारे जाने से मैं अकेली हो जाऊँगी पर फिर शायद मेरा दूध ख़त्म होने पर भी ये मुझे रख लेंगे। मेरी लड़की भी भरपेट खाएगी।''

सुग्गी ने बड़ा दार्शनिक होते हुए कहा, ''जो भी जीव दुनिया में आता है, अपना भाग्य लेकर आता है। लड़की की चिन्ता तो तुम करो ही न।''

एक बच्चा सुग्गी को मुस्कराकर देख रहा था। सुग्गी ने उसे उठाकर सीने से लगा लिया। सुग्गी को पहली बार लगा कि सोहर गाने, नेग लेने और तुरही बजाने से ऊपर भी कुछ सुन्दर है। उसका मन बैठने लगा। इन थोड़े ही दिनों में कैसी ममता हो गयी है!

उसने बुबुदाई को कहा, ''बुबुदाई, आदमी के बच्चे और चिड़िया के बच्चे में कोई फर्क नहीं होता, दोनों अपना मुँह खोलकर माँ की तरफ देखते हैं। बड़े होते ही चिड़िया का बच्चा आसमान में उड़ जाता है और आदमी का बच्चा दाँत के साथ आँख भी दिखाने लगता है। माँ का फर्ज़ बच्चा पालना है। वो पालती है, बस।''

बुबुदाई ने कहा, "औरत मरती है अपनी औलाद के लिए, मैं तो अब इस बच्ची के लिए सारी उम्र लगा दूँगी न। मर्द तो अक्ल वाला होता है, पल्ला झाड़ के चल देता है। उसको अक्ल ज़्यादा होती है न।"

"अरे बुबुदाई, ये तो गलत बात है। औरत की बुद्धि के आगे आदमी हमेशा मात खाता है। दशरथ जैसे प्रतापी राजा कैकेई के चक्कर में आ गये। आदमी तो बड़बोला होता है, औरत काम करती है।"

"सुग्गी बहन, तुम्हारे जाने से मैं तो अकेली हो जाऊँगी न। इस लड़की के बाप के जाने के बाद सब होते हुए भी न विधवा में आती हूँ, न सुहागिनों में।"

सुग्गी ने कहा, "ये तो मन की वृत्ति है। नाथी के बाप को गये कितने बरस हो गये! घर खाली हो गया है, पर मैं अपने यजमानों में इतनी घिरी हूँ कि रात को चूर होकर सोती हूँ। नाथी का बाप भी बहुत कम सपने में आता है।" इसके बाद सुग्गी खूब हँसी।

बुबुदाई ने मन ही मन सोचा, क्या लापरवाह औरत है!

जिस दिन सुग्गी ने जाना था, उसकी मुँह-अँधेरे ही जाग खुल गयी। बच्चे रात को जब भूख से हिलते-डुलते तो सुग्गी ही बुबुदाई को जगाती थी। आज सुग्गी खुश ज़्यादा थी या उदास, यह उसे भी पता न था। ये बुबुदाई भी घोड़े बेचकर सोती है।

सुग्गी ने नहा-धोकर पूजा-पाठ किया तो उसने देखा, सामनेवाला पहाड़ पूरा सोने का हो गया है। कहते हैं, यहीं शिव रहते हैं। सूरज की पहली किरणें पहाड़ों को अपने रंग में रंग रही थीं। कहीं-कहीं से सोने की लपटें पहाड़ को दोफाड़ करती धरती में धँसी जा रही थीं। पहाड़ की चोटी ऐसे लग रही थी जैसे दुलहिन के सुनहरी घूँघट के नीचे सिर पर गहना जड़ा हो। सब शान्त, कहीं कुछ और नहीं। सुग्गी ने हाथ जोड़कर कहा—'क्या लीला रचायी है शिवजी महाराज! आज तो साक्षात् दर्शन हो गये।' उसने आँख बन्द करके प्रणाम करने पर आँख खोली तो दृश्य बदल चुका था। सोना, पीला हो गया था। धीरे-धीरे हल्का होता जा रहा था। सारा काठमाण्डू जैसे आँख मलते हुए अँगड़ाई ले रहा था। देखते-देखते साफ़ आसमान के नीचे शिव की धुली पिण्डी की तरह पहाड़ निकल आया। धूप चारों तरफ़ फैल गयी थी, बिखर गयी थी— सोने के वरक की तरह पूरे शहर पर। सुग्गी ने पाया, वह ज़ारोकतार रो रही है। उसने आसपास देखा, उसकी अटैची और थैला बन्द थे, वह भी उड़ने को तैयार थी।

उसे याद आया, डोगरी में कहते हैं—'चुन्ज डोबी दी ते पर सुआक्के दे (चोंच पानी में है और पंख उड़ने को तैयार)।'

पता नहीं, रानो जी की जिठानी कब तैयार होंगी! कोई बस में थोड़ी जाना है जो टैम सिर जाएगी। अपनी मोटर है— जब चाहे आओ, जब चाहे जाओ, तब तक बच्चों को गोद में ले लूँ। धन्न हैं ये बड़े लोग! चाहे दस नौकरानियाँ हों, क्या कोई माँ का मुक़ाबला कर सकती है?

बुबुदाई ने कहा, "बहन, दूध तो पी लो। रास्ते में आधार रहेगा।"

"तेरे हाथ का दूध पी लेती हूँ।" सुग्गी ने दूध होंठों को लगाते ही कहा, "अरे इसमें तो मलाई ही मलाई है! यही पीती हो तुम? तभी तो लाल-लाल हो गयी हो!"

तभी भागा हुआ ड्राइवर आया, "सुग्गी जी, अपना सामान दीजिए, मोटर के ऊपर बाँधना है। डिक्की में तो बहूजी की अटैचियाँ आ गयी हैं।"

सुग्गी ने कहा, "थैला तो मैं अपने पैरों में रखूँगी। बोल देना, सुग्गी ने कहा। अटैची ले जा।"

सुग्गी उदास हो गयी। बच्चों के कमरे में जाकर उन्हें प्यार करते समय उसका गला भर आया। उसने दोनों को गले से लगाकर कहा, "मेरी उम्र अगर ज्यादा हो तो आपको लग जाये। आपको तो मेरी कमी नहीं खलेगी पर मैं आपको कभी नहीं भूलूँगी।"

सुग्गी आँचल से आँसू पोंछती बाहर आयी तो सामने बुबुदाई खड़ी थी। बुबुदाई के गले लगकर उसने रोते-रोते कहा, "मेरे बच्चों का ख़्याल रखना। सुखी रहो बुबुदाई।" यह कहकर वह नीचे उतरी। रानो जी आ रही थीं।

"रानो जी, आपको तो मेरा रोम-रोम असीस रहा है। सुखी रहिए।"

रानो जी ने गाड़ी तक आकर सुग्गी को आगे बिठाया। मोटर के पीछे रानो जी की जिठानी और एक औरत बैठी थी। मोटर में पर्दे लगे थे। सुग्गी ने सोचा, पता नहीं औरतें इतने पर्दों में कैसे जाती हैं! उसने अपनी खिड़की खोली तो हिमालय की ताज़ी हवा ने आकर उसका मुँह सहला दिया। तभी ड्राइवर आकर बगल में बैठ गया। सुग्गी ने मन में सोचा, मेरा क्या कर लेगा? नज़र उठाकर तो देखे, पर्दे खोल दूँगी!

बस में और मोटर में क्या फर्क होता है, यह सुग्गी की समझ में आने लगा। हाँ भई सुग्गी, उतना ही फर्क है जितना सुग्गी में और रानो जी की जेठानी में। वह हँस पड़ी तो चिपके नाकवाले ड्राइवर ने उसे घूरकर देखा।

सुग्गी ने कहा, "आगे देखकर गाड़ी चला।"

पहाड़ी रास्ते में थोड़ी देर बाद चक्कर ज़रूर आते हैं और ये कोई एक दिन की बात तो है नहीं। रानो जी ने कहा था, रास्ते में ये लोग रुकते हुए जाएँगे, तेरा प्रबन्ध भी हो जाएगा। चिन्ता मत करना सुग्गी! माँजी को कह देना, मेरी चिन्ता न करें। सुग्गी रानो जी को असीसती सोच रही थी, अब एक बार जगन्नाथ हो आऊँ

तो ऊपर जाकर नाथी के बाप को देख लूँगी। कहता था, मेरी आँख बन्द हो गयी तो तुझे कोई अपनी ड्योढ़ी न लाँधने देगा। हूँ, कागजी पहलवान कहीं का!

रास्ते में रुकते-ठहरते जब सुग्गी दिल्ली पहुँची तो सब रानो जी की जिठानी के मैके में ही रुके। अब सुग्गी ने जम्मू वाली बस पकड़नी थी। सुबह सवेरे इन्हीं का कोई नौकर बसअड्डे तक छोड़ आएगा। रानो जी की जिठानी के मैके में भरा-पूरा घर है, पर हमारी वजीरनी का क्या मुकाबला!

लोगों के भरे घरों के रस में डूबकर सुग्गी प्रसन्न हो उठी। क्या पता, कल रात घर पहुँच जाऊँ! एक रुद्राक्ष की माला शरदूल सिंह को ज़रूर देनी है।

उसे याद आया, एक बार सोमा ने कहा था—'तेरा भी क्या है सुग्गी, एक टाँग वज़ीरों के घर में है और दूसरी दीवानों के। एक जगह तो पाँव तेरा टिकता ही नहीं।'

सुग्गी ने जल-भुनकर कहा था—'कभी-कभी चाय क्या पिला देती हो तो अपने आप को हरिश्चन्द्र समझ रही हो?'

सोमा भी खुश थी, उसने कहा—'चाय तो मैं कामे को भी देती हूँ पर तू तो रोज खाना भी यही ठूँसती है।'

'मेरे जीजा का घर है, तेरे बाप का नहीं। जीजा के साथ थोड़ा हँस-बोल लेती हूँ तो तुझे आग लग जाती है, मैं क्या समझती नहीं?'

सोमा ने सोचा, नाराज न हो जाये। उसने कहा—'तेरे भरोसे ही तो हूँ सुग्गी, यहाँ मेरा अपना कौन है।'

'हाँ, मेरे तो माँ-बाप साथ ही रहते हैं! चल गश्ती कहीं की! क्या बनाया है, तेरी रसोई में जाकर देखूँ!'

'हाँ, फिर तो तुझे यजमानों के जाना होगा। सारा दिन खाली रहती है।'

'अरी सोमा, सब की हाँ के साथ मिलनी पड़ती है। अपनी मरज़ी से आदमी अपनी राय भी न दे सके, वो कैसी जिन्दगी!' उसने मन ही मन कहा—'सोमा, मैं आ रही हूँ तेरे पास।'

सुग्गी ने रात को कम्बल टाँगों के ऊपर लेते हुए सोचा, कल तो घर पहुँच जाना है, अब कम्बल क्यूँ लूँ? पता नहीं किस-किस ने ओढ़ा होगा! अपना धुस्सा ही रात कटवा देगा।

बस की चक्करघिन्नी से त्रस्त सुग्गी को सांबा से ही जब अपने पहाड़ दिखाई देने लगे तो उसका तन-मन खिल उठा। उसने सोचा, ड्राइवर ने लखनपुर में भी चाय न पीने दी। अच्छा ही है। नहीं तो और देर हो जाती। अब साँझ ढलते ही जम्मू पहुँच जाऊँगी। उसे ऊँघ आ गयी। यह निश्चिन्तता की ऊँघ थी। बस में उसने डोगरी बोलते लोगों को देखा फिर मन में कहा—यही मेरे अपने लोग हैं, यही मेरा घर है।—तवी का पुल पार करते ही उसने त्रिकुटा के धुँधले पहाड़ों की तरफ

देखकर हाथ जोड़े—'धन्य हो माता, सुग्गी को नेपाल दिखा दिया! जै हो पशुपतिनाथ!' फिर उसने इधर-उधर देखकर सोचा, कहीं मातारानी नाराज़ तो न हो गयी होगी! क्या पता भई, बड़े लोगों की बड़ी बातें!

उसने बाहू के किले की माता को हाथ जोड़कर तवी में एक पास डाल दिया था। माता ख़्याल रखेगी। परेड ग्राउण्ड में पहुँचते ही मजदूर करना पड़ेगा। ये दूर देस की बातें हैं अगर पास होता तो नाथी को सन्देसा पहुँच गया होता।

जै माता दी! अब मज़दूर दुअन्नी से कम क्या लेगा! कश्मीर से आये मज़दूर सामान तो ले ही जाते हैं। हमारे डोगरे पंजाब में जाकर भले मज़दूरी ही करें पर अपने घर में सामान ढोते मौत पड़ती है। हरदत्त शास्त्री ठीक ही कहते हैं—

रुट्टी पकान्दे गरमी लगदी
भाँडे माँजदी छैल नी लब्भदी

[खाना पकाते गर्मी लगती है और बर्तन माँजते समय सुन्दर नहीं दिखाई देती।]

जै मातारानी, तेरा आसरा!

आगे-आगे मज़दूर, पीछे-पीछे सुग्गी। सुग्गी ने सोचा, कहीं मेरा सूटकेस लेकर भाग ही न जाये, मैंने तो नाथी के ब्याह में बहू के कपड़े इसी में भेजने हैं। उसका चाव मोती बाज़ार में घुसते ही दुगुना हो गया। वह जैसे सौ-सौ नज़रों से शहर को देखने लगी। सुग्गी थकी हुई थी पर अब उसके कदम तेज चलने लगे। पक्का डंगा का बाज़ार शुरू हुआ तो उसने जी भरकर महालक्ष्मी के मन्दिर को देखा। मन्दिर की ड्योढ़ी को हाथ से छूकर सिर पर लगाया फिर मत्था टेककर जाने लगी। बस पक्का डंगा पार करते ही धौन्थली और लो, अपना अहाता। नाथी को क्या पता, माँ आ रही है, नहीं तो अड्डे पर हाजर-नाजर रहता। पर अच्छा ही है। पता तो चलेगा, घर में बैठता भी है या मटरगश्ती ही करता रहता है। धुँधलके में कहीं बिजली, कहीं लालटेनें जल रही थीं। छोले-भठूरे या राजमाँ-चावल वाली रेहड़ियों पर गैस जल रहे थे। अब शादियाँ शुरू होंगी तो गैस ही गैस, बारातें ही बारातें, शादियाँ ही शादियाँ! उसके मन में बोल सुरके—

जे सस्सु सद्देया न्हेरिया रात्तीं
आया ई गैसा दे नाल

[अगर सास ने अँधेरी रात में बुलाया था तो लौटने के समय बन्ने के साथ गैसों की रोशनियाँ आयी हैं।]

सुग्गी मन ही मन बोली—अपनी लालटेन तो खूब काली हो गयी होगी। कौन माँजकर चकाचक करेगा? जाकर पहले उसे राख से माँज-रगड़कर चमकाऊँगी।

फिर जला दूँगी। औरत के बग़ैर तो वैसे भी घर में अँधेरा ही रहता है। पता नहीं, चूल्हे में आग भी दबी होगी या नहीं!

अहाते की ड्योढ़ी के बाहर एक आवारा काला साँड़ गली में पसरा हुआ आती-जाती गायों को देख रहा था। गायें बिना उसकी तरफ़ देखे अपने घरों को लौट रही थीं। सुग्गी के मुँह से निकला— मुआ व्याघ्र कहीं का! पूरा साल गऊओं के पीछे घूमता रहता है!

अँधेरे में एक आवाज उभरी, "अरे सुग्गी हो क्या?"

"हाँ, सुग्गी ही हूँ, पर ये बिजली की रोशनी ऐसी मुई मरी-सी क्यूँ है?"

"सुग्गी, अब तुम आ गयी हो, रोशनी अपने आप चमक आएगी।"

सुग्गी ने पहचानकर कहा, "अरे बनियाइन हो क्या? कैसी हो? ठीक हो न?"

"ठीक तो हूँ सुग्गी, पर तेरे बग़ैर क्या ठीक, क्या खराब! रौनक ही न थी पूरे शहर में।"

सुग्गी की आवाज अँधेरे को चीरती हुई सीधी अहाते के बरामदे में लेटे नाथी तक पहुँची तो वह बछड़े की तरह 'माऊ-माऊ' कहता सुग्गी के पैरों पर गिर गया।

"अरे नाथी पुत्तरा, कैसा है तू? सूख गया है मेरा लाल! ठीक से खाना नहीं खाता था क्या?"

अहाते से औरतें आकर मुबारक देने लगीं, "अरे सुग्गी, पशुपतिनाथ ने तुम्हें सलामत भेज दिया! जै भोलेनाथ!"

सुग्गी ने हँसकर कहा, "रक्खो बहू, मुझे रखने की हिम्मत किसी में नहीं है।"

सुग्गी आकर बरामदे में पड़े पलंग पर लोट गयी तो पायताने बैठकर नाथी पाँव दबाने लगा। रक्खो देसी चाय का गिलास ले आयी।

अचानक सुग्गी को ख़्याल आया, मज़दूर बाहर खड़ा है। उसने कहा, "नाथी, मजदूर को दुअन्नी दी कि नहीं?"

"दुअन्नी! माऊ, मैंने तो तुझे देखकर उसे खुशी के मारे चवन्नी दे दी।"

सुग्गी खुश होकर चुप रही फिर कहने लगी, "अरे, रानो जी मेरी शादी करवाना चाहती थीं, पर मैंने कहा, पहले नाथी को पूछ आऊँ।"

अब तक सद्दरो नाइन भी मैदान में आ चुकी थी, पर सुग्गी ने हल्की रोशनी की वजह से उसे पहचाना ही न था। सद्दरो ने प्यार से हँसते हुए कहा, "अरी सुग्गी राँड, कितनों की बलि लेगी! एक को तो खा गयी, अभी हौंस बाकी है?"

सुग्गी ने कहा, "अरी सद्दरो चुड़ैल, तू तो सोच रही होगी, सुग्गी तो चली गयी दूर देस, अब मैं ही शहर के सभी ब्याह कमाऊँगी।"

सब औरतें हँसने लगीं तो सुग्गी ने नाथी को कहा, "अरे रक्खो का घरवाला

किस दिन काम आएगा, उसे कहकर मेरे सिर पर एक बल्ब लगा दे ताकि मैं सबके चेहरे देख सकूँ।''

''माऊ, तुमने क्या देखा नहीं, मैंने लालटेन का शीशा किस तरह साफ किया है? अन्दर दीनी (शिलुका) भी रखी हुई है, कहो तो जला दूँ?''

''नहीं नाथीं, दीनी रहने दे, पर घड़े के पानी से बड़ा लोटा भरके ले आ, बहुत प्यास लगी है। अपने जम्मू का पानी भी अमरत है। गाड़ी में मैंने सोडा पिया था। डकार ही डकार! पहले डकार पर तो डलैवर चौंका, फिर डर गया।''

रक्खो दुपट्टे से हाथ पोंछती आ रही थी। उसने कहा, ''मौसी, मेरा भाई परसों आया था। पहाड़ की ताजा गुच्छियाँ मैंने आलू डालकर दही में बनायी हैं। बासमती चावल भी चढ़ा दिये हैं। आज रात मेरे ही घर खाना।''

सुग्गी ने उसे असीसते हुए सोचा, इसे भी कुछ देना पड़ेगा। मोतियों की चार-पाँच मालाएँ रानो जी ने दी थीं, एक दे दूँगी और क्या! उसने कहा, ''बेटी, तुमसे चाय कई बार पी है। जब तक तुम्हारी भाबी नहीं आती, मेरी सेवा तो तुम्हीं को करनी पड़ेगी।''

''ऐसे क्यूँ कहती हो मौसी! भाबी जब आएगी तब आएगी, पहले मेरे हाथ की तो खा लो।''

सद्दरो सुग्गी की चारपाई पर बैठी थी, उसने पूछा, ''क्या तुमने कहीं लड़के की बात छेड़ी हुई है? अब तो शादी के लायक हो गया है।''

नाथी सुग्गी की टाँगें दबा रहा था, उसने अपनी शादी की बात अपने हाथ में थाम ली। बोला, ''सद्दरो मौसी, मेरी बात कहीं तुम्हें ही चलानी पड़ेगी। माऊ से कुछ न होगा। गुल्लक पैसों से भर गयी है मेरी, पर ये तो सुनती ही नहीं। बूढ़ा हो जाऊँगा तो कर देगी मेरी शादी। तब न चाव रहेगा, न शकीनी।''

सद्दरो ने भी बात लपकते हुए कहा, ''भई यूँ तो हम बरादरी के ही हैं और मेरी परसिन्नो भी पन्द्रह की हो गयी है, पर भई तेरी माँ की नाक बड़ी ऊँची है।''

सुग्गी ने मग्न होकर झोली फैलायी और कहा, ''ले सद्दरो, परसिन्नो को मेरी गोद में डाल दे। पर एक ही डर है, तू अगर मेरी बहू को मिलने आती रही तो हो गया मेरा संसार। तेरे जैसी लड़ाका नाइन मैंने दूसरी नहीं देखी।''

सद्दरो ने हलीमी से कहा, ''सुग्गी, मैं तेरा मुकाबला कहाँ कर सकती हूँ!''

''ये तो है सद्दरो! क्या तू कभी नेपाल जा सकती है?''

सद्दरो हँसती रही। उसने सोचा, जो गहने ये ससुराल से लायी है, वो तो मेरी परसिन्नो ही पहनेगी।

नाथी अब शरमाने लगा। उसने परसिन्नो को देखा था। वह कच्ची छावनी वाले लड़कियों के स्कूल में पढ़ती थी। अपनी बिरादरी की ही है, यह उसे कचालुओं वाले ने बताया था। यह भी कहा था कि सद्दरो नाइन की लड़की है,

आठवीं में दो बार फेल हो चुकी है। तब नाथी ने सोचा था, नाइयों में इतनी सुन्दर लड़की दूसरी नहीं है। चलो, सब ठीक हो गया। उसके आगे कलफ़ लगी चुन्नटों वाली गुलाब चूनर घूम गयी जिसे सद्दरो की बेटी मुँह पर खींचती रहती है। नाथी को सब याद आ गया। उसकी खुशी का ठिकाना न रहा।

नाथी ज़ोर-ज़ोर से टाँगें दबाने लगा तो सुग्गी ने कहा, "अरे तोड़ ही डालेगा क्या? मेरी टाँगें लोहे की नहीं बनी हैं। ये लड़की की जन्मपत्री देगी, अपने पण्डित देवदत्त से मिलवाकर फिर बात आगे बढ़ाऊंगी। तो सद्दरो, बात पक्की रही?"

सद्दरो हाथ जोड़े रही।

रक्खो तीन बार खाने के लिए बुला गयी थी। सुग्गी ने कहा, "बस, एक बार नहाकर नेपाल की मैल उतार दूँ, फिर धुले कपड़े पहनकर खाऊँगी।"

सुग्गी और नाथी खा-पीकर आये तो नाथी ने सुग्गी की चिलम जलाकर तैयार कर दी। खुशबू आते ही सुग्गी चौंकी, मेरा मुशकिया तम्बाकू इसे कहाँ मिला? मैं तो रजाई की तह में छुपाकर गयी थी! कहीं यही तो नहीं पीता रहा?

नाथी उसे देखकर बोला, "माऊ, तेरा रखा तम्बाकू तो पुलसिया भी नहीं ढूँढ़ सकता, पर रजाई में जब चुहिया के बच्चों की चीं-चीं सुनी तो मैंने रस्सी पर बाँधकर रखी रजाइयाँ नीचे उतारीं तो उन्हीं की किसी तह से मिल गया।"

सुग्गी ने तम्बाकू का कश लेते हुए तृप्ति की डकार ली और कहा, "ये तम्बाकू वजीरनी जी की लखनऊ वाली बहन लायी थी, मैंने चोरी से उससे माँग लिया। इससे हवा नहीं बनती। अरे सद्दरो की बेटी, याद आया, मैंने बैसाखी में नहर पर सद्दरो के साथ देखी थी। लड़की सुन्दर है। क्या नाम है भई उसका?'

नाथी ने सतर्क होकर कहा, "मुझे क्या पता! मैंने थोड़े ही उसका नाम रखा था!"

सुग्गी ने एक कश लेकर कहा, "जन्मपत्रियाँ मिलने तक काबू में रह। शुक्र है, तेरे बाप ने दो कोठरियों पर कब्जा कर लिया, नहीं तो बीवी आते ही तू मुझे कोठरी से बाहर कर देता।"

"ऐसी बात न कर माऊ, मैं तेरा अच्छा नाऊ बेटा हूँ।"

सुग्गी सो गयी थी। नाथी ने दो-चार कश लगाये तो चिलम बुझी। नींद तो आने का नाम ही नहीं ले रही थी। उसने सोचा, घोड़ी पर बैठने की भी मश्क करनी पड़ेगी। घोड़ी पर सवारी करते ही उसे नींद आ गयी।

सुग्गी उठी तो उसने देखा, नाथी खर्राटे ले रहा है और उसका मुँह खुला है। कोई मक्खी या मच्छर अन्दर सीधा घुस सकता है। पर इसको शादी की आग लगी हुई है। पता नहीं, रात को कब सोया होगा! नाक पोछनी तो आती नहीं, चले हैं शादी रचाने!

सुग्गी ने अखरोट की दातुन ढूँढ़ निकाली। कहाँ वो दवाई जैसी, दाँतों में मलो।

अब भगवान क्या जाने, जो पदारथ यहाँ है, वो और कहीं नहीं है भई! दातुन करके हौज पर नहा लेती हूँ।

सुग्गी नहा-धोकर सिरीराम कर रही थी कि अहाते के फाटक से एक साया अन्दर घुसा। इतनी सुबह कौन आया? साया सुग्गी से लिपटते हुए बोला, "मैं नहा-धोकर आयी हूँ सुग्गी! हम शहर में मुँह दिखाने लायक नहीं रहे।" यह कहकर वो फुक्का मारके रो उठी।

सुग्गी की समझ में आया। ये लाजो की माँ थी। और कौन होता!

सुग्गी ने उसे ढांढ़स बँधाते हुए कहा, "देखो लाजो की माँ, मैं तुम्हारे पास ही आनेवाली थी। लड़की को महीना हुआ कि नहीं?"

"महीना तो टैमसिर हो गया था पर उस मास्टर के घर में जहाँ इसकी बात चल रही थी। किसी ने गुमनाम चिट्ठी डाल दी है। पता नहीं उसमें क्या लिखा होगा। रामनगर सैर करने जाते हैं न लाजो के बापू, वहीं लड़के के बाप ने कहा, 'जो सुना है वो चाहे सच हो या झूठ, पर अब ये रिश्ता नहीं होगा। लड़के का मन इतना खराब हो गया है कि वो आगे की पढ़ाई करने दिल्ली गया है।' मेरी लड़की तो दिन-रात रोती ही रहती है। उसके मन पर वो शाम कहर बनकर चिपक गयी है।"

यह कहकर वह रोने लगी तो सुग्गी ने कहा, "चल, तेरे ही घर चलते हैं। अब इतने दिन ठाकुरों को नाथी नहलाता रहा। आज भी वही नहला लेगा।"

लाजो के घर जाकर सुग्गी ने राहत की साँस ली। लाजो का बाप लंगोटी पहने हौद के पास नहा रहा था। सुग्गी ने मालती की बेल पीछे की तो कई फूल भरभराकर गिर पड़े। उसे लगा, इनमें एक फूल लाजो भी है।

रसोई में चूल्हे पर चाय गदक रही थी। लाजो की माँ ने लकड़ी निकालकर चूल्हे की दीवार से मारी तो लकड़ी भड़क उठी। लाजो की माँ ने कहा, "सुग्गी, इस बार तारा चढ़ते ही लड़की के हाथ पीले करने होंगे। अगर बात फैल गयी तो किसी भी अच्छे घर में ब्याहना मुश्किल होगा। तेरे आगे हाथ जोड़ती हूँ सुग्गी, अब तेरा ही आसरा है!"

सुग्गी सोचने लगी, इस जम्मू शहर में लोगों के पेट में पंसेरी अनाज रह सकता है, पर बात नहीं। चाय का उसका तीसरा गिलास था फिर उसने गिलास नीचे रखकर कहा, "लाजो की माँ, चिन्ता न कर। एक-दो दिन में कुछ करती हूँ। आज तो अभी वजीरनी जी के पास भी जाना है। रानो जी से उन्होंने कुछ मँगवाया होगा। बड़ी-सी पोटली बन्द है। मैंने खोली तो नहीं, पर टोही तो थी ही। मोती तो हैं ही, बाकी कुछ कीमखाब मखमल होंगे। तेरी चिन्ता मैंने ओढ़ ली है। शहर का फेरा तो लगा आऊँ। पता चले, बात कितनी फैली है। कोई न कोई रास्ता शिवजी महाराजा निकालें। ऐसी दिव्य ज्योत-सी लड़की। ये मुआ हरामी मर जाये। देखती हूँ, इसे शहर में

कौन लड़की देता है! मेरा नाम भी सुग्गी है।''

अहाते में घुसते ही सुग्गी ने देखा, नाथी नहाकर कुछ भुनभुन कर रहा है। कमरे में जाकर उसने पूजा की। बरामदे में चूल्हे पर पीछे चाय की पतीली और आगे मिट्टी की हाँडी में आलू उबल रहे हैं। आटा मला रखा है। नाथी की नजर से बचती सुग्गी ने देखा, नाथी हाथ जोड़े माँग रहा है। पूजा कम और भीख ज्यादा :

''हे शिवजी महाराज, अब मुझे भी एक पारबती दिला दो। नाम परसिन्नो है, परसिन्नो। माऊ के पैर में तो चक्कर है। मुँह-अँधेरे ही कहीं निकल गयी। खाना तो आप देख रहे हैं, मैं ही बनाता हूँ। बाकी आप खुद अन्तरजामी हैं, सयाने हैं, सारी बात अपने आप समझ लो। जै शिव शम्भु, तोड़ दे हवेलियाँ और लगा दे तम्बू।''

सुग्गी को हँसी आ गयी। उसने भीतर जाकर कहा, ''अरे शिवभक्त, सब समझ रही हूँ। अब तुझे एकदम शादी की आग लग गयी है।''

''माऊ, छोड़ ये बात। सब तैयार है। मुझे आलूवाले पराँठे बनाकर खिला। अपने हाथ की रोटी खाते-खाते मेरा पेट जल गया है। और देखो, सरसों के तेल में नहीं बनाना, देसी घी में बनाना। देख, तेरा नाथी कैसे सूख गया है माऊ! जो तेरे हाथ की खाने में मजा है, गऊ की सौगन्ध, वो कहीं नहीं है।''

सुग्गी ने उसे प्यार से देखा। उसे लगा, वो नेपाल गयी ही नहीं थी। नाथी ने आटा मलाई की तरह गूँथा हुआ था। आलू फोड़कर उसने मसाले डाले और कहा, ''अन्दर अनारदाना पड़ा है। आठ-दस दाने ले आ, पराँठे स्वाद हो जाएँगे।''

नाथी अन्दर से पैंट पहनकर आया तो सुग्गी बोली, ''अरे पैंट पहनकर किसे दिखानी है! जा, पायजामा या धोती पहनकर आ।''

नाथी हँसकर बोला, ''मैं स्टूल पर बैठकर पराँठे खा लूँगा। क्या पता सद्दरो का कोई नाते-रिश्तेदार मुझे देखने दुकान पर आ जाये।''

सुग्गी को आग लग गयी पर उसने बात मोड़ते हुए कहा, ''यह तुम्हारा छठा पराँठा है। अब दो ही पराँठों का आटा बचा है। मैं भी पेट में कुछ डालूँ या नहीं?''

''ले माऊ, मैं तो खुद ही बस कर रहा था। अब इतनी देर बाद तो तेरे हाथ के पराँठे नसीब हुए हैं— क्या करता!''

सुग्गी ने पराँठा बेलते हुए कहा, ''अब अपनी बीवी के हाथ के खाना।''

''समय आने दो माऊ, देख लेना, पराँठे तो मैं बस तेरे ही हाथ के खाऊँगा। अच्छा, अब मैं जाता हूँ। घर में पूरा राशन भर रखा है। अब कमाऊ पूत है तेरा। तेरे पीछे तीन बूढ़े ढल गये। सबके सिर मूँडते-मूँडते दोपहर ढल जाती थी। ये जो गुल्लक है, भर गयी है। जो देख रही हो, ये दूसरी है।''

सुग्गी का पेट गर्म हुआ तो वह दौरे पर निकली। वजीरनी को पोटली देकर रानो जी की ससुराल के गुण गाते हुए कहा, ''वजीरनी जी, रानो जी तो साच्छात लक्ष्मी हैं। घर में हुक्म हासिल है। सब उन्हें बड़ा मानते हैं। इतना बड़ा घर, नौकर-

चाकर, टहलिनें— क्या नहीं हैं वहाँ। भगवान उन्हें सुख ही सुख दे। मैं चलूँ वजीरनी जी, फिर आऊँगी।''

''जाओ सुग्गी, अब मैं अपनी रानो के लिए निश्चिन्त हो गयी हूँ। बड़े दूर ब्याही है न, मुझे उनकी बड़ी चिन्ता रहती थी। चलो, तुम देख आयीं। कलेजे में अब ठण्ड है। सुग्गी, आती रहना। नाथी तो एक बार भी नहीं आया।''

''वजीरनी जी, बड़ी शर्म करता है, पर अच्छा है, उसने आटा मलना, दाल-आलू बनाने सीखे लिये हैं।''

''सुग्गी, ये तो अच्छा है। दिन तो ऊपर-नीचे होते ही रहते हैं। अपने हाथ में हुनर हो तो क्या कहने!''

सोमा के घर जाते वक्त सुग्गी चल नहीं रही थी, उड़ रही थी। घर पास आते ही उसके कदम उलटे-सीधे पड़ने लगे। दरवाजा ठेलते हुए उसकी भर्रायी हुई आवाज निकली, ''मुई सोमा, कहाँ हो भई?''

''अरे सुग्गी राँड, आ गयी? तेरे बगैर तो तेरे जीजा भी उदास हो गये हैं।''

पण्डित देवदत्त घर में ही थे। अपनी बैठक से निकलकर आये।

''सुमुखि जी, चारों तरफ अँधेरा करके कहाँ चली गयी थीं? पण्डिताइन ने स्वाद का खाना भी कहाँ खिलाया। असल में इस घर में खाना तो आपकी पसन्द का ही बनता है न।''

सुग्गी को शर्म आ गयी। उसने अपनी पोटली में से रुद्राक्ष की माला निकालकर पण्डित जी को देते हुए कहा, ''लो जीजा, माला और अपनी बैठक में जाकर जाप करो, जो पण्डितों का काम है। हम इतने दिनों बाद मिली हैं, कोई प्रैवेट बात भी करनी होती है न!''

''सुमुखि जी, थैंक यू।''

''जाओ जीजा, मजाक न करो। चल सोमा, पिछवाड़े कुएँ के पास जाकर बैठते हैं। कुएँ को देखें भी कितने दिन हो गये।''

पण्डित जी की आवाज आयी, ''पण्डिताइन, हम पाठशाला जा रहे हैं। सुमुखि जी को खिला-पिलाकर भेजना।''

सुग्गी ने निवार के पलंग पर बैठते हुए कहा, ''ये जीजा आज भी इस घर को अपने बाप का घर समझता है।''

दोनों हँस पड़ीं।

सोमा ने कहा, ''चल सुग्गी, अब शुरू कर अपनी राम-कहानी। इतनी जल्दी कैसे आ गयी? तारा चढ़ते ही शादियाँ शुरू हो जाएँगी, फिर क्या होगा तेरे यजमानों का! दिन में शाम को कई बार मैंने कामे को भेजा, पर तेरा बेटा न आया, न कोई

सन्देश भेजा। एक दिन पण्डित जी भी वहाँ से गुजरे थे, घर में साँकल थी। उनका विद्यार्थी गया था पता करने।''

''मैं जानती थी, ये तो परसराम के होटल में खाता होगा। दो किलो दूध में आधा किलो जलेबी हो तो इसका पेट भर जाता है। घर में भी बनाकर खाता था। अहाते में दाल की कटोरी तो मिल ही जाती है। तू सुना, शहर में नयी ताजी क्या खबर है भई?''

सोमा ने कहा, ''शहर की खबर मुझे तेरे सिवाय कौन देगा! घर की खबर सुन ले। मैंने पिछवाड़े वाली कोठरी की छत उधड़वा दी। तुझे क्या-क्या बताऊँ, शहतीरों में क्या-क्या धँसा हुआ मिला!''

सुग्गी ने जोड़ा, ''सोमा, तेरी सास भी कम चरकटी न थी। तेरे ससुर से चीजें छुपाने की आदत थी उसे, मेरी सास बताती थी। पर तुझे क्या-क्या मिला?''

''क्या बताऊँ, सुग्गी, पोटलियों में गोल सुराख वाले पैसे, दुअन्नी, इकन्नी, चवन्नी और एक सोने की नसबेसर भी मिली, जो माँजी ढूँढ़ते हुए चली गयीं।''

''रखी तो खुद ही होगी।''

''अरे सुग्गी, एक पोटली में छुहारों की गुठलियाँ, चींटियों के खाये बादाम भी मिले।''

''हाँ भई, तेरी बुढ़िया छुप-छुपकर खाती होगी। कलिहारों का सारा सामान है। आजकल तो लड़कियाँ ज्यादा देर नहीं पहनतीं। हमारे टैम में कलिहार के सूखे नारियल से गर्दन अकड़ जाती थी।''

फिर सुग्गी की रामकहानी सुनकर सोमा ने कहा, ''तेरे जैसा मकर भला कौन कर सकता है! रानो जी ने भी सोचा होगा, ये चली ही जाये तो अच्छा है। सुग्गी, तुम्हें कौन नहीं जानता!''

''मर चुड़ैल, मकर से ही तो दुनिया जीती है। पर सोमा, मुझे बच्चों से बड़ा मोह हो गया था। बच्चे भी मुए इतने प्यारे थे, जैसे रुई के गोले हों!''

''चलो, हमारे घरों में भी भेजेगी मातारानी। सुग्गी, सुन रही हूँ, लाजो की कुड़माई टूट गयी!''

''हाँ सोमा, दागी लड़की से कौन शादी करना चाहेगा!'' यह कहकर उसने अपनी जबान काटते हुए कहा, ''ऐसी दिव्य ज्योत लड़की, पर भाग देखो!''

सोमा ने अचरज में भरकर कहा, ''ऐ तो तुझे मालूम था? तुमने तो कभी मुझसे बात नहीं की!''

''सोमा, ये बेटियों की इज्जत का सवाल होता है। ये बात मैं अपने आप से भी नहीं करती और तू जानती है, मैं अपने में और तुझमें कोई फर्क नहीं करती। उसके माँ-बाप तो रो-रोकर परेशान हैं। उसकी जल्दी शादी हो जाए, वही ठीक होगा। जितनी देर लगेगी, बात उतनी ही उड़ेगी। शादी हो जाये, बात की झाग बैठ

जाये, पर किससे बात करूँ? इस शहर में तो बात कहती है—तू मुझे मुँह से निकाल, मैं तुझे घर से निकाल दूँगी।''

सोमा सारी बात सुनकर दुखी हो गयी थी। उसने कहा, ''सुग्गी, एक बात मेरे मन में आयी है।''

''कहो न सोमा!''

''देखो, बात तुम्हें ठीक लगे तो बता देना। ठीक है?''

''कुछ फूट भी तो सही।''

सोमा चुप हो गयी, फिर थोड़ी देर में कहा, ''तुम ठीक समझो तो दवानू से बात करो। इतने बड़े घर का चराग है, वो इसका हाथ पाकर निहाल हो जाएगा। मुझे घर आकर उस दिन वह कह रहा था—सुग्गी बुआ को कहो, कहीं मेरा टाँका फिट करवा दे। तुम जानो, शादी होते ही लोगों के मुँह बन्द हो जाएँगे।''

सुग्गी बड़े ध्यान से सुन रही थी। कुछ सोचते हुए उसने कहा, ''सोमा, अगर लाजो की तकदीर में ये व्याघ्र ही लिखा है तो यही सही। सोमा, जीजा के साथ रहकर तुझे अक्ल आ गयी है। ये मुहरा चल सकता है। ला मिला दस्तपंजा!''

सोमा ने कहा, ''ले सुग्गी, आज तेरी सोमा तेरे काम आ गयी।''

''हाँ सोमा, पर काम बड़े तरीके से करना पड़ेगा। एक दिन दवानू के घर जाकर देखती हूँ, क्या हाल है, फिर कुछ करते हैं। एक और इसके उस कमरे में दुकान बन सकती है, जो सड़क की तरफ खुलता है। एक दुकान दूसरी तरफ। सुन्दर पत्नी होगी तो क्या पता, सुधर ही जाये। तुमने वो कहावत तो सुनी ही होगी—

'भैंह ही भुक्खी दी, ते भोह हा सड़े दा।' ''

[भैंस भूखी थी और घास सड़ी हुई थी याने दोनों ही तृप्त।]

सोमा ने गेयास्सन लेनेवाली चाची को ड्योढ़ी लाँघते देखा तो सुग्गी को चुप रहने का इशारा कर दिया। फिर उठकर आँगन में आयी और चाची के पाँव छुए, ''चरणवन्दना चाची जी! देखिए, मेरी सुग्गी आ गयी है।''

''क्यूँ नहीं आती सोमा, शादियों का इतना भारी लग्न सिर पर है। ब्याह नहीं कमाएगी तो खाएगी क्या?''

सुग्गी को आग लग गयी। उसने सोमा का लिहाज रखते हुए कहा, ''चाची, इन हाथों से कमाऊँगी नहीं तो खाऊँगी क्या?'' फिर उसने सोमा को कहा, ''सोमा, जरा निकलकर देखूँ, शहर की हवा किस तरफ है।'' उसने सोमा को आँख मारकर कहा, ''पता नहीं, इस मूर्ख को समझ आएगी या नहीं।''

सुग्गी निकली तो आगे उसे तवी से नहाकर आती संसारो दिखी। उसके सिर पर तवी के कुएँ से पानी का भरा घड़ा था।

''कैसी हो मौसी?''

‘‘ऐं, ठीक हूँ संसारो! जरा अपने घड़े के पानी की एक चूटी मुझ पर डाल दे। आज तो घुटनों में बहुत दर्द था इसलिए घर पर ही नहा ली। कल तवी जाऊँगी। पर तू दिन में तवी क्यूँ गयी?’’

‘‘मौसी, असल में नहा-धोकर काम निपटा लिया था। मेरी ननद के बच्चे देर से जगते हैं न, कहने लगे, तवी जाना है। ये घर पर नहीं थे। मैंने सोचा, चलो इन्हें तवी दिखाकर पानी भी भर लाती हूँ।’’

‘‘और बच्चे कहाँ गये?’’

‘‘वो तो मौसी, कचालू खाने बैठ गये हैं। लो, जितने चाहे पानी लो।’’ संसारो बोली।

सुग्गी ने जल अपने ऊपर छिड़का, कुछ मुँह में डाला और निकल ली। इतना अच्छा शगुन हुआ है। चल सुग्गी, दवानू की हालत का हिसाब लगाएँ।

सुग्गी जा रही थी तो सड़क पर एक चायवाले ने पूछा, ‘‘मौसी, चाय पियोगी?’’

‘‘नहीं पुत्तरा, मैं लफटैन चाय नहीं पीती। देखो, ये मण्डी का दरवाजा गिर जाने पर कितना खराब लगता है! कभी यहाँ से कोई नंगे सिर न जा सकता था। सवेरे शहनाई और डफली की आवाज से सुब्ह होती थी। मजाल है कोई मौलश्री या चम्पा का एक फूल भी तोड़ ले। खुशबू मण्डी में नाचती रहती थी। इन मुए कश्मीरियों के राज्य में जो हो सो थोड़ा। पिछले साल आग लग गयी थी मण्डी में या लगायी गयी थी, कौन जाने! पता नहीं, क्या-क्या जला होगा पुत्तरा! कभी यहाँ चिड़िया पर न मार सकती थी, आज कैसे बीट करते जा रहे हैं! अरे महाराजा हरिसिंह जैसा कौन होगा! चलो, राजी रहे। हमारे जुगराज कर्णसिंह दिल्ली से यहाँ आते हैं तो महल पर राजा का झण्डा चढ़ता है।

सुग्गी को आवाज आयी, ‘‘अरे बुआ, तुम नेपाल से लौट आयी? शुक्र है। बुआ, किसका कलेजा ठण्डा कर रही हो?’’

सुग्गी ने देखा, दवानू था।

‘‘अरे इस कश्मीरी राज का। मुबारक मण्डी की टूटी ड्योढ़ी अगर गिर गयी थी तो क्या वो बन न सकती थी? ड्योढ़ी का खुला मुँह कितना खराब लगता है!’’

‘‘बुआ, मैंने सोचा, पशुपतिनाथ ने क्या पता तुम्हारा मन बदल दिया हो और तुम ससुराल जा रही हो! सास के लिए क्या लायी हो बुआ?’’

‘‘मर मुए, तुझे भी मजाक करने को मैं ही मिली! सास के घर तो मैं झाँकने भी न जाऊँ।’’

‘‘बुआ, तुम मजाक करने वालियाँ ला दो, फिर तुम्हें मजाक न करूँगा। बुआ, इतना पास आयी हो, क्या मेरा घर पवित्र न करोगी? क्या पता, तेरे चरण पड़े तो घरवाली भी आ जाये!’’

"बड़ा शौक है बीवी का, तो अपनी चाल सुधार। लड़कियों की क्या कमी!"

दवानू ने खुश होकर सुग्गी को गोद में उठा लिया और बड़ी आज़िजी से कहा, "बुआ, चलकर देख ले, तेरे भाई के घर में मेरे किसी ऐब की छाया तक नहीं है। ले बुआ, घर आ गया। बैठो पलंग पर। देखो बुआ, जिसका कोई नहीं होता, उसकी बात हर कोई करता है। मैं उड़दू बाजार में शराब पीकर गाना सुनने जरूर जाता हूँ। अगर मैं तुम्हें बताऊँ, वहाँ कौन-कौन आता है, तो तुम वापस नेपाल चली जाओगी। खैर, छोड़ उस किस्से को, अब मेरा कुछ सोच। इतनी बड़ी हवेली की छत तो बन्दरों से ही आबाद रहती है। पता नहीं, किस-किस घर के कपड़े लाकर ऊपर फाड़ते रहते हैं। इतना गन्द है कि पिछले महीने सुलताना जमादार तीन लड़कों को लेकर आया तो सफाई हुई। तीन बोरी कूड़ा ले गये फेंकने को। मैंने फिर ऊपर वाले दरवाजे पर ताला लगा दिया है, कहीं नीचे भी दखल न कर दें!"

उसी वक्त दवानू की रसोई से बिल्ली अपनी दूध-भरी मूँछें चाटती बाहर निकली। सुग्गी ने दवानू को डाँटते हुए कहा, "रसोई में कुण्डी क्यूँ नहीं लगाता है? मुँहझौंसे, क्या अब उसका जूठा दूध पिएगा?"

"नहीं बुआ, दूध में देसी चाय की पत्ती डालकर उबालता हूँ। कभी नहीं, तो ये बिल्ली ही दूध पीती है। कुण्डा तो ये दरवाजे को धक्के देकर ही खोल लेती है।"

"हे भगवान, ऐसी बात तो कभी न सुनी थी। तेरे जैसे मुश्टंडे का मैं क्या करूँ, बताओ!"

दवानू चुप रहा तो सुग्गी ने पूछा, "दवानू, क्या भाभी का गहना-गुड़िया उड़दू बाजार में दे आया, या कुछ बचा है?"

"राम-राम बुआ, मैं कैसा भी अधर्मी क्यूँ न होऊँ, अपनी माँ का गहना किसी गानेवाली के बदन पर नहीं देख सकता। बुआ, मेरा यकीन कर।"

सुग्गी ने खुश होकर कहा, "शाबाश पुत्तर, फिर मेरी सलाह मान, सड़क पर जो भाई की बैठक होती थी न, वहाँ दरवाजा खोलकर दुकान खोल ले। यहाँ खूब चलेगी। बीवी के आते ही तू इज्जतदार हो जाएगा।"

"बुआ, तेरा ये आइडिया कमाल है। बुआ, आज से तू जो कहेगी, वही करूँगा मैं। तेरे पाँव पड़ता हूँ, बस मेरा दरवाजा खोल दे, पर बहू सुन्दर होनी चाहिए।"

"क्यूँ नहीं, तू जो रामचन्दर लगता है, वैसी सीता भी तो चाहिए।"

"बुआ, मैं वादा करता हूँ, पन्द्रह दिन के बाद देखना। कल से शाखा में जाना शुरू कर दूँगा। एक तो सुबह उठने की आदत पड़ जाएगी, दूसरा वहाँ कसरत करूँगा तो मुँह पर रौनक आ जाएगी।"

"अरे ये शाखा, वो पण्डित प्रेमनाथ डोगरा वाली न?"

"हाँ, बुआ, हमारे जम्मू की शान हैं वो।"

सुग्गी ने कहा, ''चल, तू भी शान बनके दिखा।''

सुग्गी ने सोचते हुए दवानू से पूछा, ''पर दवानू, दुकान काहे की खोलेगा? ये कुछ सोचा भी है या नहीं?''

''तुम बताओ बुआ, पर इस जगह किरयाने की ही दुकान चल सकती है।''

''हाँ दवानू! देखा, कैसे अक्ल आनी शुरू हो गयी! अब पहले दुकान के लिए अलमारियाँ, कुर्सी, दीवान वगैरह बनवा।''

''हाँ बुआ, पहले तो कमरे की मरम्मत करवाकर सफेदी पुतवा दूँ।''

''हाँ, दवानू, ये ठीक है। अब मैं चलती हूँ। जिस कड़ाही से बिल्ली ने दूध पिया, उसे मोती बाजार में देकर दूसरी कड़ाही ले आना। कभी मैं आऊँ तो खुद भी चाय बनाकर पी सकूँ।''

''सत्त वचन बुआ!''

''तो मैं जा रही हूँ।''

सुग्गी वह सड़क पार करके जब अपनी गली में घुसी तो सोचने लगी, इसे तो महल में बिठा आयी हूँ, अब कोई रहनेवाली भी चाहिए न। चल सुग्गी, लाजो के घर।

लाजो की माँ ने सारी बात सुनकर आँख में आँसू भरकर कहा, ''तो क्या मेरी लाजो उसी के लायक रह गयी है?''

''लाजो की माँ, इस वक्त इज्जत का सवाल है। शादी होते ही जो मुँह अब तक खुले हैं वो भी बन्द हो जाएँगे। मौके की नजाकत देख सबके मुँह पर जूता बरस जाएगा। अपने घर में क्या होता है, ये कोई नहीं देखता पर पड़ोसी के क्या हो रहा है, उसकी ताक-झाँक सब करते हैं। लड़की की जन्मपत्री दे दे, दवानू की जन्मपत्री मैं कल ही ले आऊँगी। पण्डित से बड़ा कौन पण्डत है इस शहर में!''

''सुग्गी, उनका घर तुमने देखा है? न कोई आता है, न कोई जाता है। पूरी छत पर तवी पार के सारे बन्दर नाचते रहते हैं।''

''मैं दवानू के घर से ही आ रही हूँ। सारा इन्तजाम करके आयी हूँ। राजाओं के दिये गहनों की सन्दूकची जमीन में दबी पड़ी है। सोना तो किलो के हिसाब से है। घर नहीं है, पूरी हवेली है। राज करेगी मेरी लाजो।''

''लाजो के बापू से तो बात करनी ही पड़ेगी।''

''तो करो न। तुम्हारा अबोला तो नहीं चल रहा न।''

''क्या बात करती हो सुग्गी! लाजो का दु:ख हम दोनों बाँटते हैं, या फिर तुम हो बहन।''

''तुम बात करके रखना। मैं कल तक दवानू की जन्म-कुण्डली ले आऊँगी। जी छोटा मत कर, सब ठीक हो जाएगा। लाजो का दसवीं का नतीजा कब आनेवाला है?''

"अब नतीजा आये न आये, लड़की की बलि तो देनी ही पड़ेगी।"

सुग्गी के भीतर दवानू की बुआ जाग उठी। उसने जल-भुनकर कहा, "देखो लाजो की माँ, कोई जबरदस्ती नहीं है, तू सोच ले।"

"नहीं सुग्गी, मैं दुख में पागल हो गयी हूँ। लाजो क्या तुम्हारी बेटी नहीं है?"

"फिर तू अपना मुँह बन्द रख। मैं थक गयी हूँ और अभी नाथी के लिए खट्टी अरबी बनानी है। उसे चावलों के साथ बड़ी अच्छी लगती है। पता नहीं अनारदाना कहाँ रखा है! फिर उसे कूटना भी पड़ेगा।"

लाजो की माँ ने कहा, "रुको, परसों ही उधमपुर से ताजा अनारदाना आया है, झट से पिस जाएगा। तेरा हिस्सा था न, याद आ गया, नहीं तो कुछ भी याद नहीं रहता। मैं अनारदाना ले आती हूँ।"

सुग्गी ने अपने झोले में अनारदाना डालते हुए कहा, "ये तो सिर्फ अनारदाना नहीं लगता! लिफाफ़ तो भारी है!"

"सुग्गी, दो कलाड़ियाँ भी रख दी हैं। तेरे नाथी के लिए।"

"लाजो की माँ, तुझे किसने कहा कलाड़ियाँ उसे बड़ी पसन्द है?"

लाजो की माँ मुस्करा दी।

सुग्गी ने कहा, "देख लाजो की माँ, कहीं बात न करना। जन्मपत्री एक बार मिल जाये, फिर तो सबको पता चल ही जाएगा। और चले न, कोई चोरी तो नहीं है।"

"सब तुमने ही करना है सुग्गी, मुझे तो कुछ नहीं आता।"

"ये मैं जानती हूँ। तो मैं चली। रोज तो मुआ परसराम के खाता था, अब देखती हूँ, कैसे होटल में खाना खाता है!"

सुग्गी के जाते ही लाजो की माँ ठाकुरद्वारे में जाकर लुढ़क गयी। रोते-रोते उसने रामायण की चौकी पर सिर रख दिया। थोड़ी देर में वहाँ लाजो ने आकर देखा तो माँ का सिर उठाकर उसके गले लग गयी। माँ के आँसू पोंछने के बाद लाजो ने अपने आँसू पोंछे, फिर माँ से कहा—

"माँ, रोने से कोई फायदा नहीं है। मेरा नतीजा आने ही वाला है। दस पास करके मैं प्राइवेट पढ़ूँगी तो बी.ए. कर लूँगी। अगर मुबारिक मण्डी वाले टकसाल घर स्कूल में नौकरी मिल जाये तो अच्छा है। हैडमिस्ट्रेस ने पिछली बार कहा था— 'लाजो, तू बड़ी लायक है। दस पास करके यहीं आ जाना।' पर जब तक नतीजा न निकले, बात करने का कोई फायदा नहीं है।"

"हाँ बेटी, ये तो ठीक है, पर वैष्णो माता ने तेरे भाग में क्या लिखा है, कौन जानता है!"

"हर बात माता के सिर न मढ़ा कर। जो मेरे साथ जुल्म हुआ है, ये क्या

माता ने करवाया है ? पास तो मैं हो जाऊँगी।''

''हो जाओगी। अव्वल आएगी तू, मुझे पूरा यकीन है। तेरा बापू खमीरे खाने को कह गया है। खमीरा आटा हो गया होगा। पेड़े पर खसखस लगाकर पेड़े बनाकर रख दे। फिर जब तेरे बापू आएँगे तो तन्दूर में रोटी लगा लेंगे। तन्दूर मैंने गर्म करके ढँक दिया है।''

''माँ, आज तू खुश है, क्या बात है ?''

माँ ने कहा, ''लाजो, मेरी खुशी तेरे बापू और तेरे इर्द-गिर्द ही घूमती है।''

कुछ ही दिनों में मुबारिक मण्डी के दरवाजे के पास दवानू की दुकान खुल गयी। 'वैष्णो स्टोर' का फीता काटकर जब ब्राह्मण सभा के प्रधान ने दुकान के अन्दर प्रवेश किया तो सुग्गी की आँखें फटी की फटी रह गयीं। अलमारियों के खाने में हर भाँति का सामान था। दालें, चावल, बादाम, अखरोट, गुच्छियाँ, ढींगरी, मलूक अनारदाना, साबुन, तेल, आँवले, रीठे— क्या नहीं था दुकान में! सुग्गी कभी यहाँ देखती, कभी वहाँ।

सुग्गी को ब्राह्मण सभा के प्रधान ने कहा, ''सुग्गी जी, बादाम से अँजुलि भर लो। दीवानचन्द की पहली ग्राहक तुम ही हो।''

सुग्गी फूलकर कुप्पा हो गयी। उसने सोचा, ये मुआ दवानू सुग्गी की जादुई छड़ी से सीधा दीवानचन्द हो गया। क्या लड़की का सुलक्खना कदम पड़ा है! शादी हो जाये, फिर देखना।

''हाँ भई सुग्गी, बादाम-पिस्तों से झोली भर ले। क्या सोच रही है ?''

''प्रधान जी, ये दीवानचन्द मेरा भतीजा है। इसके बाप को राखी बाँधती थी मैं। मैं तो झोली भरती रहूँगी, आप मुँह मीठा कीजिए न!''

सुग्गी ने लड्डुओं का थाल प्रधान को थमा दिया। प्रधान ने मुँह में लड्डू डाला तो फिर सब लड्डू लेकर खाने लगे।

सुग्गी ने कहा, ''प्रधान जी, जो भी नया जीव घर में आता है, अपना भाग्य लेकर आता है। बस, बहू आ जाये फिर देखिए नजारे!''

दवानू फूलकर कुप्पा हो गया। दो-चार ग्राहकों ने दुकान से सौदा लेकर शुरुआत कर दी।

दवानू ने सोचा, शाम को उड़दू बाजार मोरनी को भी पाँच लड्डू दे आऊँ। शादी के बाद वहाँ जाना मना है। सुग्गी बुआ ने माँ की शपथ दिलवा दी है, पर आज भर जाने में कोई हर्ज नहीं।

दुकान खुलते ही कई रिश्तेदार भी आने शुरू हो गये। उसकी सगी ताई जो उसे देखने पर रास्ता बदल लेती थी, दुकान पर आकर कहने लगी, ''क्यूँ रे दवानू,

आज तेरे लिए वो नाइन ही सब कुछ हो गयी ? मैं तेरे बाप की सगी भाभी हूँ, तेरी ताई लगती हूँ। क्या ब्याह में शगुन भी सुग्गी ही लेगी ? अब इतने बड़े खानदान की इज्जत शगुन बनकर नाइन की झोली में गिरेगी ?''

दवानू ने ताई के पाँव छूकर कहा, ''ताई, तुमने भी तो मेरे माँ-बाप के मरने के बाद मेरी बात न पूछी। तुम्हारे सात बेटों की शादियाँ हुईं, मेरा खयाल तुम्हें कभी नहीं आया, क्यूं ? क्या तब मैं तुम्हारे देवर का अकेला बेटा न था ?''

ताई शर्मिन्दा होकर कुछ मद्धिम स्वर में बोली, ''भई, मैंने तो तुम्हारे ताया को कहा था, पर वो कहने लगे— मैं उसे उड़दू बाजार में मोरनी के कोठे पर ढूँढ़ने नहीं जा सकता। अब बताओ, मेरा क्या दोष ? तुम्हारी शादी के बारे में सुना तो रहा नहीं गया। तेरी माँ तो मुझे पूछे बगैर कुछ न करती थी। अब बाप की मिलनी तो तेरे ताया को ही करनी चाहिए। लाजो का घराना भी कोई कम नहीं है। तेरे ताया जी का दोस्त है उसका बाप। उनके घर तो इज्जत से जाना पड़ेगा।''

''ताई, वो सब ठीक है, पर मेरे घर में चौधराइन तो सुग्गी ही रहेगी। मेरे बाप को राखी बाँधती थी वो।''

''हाँ, मुझे पता है भई।''

दवानू बोला, ''ताई, तेरी भी तो ननद हुई। उसके सम्मान में कमी न होनी चाहिए।''

ताई ने वक्त की नजाकत को देखते हुए कहा, ''हाँ भई दवानू, उसका तो नम्बर पहला ही है। फिक्र न कर। क्या बहू को चढ़ाने के लिए गहने हैं ? उनमें मेरी चम्पाकली भी थी। एक बार उसने ली थी, फिर तो वो ऊपर चली गयी और भाइयों में तू-तू मैं-मैं के बीच चम्पाकली भी गुम हो गयी। तुम्हें पता है, तुम्हारी माँ ने गहने कहाँ दबाकर रखे हैं ?''

''तुमने वो गहने चढ़ाने हैं क्या ताई ?''

ताई बोली, ''नहीं, मैं तो ये सोच रही थी, अगर उन गहनों में चम्पाकली हुई, तो वही चढ़ा दूँगी।''

दवानू ने छोकरे को भेजकर चायवाली दुकान से सोडे की बोतल मँगवाकर ताई को पीतल के गिलास में सोडा दिया। ताई खुश हो गयी। पीते-पीते बोली, ''अरे दवानू, इसकी क्या जरूरत थी ! दवानू, अपने ताया जी से भी सलाह कर लेना। तुम्हारी एक ही बहन है, मेरी बेटी। उसे और जीजा को भी बुला लेना। उधमपुर में दो पैसे का कार्ड केसर का छट्टा देकर भेज देना। मैं भी कहला भेजूँगी। घोड़ी को दाल वही चराएगी। याद रखना, बहन का नेग सोने में होता है। भौजाइयों को सुरमा डालने के चाहे दो-दो रुपये दे देना।''

दवानू ने सोचा, एक उम्र के बाद आयी है। इसको भीतर ले जाता हूँ। सफेदियाँ होते भी देख लेगी और सुग्गी बुआ से भी मिल लेगी।

ताई जल्दी-जल्दी सोडा पी रही थी। उसके गले में कहीं अटकने लगा तो उसने जोर की डकार ली फिर कहा, ''ये न हो कि मुझे, तुम्हारी ताई को सुग्गी से ऑर्डर लेना पड़े।''

''देखो ताई, तुम्हारा तो घर है ही, पर शादी का सब काम बुआ ही करेगी। बाकी तुम देख लो। अगर रिश्तेदारों के बगैर मेरी कुड़माई हो गयी तो ब्याह भी हो जाएगा।''

ताई ने सोचा, लड़का हाथ से न निकल जाये। चम्पाकली न भी मिले तो भी मेरी बेटी-दामाद को बुलाएगा तो अपनी शोभा के लिए कुछ तो देगा ही। कभी-कभार इधर से गुजरूँ तो एक अपना द्वार खुला मिलेगा। उसने कहा, ''देखो दवानू, जो हो गया वो वापस नहीं आ सकता, उसे राख में डाल दो और आगे की सोचो। बहू आ रही है, उसे कुछ पता न चलना चाहिए, उसके चाब* तो हम ही करेंगे न। राह-रस्म करनी पड़ेगी। आखिर हमारी ही बहू है।''

''ताई, मैं भी तुम्हारा ही बेटा हूँ। इतने दिन मेरे माँ-बाप के श्राद्ध तक में कोई नहीं आया।''

''दवानू बेटा, उसकी गुनहगार मैं हूँ। पर जब मैं सुनती तुम शराब पीकर गानेवालियों के पास जाते हो, तब तो दिल ही बैठ जाता। अब बहू के आने पर आदमी का बेटा बनकर रहना। कल तो बाजार बन्द रहेगा। तुम्हारे तायाजी को भी सुबह मन्दिर से आते ही साथ ले आऊँगी।''

''मेरे अहोभाग्य ताई! फिर अन्दर सुग्गी बुआ से नहीं मिलोगी?''

''कल तेरे ताया भी होंगे तो ठीक है। सुग्गी ठहरी अक्लवान, मेरे मुँह से कुछ ऐसा-वैसा निकल गया तो कल तेरा ताया मेरी खिल्ली उड़ाएगा।''

''ठीक है ताई, चरण वन्दना।''

ताई के जाते ही दवानू ग्राहकों से उलझ गया। जैसे लाजो के पास जाने से पहले यह लम्बा रास्ता है, जो उसे तय ही करना है। दवानू के अंग-अंग से चाव फूटने लगता। इतनी सुन्दर लाजो, जैसे हाथ लगाने से मैली हो जाएगी। फिर वह इन खयालों को एक तरफ धकेल देता। वह भी यह उड़ती-उड़ती खबर सुनी थी कि लाजो की बातचीत कहीं चली थी, पर दवानू ने तो शुक्र ही किया। ऐसी परी क्या उसके हाथ बिना बात के लग जाती? धन्य हो सुग्गी बुआ! दवानू खाली बैठा तो उसे खयाल आया, पैसा तो मैंने हाथ की मैल समझी थी। अब कमाने लगा हूँ तो पता चलता है, कमाई कैसे होती है।

रात को सोने से पहले दवानू ने अपनी शर्मिन्दगी को थाली में चावलों की तरह बिखरा दिया, फिर चुनने लगा। उस दिन उड़दू बाजार चमेली को लड्डू देने गया तो कैसा मकर कर रही थी!

---

* बहू के चाव में जो दावत होती है, उसे डोगरी में 'चाब' कहते हैं।

'रहने दो शाह जी! अब मैंने आपकी कुड़माई के लड्डू ही तो खाने हैं। हमारी तो किस्मत ही फूट गयी। सुना है, आपकी होनेवाली बीवी बड़ी खपसूरत है! शहर में बड़े चर्चे है, बड़ा पढ़ती भी है!'

दवानू आगबबूला हो गया। उसने कहा, 'घर की बहुएँ घर की लाज होती हैं। उनका जिक्र इन कोठों पर नहीं होता। खुदा हाफिज!'

दवानू पीछे मुड़कर देखे बगैर वहाँ से चला आया। चमेली ने सोचा, एक तगड़ा ग्राहक चला गया, अब यहाँ नहीं आएगा। चलो, सुख से रहे। हमारा क्या है! इसके जाने से कौन-सा बाजार बन्द हो जाएगा!

दवानू रणवीरेश्वर मन्दिर में मत्था टेककर परेड की तरफ से घर जाने लगा तो उसने सोचा, मीट खाने में क्या हर्ज है! बाद में अगर लाजो ने मना कर दिया तो न खाएँगे। पर आज तो एक कटोरी चख ही लेते हैं। पता नहीं बचा भी होगा या नहीं!

परेड में मोड़ मुड़ने से पहले ही दायीं ओर किट्ठू झीवर की कोठरी में बननेवाला मीट क्या हर किसी के भाग्य में होता है? सूरज चढ़ते ही पट्ठा फत्तो कसाई की दुकान से दो किलो मीट ले आता है। धो-धाकर हाँडी में सब मसाले बगैर भूने डाल देता है। कटोरी भर देसी घी डालने के बाद हाँडी के ढक्कन को आटे से बन्द कर देता है और वह मीट गर्म राख पर कई घण्टे पकता है। मजाल है ज़रा भी ज्यादा गल जाये! उसकी हाँडी का मुँह खुलने के इन्तजार में बड़े-बड़े धुरन्धर मीट खिवैया खड़े रहते हैं। एक बार ढक्कन खुला तो कोठरी में उसकी सुगन्ध के मारे इन्तजार मुश्किल हो जाता है। किट्ठू के हाथ में अमरत है।

परेड ग्राउण्ड की चढ़ाई चढ़ते-चढ़ते उसने कई बार रणवीरेश्वर के मन्दिर की तरफ हाथ जोड़े—'प्रभु, बड़ी कृपा है आपकी।' किट्ठू की दुकान से ग्राहक बाहर निकल रहे थे। वह भी जल्दी से जाकर खड़ा हो गया।

किट्ठू ने देखा तो बोला, "क्यूँ शाह जी, सुना है, आपने भी दुकान खोल ली? मुबारक हो!"

"हाँ किट्ठू, शहर के व्यापार पर कहीं डोगरों का कब्जा भी होना चाहिए न। आज मुझे दो कटोरी मीट देना।"

"ठीक है, दवानू शाह, आज मैं एक कटोरी अपने लिए भी बचाकर रखना चाहता था पर मैं अपनी रोटी हाँडी पोंछकर खा लूँगा। तेरी, सुना है, शादी होनेवाली है शाह भई! मुबारक! अब मीट की ज्यादा जरूरत तुम्हें ही है।"

"किट्ठू, मेरी शादी में जरूर आना।"

"आऊँगा शाह जी! भाभी अगर मीट खाती हुई तो देखना, कैसा मीट बनाता हूँ!"

"हमारी डोगरी औरतें कहाँ मीट खाती हैं किट्ठू!"

"कोई बात नहीं शाह, भाभी को मैं ऐसे मद्दरे और राजमाँ खिलाऊँगा जो उन्होंने कभी अपने बाप की शादी पर भी न खाये होंगे।"

सब लोग हँसने लगे तो दवानू शरमा गया। उसने सोचा, सब खिसक लें तो यहीं बैठकर चार फुलके खा लूँगा। घर में तो खाना खाते वक्त सफेदी की मुशक भी भीतर चली जाती है। अब तो सुग्गी ने आँगन में एक तरफ रात की रानी, चमेली, मोतिया व जूही के पौधे लगवा दिये हैं। फूल आते ही सारा आँगन महक उठेगा।

उसे याद आया, जब वह छोटा था तो दादी उसे अपने पास ही आँगन में सुलाती थी। गर्मियों में जब वह उसे अपने आँचल में छुपा देती तो दवानू का दम घुटता। उसके आँचल से घी की महक आती थी। घी के मारे सिर चिपचिप करता था। पर दादी इतनी मधुर लोरियाँ सुनाती थी, कब नींद आ जाती पता ही न चलता। लोरी के बोल नहीं होते थे, कुछ 'ऊँ ऽ ऽ आँ ऽ ऽ ऽ' करती रहती थी।

अगली सुबह अभी भी सो ही रहा था कि हाथ में फूलों की टोकरी और छोटी बटलोई लिये सुग्गी आँगन में आ खड़ी हुई।

"दवानू, ओ मेरे दवानचन्द जी! दिन चढ़ गया है, उठ जाओ।"

दवानू ने अंगड़ाई लेकर कहा, "बुआ, यहाँ खिड़की से आवाज लगाकर चाय वाले को कहो न, मेरे लिए चाय और तुम्हारे लिए सोडा दे जाये।"

सुग्गी ने खुश होकर कहा, "मैं तेरे बाप की बहन हूँ। नौकरों की तरह हुक्म चलाता है कप्फन!"

बुआ आवाज लगाने गयी तो नाथी छलाँग लगाकर गुसलखाने से मुँह-हाथ धोकर आया। बस, चाय पीते ही नहा-धोकर दुकान पर बैठेगा। लड़का तो सुबह ही झाड़-बुहार करके दुकान खोल देता है। ग्राहक के आते ही उसे बुला लेगा।

दवानू की शादी का न्यौता सुग्गी घर-घर जाकर दे आयी। उसने अपनी बेटी शानो को भी ससुराल से बुला लिया था। अब शानो जैसी ढोलकी कौन बजा सकता है! बहन के सारे नेग शानो को भी मिलेंगे। आखिर वह ससुराल से भाई की शादी पर आ रही है!

शानो ने नयी-नयी सफेदी और रंग-रोगन वाले घर के आँगन में दरियाँ, कालीन, चद्दरें बिछवा दीं। मुहल्ले की बहू-बेटियाँ तो दवानू के घर के आगे से भी न निकलती थीं, वे सब शानो के बुलावे पर आ गयीं। शानो भी तो आखिर नाई की बेटी है। शानो ने ढोलक पर कसकर हाथ मारा और फिर रसोई में जाकर दूर से चूल्हे पर सेंक करा लायी। अब ढोलकी ऐसे बजी जैसे दोतारा बजता है। आँगन में जवान सुर उभरते ही शादी वाला घर बोलने लगा—

"घर नन्द जी दै बज्जन बधाइयाँ
घर नन्द जी दै
गढ़ मथरा मेरा गोविन्द जम्मेया
गोकल खबराँ अइयाँ
घर नन्द जी दै।"

[नन्द के घर में बधावा बज रहा है। गढ़ मथुरा में गोविन्द पैदा हुए, गोकुल तक खबरें पहुँच गयीं।]

छत के कमरे में अकेला बैठा दवानू छमछम रोने लगा। उसे माँ की याद आ रही थी। मेरी माँ होती तो मखमल का गुलाबी कुर्ता, हरी सुत्थन गुलबदन की और किनारियों वाला दुपट्टा लिये घर में छम-छम घूमती। पता नहीं किसकी शादी पर माँ ने ये कपड़े पहने थे, पर माँ का यह रूप उसकी आत्मा की दीवार पर तस्वीर की तरह लटक गया था। 'माँ, आज तुम होतीं तो मेरे जीवन में पूरा सुख होता। माँ, तुम क्यूँ नहीं हो?' केसरी पाग, काला कोट, दोहरा पायजामा पहने बापू जी याद आये। हुक्का गुड़गुड़ाते कैसे भव्य लगते थे! कल रात ही तो उसने गड्ढे में से गहनों का बक्सा निकाला था। आज दिन में नैन्तो सुनार को धोने के लिए दे दिये। क्या चमचम करते गहने! हजारों के होंगे। कई सेर सोना है। ऐसा सोना कि सूरज भी फीका पड़ जाये। माँ होती तो अपने हाथों से बहू को पहनाती। दवानू ने अपने आँसू पोंछ लिये थे।

नीचे आँगन में से शानो की खनकदार आवाज आ रही थी—

"जे सस्सू सद्देया न्हैरिया रात्तीं
आया ई गेस्सा दे नाल
आया ई गैस्सा दे नाल रायजादा
जान्नी सोव्वै भाइयाँ नाल।"

[सास ने अगर अँधेरी रात में दामाद को बुलाया था तो उसे गैस के हंडों के साथ वापस भेजा है। बारात की शोभा भाइयों के साथ होती है।]

ऊपर छत में दालान पर बैठा दवानू छमछम रोने लगा। माँ-बाप के बगैर शादी कितनी सूनी होती है! उसने आँखें पोंछकर देखा, सामने उसके ताया और ताई खड़े थे। उसने उठकर उनके पाँव छुए और कहा, "आज मेरा घर पवित्तर हो गया। आइए, बैठिए।"

नीचे से घोड़ियाँ गाने की आवाज आ रही थी—

"बन्ना तू बनेया तेरी घोड़ी जे बनिये
घोड़ी की लगदे पाये

बन्ना न डर न डर लाडलेया
तेरा काज सोआरन ताये।''

[बन्ना, तुम तो बने-ठने हो, तुम्हारी घोड़ी भी खूब सजी है। बन्ना, डरना मत, तेरी शादी का कारज तेरे ताया सँवार देंगे।]

ताया फूलकर कुप्पा होकर बोला, ''दवानू, मेरे लिए जो काम हो, बताना। मिलनी बाप की तो मैंने ही लेनी है। चलो, भगवान को सुध आयी। मेरे भाई का बन्द द्वार खुल जाएगा। लाजो जैसी दूसरी लड़की तो इस शहर में नहीं है।''

जब बारात चढ़ी तो दवानू के सारे रिश्तेदार साथ थे। घर औरतों से भरा था। दवानू ने लोहे की तिजौरी में से फेरों के वक्त बहू को पहनानेवाला एक हार निकाला, फिर चाबियाँ सुग्गी को दे दीं। सुग्गी ने हुस्न से भरकर चाबियाँ अपने कुर्ते की भीतरवाली जेब में ठसके से रखी और बारात विदा करने औरतों में आ मिली। सुग्गी की बेटी दवानू के ताये की बेटी के हाथों में चने की भीगी दाल का थाल पकड़ाकर घोड़ी को वाग (धागा) बाँधने के लिए आगे बढ़ी। दवानू की भाभियों ने सुरमा डाल-डालकर आँखें काली कर दीं। सुग्गी ने दोनों के लिए उबटन बनाया था। लाजो को उबटन मलकर फिर वह दवानू के घर उबटन ले आयी। दवानू सुन्दर तो था ही, सँजने-सँवरने में भी कमी न रही। सुग्गी ने अपने सफेद कपड़ों के ऊपर एकदम किनारी वाला हल्का प्याजी दुपट्टा ले लिया, फिर गाने लगी—

''सज्जन सूऐ नी कप्पड़े
तेरे दुशमने मैलड़ा बेस वे
सज्जन सूए नी कप्पड़े।''

[दोस्तों के कपड़े लाल हैं, दुश्मनों ने मैले कपड़े पहने हैं।]

सोमा को भी सुग्गी बड़ी मनुहार से ले आयी थी। सोमा ने कहा, ''दवानू की शादी में तुमने प्याजी पहना, अब नाथी की शादी में मैं तुम्हें लाल पहनाऊँगी।''

''चुप कर सोमी, जगह-स्थान नहीं देखती! जो मुँह में आता है, बक देती है। ये मैंने नाथी की बारात में पहनने के लिए ही बनवायी थी। अब दवानू ने सब कुछ मेरे हाथों में सौंप रखा है, उसे सफेद पोशाक में तो ससुराल के लिए विदा नहीं कर सकती न!''

''हाँ भई, कच्चे दूध में रात को पाँव भी तो तुम्हीं डालोगी न।''

''सोमा, ये सब उसकी ताई करेगी। वैसे भी मैं सारी रात नहीं जाग सकती। कहल (तुरही) बजाकर वैसे ही मेरे फेफड़ों में दर्द हो रहा है। देखो, दवानू की ताई को, कैसा मकर कर रही है! अपने आँचल से उसका मुँह ऐसे पोंछ रही है जैसे पैदा भी इसी ने किया हो! क्या रामलीला कर रही है! इसका घर बस गया

सोमा, मुझे इस बात की खुशी है। मुझे अपने सिर पर यश का कोई सेहरा नहीं चाहिए, हाँ।''

बारात खूब सज रही थी। सभी औरतें अन्दर आकर रतजगे के लिए तैयार होने लगीं। ताई ने कहा, ''रसोई तैयार है फिर हम दालान में रतजगा करेंगे।''

सुग्गी ने कहा, ''भई, भाभियों को नाचना चाहिए। मैं तो अब लड़कीवालों के घर जाकर बारात की अगवानी करूँगी। मिलनी के वक्त वहाँ नाथी का होना बड़ा जरूरी है। अब तो तुरही वो भी बजा लेता है। चलो, एक नाच दिखाओ तो मैं जाऊँ।''

चार बहू-बेटियाँ उठकर नाचने लगीं—

''ब्हेड़ै सुट्टनियाँ पतासे
दिक्ख जोआनी के हास्से।''

[आँगन में बताशे डाल रही हूँ, जरा जवानी के ठहाके तो देखो!]

लड़के की ताई भी उठ खड़ी हुई—

''सुग्गी डारिए नीं तेरा तेल तेला
तेरा तेल तेला नीं यारा नाल मेला
नीं बिच्च बाजार दे, नी मौजाँ मार दे
बे सुग्गी लै डूना।''

[सुग्गी, तेरा मेला चल रहा है, यारों के साथ मुलाकात हो रही है, बीच बाजार में तुम्हें लड्डुओं के दोने पकड़ा रहे हैं।]

सुग्गी ने झोली फैलाकर कहा, ''शुक्र है इस घड़ी का। लो, मेरी गोदी में सारी गालियाँ डाल दो।''

ताई उसके गले लग गयी।

सुग्गी ने कहा, ''सँभालो अपना घर। बारात तो सड़क से जाएगी। मैं गलियों से होती लाजो के घर पहुँच जाऊँगी।''

''सुग्गी, शानो को तो छोड़ जा।''

''देखो भाभी, ये वहाँ लड़की को वेदी में बिठाकर आ जाएगी। भई, मैं अब उतनी जवान नहीं रही, रात-भर नहीं जाग सकती। सच बोलूँ तो घर जाके सोऊँगी।''

लड़की के घर जाकर सुग्गी ने लाजो को कहा, ''तेरा दूल्हा तो रामचन्दर लग रहा है। इतना सुन्दर कि क्या कहूँ! चलो, थोड़ी देर लेट जाओ। भीतर की वेदी में जाने से पहले तक आँख झपक लो। वहाँ ताई अपनी सात बहुओं के साथ मौजूद है। ऐसे रामलीला कर रही है, जैसे पैदा भी इसी ने किया हो! चलो लड़कियो, बाहर जाकर बारात देखो। लाजो, तू आँख झपक ले।''

'तू तङ्ऽ ऽ ऽ ऽ!'

सुग्गी ने तुरही बजायी तो आसमान काँप उठा। मिलनी हो रही थी। नाथी ने तुरही लेकर माँ को कहा, ''जाओ, गालियाँ गाओ। ये औरतों का काम नहीं है।''

सुग्गी आज खुश थी। हँसकर चली गयी।

लड़कियों ने कहा, ''बुआ, गालियाँ गाओ न।''

''जे तुसें आन्दियाँ पित्तल परातां
अग्गे ते साड़ियाँ उच्चियाँ जातां
जात बटानै पैई
वै लज्जेओ लज्ज तुसेंगी नेई।''

[अगर आप पीतल की परातें लाये हैं तो हमारी ऊँची जात की नाक कट जाएगी। निर्लज्जो, हमें जात बदलनी पड़ेगी।]

सेहरे में दवानू मुस्करा रहा था। दवानू के ताये ने कहा, ''सुग्गी, तेरा कोई दिन-ईमान है या नहीं?''

''नहीं ताऊ, पर तू भी ताऊ बनकर बैठा रह। मेरा मुँह न खुलवा।''

सुग्गी फिर गालियाँ देने लगी। फिर उसने मटक से लाजो के चचेरे भाई को कहा, ''जा बेटा, जीजा को घोड़ी से उतारकर जनवासे में ले जा।''

सुग्गी ने भीतर जाकर लाजो की माँ से कहा, ''रानी हार तीस तोले से कम का नहीं है। वहाँ से जो बरासूई (लड़के की तरफ से कपड़े) आयी है, उस सूटकेस पर नजर रखना, अपनी भाभी को बिठा दे।''

''सुग्गी, सब कह रहे हैं, लड़का दस साल बड़ा है मेरी लाजो से।''

''आहा, क्या जोड़ी है! दस साल का फर्क तो शास्त्रों में भी लिखा होता है। चल, अपने शगनों का दुपट्टा सँभाल। बारात तो बाहर आँगन में जीमने लगी होगी।''

''सुग्गी, तेरा किया मैं नहीं चुका सकती। भगवान तुझे इसका फलादेश देंगे।''

सुग्गी ने कहा, ''कोठरी में कुण्डा नहीं लगाना। मैं लाजो को बोल के आयी हूँ। अन्दर की वेदी तक आँख झपक लेगी।''

फेरों के बाद जब दवानू ने लाजो की माँग में सिन्दूर भरा तो उसके हाथ काँप रहे थे। वरपक्ष के पण्डित ने तीस तोले का रानी हार जब सीधा करके लहराया तो लोग सनाका खा गये।

सुग्गी ने झट बोल पकड़ा—

''बरा सुई बरा सुई बिच्च राई
खोलो बरासुई
बरासुई, दैई जाएओ अपनी ताई
खोलो बरा सुई।''

[वरपक्ष की तरफ से आनेवाले कपड़ों का सन्दूक खोलो। अगर इसमें राई है, अपने लड़के की ताई को हमारे घर छोड़ जाना।]

लाजो के माँ-बाप ने तीन दिन बारात रखी। तीसरे दिन शाम का विदाई का मुहूर्त था। सुग्गी ने नाथी को कहा, ''लाजो डोली में बैठे तो तुरही बजा देना। मुझसे ससुराल जाती लड़कियाँ नहीं देखी जातीं।''

अब सुग्गी दवानू के घर जा रही थी। सबसे पहले उसकी नज़र ताई पर पड़ी। शगनों का दुपट्टा सँभाले वह गुमान-भरी बैठी थी। सुग्गी ने उसे देखते ही गाली देनी शुरू कर दी—

''ओ मेरिऐ देशकिऐ तेरे बिच्च रिन्ना कढ़ी
दवानू दी ताई ल्हौर गयी पशौर गयी
मुलताना जाइऐ फड़ी
क मेरिए देशकिऐ तेरे बिच्च रिन्ना कढ़ी।''

[मेरे देगची, मैं तुझमें कढ़ी बनाऊँगी। दवानू की ताई लाहौर गयी, पेशावर गयी, अब मुलतान में आखिर पकड़ी गयी है।]

गाली देनी तो ताई को भी आती थी, पर उसने सोचा, इस मुँहजोर नाइन के मुँह कौन लगे! उसने अपनी झोली फैलाकर कहा, ''सुग्गी, जी भरके गाली दे, आज मेरे देवर का द्वार खुलवाया है तुमने। मेरे जैसा सुखी कौन है!''

सुग्गी अब ससुराल वालों की पार्टी में थी। उसने अपनी बेटी शानो को इशारा किया और दोनों शुरू हो गयीं—

''जे तुद्द आन्दड़ी वे मल्ला प्हाड़ै दी मटेयार
सस्स इक ननानाँ चार
ताई पानी पीता वार
जे तुद्द आन्दड़ी वे।''

[मेरे बेटे, अगर तुम पहाड़ की सुन्दर मुटेयार लाये हो तो यहाँ भी एक सास और चार ननदें अगवानी के लिए खड़ी हैं। ताई पानी न्यौछावर करके पी रही है।]

लाजो की घूँघट में हँसी निकल गयी। हर जगह सुग्गी मौसी ही है, पर अब इसे यहाँ बुआ कहना पड़ेगा।

सास के सारे कार्य ताई ने किये। लाजो की माँ ने सस्सड़ रुट्ट (सास के लिए मीठी रोटी) पर तोले भर की अंगूठी भी रखी थी। पाँच पोशाकें तो सास की होती ही हैं।

सुग्गी ने उस दिन चाब का सारा इन्तजाम खुद किया। नाथी तो अब उस घर का मोहतबिर हो गया था। दवानू का ताया अपनी पत्तल (पत्तों की थाली) पर रखे

सारे खमीरे खा गया फिर केसर-बादाम वाले मीठे चावलों पर जुट गया। खुराक उसकी अच्छी थी।

सुग्गी ने देखा तो झट बोल पड़ी—

"छोले माऐं दी दाल डूना चेई पेया
ताई ने मारी बड़क ता तातो ढेई पेया।"

[चना और माश की मिली-जुली दाल का भरा दोना चू रहा है। ताई की डाँट पर ताया जी गिर पड़े हैं।]

ताजे-ताजे ब्याह की भाँति-भाँति की महकों से पूरा घर महक रहा था। सुग्गी ने एक बन्द कोठरी का जंग लगा ताला खुलवाकर बड़े-बड़े बर्तन निकलवा लिये थे। तिजौरी से चाँदी के बर्तन निकलवाकर साफ करवा दिये थे। अब तो सँभालने वाली आ गयी है। भरे घर में बहू आने से बहार आ गयी थी।

सुग्गी उसे गुसलखाने में लेकर गयी तो लाजो ने धीरे से कहा, "मौसी, ये कलिहार बड़ा चुभ रहा है। मेरी तो गर्दन अकड़ गयी है।"

"हाँ बच्ची, मुझे पता है, आज उतरवा दूँगी। अब तुम लाल सलमे का सूट पहन लो, फिर पण्डित आकर पूजन करवाएगा। फिर कुआँ-पूजन के बाद जब मुहूर्त होगा, तुम माँ के घर फेरा डालने जाओगी। अब तो यही तुम्हारा घर है, तुम्हें सब सौंपकर ही जाऊँगी। मेरा दवानू तो बच्चा है और सीधा भी। गलतियाँ न करता तो क्या करता! ताया-ताई की सूरत तो अब जाकर दिखी है। आठ साल हो गये तेरी सास को मरे। मुरचे लग गये थे तालों में। तेल डालकर सब खुलवाये हैं। अब आयी है ताई जी देवरानी का घर आबाद करने। पर अपनों की शोभा तो होती है। तेरी माँ ने सास का जितना नेग भेजा था, सब सँभाल लिया उस मोटी ने।" फिर सुग्गी फुसफुसाकर बोली, "बच के रहना, शरीक है मुए।"

लाजो इतने महीनों से अपमान के साये तले रह रही थी। इतने बड़े घर की बहू बनकर सब उसे पलकों पर बिठा रहे थे। ये सब सुग्गी मौसी का चमत्कार है। नये चमचमाते सूटकेस से कपड़े निकालकर वह लकड़ी की बड़ी अलमारी में रख रही थी तो हैंगर में टँगी सलमे-सितारे जड़ी शफान की साड़ी पर उसकी नजर ठहर गयी।

इसी साड़ी को देखकर तो ताई ने कहा था—'ये साड़ी मेरी देवरानी को महारानी तारामती ने दी थी। पता नहीं अब कपड़ा गल गया होगा या नहीं! शुक्र है, दवानू ने किसी नाचनेवाली को नहीं दे दी। चलो भागोवाली होगी ये, दवानू तो वहाँ का रुख न करेगा।' ताई अपनी बेटी को सुना रही थी।

लाजो कोठरी में से निकल रही थी, वहीं थम गयी थी। उसने मन ही मन

में सोचा, सुग्गी मौसी ठीक कहती है, हैं तो शरीक ही। अब मैं इनके खिलाफ़ किसी से भी कुछ न सुनूँगी।

लाजो को कपड़े तहाते याद आया। शगुन वाली रात को दीवानचन्द ने उसके हाथ में शगुन वाला रूमाल रखते हुए कहा था—'लाजो, मेरी किस्मत में तुम लिखी हो, यह मैं जानता तो कभी कोई गलती न करता। अगर तुम गाना सुनने जानेवालों को गलत कहो तो मैंने गलती की है। माँ-बाप के मरने के बाद मेरे ताया-ताई मेरे सिर पर हाथ रखते तो मैं कोई गलती क्यूँ करता! तब तुम मेरी जिन्दगी में न थीं। तुम मुझे माफ कर देना।'

लाजो का सिर झुक गया तो शगुन वाले रूमाल में से छुहारे, नारियल, बादाम, मिश्री सब लाजो ही की गोद में फैल गये। दवानू ने कहा—'लाजो, अब हमारी जिन्दगी की नयी शुरुआत हो रही है। जब से तुम दसवीं में फर्स्ट आयी हो, मैं तुम्हें कुछ देना चाहता हूँ। लाजो, शर्म मत करो, माँगो, कुछ भी माँगो।'

लाजो का झुका हुआ सिर उठाकर दवानू ने कहा—'माँग लो लाजो, मुझे लगेगा, मैं भी तुम्हारे योग्य हूँ।' उसकी आवाज भर्रा गयी थी।

लाजो ने सिर झुकाये हुए ही कहा था—'अगर आप चाहें तो मैं कॉलेज जाना चाहती हूँ, पिताजी तो मान गये थे पर...'

दवानू ने गद्‌गद होकर कहा था—'मैं कल ही परेड वाले कॉलेज से तुम्हारे लिए दाखिले का फार्म ले आऊँगा।'

लाजो समर्पित हो गयी थी।

सुग्गी तवी की ढक्की चढ़ रही थी। उसने शिव जी को हाथ जोड़े—हे शिवजी महाराज, मुझ नाइन के हाथ से इतना बड़ा काम करवा दिया। चलो, आज पहले रुपयों वाले मन्दिर में जाऊँगी फिर रघुनाथ मन्दिर में कीर्तन सुनूँगी। रुपयों वाले मन्दिर को पंजबख्तर का मन्दिर भी कहते हैं। राजा ने जरूर किसी मन्नत के बाद बनवाया होगा। राजा लोग तो हिसाब-किताब के बड़े पक्के होते हैं। फर्श पर चाँदी के रुपये जड़े हैं। सुग्गी ने पिण्डी पर जल ढालते हुए कहा, ये मामूली जल नहीं है महाराज, तवी के कुएँ से लायी हूँ। जै भोलेनाथ, दवानू का घर तो बस गया, अब मेरे नाथी का भी खयाल रखना!

रघुनाथ मन्दिर से वह कीर्तन सुनकर आयी तो उसने सोचा, पं. हरदत्त शास्त्री कितने अच्छे भजन गाते थे! ठण्ड पड़ जाती थी कलेजे में।

मन्दिर से निकलकर सुग्गी रघुनाथ बाजार से निकल रही थी तो उसने देखा, एक हाथ में झण्डियों वाली रस्सी लिये मीरपुर के मास्टर जी खड़े थे। उसे देखते ही बोल उठे, "ओ सुग्गी बहन, आप तो महान हैं।"

सुग्गी ने अपनी मिचमिची आँखों से सवाल किया, "ये महान क्या होता है?"

मास्टर जी हाथ जोड़कर खड़े हो गये। बोले, "जो उजड़ता घर आपने बसा दिया, सारे शहर में उसी के चर्चे हैं।"

"सिरीराम! ये मेरे भत्थे मत लगाओ, मास्टर जी! शिव की बातें शिव ही जानें। पर आप ये झण्डियाँ उठाये क्या कर रहे हैं? मास्टरी छोड़ दी क्या?"

मास्टर जी हँसकर बोले, "न, मास्टरी नहीं छोड़ी है। मेरे दोनों छोटे भाई बड़ों के आशीर्वाद से बजाजी की दुकान खोल रहे हैं। बस, यही इन्तजाम कर रहा हूँ।"

सुग्गी ने कहा, "जब से आप अहाते से आये हैं, आज देख रही हूँ आपको। भगवान का शुक्र है, दुकान तो खूब बढ़िया है। इसके आगे नजरपट्ट लगवा दीजिए।"

"सुग्गी बहन, भाइयों को बहनों की नजर नहीं लगती। आपकी दुआओं से हकीम साहेब मिलने आये थे तो मैंने बताया था, मीरपुर में हमने कहाँ गहने दबाये हैं। वो अल्लाह के आदमी हैं, गहने निकलवाकर ले आये और बार्डर पर मुझे सौंप गये। अब तो ये हम सब भाइयों का हक है। मैंने सोचा, एक दुकान ले लें और हमारा पुश्तैनी धन्धा चालू करें।"

"सिरीराम! देखो, उनके दिल में भी कितना दयाधर्म है!"

"हाँ, बहन, वो भी हमारे जैसे इन्सान हैं। कहने लगे— तुम्हें देखने को मन किया तो मीरपुर में तुम्हारे घर जाकर कब्जा कर लिया। अब ये पोटली खोलकर देखो, कुछ कम तो नहीं है। अरे बहन, मैंने उनके दोनों हाथ पकड़कर कहा—'मौलवी साहेब, ये आपकी दुआओं से और भारी हो गयी है।' कई सेर सोना था, बेचकर ये दुकान ली। अपने पिता ही के नाम पर 'सोहनलाल एंड सन्स' नाम रखा है।"

"मास्टर जी, आपके जैसा परोपकारी भी कहाँ होगा! आप देख लेना, आपकी दुकान का बहुत नाम होगा।"

दूर से तीन-चार लोग आ रहे थे। इनमें लट्ठे की गुलकारी वाली शलवार और कुर्ता पहने कमालू भी था। मास्टर जी ने कहा, "सुग्गी बहन, ये कमालू हमारे मीरपुर के तहसीलदार के बेटे हैं। दुकान का फीता तो ये काटेंगे, पर दुकान में पहला कदम आपका पड़ेगा। भगवान ने ही आपको यहाँ भेज दिया है। मैंने तो नहीं बुलाया न।"

सुग्गी गद्‌गद होकर वहाँ पड़ी एक कुर्सी पर बैठ गयी। बटलोई उसने गोद में रख ली। पानी तो शिव को चढ़ चुका था पर बटलोई का भरोसा नहीं किया जा सकता। उसने संयत होकर मास्टर जी को कहा, "मास्टर जी, ये काम आप किसी किस्मत वाले से करवाइए।"

मास्टरजी ने हाथ जोड़कर कहा, "आपसे बड़ा किस्मत वाला कौन है! सारा शहर आपका यश गा रहा है बहन! आपने उजड़े घरों को बसा दिया। अब मेरी दुकान भी आप ही बसाएँगी। वो देखिए, कमालू शाह भी आ गये।"

कमालू ने आते ही मास्टर जी के जुड़े हाथ अपने हाथों में लेकर कहा, ''भई मास्टर, तुमने सोहन चाचा का नाम ऊँचा कर दिया। कब का मुहूर्त है? अच्छा, सुग्गी बहन भी आयी है! नमस्ते सुग्गी बहन!''

सुग्गी संकोचवश चुप रही। नमस्ते कहने में उसे शर्म लगती थी।

मास्टर जी ने कहा, ''रमालू भाई, मेरी दुकान में पहला गाहक सुग्गी बहन ही होगी।''

पण्डित जी ने पूजा करवायी तो कमालू ने फीता काटा। सुग्गी ने उठकर बटलोई कुर्सी पर रखी और मास्टर जी के कहने पर दुकान में घुस गयी। सामने गणपति की मूर्ति थी। उसके समक्ष नतमस्तक होकर उसने मन ही मन कहा—'हे गणपति, इस दुकान जैसी कोई दुकान शहर में न हो। मुझ नाचीज नाइन की लाज रखना।'

मास्टर जी ने सुग्गी को कुर्सी पर बिठाकर शर्बत पीने को दिया। फिर कहा, ''बहन, जो कपड़ा पसन्द है, ले लो। मेरी पहली गाहक तो आप ही हो न।''

सुग्गी ने शरबत पीते-पीते सब जगह नजर मारी। इतने किस्म के कपड़े तो उसने बधावा मल्ल की दुकान पर भी नहीं देखे थे। शरबत भी खस का था। सुग्गी का दिमाग तर हो गया।

मास्टर जी ने कहा, ''बोलो बहन, कौन-सा कपड़ा फाड़ूँ? कपड़ा तो आपने लेना ही है। ये मेरी खुशनसीबी है।''

सुग्गी ने हिचकिचाते हुए कहा, ''आप मजबूर करते हैं तो वो गुलाबी रंग की शनील फाड़ दें। आपके भांजे नाथी का ब्याह करना है तो नयी बहू का कपड़ा लेना है न, वही शुभ भी होगा।''

सुग्गी घर आयी तो नाथी तैयार होकर बैठा था। उसने कहा, ''माऊ, मुझे तो डर लग रहा था, कहीं तुम तवी में तो नहीं बह गयीं! पर रक्खो बहन ने कहा, तुम बटलोई लिये पक्का डंगा की तरफ जा रही थीं, तब जान में जान आयी।''

सुग्गी ने कहा, ''तेरा ब्याह किये बगैर तो कहीं न जाऊँगी। ये ले थैला, खोल के देख।''

नाथी ने कहा, ''समैलपुरवाले मामा आये हैं। चावल की बोरी भी है।''

''क्या बात करते हो! आज तक मावा की पेड़ी तक तो पकड़कर नहीं लाया, ये चावल की बोरी कैसे आ गयी?''

तब तक मामा नहाकर आ पहुँचा था। उसने कहा, ''सुग्गी, तेरे भतीजे की शादी है। तेरी भाभी ने तुझे पाँच सेर पक्के चावल और गुड़ भेजा है और कहा है, सब काम तुमने ही करना है।''

''मुबारक हो भई! इस बहाने भाभी ने मुझे भी याद कर लिया।''

"चल, ज्यादा बातें न कर। मुझे बड़ी भूख लगी है। नाथी ने आटा मल दिया है। पाँच-सात पराँठे उतार दे। दही व अचार के साथ खा लूँगा।"

"पाँच-सात से तेरा क्या बनेगा! चल, पटरी पर बैठ, तब तक खमीरे और घ्चूर खा ले। दवानू की शादी के हैं। मट्ठियाँ और शक्करपारे भी हैं। नाथी, आँवले का अचार उतार ला।"

नाथी ने खुश होकर कहा, "माऊ, मामी ने ढेऊ का अचार भी भेजा है। बड़ा ही स्वादिष्ट है। मैंने चखकर देखा।"

"तू तो बड़ा चटोरा है। जा, दूसरी पटरी ले आ। कोठरी के अन्दर पतली लकड़ियाँ पड़ी हैं। पराँठे में कोई देर नहीं लगती।"

सुग्गी का मन मान से भरा हुआ था। उसने पराँठा सेंकते हुए सोचा, इन मूर्खों को क्या पता, सुग्गी आज एक दुकान खोलकर आयी है। अपनी बहू के लिए शनील का कपड़ा लेकर आयी है। फिर सोचा, शनील का नाम लूँगी तो कहीं भाई यह न कहे कि पहले भतीजे की बहू को दे दे। उसने जबान बन्द रखी और भाई को कहा, "शादी के खमीरे खाने के बाद ये तुम्हारा छठा पराँठा है।"

भाई ने भी मगन होकर कहा, "सुग्गी, ये तेरी बड़ी खराब आदत है। कभी कोई भाई-बेटे की रोटी भी गिनता है! खमीरे तो खैर अपने खाने में गये हैं।"

सब हँसने लगे।

नाथी ने कहा, "माऊ, मेरी तो बस हो गयी। अब जा रहा हूँ। मामा को सद्दरो नाइन की बात बता दो।"

सुग्गी ने कहा, "तुझे तो शादी की आग ही लग गयी है। अभी बीस पार नहीं हुए।"

नाथी चला गया तो सुग्गी ने भाई से कहा, "ये जो चावलों की बोरी लाया है, ये बाकी के किसे देने हैं?"

"सुग्गी, इसमें से अपना बोरू निकाल ले, बाकी के चावल मैं अपने साले के लिए लाया हूँ।"

सुग्गी जल-भुनकर खाक हो गयी, पर बोली कुछ नहीं। उसने सोचा, ये कंजूस पाँच सेर चावल भी पता नहीं कैसे दे रहा है!

सबके चले जाने के बाद सुग्गी ने चावलों का बोरू उठाया और सोमा के घर चली गयी। उसने बोरू रखकर कहा, "सोमा, मेरा खाना तो यहीं चलता है। मैंने सोचा, ये चावल समैलपुर वाला लाया है, तेरे लिए लेती चलूँ। तू तो चावल खा-खाकर मुटा रही है। ले, थोड़े और खा ले।"

"जा मर, नजर न लगा। ये चावल तो मैं सिर्फ अपने लिए बनाऊँगी।"

सुग्गी ने फिर मास्टर जी की कपड़े की दुकान के बारे में बताया तो सोमा खुश हो गयी, "सुग्गी, तू बड़ी तरक्की कर रही है। देख, मेरे पास चार-पाँच टस्सर

गुलबदन के कपड़े पड़े हैं। मैं तो अब सूफ की सुत्थने ही पहनती हूँ। मूँगिया रंग का टस्सर ले जाना सुत्थन के लिए।''

''वाह, सोमा, एक जोड़ा तो पूरा बन गया! ये मैं उसे चाब वाले दिन पहनाऊँगी। दुपट्टा तो शानो अमृतसर से बनवा लाएगी। रंग मैं भेज दूँगी। वहाँ बड़ा अच्छा काम होता है। छब्बी की मलमल भी मिल जाएगी।''

''देख सुग्गी, अब मास्टर भी दुलकी चाल से चलेगा, जैसे तू चलती है।''

दोनों सहेलियों ने छतफोड़ ठहाका लगाया।

सोमा ने कहा, ''सुग्गी, तू लीडर हो गयी है।''

''ऐ सोमा, गाली तो मत दे। जो लीडर हैं, उनकी चाल नहीं देख रही? मुझे कोई पाँच सौ रुपये दे, तो भी लीडर न बनूँ।''

''सुग्गी, तू शादी में समैलपुर जा रही है न?''

''हाँ भई, पाँच किलो चावल और गुड़ दे गया है भाई, जाना तो पड़ेगा।''

''देखो सुग्गी, वहीं चैंचलो भी रहती है। उसे जरूर मिलना।''

''सच पूछो तो उसी के लिए ज्यादा जा रही हूँ। अब तो भगवान की कृपा से बाल-बच्चों वाली हो गयी है।''

''भगवान ने कैसा करिश्मा किया! उसका पति तो लापता ही था। बँटवारे के दिनों में कितने ही लोग तो बरबाद हो गये, कितने ही मर गये। श्रीराम!

''देखो सोमा, जब ऊपर वाला देता है तो सच में छप्पर फाड़कर देता है। पिछली बार समैलपुर गयी तो चैंचलो के ससुर ने मुझे कहा था—'मेरी बहू बड़ी भागभरी है। मेरा बेटा मौत के मुँह से वापस आ गया। नहीं तो मेरा बुढ़ापा बरबाद हो जाता।' ''

''सबके बच्चे जिन्दा रहें सुग्गी!''

''सोमा, उन दिनों ही भाभी को मरा बच्चा पैदा हुआ था। मैं समैलपुर गयी हुई थी। भाभी को मैंने तली में छाले की तरह रखा। आज और कल और भाभी ठीक हो गयी। आज तक याद करती है। तब मेरी नयी-नयी शादी हुई थी। अभी गौना भी न हुआ था।''

''तुमने सोचा होगा, क्या पता, अड्डे पर नाथी का बाप लेने आया हो!''

''राम भजो, तुम भी भूतों से मुरादें माँगती हो! इतने मुँह-अँधेरे तो मेरी ससुराल में गायें भी न जागती थीं। बापू छोड़ने गया था।''

''सुग्गी, तू तो शादी से पहले पटवारी के लड़के को देखकर शरमा जाती थी!''

''मर चुड़ैल, किस पागल की याद दिला रही हो सोमा! कहाँ पटवारी और कहाँ नाई! पर वो सबको कहता फिरता था, मैं तो सुग्गी से ही शादी करूँगा।''

''चलो, वो तो बच गया, पर ये चैंचलो का पति कबाइलियों से कैसे बचा?''

''देख सोमा, ये तो लम्बी कहानी है। महाराज हरिसिंह का हुक्म था, अस्कर्दू के किले को मजबूत करना है। चैंचलो के पति वाली बटालियन वहाँ भेज दी। ये

किला तो असल में अफगानिस्तान के हमलों के लिए बना था। वो मुए भी तो मुसलमान थे न। खजूरिए की टुकड़ी कर्नल थापर के अण्डर थी। उसमें हिन्दू-मुसलमान सभी थे। अण्डर समझती है न, मतलब मातहत!''

''जा, जा, बड़ी आयी अक्लमन्द! आगे मर!''

''देख सोमा, अब मेरा मन सुनाने को हो रहा है। ध्यान से सुन। तो जब बँटवारा हुआ तो बटालियन में सारे मुसलमान बागी हो गये। कितना ही गोला-बारूद, बन्दूकें लेकर किले से बाहर चले गये। बस, मुट्ठी-भर सिपाही अन्दर रहे। महाराजा हरिसिंह छोटे जहाजों से उन्हें राशन भेजते तो ज्यादा बोरियाँ बाहर गिर जातीं और पाकिस्तानी ऐश करते। पर धन्न हैं माँओं के लाल! साल भर मुट्ठी-भर चना-चबैना खाकर किला थामे रहे। जब एक गोली रह गयी तब किले का दरवाजा खोला। बस, फिर क्या था! किले पर पाकिस्तान का कब्जा हो गया। ये बन्दी बना लिये गये।''

''हे राम! सुग्गी, हम यहाँ दोनों वक्त खाते हैं और ये सिपाही कैसे भूखे रहकर हमारी रक्षा करते हैं! फिर क्या हुआ?''

''पाकिस्तान की कैद में रहे और क्या! कइयों को तो लाइन लगाकर गोली से उड़ा दिया। चैंचलो के पति को जब मारने लगे तो किसी ने कहा, ये तो पढ़ा-लिखा बाबू है। हमारा कलरकी का काम करेगा। बस, वो बच गया।''

''अरे सुग्गी, जब वो पाकिस्तानी जेल में था तो कभी-कभी चिट्ठी भी आती थी न?''

''हाँ, पर चैंचलो ने धर्म निबाहा। उसके ससुर ने कहा था—'ये तो दो दिन भी हमारे बेटे के साथ नहीं रही। इसके मैके वाले चाहे तो कहीं और शादी करवा दें।' फिर चैंचलो ने अपनी सास को कहा—'मेरी किस्मत में हुआ तो यही वापस आ जाएँगे।' ''

सोमा ने आह भरकर कहा, ''सुग्गी, वो भी क्या दिन थे! सियालकोट से गोलियाँ चलने की आवाजें आती थीं, वहाँ आग लगे तो धुआँ दिखाई देता था।''

''सोमा, तेरा ध्यान कहाँ है? अभी मेरी बात खत्म नहीं हुई। उन दिनों चैंचलो पूजा-पाठ, व्रत निराहार करके सूख गयी थी। उसकी ससुराल तो बड़ी सम्पन्न है। एक कमरा उसे दिया था जहाँ ठाकुरद्वारा भी था। वहीं बेचारी पूजा-पाठ करती रहती। जब छैलो जीजा की पहली चिट्ठी आयी, तब कहीं उम्मीद बँधी।''

सोमा ने हैरान होकर कहा, ''सुग्गी, तुझे कैसे एक जमाने की बातें याद रहती हैं?''

सुग्गी ने कहा, ''नाई की बेटी हूँ, खबरें फैलाना और याद रखना मेरा काम है। सबकी खबर रखती हूँ, तेरी भी।''

''मेरी कौन-सी खबर है तेरे पास?''

''अरे कौन-सी नहीं है! पहली रात तो तूने जीजा को घूँघट ही न खोलने

दिया था। बेचारे की सारी पण्डिताई धरी की धरी रह गयी थी।''

सोमा ने शरमाकर कहा, ''तू क्या पलंग के नीचे छिपी थी?''

''और नहीं तो क्या!''

दोनों हँसने लगीं तो सुग्गी ने मन में सोचा, कैसी मूर्ख है, इसी ने तो बताया था!

सोमा ने कहा, ''क्या छैलो जीजा के आने के बाद दोबारा फेरे हुए थे?''

''मर साँडनी, बात खराब करनी तुझे खूब आती है! ले सुन, अब बीच में मत बोलना।

''एक दिन चैंचलो की ससुराल में खूब कीर्तन हो रहा था। तभी एक लड़के ने दौड़ते हुए आकर खबर सुनायी—'छैलो भापा आ गये!' तब चैंचलो तो बेहोश होकर गिर गयी। उसकी सास ने भगवान को हाथ जोड़कर कहा—'भगवान, मुझे बहू भी चाहिए, बेटा भी। इसी सती के तप से मेरा बेटा वापस आया है।' चैंचलो के होश में आने के बाद उसे नयी दुल्हन की तरह सजाया गया। छैलो के पिता अपने बेटे को घोड़ी पर बिठाकर बैंड बाजे के साथ घर लाये। फिर दोबारा फेरे हुए। सारे गाँव में तीन दिन दावतें उड़ती रहीं।''

सोमा ने अदृश्य में हाथ जोड़े, ''धन्य हो भगवान, धन्य हो!''

''धन्य हैं वो माँएँ, जो बेटों को फौज में भेजती हैं सोमा! लोग हर महीने मनीआर्डर का इन्तजार करते हैं। तभी तो उनका घर चलता है।'' सुग्गी अचानक गाने लगी—

''नई कर गोरिए मैलियाँ अक्खियाँ
कल परदेसिए टुरी बो जाना
शाहुकार करदे शाहुकारियाँ
आशकें मानुएँ मँगी वो खाना
जिन्दे टुरी वो जाना।''

[गोरिए, मैली आँखें न करो, कल तो परदेसी चले ही जाएँगे। साहूकार तो साहूकारी करता है। आशिक माँगकर खा लेता है।]

सोमा ने कहा, ''ये गीत गाँठनेवाले भी धन्य हैं। भई, कैसे-कैसे गीत बनाये हैं! सुग्गी, तू समैलपुर कब जाएगी?''

''सोचती हूँ, रुल्दू भाई के साथ ही चली जाऊँ या शादी पर ही जाऊँ, तू क्या कहती है?''

''तेरी अपनी मरजी है, पर अभी तुम इतने दिन नेपाल रहकर आयी हो। बार-बार जाओगी तो नाथी को कैसा लगेगा! शादी पर दो दिन हो आना।''

''अरे, सोमा, तुम्हें नहीं पता, जब से वो राँड सद्दरो अपनी बेटी के लिए बोलकर

गयी है, ये मूरख मोहित हो गया है। इसका मन करता है, कल ही परसिन्नो को ब्याहकर ले आये। ब्याह क्या गुड्डे-गुड़ियों का खेल है? मैं कहती हूँ, हाथ में चार पैसे आ जाएँ तो ब्याह भी हो जाएगा। अब बोल तो दे ही दिया है।''

''सुग्गी, अब शादियों का मौसम आ रहा है, तुझे तो नोट गिनने से फुरसत न मिलेगी। फिर बहू आने पर चाब ही तो करनी है।''

''हाँ, तो इसकी सान्त (शान्ति का भोज) न करूँ? सारे शहर में सान्त का भात खाती हूँ, मैं क्या सूखा ब्याह कर दूँ?''

''हाँ भई, सान्त तो करनी ही पड़ेगी। लो, ये तो मैं भूल ही गयी थी। चलो, सान्त के भात के लिए दाल-चावलों की बोरियाँ मैं भिजवा दूँगी।''

''राजमाँ क्या पानी में बनेंगे? घी-मसाले सब चाहिए कि नहीं? सिर्फ राजमाँ-भात खिलाकर सुग्गी ने अपना मुँह काला नहीं करवाना है।''

''ठीक है सुग्गी, अब तू समैलपुर चली जा। किशन समैलपुरी से भी मिल आना।''

''मर चुड़ैल, उसको मरे तो बखत हो गया पर उसका गीत औरतें चटकारे लेकर गाती हैं—

चंबे दिए डाहलड़िऐ मोइऐ बिन्द दुआस नी हो
ते कल उनें आयी पुज्जना, खिड़ी खिड़ी बनी बनी पौ।''

[चम्पा की टहनी जैसी गोरी, ज़रा भी उदास मत होओ। कल वे आ जाएँगे। खिले हुए फूल की तरह बन-सँवरकर बैठो।]

सुग्गी ने कहा, ''अच्छा, घर चलूँ, आज उच्चे चौबारे वाली की बहू ने आना था और फिर समैलपुर में शादी के लिए भी जोड़ा देना है। जाकर निकालती हूँ।''

घर जाकर सुग्गी ने दरवाजा बन्द करके चिलम गर्म की और धुएँ के बादल सीखचों वाली खिड़की से बाहर फेंकने लगी।

समैलपुर पहुँचते ही सुग्गी ने दो-चार औरतों को बिठाकर घोड़ियाँ गानी शुरू कीं। सबको पता चल गया, सुग्गी आ गयी है। उसकी भाभी ने कहा, ''सुग्गी, देसी चाय पी, तेरा गला न बैठ जाय। थोड़ी देर लड़कियाँ ढोलक पर गा लें।''

सुग्गी ने चाय अभी एक ही घूँट पिया था कि एक औरत आकर उसके गले लग गयी, ''ऐ सुग्गी रंडे, इतने दिन से क्यूँ नहीं आयी?''

''अरी चैंचलो! चैंचलो हो न?'' दोनों गले मिलीं। दोनों के गले भर आये।

''कैसा है मेरा जीजा, कैसे हैं बच्चे तेरे?''

''सुग्गी, एक लड़की तो यही है जो ढोलक पर बैठी है। दूसरी का ब्याह

हो गया। लड़के भी ठीक हैं। तुम्हारे जीजा बैंक में काम कर रहे हैं।''

''क्या जरूरत थी! इतनी जमीनें हैं तुम्हारे ससुर की।''

''सुग्गी, उनका खाली बैठकर मन नहीं लगता। वैसे भी काम करते रहने से आदमी चुस्त रहता है। तेरा भी शादी के लायक हो गया होगा!''

''हाँ, चैंचलो, अब करनी ही है पर तुम जरूर आना।''

''अरे सुग्गी, तुम्हारे अहाते में एक बेलीराम मास्टर रहता है न, उसकी पत्नी मेरी मौसी की लड़की है। वैसे तो ठीक है पर दफ़्तर जाती बार घर के बाहर ताला लगा जाता है। सुन्दर होना भी पाप है। दफ़्तर से आने पर ताला खोलता है।''

सुग्गी हैरान हो गयी। उसने कहा, ''लानत है मुझ पर! मुझे वहाँ रहते पता न चला और तुम्हें यहाँ इतनी दूर मालूम हो गया!''

''मुझे भी तो किसी ने बताया। वो तो किसी से बात ही नहीं करती। वैसे भी बड़ा क्रोधी है। घर में सिलाई-कढ़ाई भी कितनी करे!''

सुग्गी ने ठोड़ी पर हाथ रखकर कहा, ''भई, धन्य है ये बहू, किसी को पता न चलने दिया। खैर, मैं भी नाई की बेटी हूँ। तू फिक्र न कर चैंचलो। अब सारा जिम्मा मेरा। अरे सुग्गी, तेरी नाक के नीचे क्या हो रहा है, तू नहीं जानती है, लानत है!''

चैंचलो ने कहा, ''अब मैं जाती हूँ। इनके खाने का समय हो गया है।''

''जा चैंचलो, जैसे तुम्हारा सुहाग भगवान ने लौटाया, वैसे सबका सुहाग रखे!''

शादी हो गयी तो सुग्गी को भी दहेज में बड़ा सुन्दर जोड़ा आया। उसने भाभी को टोकरी में उसके लिए मट्ठियाँ, शक्करपारे, लड्डू रखते देखा तो कहा, ''इतना मत दो भाभी, अब तो जम्मू में शादियाँ ही शादियाँ होंगी तो सुग्गी का आँगन भी मिठाइयों से भर जाएगा। बस, एक लिफाफा भर दो, बाकी तुम्हारे काम आएगा।'' फिर सुग्गी ने जोड़ा, ''अरे भाभी, रुल्दू मामे का बेटा है पर सगे से ज्यादा है। बचपन में हम इकट्ठे ही जामुन-आम-सन्तरे दरख्तों पर चढ़कर तोड़ते थे। जब इसे कुम्हारों की तेलू पसन्द आ गयी तब मैं ही इसके सन्देसे इधर-उधर करती थी।''

''तो फिर उससे शादी क्यूँ न की? अरे घड़े तो आपको मुफ्त में मिलते।''

''ये मत पूछो भाभी, उसका बाप पहलवान था। आसपास के दस गाँव में उसका डंका बजता था। जब तक उसे पता चलता, रुल्दू भाई अपने गाँव वापस लौट आया और फिर तुम जो थीं उसके नसीब में। लो भाभी, जल्दी करो, ये बस भी न छूट जाय। हाँ, मेरे नाथी के लिए खमीरे और मीठा भात बाँध देना। उसे बड़ा पसन्द है।''

''मैंने पत्तलों में बाँध दिया है। जम्मू तक कोसा रहेगा। जाते ही सुखसान्द भेज देना।''

"तुम तो ऐसे कह रही हो, जैसे मैं बलैत जा रही हूँ! ये रुल्दू कहाँ चला गया?"

"बाजेवाले को पैसे देने गये हैं।"

सुग्गी ने बस में बैठकर हिसाब लगाया। कपड़े तो बहू के लिए काफी हो गये हैं। तीन जोड़े तो अपनी शानो को भी दूँगी। बाकी पैसे थोड़े और आ जाएँ, फिर परसिन्नो घर आ जाएगी।

अपने घर आकर सुग्गी ने गिद्दी बाँधकर नहाना-धोना किया। बस में पता नहीं, कौन-कौन बैठा रहता है! कमरे में जाकर उसने देखा, शादी में बजायी जानेवाली तुरही एक तरफ रखकर नाथी चित सो रहा है।

सुग्गी ने नाथी को झिंझोड़कर जगाया, "अरे किसके घर कैहल बजाने गया था!"

नाथी ने कसमसाते हुए हुए कहा, "माऊ, सरवन नाई माँगकर ले गया था।"

"तुमने मेरी कैहल क्यूँ किसी को दी? वो मुआ तो चरस-गाँजा पीता है!"

"माऊ, तुम्हारे मैके का है, तभी तो दी। पहले बता, क्या लायी है?"

"खाने के बाद मेरी कैहल राख से माँज देना। मैं किसी की जूठी कैहल नहीं बजाती। जा, गर्म-गर्म खमीरे और मीठा भात खा ले।"

खाते-खाते नाथी ने कहा, "ये औरतों के बजानेवाली चीज नहीं है। अब मैं ही बजाया करूँगा। चल, खमीरा दे।"

"गर्म कर दूँ।"

"नहीं, तेरे भाषण से गर्म हो गया होगा। मेरे दोस्त की बहन की शादी है, बारात आने से पहले वहाँ जाकर रोटी का इन्तजाम देखना है। अब लड़की की शादी में कोई खाना तो खाता नहीं, इसलिए पेट पूरा भर रहा हूँ।"

सुग्गी ने कहा, "शुक्र है, तुझे ये अक़्ल तो आ गयी है!"

नाथी ने कुल्ला करते हुए कहा, "निकाल दो रुपये, शगुन भी तो देना है।"

"कौन-सा बैंक तुम्हारा बाप भर गया है जिससे पैसे निकालूँ?"

"देख माऊ, बाप का नाम मत लेना। नहीं तो मैं तेरे बाप तक जाऊँगा. हाँ!"

तभी बाहर गली में से कोई गाता हुआ निकला—

'रेशमी सलवार कुरता जाली का
रूप सहा न जाय नखरेवाली का।'

"अरे ये कौन मुआ भाँड अहाते में आ गया!"

"माऊ, गाली न दे। ये रक्खो की सास का भतीजा है। पेशावरी जूती पहनता है। पैंट-कमीज के साथ गले में रूमाल बाँधता है और काली ऐनक लगाता है। यहाँ इसकी नौकरी लग गयी है।"

"हे राम, तो क्या हमारे अहाते में अब फिल्मी गीत गाये जाएँगे ?"

"माऊ, दो रुपये दो तो मैं जाऊँ। जल्दी कर, बस बारात भी निकल पड़ी होगी।"

"तुझे दोस्तों की बहनों की शादियों के लिए दो-दो रुपये देती रही तो क्या तेरी शादी में भीख माँगने जाऊँगी ?"

"चलो, शुक्र है, मेरी शादी के बारे में सोच रही हो। माऊ, कुड़माई तो करवा दे, कहीं सद्दरो और घर न ढूँढ़ ले।"

सुग्गी ने कहा, "ऐसी सुन्दरी नहीं है जो घर-घर से रिश्ते आएँ। मैंने तो ये सोचा कि चलो, पढ़ी होगी तो मेरा काम अच्छी तरह से सँभाल लेगी।"

नाथी के जाते ही सुग्गी ने ट्रंक में कपड़ों का नया जोड़ा रखा और हुक्का गर्म करने लगी। उसने सोचा, ज़रा गर्म हो लूँ फिर बेलीराम मास्टर का श्राद्ध पढ़ूँगी। कमीना कहीं का! ये औरतें भी बड़ी रामलीला करती हैं! अरे मेरा मर्द ऐसा करता तो मैं...सुग्गी की हँसी निकल गयी।

हुक्के का अपना आनन्द है। मनुष्य एकदम हल्का हो जाता है। त्रैलोकी में विचरने लगता है। जैसे हुक्के का धुआँ उड़ता है, वैसे ही आदमी का दिमाग। कितनी सुन्दर पीतल की झारी थी इसकी! नाथी के बाप ने मामा को दे दी। वो भी मुआ भुक्खड़ हर तीसरे दिन आ जाता था। फुलके बना-बनाकर मेरी बाँहें दुखने लगती थीं। चलो, अब इसकी झारी मिट्टी की ही ले आऊँगी। क्या पता, सद्दरो बेटी को दहेज में हुक्का ही दे दे! सुग्गी को वहीं झपकी आ गयी। हल्के-हल्के नशे में उसे नाथी का बाप दिखाई दिया। तुरन्त उठकर वह बाहर आयी। दूर से उसे लाजो की माँ आती दिखाई दी। उसने आँचल में कुछ ढँका हुआ था।

सुग्गी ने कहा, "लाजो की माँ, तू किधर भूल पड़ी ?"

"सुग्गी, तू भूलने वाली चीज नहीं है। तुझे मुबारक देने आयी हूँ। कल लाजो आयी थी। उसे दिन चढ़ गये हैं। दवानचन्द तो उसकी सौगन्ध नहीं खाता। सब तेरे पैरों की खैरात है। लाजो कल ससुराल जाएगी। मैंने मेवे के लड्डू उसके लिए बनाये थे पर पहला हक तुम्हारा है। लो, मुँह मीठा करो।"

सुग्गी बोली, "लाजो की माँ, मातारानी ने मेरी लाज रख ली। मातारानी जो काम भी पूरा होता है, उसमें तुम्हारी मर्जी होती है। लाजो की माँ, अब तो मेरा दवानू शराब नहीं पीता ?"

"नहीं सुग्गी! लाजो से डरता भी है। अब बाप बन जाएगा तो सब भूल जाएगा।"

सुग्गी ने लड्डू खाकर कहा, "चल, मुबारक हो! तू नानी बन जाएगी और

मैं दादी।''

''खैर, मुबारक सुग्गी, अब चलूँ। चूल्हे पर दाल रख आयी हूँ। अगर आग ज्यादा हो गयी तो जल जाएगी।''

''जाओ लाजो की माँ, मैंने भी अभी मंगात्तरो के बेटे की शादी का न्यौता देने जाना है।''

न्यौता देते देते सुग्गी की टाँगों में दर्द होने लगा तो उसने सोचा, सलाथियाँ चौगान (मुहल्ले का नाम) तो निबट गया, कल पुरानी मण्डी चली जाऊँगी। टाँगों में दर्द होने लगा है। सोमा के घर चलकर चाय पीती हूँ।

सोमा अपने आँगन में बँधी गाय के चार-पाँच दिन के बछड़े को गुड़ और फुल्का घी मिलाकर खिला रही थी। मुँह मारता बछड़ा उसके हाथ को भी चबा लेना चाहता था। उसके गले की घंगरेल (घुँघरू) छन-छन कर रही थी। सुग्गी आँगन में खड़ी हो गयी। सोमा बछड़े का मुँह हाथ में लेकर इतनी मस्त थी कि उसे द्वार खुलने की आवाज ही न सुनाई दी। चूरी खत्म होते ही बछड़ा सोमा के हाथ चाटने लगा।

सोमा बोली, ''अरे कप्फनुआँ, अब मुझे भी खाएगा क्या? चल, माँ का दूध पी ले, खमीरे सूखे न रहेंगे।'' सोमा ने बछड़े को खुला छोड़ा तो वह हुलककर गाय के थनों में मुँह मारने लगा। गाय ने कृतज्ञता से सोमा को देखा तभी सोमा को सुग्गी की आवाज सुनाई दी :

''गाय के बछड़े को इतना प्यार करती हो, तो पोते को कितना करोगी!''

सोमा खिल उठी, ''अरी सुग्गी, तेरी तो सूरत ही दिखनी बन्द हो गयी! पहाड़ से ताजा गुच्छियाँ आयी थीं, तेरा इन्तजार करते-करते मैंने कल परसू को दे दीं। उनमें मुश्क पड़ जाय तो फिर खायी नहीं जातीं।''

''देख सोमा, मैं तो समैलपुर तुझे बताकर गयी थी, पर गुच्छियाँ तो तुम मेरे नाथी को भिजवा सकती थीं। तुम्हें तो पता है, वो गुच्छियाँ कितना खुश होकर खाता है, पर तुम्हें तो परोपकार की आग लगी रहती है।''

सोमा ने पूछा, ''अरी सुग्गी, कहाँ से इतनी गर्म होकर आ रही हो?''

''सोमा, आज मुझे महाराजा प्रतापसिंह पर बड़ा गुस्सा आ रहा है। सलाथियाँ चौगान में बुलौआ देने गयी थी तो वहीं टहलिनें रहती हैं न, वहाँ चली गयी। तुम्हें तो पता है, वो कहीं शादी-ब्याह में नहीं जातीं।''

सोमा ने दुखी होकर कहा, ''पर ये सारा दिन घर में क्या करती हैं?''

सुग्गी बोली, ''ये टोकने की तेरी आदत न जाएगी।''

सोमा की हँसी निकल गयी। उसने कहा, ''तुम्हारी जबान तो दराँती की तरह चलती है। उसके बीच वही आये जिसने कट मरना हो।''

''चलो, चुप करो। गंगादासी की बात सुनो। राजाओं के सिपाही पहाड़ों से

सुन्दर लड़कियाँ अन्त:पुर के लिए ले आते थे पर उनके भविष्य के बारे में नहीं सोचते थे।''

सोमा बोली, ''मैंने तो सुना है, इनमें से बहुत शहीद सिपाहियों की पत्नियाँ होती थीं! उनकी सुरक्षा के लिए ही उन्हें महलों में लाया जाता था। ये काम महारानी चाड़की के हुक्म से होता था।''

''जाने दे सोमा! महाराजा अपनी तलवार भेजकर भाँवरे पड़वाकर मँगवा लेता था। वो बात छोड़, आज जो उनकी हालत है, वो पूछ। पर जा, पहले चाय ले आ, मेरा मुँह सूख रहा है। घर-घर न्यौता देना आसान नहीं है। गला तो सूखता है ही, ऊपर से टाँगों का कचूमर निकल जाता है। अब कमर में भी उतना जोर कहाँ रहा! चाय अच्छी गर्म करना, तब तक मैं जीजा की चिलम से दो सूटे मार आऊँ। उनकी चिलम बुझी हो तो भी जल जाती है।''

सोमा ने हँसते हुए पूछा, ''तुझे कैसे मालूम?''

''जा, जा, कचहरी में खड़ी हो जाकर। मैं अपने जीजा का हुक्का नहीं पियूँगी तो क्या राजा का पियूँगी?''

''तू राजा का भी पी सकती है भई। बचपन में मेरे बापू के हुक्के से भी तो एक-दो सूटे मार ही लेती थी।''

''हाँ भई, मैं तो जानती हूँ, जीजा जब भी हुक्का पीते हैं, चाँदी की नली लगा लेते हैं। रघुनाथ मन्दिर के पण्डित हैं। राजे न रहे, पर मन्दिर तो है न।''

''चल, तेरे लिए भीगे रखे बादाम लायी हूँ। ले, खा, मर।''

''मरे मेरे दुश्मन! इस धरती पर तेरे जैसे दानी हैं, ऊपर जाकर मैं क्या करूँगी! देवताओं की तो शादी भी नहीं होती, जो चाही दबोच ली।''

''हे भगवान, बादाम देने पर भी तेरा मुँह बन्द नहीं हुआ!''

''सोमा, अरे आज पटवारी की माँ बिक्खू मिल गयी थी। पता नहीं, किसको गाली दे रही थी! मुझे देखकर बोली—'ऐ पीर पिट्टडी, कहाँ से बरवाद होकर आ रही है!' बाकी की गालियाँ कोई मुँह से नहीं निकाल सकता। मैंने एक बड़ा-सा अमरूद देकर जान छुड़ायी। अरे, पीतो झीवरी के आँगन में अमरूद पक रहे थे। मैंने नजर डाली तो उसने मुझे दो दे दिये। अमरूद लेकर जाते-जाते कह गयी—'अरी सुग्गी राँड, कुतिया की तरह तेरा घर-घर घूमना तेरी आदत है। पता नहीं किस करमजली ने तेरे उजड़े आँचल में अमरूद डाले होंगे। मेरे मत्थे मढ़ गयी राँड। मौत भी नहीं आती इस कुतिया को!' ''

सोमा ने कहा, ''तुम्हें भी तो कोई मिलना चाहिए जहाँ तुम निरुत्तर हो जाओ।''

''देखो सोमा, मैं नीम पागलों के मुँह नहीं लगती हूँ। आज तेरी चाय का रंग-ढंग ठीक है। दिल खोलकर दूध डाला है तुमने। बस, ऐसी ही बनाया कर।''

''जो हुक्म सरकार!'' सोमा ने कहा, तो सुग्गी भी हँस पड़ी।

''सोमा, आज टहलिनों को देखकर बड़ा दु:ख हुआ। मैं भीतर गयी तो सामनेवाले थड़े पर बैठकर गंगादासी हाथ धो रही थी। दूसरी टहलिन ने बताया, इनको वहम हो गया है कि हाथों में कुछ लगा है। अब क्या करें! पानी भी बहुत कम आता है। जुगराज कर्णसिंह आएँगे, तब कहेंगे। महल पर जब रियासत का झण्डा चढ़ेगा तब मालूम होगा, आ गये हैं।''

सोमा ने कहा, ''मैंने तो सुना है, युवराज टहलिनों का बड़ा ध्यान रखते हैं। महाराजा हरिसिंह की तो कोई टहलिन न थी, पर महाराजा प्रतापसिंह की इन टहलिनों का वो भी बड़ा ध्यान रखते थे।''

''जुगराज तो टहलिनों को बड़ा सम्मान देते हैं। जो बनता है, करते हैं। देखो सोमा, गंगादासी कितनी ऊँची-लम्बी, गोरी-गन्दर्भ सुन्दर है। अब तो बूढ़ी हो गयी। सुच्चे मोतियों की माला घुटनों तक आती है। महाराजा ने ही दी होगी। सुना है, प्रतापसिंह जी बहुत अफीम खाते थे। दोनों तरफ टहलिनें होतीं, उन पर हाथ रखकर चलते थे। नाड़ा लटकता रहता था।''

''वही जैसे गाँधी दो लड़कियों के कन्धों पर हाथ रखकर चलता था!''

''बस सोमा, कहाँ जाकर मुकाबिला किया! मैंने गंगादासी को एक बार पूछा था— महाराजा कैसे थे? कहने लगी— बहुत अच्छे। हम सबका बड़ा खयाल रखते थे। युवराज भी बहुत ध्यान रखते हैं।''

''और क्या कहेंगी बेचारी! इन्होंने तो महाराजा के सिवा कभी किसी पुरुष की परछाईं भी नहीं देखी।''

''मैं सोचती हूँ, सोमा, कहाँ ये रनिवास में पर्दों के पीछे रहती होंगी और कहाँ ये फत्तू चौगान का अहाता! औरत का जीवन किसी नरक से कम नहीं है। अब मुझे ही देखो, कोई नाइन क्या कभी तीन गज लम्बी तुरही बजाती है? पर मुझे बजानी पड़ती है। देवर ने एक-दो बार मेरी शादियों में बजायी थी, हर बार दो रुपये ले जाता था। मैंने सोचा, सुग्गी, कब तक दो रुपये का नुकसान करेगी, खुद ही बजा।''

सोमा ने कहा, ''तुझे भी तो मर्दों के काम करना अच्छा लगता है। अब नाथी जवान हो गया है। तुरही तो बजा ही सकता है।''

''हाँ सोमा, पर जब से सद्दरो ने अपनी बेटी की बात चलायी है, बस शादी की रट लगा रहा है। एक दिन जीजा को जन्मपत्रियाँ दिखा दूँगी। बड़ा चाव चढ़ा है शादी का।''

सोमा ने कहा, ''इस उम्र में सबको शादी का चाव होता है। अपनी बात भूल गयी क्या? वो भी क्या दिन थे सुग्गी!''

तभी परसू ने आकर आँगन में हरी घास का गट्ठर फेंका और पसीना पोंछकर बोला, ''पण्डिताइन, पानी पिला दे। गट्ठर बहुत भारी है। तीन दिन चल जाएगा। अब तो बछड़ा भी थोड़ी घास खाता ही होगा।''

सुग्गी ने कहा, "सोमा, तुम अपने काम करो, मैं भी घर जाती हूँ। नाथी आजकल बेटैम भी आ जाता है।"

सुग्गी घर पहुँची तो उसने देखा, उसके बरामदे में चारपाई पर हल्की गुलाबी पगड़ी पहने मीरपुरवाले मास्टर जी बैठे हैं। उनके साथ पत्नी भी है। सुग्गी एक ही छलाँग में बरामदे में आ गयी।

"मास्टर जी, मेरे धन्न भाग जो आप आये! क्या करूँ, पहले नेपाल चली गयी, अब शादियों का जोर है।"

मास्टर जी ने सुग्गी को मिठाई का लिफाफा पकड़ाते हुए कहा, "इक्कीस को आपके भतीजे की शादी है। रौनक तो बुआ ही लगाएगी।"

सुग्गी ने पूछा, "बड़ी मुबारक मास्टर जी, कुड़माई कहाँ की?"

मास्टर ने कहा, "मेजर टकाइया है न, उसकी पोती के साथ की है। घर में सबको पसन्द थी, हमने झोली फैलाकर माँग ली।"

"अच्छा डोगरों का घर है, पर मुझे तो कानोंकान खबर न हुई मास्टर जी!"

"हमने सोचा, मुँह मीठा करवाएँगे तो बता देंगे। अब आपने ही सब सँभालना है।" मास्टरनी ने कहा, तो मास्टर जी बोले, "आपकी भाभी की जिद थी कि पहले आपके घर जाना है। मिठाई के लिफाफों की टोकरी लिये आदमी सड़क पर खड़ा है। अब आज्ञा दें।"

मास्टर चले गये तो सुग्गी हक्का-बक्का होकर सोचने लगी, रोटी-बेटी की साँझी के बाद ही आदमी असली शहर का हो जाता है। सुग्गी को पूछने की अब क्या जरूरत है! अब तो इन्हें भी यहाँ आये बीस-बाईस साल तो हो ही गये हैं। अब तो ये यहीं के हैं। मीरपुर तो मुआ पाकिस्तान ले गया। भई, मीरपुरियों ने बड़ी तरक्की की है। गलियों की गलियाँ बस गयीं। बक्शी नगर, ये नगर, वो नगर—सब जगह मीरपुरी ही हैं। शहर का व्यापार तो इन्होंने सँभाल ही लिया है। भई, बड़े कर्मठ लोग हैं।

तारों की रोशनी में सुग्गी नहाकर आयी तो आँगन में बैठकर कैहल का मुआयना करने लगी। एक-दो बार बजाकर भी देखी तो में-में की आवाज आयी। उसने सोचा, अभी इसके अन्दर थोड़ा पानी होगा। सूखने के बाद ही ठीक बजेगी। तभी उसके कान में आवाज आयी, "कोई कैहल वाला काम कर लिया है क्या?"

सुग्गी ने देखा, तो सामने परषोत्तमा खड़ी थी। "अरी परषोत्तमा, तुझे मेरी याद कैसे आ गयी?"

दोनों गले मिलीं तो गंगा-यमुना बह निकली।

"अरे एक ही शहर में रहते हैं तो भी कई-कई दिन मिले हो जाते हैं।"

सुग्गी ने प्यार से कहा, ''परषोत्तमा, मैं तो ठहरी मजदूर औरत। आजकल शादी-ब्याह के दिन हैं, होश ही नहीं है।''

''सुग्गी, मैंने सुना, सद्दरो को समधन बनाने की सोच रही हो!''

''अरे तुझे किसने कहा? अभी तो सूखी बात ही हुई है। अगर कुछ करती तो सबसे पहले तुम्हें न बुलाती!''

''सुग्गी, तेरी सास तो कह रही है, चाहे चारपाई पर जाना पड़े, पोते की शादी में जरूर जाऊँगी।''

''उसे कहना, चारपाई जोगी दरवाजे* की तरफ मोड़ ले। मैं तो अपनी गृहस्थी में सेंध न लगाने दूँगी।''

परषोत्तमा को सुग्गी की सास ने ही भेजा था, उसने कहा, ''सुग्गी राँड, तेरे बेटे की सगी दादी है वो।''

''चल, चल, बड़ी फैसला करने आयी है! उस वक्त दादी न थी, जब दो साल के पोते को माँ-बाप के साथ निकाल बाहर किया था? और परषोत्तमा, तू क्या बात करेगी! तेरी सास की ऐनक में धागे बँधे हुए हैं। कपड़े तक लोगों से माँगती है। तू क्या वकीलनी बनकर आयी है?''

परषोत्तमा ने दाँतों ताले उँगली दबाकर कहा, ''लड़ाका तो तू बचपन से ही थी, पर अब तो भई, तेरा मुकाबला कोई नहीं कर सकता। मैंने तेरी सास से क्या लेना-देना है! चल, चाय चढ़ा, दोनों पीते हैं।''

''देख परषोत्तमा, अब तूने अक्ल की बात की है। असल में उसे पोते की शादी का चाव नहीं है। वो देखना चाहती है, शादी में बहू को क्या गहना चढ़ाऊँगी! नाथी के पुरखों की जद्दी-जायदाद है, बुढ़िया कौन-सी मैके से लायी है? बाकी जब टैम आएगा तब सबसे आगे तो सोमा और तुम ही हो। अभी तो मैंने सद्दरो से एक रुपया भी नहीं लिया।''

चाय पीते-पीते परषोत्तमा कहने लगी, ''देखो, महाराजा हरिसिंह को भी गये कितने बरस हो गये! कितने अच्छे थे हमारे महाराजा!''

सुग्गी ने मुँह पर बड़ी दानाई लाते हुए कहा, ''अरे परषोत्तमा, महाराजा जब बँटवारे के बाद गये सो फिर नहीं आये। आखिरी बार भी अपनी धरती न मिली। देस-निकाले का दुख सब दुखों से बड़ा है। भीतर ही भीतर गल गये।''

परषोत्तमा ने कहा, ''वहाँ सुना है, घोड़ों की रेस खेलते थे, गाना सुनते थे! अपने घोड़े थे उनके पूना में!''

''हाँ भई, राजा-महाराजा कबड्डी तो खेलेंगे नहीं। खेलेंगे तो बादशाहों वाले खेल ही खेलेंगे।''

''तू तो गयी थी न, जब महारानी तारादेवी काँगड़ा से आयी थी?''

---

* श्मशान घाट।

"परषोत्तमा, मैं तो नाइन हूँ। सुख हो या दुख, मुझे तो सबके साथ खड़े होना ही पड़ता है। देखो, विधाता ने क्या किया! जुगराज और जुगरानी दोनों विदेश में थे। महारानी काँगड़ा में थीं। और कप्तान दीवान सिंह को भी महाराजा ने कहीं भेजा हुआ था। बस, अपने दो-चार नौकर-चाकर ही थे। डॉक्टर को महाराजा साहेब ने कहा था—'मैं जा रहा हूँ डॉक्टर।' " यह कहकर सुग्गी की आँखें भर आयीं, "बैसाखी के दिन थे उदास-भरे। खबर आ गयी थी, महारानी तारादेवी काँगड़ा से आ रही हैं। मोटरें चल पड़ी हैं। जुगराज भी आ गये थे, पर संस्कार तो हो ही चुका था। जुगराज उनकी भस्म लेकर आये। महाराजा की इच्छा के मुताबिक भस्म जम्मू की पहाड़ियों पर, पीर पंचाल पर और तवी में बिखरा दी गयी।"

सुग्गी विलाप करने लगी, "ओ जम्मू के राजा, अन्त में आपको अपनी मिट्टी भी न मिली। जिन्होंने आपको देस-निकाला दिया, उनको कीड़े पड़ेंगे।"

भीतर से नाथी आँख मलता हुआ निकला और बोला, "माऊ, कौन मर गया?"

"तेरी दादी।"

"अरे दादी मरी है, तो चँवर झुलाने जाऊँ क्या?"

"जा, नहा-धोकर आ। आलसी कहीं का!" सुग्गी ने कहा।

परषोत्तमा ने कहा, "उस वक्त तो कितनी ही टहलिनों ने महल के ऊपर से तवी की तरफ छलाँग लगा दी। फिर तो छत पर जाना बन्द ही हो गया।"

"परषोत्तमा, महारानी तारादेवी जब आयीं तो एक ही बात बोलीं—'मेरा मुँह मत देखो, मैं बड़ी अभागिन हूँ।' महारानी बीच-बीच में बेहोश हो रही थीं।"

"हाँ, महाराजा तो लाखों में एक। कितनी ही कुरीतियों को दूर किया। छोटी लड़कियों की शादी के खिलाफ कानून बनाया। लड़की की आयु कम से कम चौदह और लड़के की अठारह की होनी चाहिए। पैदा होते ही लड़की मार देने पर सौ रुपये का जुर्माना चलाया। तब तो रुपया देखने को भी नहीं मिलता था।"

सुग्गी ने कहा, "ये राजपूत सिर्फ फौज में जाते थे। जमीनों पर खेती नहीं करते थे। चाहे भूखे मर जाएँ। महाराजा ने खुद खेत में हल चलाकर ये रस्म तोड़ी। महारानी तारादेवी खेत में खाना लेकर भी गयी थीं। हरिजनों को मन्दिरों में आने के लिए दरवाजे खोल दिये गये। पण्डत नाराज होकर नौकरियाँ छोड़ गये पर महाराजा अपनी बात पर अटल रहे। उनके गुणों के बखान कोई कम हैं क्या!"

परषोत्तमा ने धीमे से कहा, "अरे सुग्गी, मलका पुखराज जो गाती थी, उसने महाराजा को जहर देने की कोशिश की थी न?"

"हाँ भई, सुना तो है, उसे देस-निकाला दे दिया, मौत की सजा नहीं दी।"

"जुगराज ने भी सारे कर्मकाण्ड डोगरों की तरह किये। तेरह दिन फर्श पर सोये, दाढ़ी साफ नहीं की। एक बार शाकाहारी भोजन करते रहे।"

"जुगराज तो पूरे पक्के पण्डत हैं। संस्कृत ऐसे बोलते हैं, जैसे कोई पण्डत

बोलता हो! बड़े लायक हैं।"

सुग्गी गाय को आटे का पेड़ा देने गयी तो उसने देखा, मास्टर बेलीराम झोला उठाये स्कूल जा रहा है। उसे याद आ गया, इसकी पूजा तो अभी मैंने की ही नहीं। उसने गाय के सिर पर हाथ फेरकर मास्टर को कहा, "अरे मास्टर जी, स्कूल में छुट्टियाँ कब होंगी, मेरी शानो और बच्चे आते हैं, छुट्टियों में, इसीलिए पूछ रही हूँ।"

"अभी छुट्टियों में बड़ा टैम है मौसी!"

"तुम्हारी बहू ठीक है न?"

"हाँ मौसी, उसे बाल-बच्चा होनेवाला है। उसका ध्यान ही रखना।"

"यहीं है क्या? मैंने सोचा, मैके गयी है। यहाँ अहाते में तो दिखाई नहीं देती!"

मास्टर बेलीराम खिसक लिया।

सुग्गी उसे घबराया देखकर खूब खुश थी। उसने चाव में आकर इलायची ढूँढ़नी शुरू की। सौंफ, दालचीनी और पत्ती डालकर चाय चढ़ा दी तो सोचा, थोड़ा मीठा सोडा भी डालना चाहिए। आज की चाय ऐसी रंगीन हो कि एक घूँट में कड़ाके निकल जाएँ। चाय पीकर सुग्गी बेलीराम के यहाँ चली गयी। वहाँ ताला लगा था। सुग्गी घूम-फिरकर पिछवाड़े गयी तो मास्टर की खुली खिड़की के पास कढ़ाई करनेवाली एक चादर पड़ी थी। गुलाब के आधे बने फूल पर सुई लगी थी। उसने कोने से जाकर देखा, चारपाई पर औंधी पड़ी मास्टरनी की देह सुबकने से हिलती जा रही थी।

सुग्गी कुछ देर स्तब्ध रही, सुग्गी की नाक तले ये जुल्म! उसने खिड़की खटकाकर कहा, "लाड़ी, ऐ मास्टरनी, मैं सुग्गी हूँ। क्या हुआ? इधर आ मेरे पास।"

मास्टरनी ने पल्ले से आँखें पोंछी और नीची गर्दन करके सुग्गी के पास पहुँच गयी।

सुग्गी ने कहा, "जैसे शानो, वैसी तू। बता, क्या बात है? बाहर तो ताला पड़ा है!"

मास्टरनी रोते रोते बोली, "पिछली गर्मियों में मेरे मामा का बेटा आया था। मामी ने उसके हाथ पहाड़ों की कई सौगातें भेजी थीं। इसने उसे शादी में भी देखा हुआ है। जब ये स्कूल से आया तो मेरे मामा का लड़का चारपाई पर बैठकर चाय पी रहा था, मैं चौके में सब्जी काट रही थी। उसे देखते ही ये भड़क उठा और मुझे पूछा, ये कब आया? मैंने कहा, ये आपके जाते ही आ गया था। मेरे रामबन वाले मामा का बेटा है। शादी में तो आप मिले ही थे। 'मैं मिला होऊँगा पर जब मैं घर में न रहूँ, तुम अपने सगे भाई को भी मेरी चारपाई पर बिठाकर चाय नहीं पिला सकतीं।' " ये कहकर मास्टरनी रोने लगी।

सुग्गी ने गुस्से में उबलकर कहा, ''तो तुम मैके क्यूँ नहीं चली गयीं?''

''उस दिन के बाद मेरे मैके से कोई भी नहीं आया, मैके कैसे जाती? मामा के बेटे ने जाकर मेरी माँ को सारी बात बोल दी। बापू इससे बहुत नाराज हैं पर इसमें मेरा क्या कसूर है, ये मेरी समझ में नहीं आता। ये भी सीधे मुँह बात नहीं करता। बात-बात पर मेरे माँ-बाप को गाली देता है।''

''देखो मास्टरनी, क्या नाम है तेरा?''

''नाम तो मेरा भागो है, पर भाग देखो, कैसा बरस रहा है! मेरा मन तो करता है, फाँसी लगाकर मर जाऊँ, पर अब पेट में बच्चा है। अब मारता नहीं है, पहले तो देह पर नील पड़े रहते थे। वो कहता है—'अगर तुमने किसी को बताया तो मैं कहूँगा कि मैंने इसे अपने मामा के लड़के के साथ आपत्तिजनक हालत में देखा है।' मैं तो दोनों तरफ से फँसी हुई हूँ।''

''हे भागो, धन्न है तेरी माँ जिसने तुझे जना है! चल मेरे घर, मैं बेटी की तरह रखूँगी। तेरा बच्चा मेरे ही घर में होगा।''

''नहीं मौसी, मैं बेइज्जत होकर रहना नहीं चाहती। तुम्हारे घर चली गयी तो ये पता नहीं क्या-क्या कहेगा!''

''इसकी मजाल है जो तुम्हें कुछ कहे! पुलिस का थानेदार मेरे नाथी के पास ही सिर मुँडवाता है। उसे कहकर अन्दर करवा दूँगी। मेरा नाम सुग्गी है। अभी लोगों को कहकर बाहर का ताला तुड़वाती हूँ।''

''मौसी, मुझे डर लग रहा है।''

''डरने की कोई बात नहीं। मैं कानून जानती हूँ। मैं कहूँगी, मैं पिछवाड़े कोई जड़ी ढूँढ़ने गयी तो तुम्हें बेहोश पाया, इसलिए ताला तुड़वाना पड़ा। चलो, अब न-नुकर न करो। चारपाई पर लेट जाओ। बाकी मुझ पर छोड़ दो।''

सुग्गी ने आकर देखा, रक्खो अपनी रसोई में पराँठे बना रही है और नाथी वहाँ डटा है।

''अरे मास्टर बेलीराम की पत्नी बेहोश है। मैंने उबटन बनाना था, एक जड़ी लेने गयी थी तो देखा, इसकी खिड़की खुली है और बेहोश है। बाँह लटक रही है, कहीं मर न गयी हो!''

रक्खो का पति, सामने का कश्मीरी पण्डित, दुकानदार सब आ गये।

सुग्गी ने कहा, ''चलो, पत्थर से ताला तोड़ो।''

तब तक अहाते में दस-बारह लोग इकट्ठे हो गये थे। ताला तोड़ना क्या था, एक पत्थर से ही लुढ़क गया।

नाथी ने फुसफुसाते हुए रक्खो के घरवाले से कहा, ''पहले तो माऊ मेरी शादी ही नहीं करना चाहती, फिर ये नित-नयी ननदें! शादी हो भी गयी तो मेरी पत्नी को बसने न देगी। अब रक्खो को मैं भाभी कहता था, तो कभी हँसी-मजाक भी

होता था। अब माऊ ने उससे राखी ही बँधवा दी। डबल रुपया दिया, सो अलग।''

''छोड़ यार, तुझे शादी की पड़ी है! यहाँ तेरी माऊ जो शादियाँ हो गयी हैं, वो भी तुड़वा रही है।''

ताला टूट गया था। सुग्गी के गले लगकर मास्टरनी जारो-कतार रो रही थी।

नाथी ने रक्खो के घरवाले को कहा, ''मेरी शादी को तो भूल ही जाओ जीजा!''

उधर सुग्गी की कड़कती आवाज अहाते में बिजली की तरह घूम रही थी, ''इस मास्टर से तो मैं निपट लूँगी। मुझे फौजदारी करनी भी आती है। इस मास्टर को जंघम (जहन्नुम) न पहुँचाया तो मेरा नाम सुग्गी नहीं। नाथी, जा, तीरथू की दुकान से आधा किलो पहली काटवाला दही ले आ। लड़की का मन घबरा रहा है। इसे मिश्री डालकर खिलाती हूँ।'' फिर उसने सब लोगों से कहा, ''भई, तुम सब लोग गवाह हो। मैं इस मूक गाय को अपने घर ले जा रही हूँ। ऐसे कसाई आदमी से तो औरत बेवा-राँड भली।''

फैसला हो गया। सुग्गी के घर में जो पहली काट का मलाईदार दही-मिश्री डालकर भागो ने खाया तो ऐसी नींद में मस्त हुई कि जाग उसकी तब खुली जब सुग्गी भीगी बिल्ली बने मास्टर पर बरस रही थी :

''अरे मास्टर, मैं तो तुझे शरीफ आदमी समझती थी। वो तो मैं पिछवाड़े में कोई जड़ी ढूँढ़ने गयी तो तुम्हारे घर की खुली खिड़की पर नजर पड़ी। मैंने सोचा, बाँह लटकाये ये मास्टरनी की लाश है। ताला तोड़कर बाहर लाये हैं इसे। मुए, पत्नी रखनी नहीं आती तो शादी क्यूँ की थी? बाप बनने की हौंस भी तो काफी है। लानत है तेरी मास्टरी पर! थू! जाओ, अपने घर जाओ, मैं इसे नहीं भेजूँगी। खाने को रोटी बहुत है। बच्चा होगा तो पल भी जाएगा। दफा हो जा यहाँ से!''

भागो ने दरवाजे पर आकर मास्टर को देखकर आँखें नीची कर लीं तो सुग्गी ने कहा, ''न, इन मरदों में खराबी नहीं है। इतनी देर जुल्म सहती रही और इस मुश्टंडे पर आँच न आने दी। चलो, अन्दर जाओ, अब मैं तुम्हें इस कसाई के घर न भेजूँगी। मास्टर, दफा हो जाओ। अगर शर्म-हया बची है तो फाँसी लगाकर मर जा। और भागो, मैंने तुम्हारे बाप के घर जाने वाली बस के ड्राइवर को सन्देस दे दिया है। कल ही तुम्हारा बाप आ जाएगा।''

''मौसी, बापू क्या करेंगे।''

''जो बाप को करना चाहिए। जब तक माँ-बाप दखल न दें, लड़कियाँ यूँ ही तिल-तिल करके मरती रहेंगी। जुल्म सहना भी पाप है। जानती हो, सुमित्तरा का पति रोज रात को छतों पर से होता हुआ ठेकेदार की पत्नी के पास जाता था। ठेकेदार काम से रामबन रहता था। मैंने ही उसे सन्देस भिजवाकर उसकी पत्नी और सुमित्तरा के पति को पकड़वाया। जुल्म औरत पर हो या मर्द पर, जुल्म ही है।''

भागो ने कहा, ''मौसी, क्या बापू मुझे घर ले जाएँगे?''

"क्यूँ नहीं ले जाएगा? पर बच्चा होने के टैम में तुझे यहीं बुलवा लूँगी। डाक्टरनी मेरी सहेली की बेटी है, कब काम आएगी!"

"मौसी, मुझे बड़ा डर लग रहा है। ये आते ही खाना माँगता है। आज क्या खाएगा?"

"हाँ भई, पतिबरता हो तो तेरे जैसी! तुझे जेल में सड़ा रहा था, पर तुझे उसके खाने की फिक्र है! दो दिन नहीं खाएगा तो मर नहीं जाएगा। आने दे अपने बाप को, फैसला तो तभी होगा। इतने दिन से लड़की की खबर नहीं ली, क्या कसाई बाप है! मैं जरा बदन पर पानी डालकर आती हूँ। कौए को भी हमेशा फारिग होने के लिए सुग्गी ही दिखाई देती है।"

सुग्गी नहाकर आयी तो मगन थी। भागो के पास बैठकर अपनी फटी चादर सीते हुए गाने लगी—

"टल्लू फट्टै सी लैना हो
अम्बर फट्टै कीयां सीना
खसम मरै जी लैना हो
यार मरै कीयाँ जीना?"

[कपड़ा फटे तो सी लूँ, आसमान फटे तो कैसे सियूँ, खसम मरे तो जैसे-तैसे जी लूँगी, यार मरे तो कैसे जिऊँगी?]

सुग्गी की हँसी निकल गयी। उसने भागो को कहा, "खसम तो मेरा मर गया है, पर यार मेरा कोई न था। इन फजूल कामों के लिए चारों पहर चाहिए। एक बचपन की कसम नहीं खाती। नाथी के बाप से शादी होने के बाद तो मैंने उसे कभी देखा भी नहीं। अरे, माली जीतकर आया था मेले में। पहलवान था पूरा। लोग उसे उठाकर जशन मना रहे थे। माली उसके हाथ में थी। याद आता है।

"एक बार मैं कुएँ पर कपड़े धो रही थी। वो आया, कहने लगा—'कितनी भी कुश्तियाँ जीत लूँ, तुम्हारे सामने तो हार ही जाता हूँ।' मैंने उसे डण्डा मारा। उसे लगा भी। उसने उठाकर मुझे दिया और कहा—'हम नाई नहीं हैं पर ऊँची जात वाले भी नहीं हैं। सात खच्चरें हैं हमारे पास। लोगों का सामान ढोते हैं। अच्छा गुजारा है। इस बार माली में डबल सौ रुपये मिले हैं। माँ ने मेरी शादी के लिए रख दिये हैं। तुम्हारा मन हो तो बापू को कहकर बात चलाऊँ?' मैं चुपचाप कपड़े समेटकर घर आ गयी। तब लड़के बेशर्म न होते थे। उसने फिर कभी मुझसे बात न की। आजकल तो मुहल्ले की लड़कियों को छेड़ने से भी बाज नहीं आते लड़के। लानत है! देखो बेटी, पता नहीं, आज ये बात कैसे याद आ गयी और तुम्हें बता दी। ये सब जिन्दगी में होता ही है, पर ये बताने की हिम्मत किसी में नहीं होती।"

भागो मुग्ध होकर सुन रही थी। उसने कहा, "मौसी, तेरा जिगरा इतना बड़ा

न होता तो क्या मुझे उस कैदखाने से छुड़ा सकती थीं ? बलवान आदमी मारता है तो रोने भी नहीं देता। अब तुम्हें बताऊँ, गाय वाली को शायद पता है, ये मुझे घर में ताले में बन्द करके जाता है पर उसने भड़ास भी न निकाली।''

''भागो, ये अहाता इतना बड़ा है और हमारे घर इतनी दूर हैं कि पता ही न चला। और ये गाय वाली तो महा डरू है।''

भागो ने कहा, ''मौसी, नाथी भाई कब आएँगे ? सब्जी तो बन भी गयी है।''

''तुझे भूख लगी होगी भागो। मैं तुझे फुलके उतार देती हूँ। इन दिनों ऐसे ही भूख लगती है। आम का अचार खाएगी ?''

''हाँ मौसी।''

सुग्गी ने खुश होकर कहा, ''बेटी पैदा करना। मेरी माँ कहती थी—

ऊये नार सलक्खनी
जिन्न पहले जाई लच्छमी।''

[वही स्त्री सुलक्षणा है जिसने पहले बेटी को जन्म दिया।]

सोमा को यही कहानी सुनाते हुए सुग्गी ने कहा, ''सोमा, मुझे उन औरतों पर बड़ा क्रोध आता है जो अपने पति के चरणों की दासी बनकर रहती हैं। मेरे चाचा की पत्नी रियासी की हैं। वो चाचा को कार्ड लिखती तो नीचे लिखती, 'आपकी दासी करमो देई रियासी'। हम चाचा को छेड़ते थे। अब इन बड़े घरों में रखैल होना तो प्रतिष्ठा समझा जाता है।''

सोमा ने कहा, ''सुग्गी, तुम्हें जंगल के ठेकेदार मनसो का तो पता ही होगा ! उसका पति जब अपनी रखैल को लेकर चौबारे पर सोता है तो ये दरवाजे के बाहर पहरा देती ऊँघती रहती है। सास को पता चले तो दोनों को घर से निकाल दे।''

सुग्गी ने कहा, ''औरतों का भाग भगवान ने एक ही बार लिख दिया, फिर उस पर ठप्पा लगाता रहा। सभी औरतों का एक ही हाल है।''

पण्डित देवदत्त आकर खड़े हुए तो सुग्गी ने कहा, ''अरे जीजा, तुम कब आए ?''

''हमारी छोड़िए सुमुखि जी, ये सुनिए कि जिस दुकान का उद्घाटन आपने किया था, वहाँ तो औरतों ने अपना अड्डा ही बना लिया है।''

''ये लो ! सोमा, अब जीजा औरतों को देखने लगा है ! इस पर कड़ी नजर रखो।''

''सुमुखि जी, आपके सिवाय हमने कभी किसी औरत को नहीं देखा। और आप भी कहाँ नजर आती हैं !''

"देखो जीजा, मसखरी छोड़ो। हम इन नवरात्रों में माता वैष्णो के जाना चाहती हैं।"

"हाँ, चली जाओ। खुद तो तुम्हारा पैर घर में नहीं रहता साली जी, मेरी बीवी को भी घूमना सिखा दो।"

"देखो जीजा! आज रात गये, कल रात आ जाएँगे।"

"ठीक है, शिवनन्दन को साथ कर देता हूँ। रात चैन्तू पुरोहित के घर रहना। सुबह चार-पाँच बजे चलोगे तो दस-ग्यारह बजे तक भवन में पहुँच जाओगे। फिर दर्शन-पूजा तो पण्डित जी करवा देंगे। कटरा से चलनेवाली आखिरी बस भी पकड़ो तो रात घर में।"

"लो जीजा, खाने का तुम्हारा इन्तजाम करके जाएँगे। नवरात्रे तो परसों ही है। कल शाम चले जाएँगे, परसों आ जाएँगे, ठीक है, तो पक्का रहा?"

जम्मू के कवि किशन समैलपुरी ने लिखा है, 'कटड़े नेया नेईं होना कोई छैल गरां होर' (कटड़े जैसा सुन्दर दूसरा कोई गाँव नहीं है)।

सुग्गी सोचती जा रही थी, वो भी जमाना था जब इक्का-दुक्का भक्त माँ के चरणों में जाते थे। अब तो जात्तरुओं का अन्त नहीं है। चलो कटरा वाले भी पैसों का मुँह देख रहे हैं। इतनी दुकानें खुल गयी हैं कि माता का पहाड़ गुलजार हो गया है।

कटड़ा गाँव माँ के चरणों में बसा है। पहाड़ी चढ़ते जाओ तो एक खिलौने जैसा नजर आता है। बाणगंगा का फेनिल सुन्दर जल और पहाड़ी पर उगे दरख्तों को चीरकर आती सुगन्धित बयार! आसमान पर अँधेरा था। सुबह का तारा माता के भवन के ऊपर पतंग-सा फहरा रहा था। अब हवा में ठण्डक कुछ ज्यादा हो गयी थी।

सुग्गी ने सोमा को कहा, "सोमा, मुझे तो ठण्ड लग रही है।"

"सुग्गी, मैं पतले शॉल लायी हूँ। शिवनन्दन, इसे एक शॉल निकाल दो। चलो, सुग्गी, अब भेंटें गाओ।"

सुग्गी ने भेंट शुरू कर दी—

"माता रानिऐं दा दरशन पाना ऐं
शेराँ वालिए दा दरशन पाना ऐं
अधकुआरिऐ दा दरशन पाना ऐं।"

पीछे से हाँफता हुआ एक सन्त आ रहा था। सुग्गी ने कहा—

“पौड़ी पौड़ी चढ़दे जाओ
जै माता दी कर दे जाओ।”

[सीढ़ी-सीढ़ी चढ़ते जाओ, जै माता की करते जाओ।]

एक कोने में माता की कन्याएँ बैठी माता की भेंटें गा रही थीं—

“बाल गंगा दा ठण्डा पानी सैन्तें छाली मारी
पन्ज सत्त कंजका खेडदियाँ बिच्च खेडु आधकुंआरी।”

[बालगंगा के ठण्डे पानी में सन्तों ने छलाँग लगा दी। पाँच-सात कन्याएँ खेल रही हैं। उनमें आधकुँआरी भी हैं।]

सारी पहाड़ी माता की भेंटों के साथ संगीतमय हो उठी थीं।

सुग्गी ने अपनी गाँठ ढीली करके सब को एक-एक पैसा दिया। सोमा और सुग्गी वहीं चट्टान पर बैठकर सुस्ताने लगीं। वहाँ एक सन्त सबको आँवले का अचार बाँट रहा था। सुग्गी ने आँवला मुँह में रखा और दो गिलास पानी पी गयी। उसने सोमा को कहा, “ले, तू भी खा आँवला। इसमें बड़ा बल है। मेरी तो टाँगें झूल रही हैं।”

“देखो सुग्गी, सामने माता का भवन दिखाई दे रहा है। तुमने तो पाँवों में पणियाँ (घास के बने जूते) पहनी हुई हैं। अकबर बादशाह था, पर नंगे पाँव गया था।”

“सोमा, मैं भी कम नहीं हूँ। उसने सोने का छत्र चढ़ाया था, मैं नारियल चढ़ाऊँगी। चल, आगे हो। जै माता दी!”

भवन पर जाकर दोनों बाल गंगा के ठण्डे पानी में नहायीं तो सारी थकान मिट गयी। सुग्गी ने सिल्क की साड़ी पहनी, शॉल लपेटा और दरबार में आ गयी। माँ की पिण्डियों को देखते ही आँखों से आँसू बहने लगे—‘माँ, तुमसे क्या माँगूँ! तुमने कितना ही दिया है।’ माँ के आगे सुग्गी ढेर-सी हो गयी।

सोमा ने कहा, “उठो, पीछे सन्तों की लाइन लगी है।”

शिवनन्दन ने गुफा के बाहर दीवार पर सुग्गी को गणपति के दर्शन करवाये। भवन का पण्डित कह रहा था, “पण्डिताइन जी, पण्डित जी को हमारा पायलागूँ कह दीजिएगा।”

सोमा ने बाहर आकर कहा, “सुग्गी, कभी माता की गुफा के अन्दर जाते! जो पानी बहता है न, वहाँ कछुए होते थे। माता की बड़ी कृपा है। पहले नवरात्रे में ही माँ के दरशन पा लिये।”

उतराई चढ़ाई से आसान होती है। फिर घर जाने की जल्दी। ढक्की उतरने के बाद सोमा बहुत थक गयी थी। उसने कहा, “चल सुग्गी, चाय पीकर चलते हैं।”

सुग्गी तुनककर बोली, "तुझे हर वक्त चाय सूझती है। सामने बस खड़ी है। इसमें जगह है तो चल। चाय घर जाकर पिएँगे। नहीं तो सिर चकराने पर उल्टियाँ मारती रहेगी।"

पण्डित देवदत्त को देखते ही सुग्गी ने कहा, "जीजा, जै माता की!"

"आओ सुमुखि, हमारी तो माता भी आप ही हैं। अब मैं काशी जाऊँगा आपके ही भरोसे। आपका भांजा भी आनेवाला है। कोई लड़की देखकर रखना।"

"जीजा, शहर में ऐसा कौन-सा ब्राह्मणों का परिवार है जो मेरे काकू को अपने बेटी न देना चाहेगा! तुम ये बताओ, कौन-से खानदान में बात चलाऊँ? लड़कियों की क्या कमी!"

"सुमुखि जी, बस एक लड़की चाहिए।"

"जीजा, मसखरी छोड़ो और मेरी बात ध्यान से सुनो। नगरोटे वाले दिनमणि पण्डित की पोती मक्खनू आठ जमात पास कर गयी है। देखने में भी दिव्यजोत है। मैं वहाँ दूलो की ससुराल में गयी थी। सामने ही उनका घर है। लड़की कुएँ में से पानी निकाल रही थी और धमाधम बर्तन भरती जा रही थी। तभी अन्दर से माँ ने आवाज लगाई—'ऐ मक्खनी, जल्दी कर।'

"जीजा, देखते-देखते लड़की ने सिर पर घड़ा रखा, काँख में बटलोई दबायी और दूसरे हाथ में भरी बालटी लेकर चली तो आँखें जुड़ा गयीं। उसके बाल ऐसे लहरा रहे थे जैसे कोई पारा सुखा रही हो! मैं तो कुर्बान हो गयी। जीजा, कहो तो लड़की की जन्मपत्री ले आऊँ?"

"पसन्द तो मौसी की ही होनी चाहिए, पर जल्दबाजी का कोई काम अच्छा नहीं होता। काकू को आ लेने दो फिर पंचांग देखकर पत्री ले आना। आज हम चले जाएँगे। मेरी इकलौती पत्नी तुम्हारे हवाले है।"

"पत्नी तो जीजा, सबकी एक ही होती है।"

पण्डित जी खचाखच भरी बस की अगली सीट पर बैठे। उनके लिए बस रुकी थी। उनके आते ही चल निकली। ड्राइवर भी पण्डित जी को पहचानता था। पण्डित जी ने कहा, "ड्राइवर, बस तेज नहीं चलाना। आधा घण्टा देर से भी पहुँचे तो कोई बात नहीं।"

"जो आज्ञा पण्डित जी! पिछले बरस अखनूर में आप पाधो की बारात में आए थे न, वो हमारे चाचा का ही घर है।"

"अच्छा, तुम अखनूर के हो?"

"जी, माँ मेरी जम्मू की है न।"

पण्डित जी ने सोचते हुए कहा, "क्या रौनकी के बेटे हो?"

"जी, पण्डित जी!"

"तभी तो मैं सोचूँ कि तुम्हें कहाँ देखा है। रौनकी हमारे ही यजमानों की बेटी है। पर ड्राइवर, ये तो बताओ कि बस को इतना खचाखच क्यूँ भरते हो?"

"पण्डित जी, आप देख रहे है न, दुनिया कितनी बढ़ गयी है। पहले हम बातें करते थे तो आदमी की तरफ देखते थे, अब तो सड़क की तरफ ही देखना पड़ता है। कई बार तो छत पर भी लोग बैठ जाते हैं। नाके पर पुलिस वाला भी दे-दिलाकर छोड़ देता है।"

"श्रीराम, श्रीराम!"

"पण्डित जी, शहर में डोगरे कम और दूसरे लोग ज्यादा हो गये हैं।"

"बँटवारे में ऐसा ही होता है। 1947 में ही कितने लोग आ गये। रावलपिण्डी, मियाँवाली, मीरपुर, भिम्बर, राजौरी, पुंछ— सब तो आये। अब रियासत के लोग रियासत में ही न आते तो कहाँ जाते? बहुत-से पंजाबी और शहरों में चले गये। काफी यहीं बस गये।"

"पण्डित जी, मेरे दादा जी कहते थे कि डोगरे राजाओं ने बड़े-बड़े ओहदों के लिए बाहर से लोग मँगवाये, डोगरों को कभी इस काबिल न समझा।"

पण्डित जी कुछ देर सोचते रहे, फिर बोले, "यार, बात ये है कि डोगरों में ज्यादा पढ़े-लिखे लोग न थे और ज्यादा तो फौज में ही जाते थे। डोगरा फौजियों का बड़ा नाम हुआ।"

"पण्डित जी, जम्मू से ज्यादा सुन्दर शहर कहीं नहीं है।"

"लो भई, ड्राइवर, बसन्तर नदी आ गयी।"

"इसमें पुरमण्डल और उत्तरवाहिनी से भी देवका मिल जाती है।" ड्राइवर ने बस जरा-सी रोककर पैसा फेंक दिया।

पण्डित जी ने कहा, "यार, साम्बे के चने की दाल के बड़े बहुत स्वाद होते हैं। इमली की चटनी भी बढ़िया रहती है। पहले मोड़ पर रोकना जहाँ शामलाल का बाग है।"

"सत्त वचन पण्डित जी!"

बड़े बेचनेवाले ने पण्डित जी को देखते ही चरण-वन्दना कहा और बड़ों का तैयार दोना थमाकर सोडा लेने दौड़ा।

पण्डित जी तृप्त हो गये। बड़ेवाले को पूछा, "भई, घर में सब ठीक है?"

"कहाँ पण्डत जी, बहू को तीसरा बच्चा होनेवाला है। अब लड़का हुआ तो मैंने तीनों को बड़ों के छाबे ही खोल देने हैं।"

बस चली तो पण्डित जी ने सोचा, कभी साम्बे की छपाई की हुई छींट बड़ी

मशहूर थी। आज कामगारों को कोई नहीं पूछता। इसी साम्बा के हैं मुलकराज सराफ जिन्होंने रियासत का पहला अखबार निकाला।

बनों से आती खुशबूदार ताजा हवा की थपकियों से पण्डित जी को झपकी आ गयी।

शहर में अष्टमी के दिन कन्या-पूजन होता है। नवरात्रों के बाद रामनवमी को कर्णसिंह जी रघुनाथ मन्दिर में पूजा करके खूब बड़े-बड़े लड्डू बाँटते हैं। क्या कतारें लगती हैं!

सुग्गी ने अपने घर में कन्या-पूजन के बाद माथा टेका तो सबने थपकी देकर कहा, "मौसी, तुम्हारी मनोकामना पूरी हो!"

सुग्गी ने कहा, "कई मनोकामनाएँ हैं। बस, नाथी का ब्याह अगले साल करवा देना मातारानी! तुम सब कन्याओं को किनारी वाले दुपट्टे दूँगी।"

"मौसी, फिर उसके साल बाद पोता होगा, तो सूट देना।"

सुग्गी पुलक से भर गयी। उसने सोचा, लोगों के नाती-पोतों पर इतना चाव करती हूँ, अपना होगा तो क्या न करूँगी?

एक लड़की ने अपनी पोटली उठाते हुए कहा, "मौसी, लोहड़ी का त्यौहार आएगा तो छज्जे नाचेंगे न?"

"हाँ बेटा, जरूर नाचेंगे। अब तो छज्जे नाचनेवाले भी कम हो गये हैं। कितने सुन्दर छज्जे होते थे! मन मोहित हो जाता था।"

नवरात्रों में व्रत रखने के बाद पूड़ी-हलवा कहाँ पचता! ऊपर से सुग्गी ने सोमा के पिछवाड़े से पके अमरूद उतारकर रामदासी से भी बढ़िया चटनी कूटकर चाट तैयार की, हरी मिर्चें—हाय रे हाय!

सोमा ने कहा, "सुग्गी, तेरी जीब्ह बड़ी मूतती है। दाँत में नहीं लगता क्या?"

"क्या हुआ है मेरे दाँतों का! तू क्या मुझे बुड्ढी समझती है?"

सुग्गी को सुबह मुँहअँधेरे ही शरदूल सिंह बता गया था, नेपालवाली रानो जी आयी हैं। सुग्गी का मन बल्लियों उछलने लगा। उसे खुशी हुई, रानो जी इतने सालों बाद आयी हैं, पर सुग्गी को नहीं भूलीं। उबटन वाला घड़ा पता नहीं कहाँ है! आजकल तो मैं उबटन उतनी मेहनत से नहीं बनाती। वो दिन अलग थे। उबटन की खुशबू से खुश होकर वजीरनी अहलकारनी गर्म धुस्सा तक दे डालती थीं। आज तो कोई झाड़न भी नहीं देता। लोग बस हथेली गर्म कर देते हैं।

नाथी आँगन में सो रहा था। शादी का मुहूर्त जब से निकला है, ज्यादा देर ही सोता है। अब उसे विश्वास हो गया है कि माऊ शादी करवा ही देगी। सुग्गी ने एक बड़े कमरे के बीचोबीच दीवार उठवा दी है। कोई आये-जाये तो बैठने के

लिए बैठक तो चाहिए। छोटे कमरे में बहू-बेटे का पलंग आ जाएगा। अगर सद्दो ने सिंगार मेज नहीं दिया तो मैं ला दूँगी। मेरे लिए तो मेरी कोठरी है। कोने में हुक्का है और ट्रंकों की चाबियाँ।

सुग्गो ने नाथी पर पानी का छींटा मारा। नाथी कुनमुनाया।

"ऐ माऊ, सोने दे न।"

"आज संक्रान्ति है। जा, तवी में नहाकर आ।"

नाथी करवट बदलकर सो गया तो सुग्गी ने कहा, "बिलकुल अपने बाप पर गया है।"

सुग्गी ने मन्दिर से आकर नाथी के लिए दालवाले पराँठे बनाकर रखे और दही भी बाहर रख दिया। अपने-आप खा लेगा। पण्डित देवदत्त को एक बार फिर पूछ आऊँ, कोई ग्रह हो भी तो शान्त हो सकती है।

पण्डित जी आँगन में खड़े होकर जनेऊ घुमा रहे थे। भीतर से दही बिलोने की आवाज आ रही थी। सोमा मक्खन निकालने में लगी होगी। सुग्गी को देखते ही पण्डित देवदत्त खुश हो गये।

"अरे सुमुखि जी, इतनी सुबह क्या बहू ने घर से निकाल दिया?"

"जीजा, आएगी तो निकाल भी देगी ही। पर जीजा, एक बार फिर दोनों की जन्मपत्रियों पर नजर मार दो, चौबीसों गुण मिलते हैं या नहीं।"

"सुमुखि जी, आपकी तसल्ली के लिए एक बार फिर देख लेता हूँ।" उन्होंने हाथ में नाथी की जन्मपत्री ली, "ये व्यक्ति बड़ा आलसी है। मन का खूब सुन्दर। बहू खूब पराक्रमी होगी। उसके आते ही सुख-समृद्धि बढ़ जाएगी। पूजा-शान्ति की कोई जरूरत नहीं। लाओ दक्षिणा।"

"क्यूँ नहीं जीजा, सात घर तो बिल्ली भी छोड़ देती है। देती हूँ दक्षिणा।"

"सुमुखि जी, शादी करवाने की डबल फीस लूँगा।"

"शादी तो हमारा नाइयों का पण्डित करवाएगा। आप तो बारात की शोभा बनेंगे। मैं सोमा के पास जाती हूँ।"

सोमा आकर खड़ी हो गयी तो पण्डित जी ने कहा, "सोमा अपना घर रखना जानती है। कभी भी मुझे आपके पास अकेला नहीं छोड़ती।" यह कहकर पण्डितजी खूब हँसे।

"जीजा, तुम क्या अपने आपको महाराज हरिसिंह समझते हो?"

"नहीं सुमुखि जी, ऐसी गलती मैं नहीं करता।"

"क्यूँ सोमा, चाय तो तैयार है न, चलो, रसोई में ही पीते हैं। जीजा तो बेफजूल बोलता रहता है।"

"अरी सुग्गी, सुना है, रानो जी की भाभी के तीसरी बेटी पैदा हुई है। रानो जी के दो जुड़वाँ बेटे हैं न? सुना है, भतीजी को गोद लेने आयी हैं। पर क्या बहू

अपनी बेटी दे देगी?''

''ऐ छोड़ सोमा, ये राजपूत तो लड़की पैदा होते ही मार डालते थे। बुआ को देने में क्या कष्ट है। फिर कौन-सी बाहर देनी है! राज करेगी, राज! जब मैं नेपाल गयी थी, अपनी आँखों से देखा है, कैसा ऊँचा घर है। राजमहल है, राजमहल।''

सोमा ने कहा, ''तू नेपाल क्या हो आयी है, मानो गधी थाने से हो आयी हो!''

सुग्गी भला चुप रहती! कहने लगी, ''घर में इत्तिफाक रखा करो। खसम बिल्ली कह रहा है और पत्नी गधी। वाह रे, क्या एकता है!''

सोमा ने कहा, ''सुग्गी, पन्त जी तेरे साथ ही बात करते हैं और किसी को मुँह नहीं लगाते।''

पण्डित जी की आवाज बाहर से आयी,''साली जी को तो हम मुँह भी लगाने को तैयार हैं, पर ये तो घास ही नहीं डालती।''

सुग्गी बोली, ''ए जाओ जीजा, खाली बातें ही करते हो, कभी जुर्रत तो न की।''

''जुर्रत करूँगा तो तुम्हारी सहेली मार डालेगी।''

''ये क्या मारेगी! बचपन में हम एक ही अमरूद बारी-बारी से खाते थे।''

तीनों हँसने लगे तो पण्डित जी ने कहा, ''अच्छा, हमें अमरूद बना दिया!''

''नहीं जीजा, तुम तो अनार हो— महँगी चीज। नहीं तो मेरी सोमा यहाँ कैसे आती?''

सुग्गी वजीरों के घर गयी तो उसे शरदूल मियाँ नीचे ही मिल गये।

''अरे सुग्गी, रानो जी कई बार पूछ चुकी हैं। आज तो छोटी रानो का सूत्तरा भी है न। इन्दर वजीर के तीसरी बेटी आयी है। असल में रानो जी उसे ही लेने आयी हैं। बेटी का बड़ा शौक है न। उनके दो बेटे तो अब दौड़ते-फिरते हैं। छोटी रानो को छू-छूकर देखते हैं। बाहीना-बाहीना कहते हैं। चलो, बहूजी को अगली बार बेटा हो जाएगा।''

''मियाँ जी, भगवान के घर दो ही फल हैं— बेटी या बेटा। पर उसे बाँटने का तरीका नहीं आता। रानो जी जग गयी होंगी?''

''क्या बात है सुग्गी, वो तो छोटी रानो को पास ही सुलाती हैं! अब तक तो उसे नहा-धुलाकर तैयार कर चुकी होंगी। बिटिया को बोतल से दूध पिला रही हैं। सुग्गी, कुछ पियोगी?''

''नहीं, मियाँ जी, रानो जी को मिल आऊँ।''

सीढ़ियाँ चढ़कर सुग्गी ऊपर गयी तो देखा, रानो जी गोद में बिटिया को लिये

बातें कर रही थीं। सुग्गी को देखते ही बोलीं, "अरे सुग्गी, कैसी हो भई? माँ जी तो कह रही थीं, तुम्हारे दर्शन ही नहीं होते!"

सुग्गी हाथ जोड़े चौकी पर जा बैठी, "रानो जी, इस बार आपने भी आने में बड़ी देर लगायी।"

"सुग्गी, तेरे आने के बाद साल-भर में मेरे दोनों बेटे पैदा हो गये। ऑपरेशन से हुए थे न। डाक्टर ने कहा, अब और बच्चे न होंगे। बेटी की रीझ थी। अनुशासन तो बेटी से ही आता है न! भाभी जी ने आज मेरी गोद में डाल दी।"

"चलिए, बेटी मुबारक हो रानो जी! आपकी जिठानी के बच्चे तो बड़े हो गये होंगे!"

"हाँ, अब तो सारा दिन गेंद से खेलते हैं। मेरे दोनों भी उन्हीं के चेले हैं।"

"रानो जी, आप कुछ दिन रहेंगी तो नाथी की मँगनी सद्दरो नाइन की बेटी के साथ की है, आप उसे देख लेतीं तो मुझे यकीन हो जाता।"

"कैसा यकीन सुग्गी?"

"यही कि बहू ठीक है? अब बेटी तो सद्दरो की है, पर बड़ी तारीफ है उसकी।"

"सुग्गी, शहर को क्या हो गया है! कल मैं सुनार की दुकान तक गयी थी। इतनी भीड़ तो शहर में मैंने कभी नहीं देखी।"

"रानो जी, हमारा शहर तो मिरासी की बीवी और हर किसी की भाभी हो गया है। पहले लोग भागे तो यहाँ मीरपुर, भिम्बर, राजौरी से आ गये। फिर लड़ाई लगी तो पंजाब से कई लोग आकर बस गये। जो यहाँ आता है फिर जाने का नाम नहीं लेता। यहाँ से जाने का किसी का मन ही नहीं करता।"

"वो तो तुमने सच कहा, पर इसी तरह आसपास के लोग आकर बसते रहे तो डोगरो का नाम-निशान भी रहेगा या नहीं, मुझे तो शक है।"

"रानो जी, निशान तो कोई भी खत्म नहीं होता पर ये डोगरे मौत को भी मौसी कहते हैं। बाहर के लोग आये तो घरों में रख लिया, जमीनें बेच दीं। पिछले बरस मण्डी का तवी की तरफ जो हिस्सा है, वो जल गया। मैं देखने गयी थी। आग की लपटें मेरी तरफ आने लगीं तो मुझे लगा कि ये लपटें नहीं, दरबार की टहलिनें हैं। क्या बच्चे मुझे जानते हैं?"

"सुग्गी, वो बच्चे तो स्कूल जाते हैं। अब वो किसी के हाथ नहीं आते।"

सुग्गी ने भर्राई आवाज में कहा, "रानो जी, उन्हें कहाँ याद होगा, सुग्गी भी थी कोई जो उनको उन दिनों देखकर ही जीती थी। चलो, कहीं भी रहें, राजी रहें। मैं उनके सदके पशुपतिनाथ जी के दर्शन कर आयी। भगवान उनकी लम्बी उम्र करे!"

रानो जी ने कहा, "सुग्गी, जितनी जल्दी हो सके, मुझे उबटन बना दे। ऐसा उबटन तो जम्मू में भी कोई नहीं बना सकता। नेपाल में कौन बनाएगा!"

"रानो जी, अब तो वो सुराखों वाला घड़ा भी कोई नहीं बनाता। वो लद्दा कुम्हार मुआ मिट्टी लेने गया था। इतनी अन्दर तक मिट्टी खोदी कि वो छोटी पहाड़ी उसी पर आ गयी। मैंने तो पहले ही दो घड़े बनवा लिये थे। एक तो ऊपर पड़छत्ती पर सँभालकर रखा है और दूसरा इस्तेमाल करती हूँ। अब तो कितनी ही जड़ी-बूटियाँ नहीं मिलतीं। फिर भी आज नाथी को नगरोटे के रास्ते में साँकलों वाले पुल के पास भेजूँगी। वहाँ से तो मिल ही जाएँगी।"

रानो जी के हाथ में नौकरानी ने आकर एक लिफाफा पकड़ाया। उन्होंने सुग्गी को देखते हुए कहा, "लो, नेपाल से तेरे लिए ये साड़ी लायी हूँ। तेरी मरजी हो तो बहू को दे देना।"

"रानो जी, ये खबर नेपाल तक भी पहुँच गयी! बस, चाब वाले दिन यही साड़ी बहू को पहनाऊँगी।"

"सुग्गी, एक दिन सुबह ही सुबह मुझे पीर खोह ले चलना। आजकल भी यहाँ जंगम बाबे आते हैं या नहीं?"

"मत पूछो रानो जी, जंगम बाबे तो आते ही हैं। पीरखोह में तो नाथ सम्प्रदाय वालों का कब्जा है। साधुओं के भेष में आजकल शैतान भी आ रहे हैं। मैंने सुना, एक साधु पीरखोह के बाहर चिमटा गाड़कर बैठा था। कितनी देर हमारी मूरख औरतें उसे घेरकर ताली बजाती रहीं। बाद में पता चला, वो तो पाकिस्तान का जासूस था। पुलिस वाले जब उसे लेने आये, लोगों ने पत्थर मार-मारकर उसे अधमरा कर दिया था। मुए ने अपने घड़े में वो बोलनेवाला लगाकर रखा था। उसमें से सारी खबरें पाकिस्तान पहुँचती थी।"

"हे मेरी माँ, क्या-क्या हो रहा है इस शहर में!"

सुग्गी ने पूछा, "रानो जी, आप रानी को ले जा रही हैं, बड़ी अच्छी बात है। भाइयों को बहन मिल जाएगी पर रानी का कोई नाम भी रखा है या नहीं?"

"नाम तो सुग्गी, तेरे बगैर थोड़ा रख सकती थी। नाम तो नेपाल जाकर ही होगा। भोज भी करना है। पण्डित को दिखा दिया है, बड़े अच्छे ग्रह हैं मेरी बेटी के। जहाँ भी रहेगी, सुख-शान्ति छायी रहेगी।"

"भगवान करे ऐसा ही हो। तो मैं चलती हूँ रानो जी, रानी को फिर देख जाऊँगी। नाथी को जड़ी-बूटी लेने भी भेजना है। चलो, बहू आएगी तो थोड़ा आराम हो जाएगा।"

सुग्गी घर जाने लगी तो उसने सोचा, जरा सुनार से भी मिल आती हूँ। गहने धुलवाकर सोमा के पास ही रख दूँगी। मेरी तो सब कुछ सोमा ही है। कहने को मैके में भाई-भाभी हैं, पर उस लंका की भंगिन ने ज्यादा हुआ, दो मासे की अँगूठी डाल जाएगी। मामे को तो टीका देना होता है पर जाने दो। मेरे पास तो सेरों सोना है। आजकल सिर के गहने चक्क और फूल तो कोई लगाता नहीं, पर मैं तो पहनाऊँगी।

बाद में जो मरजी करे। रानी हार और गोखरू तो पहनाने ही हैं पर हाथों के सोने के मरीदे और कुछ सोना अलग रख लूँगी। शानो के दहेज में तो जो उसके बाप ने दिया, बस वही सोना मिला उसे।

तब तक वो दुकान तक आ पहुँची थी। उसने दुकान के फट्टे पर बैठकर एक आदमी से पूछा, "क्या बात है, नैन्तो ने दुकान नहीं खोली?"

"अरे सुग्गी, तुझे नहीं पता, कल रात घी वाले शाहों की माँ मर गयी। श्मशान घाट गया होगा। सभी जा रहे हैं। मेरे साले ने यहीं आने को कहा था— उसके आते ही मैं भी चला जाऊँगा। सुना है, बेटे का ब्याह कर रही हो?"

"हाँ भई, कुँआरा थोड़ी रखूँगी। सुनार को मिलने आयी थी। सलाह-सूत्र तो करना पड़ेगा। चलो कल सही।"

उस आदमी ने कहा, "सुना है, तुम अपनी सास का सारा गहना ले आयी थीं! बहू को वही गहना चढ़ाओगी क्या?"

सुग्गी को आग लग गयी। उसने कहा, "सुनो भाई, ज्यादा बातें मत करो। मेरी सास के मैके में तो पेट भर खाने को न था। सोना तो उसके पूरे गाँव में किसी ने न देखा। मेरे बेटे के दादा-पड़दादा की जायदाद उसे नहीं जाएगी तो क्या पड़ोसियों को जाएगी?"

आदमी सिर पर पाँव रखकर भागा। सुग्गी की चलने की रफ्तार भी गुस्से में इतनी तेज हो गयी कि पल-भर में ही घर आ पहुँची।

नाथी उसे देखते ही बिफर उठा, "माऊ, तुम्हें कुछ पता भी है? मास्टर ने आज बहन को बेटी के समेत घर से निकाल दिया और ताला लगाकर चला गया।"

"तो कहाँ है भागो?" सुग्गी ने पूछा तो जला-भुना नाथी बोल पड़ा, "अन्दर बेटी को गोद में लेकर रो रही है।"

सुग्गी को गुस्सा आ गया। बोली, "अच्छा, इस मास्टर की इतनी हिम्मत! मेरे पैरों से सिर नहीं उठाया जब तक, मैंने भागो को नहीं भेजा। अब इसे देख लूँगी। इसकी तब्दीली मैंने बन्ने के पार नहीं करवायी तो मेरा नाम सुग्गी नहीं। उस वक्त तो में-में करके रो रहा था।"

सुग्गी ने अन्दर जाकर भागो की सोई हुई बेटी को चारपाई पर लिटाया और भागो से कहा, "रोने-धाने की जरूरत नहीं है। दाल वाला आटा तैयार है। मैं पराँठे बनाती हूँ, तुम दोनों भाई-बहन खाओ। चलो नाथी, तुम भी आ जाओ। हर वक्त जुल्फे न सँवारा करो।"

नाथी ने कंघा नीचे रखा और गाने लगा, "जिया बेकरार है, छायी बहार है।"

सुग्गी ने चूल्हे में से लकड़ी निकालते हुए कहा, "मुँह झौंस दूँगी, शादी का चाव बिला जाएगा।"

खिला-पिलाकर सुग्गी सीधी सोमा के पास गयी। जाते ही उसने कहा, "देख

सोमा, मेरी इज्जत का सवाल है। इस मास्टर के बच्चे की तब्दीली होनी ही चाहिए। मेरा जीजा मुफ्त में इंस्पेक्टर के बच्चों को संस्कृत पढ़ाता है, इतना काम तो वो कर ही देगा। और ये भी पक्का करना कि आधी तनख्वाह भागो को मिले।''

''पर सुग्गी, हुआ क्या?''

''अरे वही रंडी रोना! मास्टर ने अपनी बेइज्जती का बदला तो लेना ही है। कहता है, पहले ही बेटी पैदा कर दी, दूसरी भी बेटी हुई तो मैं तुम्हें रखूँगा नहीं।''

''हे राम, क्या हो रहा है जमाने को! सुग्गी, तू फिक्र मत कर, बच्चों को छोड़ने कभी-कभी आता है। मैं ही बात कर लूँगी। एक बार थाने बुला लेगा तो अपनी माँ का नाम भूल जाएगा मास्टर। ये तो सुग्गी, तू नेक काम कर रही है। मैं तो तेरे काले धन्धों में भी तेरे ही साथ हूँ।''

''तू क्या समझेगी सोमा, जब आदमी अपनी औरत को तंग करना चाहता है तो क्या-क्या तरीके अपनाता है। अभी तो ये मास्टर मुझसे डरता है। नहीं तो इसका गला ही घोंट दे।

''ले सोमा, शीशी में तेरे लिए थोड़ा उबटन लायी हूँ। मलेगी तो खुशबू पिछवाड़े तक जाएगी। जीजा भी खुश हो जाएगा।''

''जा परे मर सुग्गी, मेरे साथ ही मशकरी करती है!''

''सोमा, तो ले, काम की बात सुन। जरा गहने निकलवा देना। धुलाकर तेरे ही पास रखूँगी। तू मुझसे दो महीने बड़ी है, तुम ही बहू को गहने चढ़ाना। सुनार साफ कर देगा तो मेरी सास भी देखेगी, तो पहचान न सकेगी।''

''सुग्गी, ध्यान रखना, ये सुनार सोना छील भी लेते हैं।''

''क्यूँ सोमा, सुग्गी का सोना छीलकर क्या ये लाहौर रहने जाएगा? इसे ही छीलकर न रख दूँगी मैं!''

''हाँ भई, छीलने में तो तुम उस्ताद हो। जब मक्खन चाकी वाला साबुन नया-नया चला था तब तुम मेरी चाकी में से छीलकर साबुन ले जाती थीं।''

''अरे सोमा, वो छीलनेवाली सुग्गी अब कहाँ है! तीया-पाँचा करते ही निकल रही है। आज तो रानो जी के लिए उबटन बना लिया है। पहला भोग तो तुम्हें ही लगाया है। शाम को जाऊँगी वजीरो के घर। शादियों में तो घर-घर बुलौआ देने भी जाना पड़ता है। तो मैं चली, अरे कहल बाहर रखी है। कोई लेकर चलता ही न बने।''

वजीरनी नीचे ही मिल गयीं। तुलसी के पौधे पर नयी लाल किनारी वाली चद्दर चढ़ा रही थीं। आसपास गमले की सफेदी भी सुबह ही करवायी थी। तुलसी का ब्याह वजीरनी बड़े प्यार से करती थीं।

सुग्गी ने मौका ताड़कर कहा, "वजीरनी जी, कहल भी ले आऊँ क्या?"

वजीरनी उसे देखकर खुश हुईं, "अरे सुग्गी, आओ भई, आज कैसे रास्ता भूल गयीं? घर-घर घूमती हो, पर मजाल है जो यहाँ भी नजर मारो!"

"वजीरनी जी, सारा शहर जैसे इसी साल शादियाँ करवा रहा है। लोगों के घरों में बुलौआ देने के लिए जाती हूँ तो शाम तक टाँगों की हवा निकल जाती है। ऊपर से आपके नाथी का ब्याह भी मैंने अकेले ही करना है। उसका मन करूँ तो चाहे शाम ही को ब्याह करवा दूँ, पर सारे शहर में न्यौता खाती हूँ। एक बार तो मेरे भी घर में सबके चरण पड़ने चाहिए न।"

"ये तो ठीक है, तुम अकेली हो पर अकेली ही बहुतों की शादी करवा सकती हो। एक ही बेटा है। शादी धूमधाम से होनी चाहिए।"

तभी दूसरे घर की बड़ी वजीरनी आ गयीं। वजीरनी ने जै देवा कहकर उनके पाँव छुए। रानो जी भी आ गयीं। अपनी ताई वजीरनी के गले लगकर उन्होंने सुग्गी को कहा, "तुझे बाद में देखती हूँ, पहले मैं अपनी रानी को ताई की गोद में डाल दूँ।"

बड़ी वजीरनी ने गोद में रानी को लिया और उसके हाथों में सोने की दो चूड़ियाँ पहना दीं। फिर रानो जी को कहा, "अब जल्दी-जल्दी आया करना। इसे देखने को भी मन ललचाता रहेगा। बड़ी सुन्दर है रानी, काला टीका लगाकर रखो, कहीं मेरी ही नजर न लगे! भगवान साक्षी है, इतना सुन्दर बच्चा मैंने बस अपने कर्णसिंह जी ही देखे थे।"

रानो जी ने कहा, "मैं नेपाल से आती बार दिल्ली मिलने गयी थी। राजमाता की बहुत सेवा करते हैं।"

"असल में महाराजा हरिसिंह के जाने के बाद राजमाता ठीक ही कहाँ रहीं!"

रानो जी कहने लगीं, "महाराजा हरिसिंह होते तो क्या शहर इस तरह भर जाता! कानून जिनके लिए बना था, वो लोग तो कानून को धत्ता बताकर बंगले चढ़ा रहे हैं। रह गयी बेटियाँ सो वो जमीन का एक टुकड़ा भी नहीं खरीद सकतीं। इनके बेटे विदेशी बहुएँ ला रहे हैं। फारूक अब्दुल्ला की पत्नी भी विदेशी है, पर वो शहर की बाशिन्दा है, नम्बर एक शहरी है। ऐसी कई हैं। पर यहाँ पैदा हुई बेटियों का कोई हक नहीं है।"

बड़ी वजीरनी जी कहने लगीं, "बेटी, वक्त-वक्त की बात है। शेख अब्दुल्ला के प्रस्ताव पर ही ये कानून बना था कि रियासत में बाहर के लोग आकर यहाँ के शहरी नहीं हो सकते। राजाओं को राजकाज के लिए जिनकी जरूरत होती थी, वो तो बुलाये जाते थे। हमारे देखते-देखते जमाना बदल गया। महाराजा हरिसिंह जी की जब तख्तपोशी हुई, तो मेरी माँ ने मुझे उठाया हुआ था। हम झरोखों से देख रहे थे। मर्दों के सामने जाने की इजाजत न होती थी। महाराज हरिसिंह हाथी पर

सवार थे। यूँ लगता था, मानो सूरज हाथी पर बैठा हो! बड़े सुन्दर थे वो। मुबारक मण्डी से कच्ची छावनी होता हुआ कनक मण्डी तक जलूस गया था। उस वक्त शहर में सब कच्चे घर थे। डोगरी औरतें सुत्थन, खिलके कुर्ते और ढाई गज दुपट्टों में घूँघट निकालकर चलती थीं।''

रानो जी ने हँसते हुए कहा, ''अब तो पक्के घर ही ज्यादा हैं। आज तो लड़कियाँ ससुर से भी जरा-सा ही घूँघट निकालती हैं।''

''रानो जी, ये पाकिस्तान के डरामे देख-देखकर हो रहा है। बड़े अच्छे डरामे खेलते हैं ये लोग। वो भी दिन थे जब अपने बाप के सामने जाने में भी लड़कियाँ झिझकती थीं। हमारे बापू जी कहते थे, लन्दन में जार्ज पंचम की कुर्सी के पीछे एक डोगरा राजपूत खड़ा रहता था। डोगरों को बहादुरी के लिए लाहौर-पेशावर तक मुरब्बे मिले हुए थे। डोगरा रैजिमेंट्स का नाम तो सारी दुनिया में है। आज सिर्फ नोटों का काम होता है। सिफारिश न हो तो नौकरी नहीं मिलती।''

''ताई जी, सिफारिश करनेवालों को भी नौकरी नहीं मिलती। दीनू भाई पन्त ने ठीक ही लिखा था—

लोक म्हीने मार दे डोगरे दा राज हो
डोगरे दा भाग दिक्खो जुड़दा नी साग हो।''

[लोग ताने देते हैं, डोगरों का राज है। डोगरों के भाग में तो साग खाना भी नहीं लिखा है।]

बड़ी वजीरनी कहने लगीं, ''मैंने सुना है, महाराजा प्रतापसिंह रात को भेस बदलकर गलियों-बाजारों में घूमते थे। आज के राजे तो बोतल पीकर लम्बी तानकर सोते हैं।''

रानो जी बोलीं, ''ताई जी, आपको तो कितना ही कुछ पता है। हमारी माँ जी तो बस राजमाता के ही गुन गाती हैं।''

बड़ी वजीरनी ने कहा, ''सुग्गी, मैं तो तब से तेरे नाई को जानती थी, जब वो नया-नया गुल्लू के बाड़े में जाना शुरू हुआ था। वो साथ वाले महाजनों का लड़का ले जाता था उसे। तेरी सास उन महाजनों को ऐसी गालियाँ देती थी जो मर्द भी न सुन सके। सिरीराम, सिरीराम!''

''आपको तो पता ही है वजीरनी जी, कितनी कर्कशा थी मेरी सास। जब उसने मुझे घर से निकाला था तब मेरे मुँह में जबान न थी। सच पूछो तो मेरी जबान इसी ने खुलवायी। चलो, कट गयी किसी तरह। नाथी का बाप भी गुल्लू के बाड़े में इसीलिए जाता था।''

''सुग्गी, इस शहर का कौन-सा लड़का है जो जवान होने पर गुल्लू के बाड़े में नहीं जाता! असल में लड़के वहीं जाकर जवान होते हैं। हमारे लड़के तो शिकार

लाकर वहीं जाकर हाँडी चढ़वाते हैं। खा-पीकर मौज-मस्ती करके घर लौटते हैं। अब लड़के जवान होंगे तो कुछ तो करेंगे ही।''

रानो जी ने हँसते हुए कहा, ''ताई जी, रोक तो लड़कियों पर ही है। हमें तो माँ खिड़की से बाहर न झाँकने देती थीं।''

ताई जी ने इत्मीनान से कहा, ''बच्चा, वो जमाना और था, आजकल तो लड़कियाँ सिर ढँकती ही नहीं। मुझे तो शर्म आती है। शुक्र है, मुझे दिखाई कम देता है।''

छोटी वजीरनी ने कहा, ''जिन्हें दिखाई देता है, वही क्या कर सकती हैं! आग लग गयी है जमाने को।''

सुग्गी ने उठते हुए कहा, ''रानो जी, आज्ञा दें। अभी पाधो के घर का न्यौता जुलाह के मुहल्ले में देने जाना है। रानो जी, उबटन आपको सुकरा ही मल देगी।''

''हाँ, उसकी चिन्ता न कर, तू जा सुग्गी, रानी के दूध का टैम भी हो गया है। भाभी को दे आती हूँ। जब तक यहाँ है दूध, तो पी ले, फिर तो डब्बे का या गाय का दूध ही दूँगी।''

सुग्गी के बेटे की शादी धूमधाम से हो गयी। उसने अपने सारे चाव पूरे किये। नाथी को भी खूब निखार आ गया था। उबटन मलने के वक्त सुग्गी की भाभियाँ सुग्गी को गाली देने लगीं। बड़ी मुश्किल से ये मौका हाथ लगा था—

''बा बा ते बुटना सुग्गी दा
बा बा मलदियाँ दो जनियाँ।''

[वाह-वाह, सुग्गी का क्या उबटन है! वाह-वाह, दो औरतें मल रही हैं।]

नाथी की आँख में थोड़ा-सा उबटन चला गया तो वो वहीं से चिल्लाया, ''माऊ, उबटन में घी डाला है क्या? आँख में चला गया है।''

सुग्गी हँसती रही थी।

सोमा ने सुग्गी के मुँह पर उबटन मला तो वह पण्डित देवदत्त के मुँह पर मल आयी।

पण्डित जी ने कहा, ''सुमुखि जी, आपका हाथ बड़ा मुलायम है भई!''

''हाँ जीजा, तुम्हें लगा नहीं है न, इसलिए कह रहे हो। अब तुम्हारा समय भी आ रहा है। काकू की शादी में इतना उबटन मलूँगी कि तुम्हारी पत्नी भी पहचान न सकेगी।''

अहाते में जब डोली आकर उतरी तो सुग्गी मग्न होकर सुन रही थी। औरतें गा रही थीं—

"झिलमिल झिलमिल पालकी साढ़ै अंगन आयी।"

[झिलमिलाती डोली हमारे आँगन में आ उतरी है।]

सुग्गी की आँखें भीग गयीं। पहली बार उसे नाथी के बाप की याद आयी। शादी में बाप का होना कितनी जरूरी है! लड़की का भी बाप नहीं। दोनों चाचाओं ने ही मिलनी की थी।

सुग्गी का देवर शादी के दो दिन पहले ही आकर कह गया था—'भाभी, घर में झगड़े होते ही हैं पर बाप की मिलनी पर मेरा ही हक है।' सुग्गी ने बिना किसी गिले-शिकवे के कहा—'भाऊ, मेरे धन्न भाग, तुम मेरी देवरानी और बच्चों को लेकर दो दिन पहले ही आ जाना।'

सुग्गी के देवर ने कहा था—'भाभी, तुम्हारी देवरानी ने ही जोर दिया कि इस खुशी के मौके पर तो हमें जाना ही चाहिए।'

सुग्गी ने मन ही मन सोचा, इसके आगे तीन बेटियाँ हैं। शादियों में सुग्गी की जरूरत तो पड़ेगी ही। चलो, जो नाथी के बाप के कपड़े समधियाने से आएँगे, वो इसे ही दे दूँगी।

ब्याह अच्छी तरह निपट गया। सुग्गी की बेटी भी ले-देकर ससुराल चली गयी तो सुग्गी ने अपनी बहू परसिन्नो को ट्रंक की चाबियाँ देते हुए कहा, "लो, सँभालो अपनी चाबियाँ। मैं पहले तो कभी ताला न लगाती थी पर जब से पनाहगीर आये हैं, डर लगने लगा है। अब मैं तो घर में कम ही रहती हूँ, सारे शहर में अपने यजमान हैं। घर तेरे हवाले है। धीरे-धीरे तुम्हें सब जगह ले जाकर वाकफियत करवा दूँगी। नाथी को दुनियादारी नहीं आती, ये बात कभी नहीं भूलना। इसका बाप भी ऐसा ही था। तेरी माँ ने जो गहने दिये हैं, हर समय पहने रखना। कोई ये न कहे, सुग्गी ने बहू के गहने उतरवा लिये। हमारे गहने तो भारी हैं, वो अन्दर ही रहेंगे। शादी-ब्याह में पहनाकर भेजूँगी।"

परसिन्नो भी सद्दरो की बेटी थी। उसने सास को खुश करने के लिए कहा, "माऊ, चाची जी मेरे हाथ के गोखरू और गले का रानी हार हाथ में जैसे तोल रही थीं।"

"उनको तो आग लगी है न, ऊपर से नहीं दिखते। ये गहने कभी शादी में मेरे ससुर को राजाओं ने दिये होंगे। नाइयों के घर इतना सोना कहाँ! मैं घर में ही रहती तो ये सोना सबमें बँटना था, ये खयाल तो किसी को नहीं आता। सारा भरा घर छोड़ आयी थी। मेरे दहेज में माँ ने एक-एक मन का सगला (बड़ा बर्तन) दिया था। बटलोइयाँ, बर्तन, पलंग, बिछौने, चरखा— सब वहीं तो धरा रह गया था। गहनों की आग सबको लगी है।"

परसिन्नो कुछ न बोली, उसे देखती रही।

सुग्गी ने सोचा, इसे सीधा तो करना ही पड़ेगा। उतनी भोली नहीं है ये सद्दरो

नाइन की बेटी। थोड़ी कसनी तो पड़ेगी। उसने बहू को कहा, "अभी हमारे घर में बहुत बर्तन हैं। अभी तुम अपने दहेज को बोरियों में ही बन्द रहने दो। बसते घर में कब किस चीज की जरूरत पड़ जाये, पता थोड़े ही लगता है।"

"जी, माँ जी, आपका हुक्का भर दूँ?"

"भर दे। अब काहे की शर्म! नाथी के ब्याह की ही शर्म थी, अब मेरा कोई क्या कर लेगा!"

सुग्गी ने सुघड़ता से भरी चिलम से सूटा लेते हुए कहा, "क्यूँ लाड़ी (बहू), कहीं तुम्हें तो शौक नहीं है न?"

"नहीं माऊ, पर भाभी तो कभी-कभी पीती है न। उसी की चिलम भरती थी।"

"भाभी कौन, सद्दरो?"

"हाँ, माँ जी!" बहू ने कहा।

सुग्गी ने हँसकर कहा, "मन करे तो तू बेशक कभी सूटा लगा लिया कर, सिर्फ सबके सामने न लगाना। हम नाई हैं, हमने सबकी ठकुरसुहाती करनी होती है।"

"जी माऊ!"

"तो जा, दाल भिगोयी पड़ी है। सिलबट्टे पर पीस ले। बड़े तल लेना। सुबह नाथी पहले कट का दही लाया था, थोड़े दही-बड़े बना लेना। थोड़े वो चटनी के साथ खा लेगा। अनारदाने की चटनी तो मैं रक्खो को पीसने दे गयी थी।"

इसी तरह दिन बीतते न बीतते सोमा के बेटे की भी शादी हो गयी। सोमा ने परसिन्नो को कहा था, "लाड़ी, देवर को सुरमा भी डालना है तुमने। अपनी मर्जी की चीज बता, देवर की शादी की बधाई में तुम क्या लोगी?"

परसिन्नो चुप रही थी तो सुग्गी ने कहा था, "परसिन्नो, मैंने अपना रंडापा इसी के सिर पर काटा है। ये मेरी जिगरी बहन है। जो तेरा मन है, माँग ले। राजा के घर किसी चीज का अकाल नहीं है।"

परसिन्नो ने कहा था, "मुझे उन्नाबी गुलबदन की सुत्थन चाहिए।"

सोमा ने जोड़ा, "सिर्फ सुत्थन ही क्यूँ, तुम्हें बन्दो वाला कुर्ता और दुपट्टा भी दूँगी; बल्कि एक-दो दिन में ही ले जाना। बारात विदा होने लगे तो पहनना।"

परसिन्नो को महसूस हुआ, वो नाई की नहीं, वजीर की पत्नी है।

उन दिनों औरतें बारात में नहीं जाती थीं। सारी रात रतजगा होता था। लड़के की माँ उस वक्त दूध की लस्सी में पैर डालती थी, जब लगन का समय होता था। बारी-बारी ताई, चाचियाँ, बुआ— सब लोग दूध की लस्सी में पाँव डालती थीं। औरतें

तालियाँ बजाते गा उठतीं—

"दलस्सी पैर पायाँ, लाड़े दिये माए
दलस्सी पैर पायाँ, लाड़े दिये ताई
दलस्सी पैर पायाँ, लाड़े दिये बुआ।"

[दूल्हा की माँ, दूल्हा की ताई, दूल्हा की बुआ दूध की लस्सी में पाँव डालो।]

सोमा खुश हो गयी थी। सारी रात जगराते में सुग्गी की बेटी और बहू ने कमाल कर दिया था। परसिन्नो वैसे भी नयी-नयी बहू बनी थी, उसने नाचने में भी कसर न छोड़ी। सुग्गी की बेटी और वो बराबर नाचती रहीं—

"ब्हेड़ै सुट्टनियाँ पतासे
दिक्ख जोआन्नी दे हास्से
ब्हैड़े सुट्टनियाँ रस्सी
दिक्ख जोआन्नी दी मस्ती।"

सोमा ने अपनी बहू का गाना भी परसिन्नो से खुलवाया तो उसके देवर-जेठ की बहुएँ कहने लगीं, "ताई जी, आपने नाइयों की बहू से ही गाना खुलवाना था? हम भी तो भाभियाँ हैं।"

सोमा को बुरा लगा था तो भी उसने मुस्कराते हुए कहा, "तुम लोग तो सत्यव्रत की भाभियाँ हो ही, ये नयी आयी है। इसे भी भाभी बनाना है न। सुग्गी मेरी बचपन की सहेली है। नेग तो भाभियों की मर्जी का ही दूँगी। तुम सब तो गाँव से हमेशा नहीं आ सकतीं न, परसिन्नो से ही बहू का यहाँ मन लगेगा। नयी-नयी आयी है न, माँ की याद आएगी तो एक सहेली का होना जरूरी है। मेरे पास सुग्गी थी तो सुग्गी के पास मैं।"

यह बात सुनकर बहुओं की आँखें भर आयीं। उन्होंने कहा, "ताई जी, हम तो सोने की बधाई लेंगी।"

सोमा ने चाँदी की थाली पर लाल कागज रखकर झुमकियों के जोड़े सजा दिये। जिस भाभी को जो चाहिए, ले लो। सब बहुएँ खुश हो गयी थीं।

सुग्गी सोमा को कहती, "देख सोमा, मेरी सास ने दो सालों में ही मुझे बड़ा तंग किया था। भला हो नाथी के बाप का जो मुझे उस नरक से निकाल लाया। मैं अपनी बहू को कुछ न कहूँगी— सियाही करे, सफेदी करे। पर शाबाश है मेरी बहू को भी, हर बात पूछकर करती है। कभी शिकायत का मौका नहीं दिया।"

"सुग्गी, तुमने भी नाथी को बाप और माँ बनकर पाला है। तभी तो वो तुम्हारी सौगन्ध नहीं खाता।"

"अरी सोमा, तेरा भला हो! ये नाथी मुझसे तो हर वक्त लड़ता ही रहता

है, पर कोई मुझे कुछ कहे तो उसका सिर फोड़ दे।''

''चलो सुग्गी, तुम्हें यकीन तो आया। कल को खैर से दादी बनोगी तो ज्यादा लूर-लूर नहीं घूमना। पोते-पोतियों को दादियाँ बहुत अच्छी लगती हैं।''

सुग्गी ने उसे देखते हुए कहा, ''हूं...मैं तो तेरे पास छोड़ जाया करूँगी। चलो देखो, पहले तुम दादी बनती हो या मैं।''

सोमा ने कहा, ''फिर तुमने की न मूरखों वाली बात! बच्चा चाहे नाथी का हो या सत्यव्रत का, दादी तो मैं ही बनूँगी।''

कई बरसों के बाद—

रियासत के मुख्यमन्त्री बदले, रियासत का रहन-सहन, खान-पान, बोलियाँ, भाषाएँ, अस्तित्व— सब बदल गया है। यूँ तो बदलाव धीरे-धीरे आ रहा था। आतंकवाद शुरू हो गया था। आतंकवाद का विस्फोट 20 जनवरी, 1989 को हुआ। वह रात भयानक थी। उस रात अचानक आग में शोले भड़क उठे। रातोंरात बसों में भरकर कश्मीरी पण्डित जम्मू की तरफ रवाना हो गये। उस भयानक रात में अपनी इज्जत-आबरू की पोटली उठाये अपने तीन-तीन मंजिला-भरे घर अपने मुसलमान हमसायों के हवाले करके पण्डित बसों में बैठ गये। उनके कानों में अभी भी ये नारे गूंज रहे थे :

'कश्मीरी पण्डितो, भाग जाओ
हमें आजादी चाहिए
हमें कश्मीर चाहिए
पण्डितों के बगैर पण्डिताइनों के साथ
पाकिस्तान से रिश्ता क्या
लाइलाहि इल्लिलाह।'

तीन लाख कश्मीरी पण्डित जम्मू में आ गये और कहाँ जाते! उजड़ने के बाद भी अपनी रियासत में होना उम्मीद का दामन हाथ में होने जैसा था। जम्मू में जगह-जगह कैम्प लग गये। मन्दिरों में, स्कूलों में, कॉलेजों में, खाली इमारतों में, नगरोटा, झिड़ी, अम्बफला, उधमपुर और न जाने कहाँ-कहाँ!

पण्डित कश्मीर से पहली बार नहीं भगाये गये ये, ग्यारहवीं मर्तबा अपने घर-बार, जन्मभूमि छोड़कर आये थे। जम्मू के आसपास के इलाकों में सब जगह कैम्प लग गये। टैंट खड़े हो गये। तीन-तीन मंजिला भरे हुए घर छोड़ने पर मजबूर हुए इन पण्डितों को जिन्होंने एक खेमे में तीन पीढ़ियाँ रहती हुई देखी हैं, उनकी त्रासदी को कौन बयान कर सकता है! तम्बुओं की दरारों में दाँत साफ करने के ब्रश, दातुनें और ठुँसे हुए पेस्ट, एक कोने में दरी और खेस बिछाकर घर के बुजुर्ग को बिठा

दिया तो उस कोने को बैठक समझ लिया। एक तरफ ट्रंक पर ट्रंक। उन्हीं की ओट में बेटा-बहू सो जाते। रात को आँख खुलती तो दीये की लौ की तरह जलती-बुझती साँसों में सिसकियाँ भी उठती रहतीं।

पर वाह री पण्डितों की कर्मठ कौम, जिसे जो नौकरी मिली, कर ली। जो रियासत से बाहर जा सके, उन्होंने वहाँ एक कश्मीर बसा लिया। भारत के हर शहर में छोटे-छोटे कश्मीर बस गये। पीछे तम्बुओं में जो घर जाने की लालसा लिये रह गये, वे अपनी याद में स्वर्ग बसाये नरक भुगतते रहे।

मातृभूमि छोड़ने की मजबूरी से बड़ी मजबूरी कोई नहीं है।

सोमा अपने छोटे पोते को चारपाई पर पड़े खेलते हुए देख रही थी। पण्डित देवदत्त खाँसते हुए आकर कहने लगे, "सोमा, खाँसी, लगता है, लेकर ही जाएगी।"

सोमा ने अपनी ऐनक में से झाँकते हुए कहा, "आपको ऐसी बातें करने का शौक है। मैंने सारी उम्र माँ पारबती से माँगा है, मैं आपके हाथों में ही जाऊँगी।"

"जो तेरी इच्छा भगवती! अब तो इन हाथों में भी कहाँ दम है।" उन्होंने देखा, सफेद बालों में ऊँचे ललाट पर सोमा का सिन्दूर मन्दिर में जलनेवाली जोत की तरह जल रहा था। तभी सोटी की खट-खट सुनाई दी। सुग्गी थी। अपनी आँखों के चश्मे को सीधा करके उसने देखा तो पण्डित बोले, "वाह सुमुखि जी, हम बूढ़ा-बूढ़ी आपको ही याद कर रहे थे।"

सुग्गी ने जीजा पर एक झुँझलाहट-भरी नजर डालकर कहा, "बूढ़े हो गये पर तुम्हारी मशकरी न गयी। ऐ सोमा, हिम्मत है तो चल, मुट्ठी जाकर कश्मीरी पण्डितों के कैम्प देख आएँ।"

सोमा ने कहा, "बूढ़ी हो गयी पर तेरी घूमने की हौंस न गयी।"

पण्डित जी बोले, "भई, सुमुखि जी तो सौ साल पूरे करेगी।"

सुग्गी ने कहा, "अभी दस बरस बाकी हैं। कल ही मेरी पोती हिसाब लगा रही थी, पर तुम्हें क्या तकलीफ है?" फिर उसने सोमा को कहा, "चलती हो सोमा, ये दिन किसी पर न आये। ये देस-निकाला औरत तो भोग सकती है, पर मर्द के बस का नहीं है। सारे दुनिया को पढ़ाते थे ये पण्डित। कितने विद्वान, कितने पढ़े-लिखे! अब जहाँ जो नौकरी मिली, कर रहे हैं। लानत है सरकार पर!"

सोमा ने कहा, "हमारी हमदर्दी से क्या उन्हें बुरा न लगेगा?"

"नहीं सोमा, इन्सान और इन्सान के बीच हमदर्दी का जज्बा मरहम का काम करता है। फाहा रखता है। उन्हें अच्छा लगेगा।"

सोमा ने कहा, "तुम्हारे जीजा ने तो कई कश्मीरी पण्डितों को दो स्कूलों में नौकरी दिलवा दी है। कइयों को दुकानों में भी रखवाया है। सिरीनगर में सर्वानन्द कौल के पास जाकर पण्डित जी हर बरस रहते थे। हर बरस ही तो जाते थे अमरनाथ के दर्शन करने। अब तो बातें सपना हो गयीं। उनके परिवार को तो तुम्हारे जीजा

ने अपने गुमट वाले घर की चाबियाँ दे दी हैं। वही रह रहे हैं वो। पण्डित जी ने धर्मार्थ में उनके पुत्र की नौकरी भी लगवा दी है।''

''सोमा, तेरे पेट में दाढ़ी है क्या? अब भी रास्ते को अपनी सोटी से नापते तेरे घर आती हूँ, पर तुमने मुझे नहीं बताया।''

''क्या बताती सुग्गी, दूसरों की मजबूरी को कहना भी मजबूर होना है। बड़ा कष्ट होता है।''

उत्साहित होकर सुग्गी ने कहा, ''ऐ सोमा, हमारे अहाते में दो कमरे खाली हैं। वो मुआ दुकानदार अपनी कोठी बनवा रहा है पर कमरे नहीं छोड़ेगा। कोई परिवार तुम वहाँ बसाना चाहो तो बताना, मैं खुद ताले तोड़ दूँगी।''

''वाह साली जी, दिखाई तो आपको ठीक से देता नहीं, पर ताला जरूर तोड़ेंगी। पर चलिए, शुभ काम है। सर्वानन्द की बेटी भी वहीं रह रही है। ताला तोड़कर उसको वहाँ बसा दीजिए। बड़ा भला होगा।''

''तुम कल ही उनको ले आओ जीजा, सुग्गी में अभी दम है। एक कमरा उनको दूँगी तो दूसरे में मेरा पोता पढ़ लेगा। ये छोटी चुड़ैल तो उसकी किताबें लेकर भाग जाती है।''

''चलिए सुमुखि जी, इस बहाने आपका भी एक और कमरे पर हक हो जाएगा।''

''जीजा, असल में तुम बुढ़ापे में सठिया गये हो।''

''सठियाए तो हमें जमाना हो गया है। सोमा, सुमुखि जी को चाय पिलवाओ।''

''तोषी को मैंने गिलास ले जाते देखा है। चाय आती ही होगी। इसके शरीर में खून कम है, चाय ज्यादा है।''

''वो भी हमारे घर की।'' पण्डित जी ने कहा तो सुग्गी भड़क उठी।

''जाओ जीजा, तुम्हारी ही नजर लग गयी। अब तो चाय भी नहीं हजम होती। तुम तो अभी भी बादाम डलवाकर काढ़ा पी रहे हो।''

पण्डित जी जाते-जाते कह गये, ''सुमुखि जी, देखकर चलिएगा।''

''हाँ-हाँ, तुम तो मृगलोचन ही हो जीजा। मुझे ही दिखाई नहीं देता। ए तोषी, चल, मुझे ड्योढ़ी पार करवा आ।''

सोमा ने सोचा, नाराज हो गयी है बुढ़िया। बड़े प्यार से उसने कहा, ''ऐ सुग्गी, मेरे पास बैठ, तुझे एक चीज दिखाती हूँ।''

''मर चुड़ैल, जाते-जाते रोक ही लिया न, पर जब ऊपर जाऊँगी तब रोकने की कोशिश न करना। ऊपरवाला किसी की नहीं सुनता। अरी सुना है, नेपाल से रानो जी आयी हैं। रानी उनकी दस तो पास कर गयी थी, अब पता नहीं क्या पढ़ रही होगी। कहते हैं, दिव्यज्योति है। अब तो ठीक से दिखाई भी नहीं देता। चश्मा भी तो पुराना पड़ गया है। लड़का देखने आयी है रानो जी।''

सोमा ने कहा, "सुग्गी, अभी भी तू कुड़माइयों की बात सोचती रहती है। आजकल नाइनों की जरूरत किसी को नहीं रही। लड़के-लड़कियाँ खुद ही ये काम कर लेते हैं। शहर में अब डोगरे रह भी कितने गये हैं! ये जो किट्टी-फिट्टी पार्टियाँ होती हैं, यहीं औरतें बात लगा लेती हैं।"

"हैं, सोमा, तुमने आज अक्ल की बात की है। वो तो नाथी का सलना अच्छा चल रहा है। नहीं तो नाईगीरी में रोटी खानी मुश्किल थी। आजकल तो मेरी पोती ही टोक देती है—'दादी, किसी के घर से भी कुछ न लाया करो।' देखो, बित्ते भर की राँड, कैसी जबान चलाती है! अरी किसी राजा के घर पैदा होना था, नाऊ के घर क्यूँ पैदा हुई? देख सोमा, मुझे तो लगता है, ये महाजनों के बेटे के साथ ही मुँह काला करेगी। रोज किताबें माँगने के बहाने आ जाता है। ये कलमुँही परसिन्नो भी उसे चाय पिलाये बिना जाने नहीं देती।"

"सुग्गी, होश कर, जमाना बदल गया है। ये उनकी जिन्दगी है, वो अपनी तरह जिएँगे।"

सुग्गी ने उसे घूरकर देखा, फिर कहा, "तू तो ऐसे बोल रही है, जैसे दस पास कर ली है! अब मुझे बिठाना नहीं, वज़ीरो के घर जाती हूँ। कोई मुआ सड़क पार करवा ही देगा।"

सोमा ने खीझ के साथ कहा, "जा तोषी, इसे गली तक छोड़ आ। न टाँगों में ताकत है न आँख में रोशनी, पर घूमे बगैर न रहेंगी। चाय तक पीने को तैयार नहीं, बस घूमना है।"

सुग्गी हँसकर बोली, "देख सोमा, इस शरीर में खून कम और तेरे घर से पी चाय ज्यादा है। पर अब चाय पचती नहीं है। देखूँ, रानो जी को बेटी के लिए कोई लड़का जँचा या नहीं!"

"जा मेरी माँ, तू नाइन ही रहेगी।"

"देख सोमा, सुबह नाथी कह गया था, आज पाकिस्तान से डरामा नहीं आएगा, वो मोटी गद्दन-सी रेशमा गाएगी। मुझे बड़ी प्यारी लगती है। जैसे हमारी भाक्खां गानेवाली औरतों के दमदार गले होते हैं न, वैसे ही गाती है वो।"

सुग्गी गली में जा रही थी, उसके दिमाग में रेशमा गा रही थी—

'मावाँ नूँ पीरा बच्चेड़े देन्नाँ ऐं
भैनाँ नूँ देन्नाँ ऐ वीर मिला
झूले लालन।'

[झूले लालन, पीर, माँओं को बच्चे देता है और बहनों को भाइयों से मिला देता है।]

अचानक सुग्गी ने देखा, कोनेवाले पंजाबियों के घर से सफेद कपड़े पहने

उजाड़सूरत औरतें निकल रही थीं। उसने एक औरत को रोककर पूछा, "ऐ लाड़ी, क्या हुआ?"

"अरे मौसी जी, इनका जवान बेटा आज पूरा हो गया।"

"तेरा मतलब है, बलवन्त?"

"हाँ, वही, जवान-जहान लाश ठिकाने लगाकर बूढ़ा बाप निढाल पड़ा है। किसी से बात ही नहीं करता।"

"पुत्र-वियोग बहुत बुरा है लाड़ी, दशरथ ने तो राम के वियोग में प्राण ही त्याग दिये थे। पता नहीं, क्या बीमारी थी इस बलवन्त को!"

"मौसी, चार महीने से लक्कड़ की तरह पड़ा था। सुबह चार बजे थोड़ी ठण्ड हुई तो बहू ने सोचा, इसे भी ठण्ड लग रही होगी। वो उसे कम्बल उढ़ाने गयी तो देखा, वो अकड़ा पड़ा था। बस, हो गये दिन पूरे।"

"अरे कितनी सुन्दर बहू है उसकी! राम जी, तेरी सीता से भी सुन्दर।"

"मौसी, अब तो उसकी तरफ देखा भी नहीं जाता।"

"औरत की सारी अक्कड़ मिजाज पति से ही होती है बेटा! आज औरतें अपने आपको फूलबानो समझती हैं।"

वहाँ से सुग्गी सीधी वजीरो के घर गयी। अब वे दिन तो रहे नहीं कि नाइन के बगैर न जीना होता था, न मरना।

शरदूल भी कई साल हो गये, घोड़े से गिरकर मर गया है। नीचे कोई नहीं होता— न वजीर रहे, न राजे। उनके घर में घुसते ही सुग्गी को हींग की गन्ध आयी। उसने आँखें खोलकर रसोई में नजर मारी, बड़ी बहू कुछ बना रही थी।

सुग्गी ने कहा, "लाड़ी जी, राम-राम!"

"आओ-आओ, सुग्गी! अरे तुम कहाँ से अवतरित हो गयीं! रानो जी तो कल कह रही थी कि मैं ही किसी दिन जाकर सुग्गी को मिल आऊँगी। पता नहीं चल-फिर सकती है या नहीं।"

सुग्गी ने खीझकर कहा, "मुझे क्या हुआ है लाड़ी, जरा सीढ़ी चढ़नी मुश्किल है और अब वो दिन नहीं रहे, बाहर दरवाजा बन्द रखा करो। कोई भी आ सकता है।"

"सुग्गी, शरदूल का बेटा बाहर कहीं होगा। अब ये भी पटरौल पम्प से आनेवाले हैं और मैं भी यहीं हूँ।"

"अरे लाड़ी, हींग का तड़का क्या करारा लगाया है!"

लाड़ी हँसी, फिर कहने लगी, "रानो जी को गुलगुले बड़े पसन्द हैं, वही बना रही हूँ। बस, दूसरा उबाल आने से पहले गैस बन्द कर देनी होगी, नहीं तो पानी में ही घुल जाएँगे। तुम इधर बैठो स्टूल पर, मैं रानो जी को बुलाकर लाती हूँ।"

‘‘आप मुझे पीढ़ी दें लाड़ी जी, स्टूल से कहीं गिर ही न जाऊँ। रानो जी को कहिए, रानी को भी साथ लाएँ। देखूँ तो कैसी हो गयी है हमारी बेटी!’’

‘‘सुग्गी, रानी छत पर अपनी बहनों के साथ गप्पें मार रही है। अभी सब को बुलाती हूँ।’’

‘‘लाड़ी, ये गैस पर भी खाना स्वाद बनता है क्या? मेरी परसिन्नो भी ले आयी है, पर मैं अपनी रोटी चूल्हे में ही पकवाती हूँ।’’

‘‘सुग्गी, लड़कियों की आवाजें आ रही हैं। लगता है, यहीं रसोई में आएँगी। रानो जी की रानी कोई नेपाली मीट पकाने लगी हैं। सुबह से किताब पढ़-पढ़ के मसाले जुटा लिये हैं।’’

सुग्गी ने मन ही मन सोचा, पढ़के बनाएँगी तो बन गया मीट। राम-राम!

तभी रानो जी ने आकर उसे पीढ़ी से उठाकर गले से लगा लिया, ‘‘अरे सुग्गी, तुम तो एकदम गुड़िया-सी लग रही हो! हाय माँ, दोहरी बुक्कल ऐनक और दाँतों के बगैर मुँह सिला हुआ बटुआ— हा-हा-हा! सुग्गी, इतने सालों बाद तुम्हें मिलकर खुश हो गयी हूँ। मेरी रानी, देखो बड़ी हो गयी है। अब कोई लड़का ढूँढो। जम्मू में ही मिले तो अच्छा है, इस बहाने मैं भी आती रहूँगी। जब से माँ जी नहीं रहीं, आने को मन ही नहीं करता।’’

‘‘वजीरनी जी की बात मत कहो रानो जी, मेरा शहर में रहते हुए भी आने को मन नहीं करता। राजी रहें सब, पर उनकी तो बात ही और थी।’’

रानो जी ने अपने आँसू पीते हुए बेटी को आवाज लगायी, ‘‘उर्वशी बेटा, यही हैं तुम्हारे बड़े दादा लोगों की दाई माँ। महीने से कुछ दिन ज्यादा ही रही थी, फिर भाग आयी। दादा लोगों को क्या याद होगा, पर तुम्हारी बड़ी माँ तो इसको याद करती रहती हैं।’’

उर्वशी मुस्कराती रही। सुग्गी ने आँखें पोंछकर कहा, ‘‘रानो जी, आपकी रानी तो अपनी नानी की तरह मुस्कराती हैं।’’

‘‘हाँ, सुग्गी, इसे देखकर मुझे हमेशा माँ जी याद आती रहती हैं।’’

उर्वशी अपने मामा की बेटी को कह रही थी, ‘‘दीदी, एक चौड़े मुँह वाला पतीला निकालो, उसी में मीट बनेगा। भारी भी होना चाहिए ताकि मीट लगे नहीं।’’

रानो जी हँसने लगीं, ‘‘देखो सुग्गी, ‘धाम भोजड़ी’ (प्रीति भोज) बन रही है।’’

उर्वशी नाराज हो गयी, ‘‘ममा, क्यूँ हँस रही हैं? क्या आप खाना बनाना नहीं सीखती थीं? तब क्या बड़े लोग हँसते ही रहते थे? गन्दी बात ममा!’’

सुग्गी उसे टुकुर-टुकुर देख रही थी। रानो जी ने हँसते हुए कहा, ‘‘उर्वशी, हम हँस नहीं रहे, खुश हो रहे हैं। चलो सुग्गी, बैठक में बैठते हैं।’’

बैठक के अगले बरामदे में दो कुर्सियाँ पड़ी थीं। रानो जी ने सुग्गी को एक

कुर्सी पर बिठाया और दूसरी पर खुद बैठ गयीं।

''सुग्गी, अब सुनाओ, क्या रामकहानी है? कहवा लोगी या चाय या दूध?''

''रानो जी, कहवा पिये बड़े दिन हो गये। बादाम जरा बारीक पीसे तो अच्छा है। अब दाँतों से कुछ चबाया नहीं जाता। हजम भी तो नहीं होते।''

रानो जी ने कहवा बनाने के लिए रसोइये को कहा फिर आकर बैठीं तो कहने लगीं, ''सुग्गी, तुम सारा शहर घूमती थीं, आज मुझे आये कितने ही दिन हो गये। मैं तो सोच रही थी, खुद जाकर तुमसे मिल आऊँ। अच्छा हुआ, तुम आ गयीं।''

''रानो जी, अब असल में दिखाई भी कम देता है। सोटी के बगैर चला भी नहीं जाता, फिर भी पुरानी आदत कहाँ छूटती है।''

''भई तुम्हारी बहू कैसी है सुग्गी? अब तो सुना है, तुम्हारे पोती-पोता भी बड़े हो गये हैं!''

''रानो जी, बेटा अच्छा तो बहू अच्छी। मेरे नाथी ने तो पहली रात ही बहू को कह दिया था, अगर मेरी माऊ को खुश रखोगी तो मैं खुश, नहीं तो फिर जान लो, मैं भी नाई का बेटा हूँ।''

रानो जी ने हैरत से कहा, ''अरे सुग्गी, तुम्हें कैसे पता चला? तुम क्या चारपाई के नीचे घुसी थी?''

''वाह, रानो जी, आपकी मजाक करने की आदत नहीं गयी। आप झूठ समझेंगी, पर ये बात सच है रानो जी! मुझे परसिन्नो ने ही ये बात हँसते-हँसते बतायी थी।''

''परसिन्नो नाम है तेरी बहू का?''

''जी, रानो जी, और परसन्न ही रहती है। अब तो वही सँभालती है सब कुछ। सच कहूँ तो उसने मुझे कभी पता ही नहीं चलने दिया— बहू है या बेटी। मैंने भी ट्रंक की चाबियाँ उसी को दे दी हैं। सँभालो, मैंने कौन-सा ऊपर ले जाना है!''

रानो जी ने कहा, ''सुग्गी, मैं देखती हूँ, आजकल कोई डोगरा पहनावा नहीं पहनता। हमारे दादा जी के कितने ही दोहरे घुट्ने पड़े हुए हैं। अब तो लोग सर्दियों में भी नहीं पहनते।''

''ओह, रानो जी, वो जमाने चले गये। अब शकीनी का जमाना है, सब पैंट पहनते हैं। औरतें भी सुत्थनें नहीं पहनतीं। मेरे नाई के तीन गर्म दोहरे घुटन्ने (पाजामे) पड़े हैं, मजाल है जो नाथी पहने! मैं ही धोती के नीचे पहन लेती हूँ। अब तो टाँगें सूख गयी हैं। घुटन्ने के ऊपर सुत्थन भी फिट बैठती है।''

रानो जी हँसने लगीं, ''भई सुग्गी, तू ही सुत्थन पहन रही है। हमारी माँजी भी पहनती थीं, पर अब शहर में सुत्थन नहीं पहनता कोई भी।''

''रानो जी, अब डोगरे ही कहाँ रह गये! कहते हैं, सौ के पीछे पच्चीस डोगरे

हैं। बाकी कौन हैं, पता नहीं।''

''सुग्गी, हम तो सतवारी, सुनते थे, बड़ी दूर है, अब तो क्या-क्या नगर बन गये हैं। पता नहीं सारा हिन्दोस्तान यहीं आ गया लगता है!''

''रानो जी, क्या करूँ, छाती पीटने को मन करता है। हाय, कहाँ गये वो अपने लोग!''

''सुग्गी, ये भी आपके ही हैं, सिर्फ डोगरे नहीं हैं।''

''रानो जी, ये शहर तो डोगरों का ही था। अब न डोगरी खाने, न बोली, न पहनावे। डोगरी बोलते मुओं की जीभ में कीड़े पड़ते हैं। और रही बात उबटन की, वो मैंने परसिन्नो को सिखा तो दिया है पर अब वो सारी जड़ी-बूटियाँ भी कहाँ मिलती हैं! पर रानो जी, क्या-क्या क्रीमें चली हैं! मेरी पोती मल-मलकर अपना थोबड़ा सौ बार देखती है शीशे में। जो कुम्हार सुराखों वाला घड़ा बनाता था, वो भी मर गया। मैंने तो दो घड़े ऊपर रखे हुए हैं।''

''मुझे तो बना देना, अपनी रानी को दिखाऊँगी।''

''रानो जी, लड़का है एक— लच्छो राजपूत का। बस, कामदेव की मूरत समझो। रानी की बात लगानी हो तो किसी तरह एक चक्कर काट आऊँ?''

''सुग्गी, तालाब तिल्लो वाले कटोचों का लड़का भी फौज में कप्तान हुआ है, वो कैसा है?''

''रानो जी, घर तो बहुत अच्छा है, पर अभी तो रानी कालेज पास करेंगी।''

''हाँ, सुग्गी, अभी रहने ही दे। हमारा खानदान बहुत बड़ा है। सबकी सलाह से ही चलना पड़ता है। मैं तो वैसे ही लड़कों की टोह ले रही थी।''

''आप कहें तो परसिन्नो को लेकर कल ही चली जाऊँ। वैसे ही टोह लूँगी।''

''अरे सुग्गी, पता कर आ। कल मैं अम्बफल की एक दुकान के पास गाड़ी खड़ी करके ताला खरीदने लगी तो दुकानदार पंजाबी बोल रहा था। मैंने कहा, भई, तुम कहाँ के हो, डोगरे तो नहीं हो? उसने कहा, अब तो यही के हैं, वैसे पंजाब से हैं। मैं तो अवाक् रह गयी। क्या कानून है, जो पैसे चढ़ाए उसे सब माफ है!''

''रानो जी, अब तो डोगरों को भी आग लग गयी है। वो भी समझते हैं, हम विलायत से आये हैं। देसी मुर्गी विलायती चाल! बच्चों का क्या दोष! माँ-बाप ही जब डोगरी नहीं बोलते तो वो क्या करें!''

''ठीक कहती हो, सुग्गी! लो, कहवा आ गया। कल ही कश्मीर से बाकरखानियाँ आयी हैं, हाथ लगाते ही भुरने लगती हैं। लो, खाओ।''

''रानो जी, आपके हाथ से कहवा पीना लिखा था। फिर तो जै नसीब! आप अगली बार आएँ तो सुग्गी का पता जरूर करें।''

''सुग्गी, तुम्हें कौन भूल सकता है भई! तुम तो पूरा शहर ही हो अपने आप में।''

"रानो जी, आप भी मेरी बड़ाई दिल खोलकर करती हैं। आपको बड़े होते देखा है मैंने। गुड़िया खेलती थीं आप। शादी में मुझे घर-घर बुलौआ देने जाना पड़ता था। अब तो लोग कार्ड छपवा लेते हैं। सुग्गी की क्या जरूरत है भई! अच्छा, रानो जी, चलूँ। अब थक गयी हूँ। शरदूल का बेटा सड़क पार करवा आएगा।"

उस दिन सोमवारी अमावस्या थी। सुग्गी ने अपनी बहू को कहा, "परसिन्नो, आज मैंने तवी नहाने जाना है। तवी से बड़ी न गंगा है, न यमना। नाथी को कह, मुझे पीठ पर बिठाकर तवी में डुबकी लगवा आएगा।"

"माँ जी, मैं भी चलूँगी। आपको तवी में नहलाकर कपड़े पहना दूँगी।"

उधर से नाथी बोला, "माऊ, मैं तवी का पानी ले आता हूँ, तुम घर पर ही नहा लो।"

सुग्गी ने कहा, "तेरा बाप भी ऐसा ही आलसी था। चल, मेरा भार अब ज्यादा नहीं है। बड़ी इच्छा है तवी में नहाने की। वहाँ से माता वैष्णो के पहाड़ देखकर हाथ जोड़ लूँगी। भला हो जगमोहन का (गवर्नर)। कैसा सुन्दर रास्ता सजाया है! रात में तो पूरा जगमग दिखाई देता है। जगनमाला बनवा दी है। मातारानी इसका भला करेंगी।"

तवी से आयी तो घर में सोमा बैठी थी, कहने लगी, "सुग्गी, ये मेरा छोटा पोता कह रहा था— सुग्गी दादी कहाँ है, सो ले आयी हूँ।"

सुग्गी ने पुराने तेवर में कहा, "क्यूँ बे छोकरे, मेरा नाम तुमने रखा था? खाली दादी नहीं कह सकता?" वह हँसने लगा तो सुग्गी ने उसे चद्दर से बँधा प्रसाद दिया।

"ले, सौगी खा, मीठी है।"

सौगी खाकर लड़का घर जाने की जिद करने लगा तो सोमा उसे लेकर चली गयी।

उसके जाते ही सुग्गी ने अपनी बहू से कहा, "परसिन्नो, सोमा मेरी बचपन की सहेली है। इसका हमेशा सम्मान करना।"

सुग्गी रजाई लेकर सोयी थी। उठी तो उठा न गया। हाथ-पैर ठण्डे पड़ गये। बहू ने बराण्डी से मालिश की। नाथी भी दुकान से दौड़ा आया। डॉक्टर साथ था। सुग्गी ने डॉक्टर को देखकर कहा, "ये मेरा बेटा पागल है, मुझे कुछ नहीं हुआ है। थक गयी हूँ। सिर्फ घबराहट है।"

"पर बुआ, एक सूई लगवा लो।"

"नहीं बेटा, अब जाते-जाते सुई न लगवाऊँगी। उसकी मर्जी हुई तो मुझे कुछ

न होगा।''

डॉक्टर कुछ गोलियाँ देकर चला गया।

अगले दिन सुबह सुग्गी ने दूध पिया और सोमा को बुलवा भेजा। सोमा घबराई हुई आयी। उसकी टाँगें काँप रही थी। उसने कहा, ''सुग्गी, क्या बात है? मुझे रस्ते में छोड़कर नहीं जाना।''

''क्यूँ जाऊँगी, पर वहाँ कोई इकट्ठे नहीं जाता। आज मेरी, कल तेरी बारी है भई, पर तुझे ये कहने के लिए बुलाया है कि अगर मैं मर ही जाऊँ तो जब औरतें टूटियों में नहाने जाएँ तो सुत्थनें पहनकर निकलें। सुग्गी के मरने पर तो डोगरा पहरावा होना चाहिए। सुग्गी तो धोती के नीचे भी सुत्थन ही पहनती थी।''

सोमा ने रुआँसी आवाज में कहा, ''बचपन में भी तू मुझे डराया करती थी, अब ये सब मत कर। कैसी बेफजूल बातें कर रही है!''

सुग्गी ने कहा, ''याद रखना, ऊपर से देखती रहूँगी। अगर तुमने मेरी बातें न मानीं तो भूत बनकर चिपकूँगी।''

''तो यहीं रहकर चिपकी रह, ऊपर से कौन-सा तुम्हें पुरोहित भेजा है भगवान ने!''

सुग्गी ने उसकी बात अनसुनी करते हुए कहा, ''परसिन्नो, नीचे गोबर लीपकर मुझे लिटा दे... दो बार नाथी का बाप चक्कर लगा गया है... अबकी आया तो लेकर ही जाएगा... गहने, पता है न, बैंक में रखे हैं...'' रुक-रुककर बोल रही थी सुग्गी, ''सुनार के पास मेरी टूटी बाली पड़ी है... उसकी मेरी पोती की अँगूठी बनवा देना... सुनार के पहले के पचास रुपये भी देने हैं... दहीवाले का हिसाब भी चुकता कर देना।''

सुग्गी हाँफने लगी।

सोमा ने घबराकर कहा, ''ऐ सुग्गी, ये क्या बकड़वाद कर रही है! तू अभी नहीं जा सकती। मुझे छोड़कर नहीं जा सकती तू...!''

''देखो सोमा, राम-राम कहो... राम-राम-राम... मुझे राम जी, सीता जी, लछमन...हनुमान... सब दिखाई दे रहे हैं।... मेरा नाथी आया कि नहीं...?''

नाथी ने घुसते ही कहा, ''माऊ, क्या कर रही हो! तुमसे तो यमदूत भी डरता है। लो, डॉक्टर को ले आया हूँ।''

सुग्गी ने अटक-अटककर कहा, ''नाथी, संस्कार के बाद... तवी में नहाकर... बाप का घुटन्ना पहन लेना... बड़ी ठण्ड है।''

सोमा ने हाथ में रखी पंजरत्नी उसके मुँह में डाली।

सुग्गी ने नाथी की तरफ देखकर इशारा किया, ''सोमा, ये तेरे हवाले है...। आ गये...आ गये!...''

सुग्गी की आँख दरवाजे के बाहर आसमान की तरफ देखती ही रह गयी।

●●●

णाणं पयासयं

वीर नि.सं. 2470

ई. सन् 1944

भारतीय ज्ञानपीठ